# ZERO
# ABSOLUTO

# CHUCK LOGAN

# ZERO ABSOLUTO

Tradução de
OLIVEIRA JÚNIOR

EDITORA RECORD
RIO DE JANEIRO • SÃO PAULO
2004

CIP-BRASIL. CATALOGAÇÃO-NA-FONTE
SINDICATO NACIONAL DOS EDITORES DE LIVROS, RJ.

L82z
Logan, Chuck 1942-
   Zero absoluto / Chuck Logan ; tradução de Oliveira Júnior. – Rio de Janeiro: Record, 2004.
   496p.

   Tradução de: Absolute zero
   ISBN 85-01-06568-4

   1. Ficção norte-americana. I. Oliveira Júnior. II. Título.

03-2621
CDD – 813
CDU – 821.111(73)-3

Título original norte-americano
ABSOLUTE ZERO

Copyright © 2002 by Chuck Logan

Composição: DFL

Todos os direitos reservados. Proibida a reprodução, no todo ou em parte, através de quaisquer meios.

Direitos exclusivos de publicação em língua portuguesa para o Brasil adquiridos pela
DISTRIBUIDORA RECORD DE SERVIÇOS DE IMPRENSA S.A.
Rua Argentina 171 – Rio de Janeiro, RJ – 20921-380 – Tel.: 2585-2000
que se reserva a propriedade literária desta tradução

Impresso no Brasil

ISBN 85-01-06568-4

PEDIDOS PELO REEMBOLSO POSTAL
Caixa Postal 23.052
Rio de Janeiro, RJ – 20922-970

EDITORA AFILIADA

*Para Tia Betty e Tia Louise, as gêmeas Siegrist.*

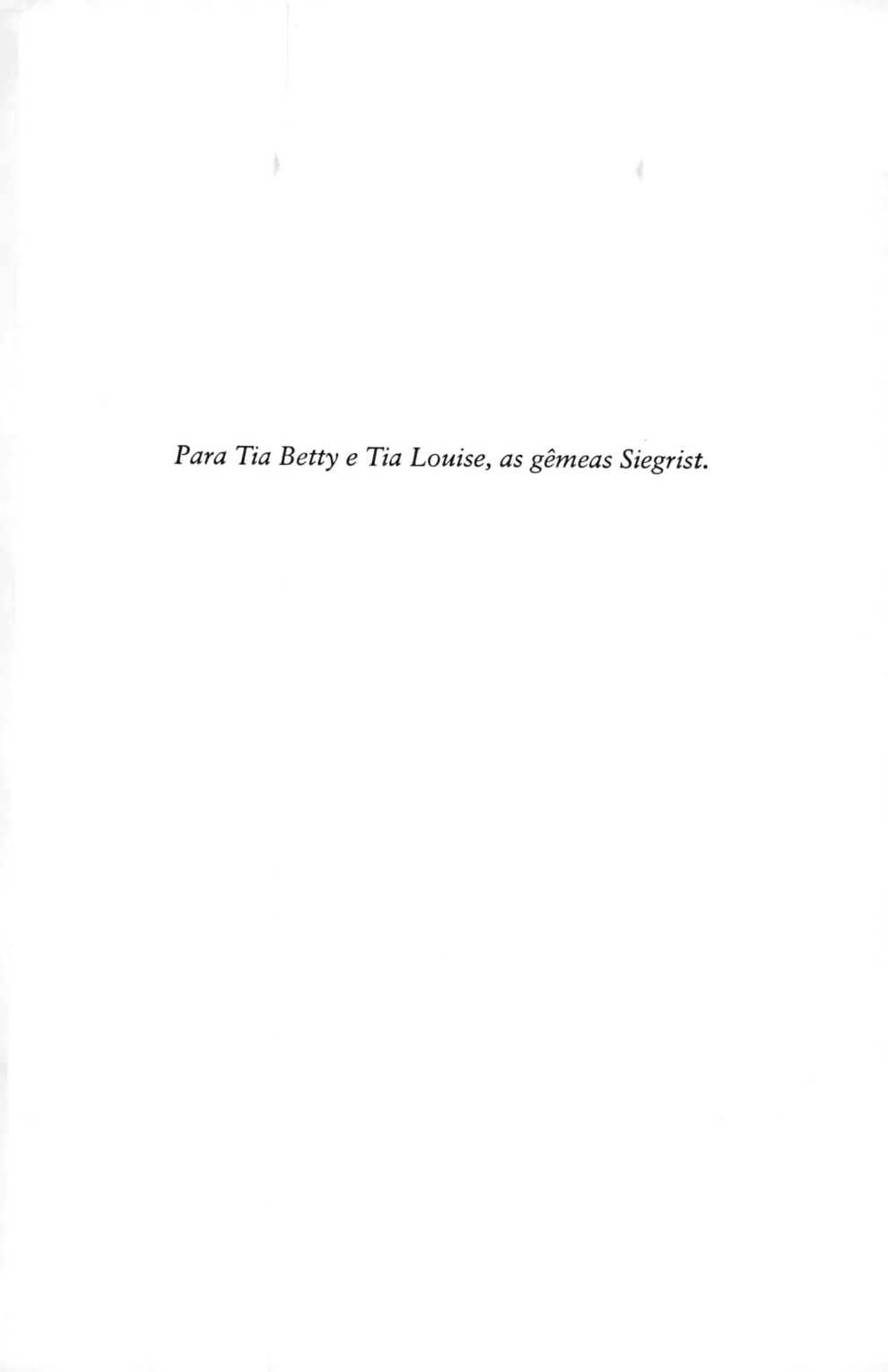

> **zero absoluto:** *Física.* A temperatura na qual as substâncias possuem energia mínima, equivalente a $-273,15°$ C ou $-459,67°$ F.
>
> — *The American Heritage Dictionary of the English Language*

# Prólogo

*O bip-bip-bip* foi um som confortador que ele seguiu como uma bolinha saltitando na letra de uma música de karaokê. Se estivesse seguro em casa, o som teria sido o alarme suave do secador de roupas no térreo, sinalizando que a tarefa havia terminado. Se ao menos a vida não tivesse virado de pernas para o ar...

Mas tinha virado, e agora eles iriam entorpecer a dor, juntamente com todo o resto — o teto, o chão, a luz —, e ele seria deixado vagando na escuridão sem nada a guiá-lo além do bip. Assim, tentou acompanhar a batida, mas o ritmo teimava em lhe escapar. O que fazia sentido, porque nos tempos de escola tinha sido expulso da banda — na qual tocava sax contralto — justamente por ser incapaz de acompanhar o ritmo.

Então tossiu e fagulhas acenderam num canto de sua mente, gerando luz suficiente para orientá-lo. Agora compreendeu que estava acordando, e deduziu que a batida era a pulsação de seu coração ligado a uma máquina.

O que significava que ainda estava aqui.

Vivo e deitado de barriga para cima com os olhos cerrados, e sem força para abri-los. Portanto, continuaria deitado ali por enquanto, completamente sozinho na escuridão, aguardando para que as luzes acendessem.

Aflorando à superfície, vislumbrou sonhos falsos induzidos quimicamente e sono artificial. Seus lábios estavam grudados, e quando os separou, sentiu a boca e a garganta gosmentas, como se tivesse dado um beijo de língua naquela criatura que atormentava Sigourney Weaver em Alien. Então, uma ferroada elétrica atingiu quatro vezes seu pulso direito — zum-zum-zum-zum — e fez seus dedos pularem.

Agora estava sendo movido, porque sentiu um ar de hospital roçar seu rosto, e escutou sons borbulhantes, como gente falando debaixo d'água. Os sons ficaram cada vez mais claros até que palavras nítidas se derramaram em sua cabeça e escorreram por seu rosto.

— Seqüência de quatro — anunciou a primeira voz de mulher.

— Isso não dói agora que ele está acordando? — perguntou uma segunda voz de mulher.

— Olha só o pescoço deste sujeito. Quero ter certeza de que vai voltar antes de aplicarmos os analgésicos.

Então as vozes borbulharam para longe, houve mais movimento e elas voltaram.

— Está respirando bem. Os níveis estão corretos, a batida está boa.

— Certo, vamos acordá-lo. Vamos levantar a cabeça dele, fazer com que aperte um dedo e deglutа. E esperem pelas pálpebras; os menores músculos são sempre os últimos a voltar. Quem está com as chaves dos narcóticos?

— Eu. Sou responsável por tudo hoje.

— Dilua vinte e cinco miligramas de Demorol e o aplique por via intravenosa.

As vozes se dissolveram. As formas adquiriam bordas e flutuaram para longe, e as paredes do hospital entraram e saíram de foco. Dedos envolvidos em borracha encheram seu campo de visão com uma seringa de plástico fina, com marcas verdes.

Uma luz fluorescente pairava no alto, e em seu centro materializou-se o rosto de uma mulher jovem de cabelos louros, vestida num avental cirúrgico azul. Tinha olhos cinzentos sérios e sardas nas bochechas, e sorriu.

Gostou das cores do rosto e do cabelo da moça. Ele a considerou vital, felina. Pensou: um lince feliz.

— Oi — disse o lince feliz. — Pode apertar o meu dedo?

Ele apertou o dedo frio em sua mão.

— Bom — disse ela. — O senhor pode levantar a cabeça?

Uma sensação de rigidez envolveu sua barriga e o alertou para não se mover, mas ele fez o esforço e ergueu um pouco a cabeça. O que foi um erro. Nossa, que dor.

— Vá com calma. — A enfermeira acariciou o antebraço dele com dedos longos e frios. — O senhor levou alguns pontos na barriga.

A dor acionou sua memória e ele tentou falar, mas não encontrou saliva na boca. Tudo que conseguiu foi cuspir uma única palavra de algodão:

— ...peração.

— Exato. O senhor sofreu uma operação de emergência. Tudo correu bem e agora está na sala de recuperação.

— Oi.. — disse com dificuldade.

— Oi.

— ...oidão. — Respirou fundo e repetiu: — Doidão.

— Sim, nós demos uma coisa pro senhor. Depois vamos lhe dar mais um pouco dessa coisa boa.

— Oi — disse ele.

— Certo. Doidão, hein?

— Não. Oi. Você é muito bo... bonita.

Seus olhos vasculharam a frente da túnica azul e focaram na foto no crachá plastificado preso em seu bolso. Ele leu o texto impresso:

Amy Skoda, ENFERMEIRA-ANESTESISTA.

— Você é bonita... Amy.

— Obrigado, e o senhor é sortudo. Por estar vivo.

*Ele piscou para as formas azuis que o circulavam.*
— Onde?
— Está tudo bem agora. Lá num hospital.
*Fez que sim com a cabeça e o bip acelerou quando ele teve um lampejo assustador de um céu negro descendo, e água gélida e cinzenta levantando em ondas espumantes. Engoliu e murmurou:*
— Tempestade.
*Amy fez que sim com a cabeça.*
— Moço, o senhor viveu uma aventura e tanto.
— Outros?
*Mas ela desapareceu e a questão ficou pairando no ar. Ele esperou e esperou enquanto tudo ficava mais lento e difuso. Então as formas azuis se mexeram e recuaram. Ele escutou gritos.*
— Mãos à obra, turma! Chegou mais gente!
— Vamos, eles precisam de ajuda.
*A balbúrdia azul se afastou.*
*Então, alguém.*
*Apareceu uma mão empunhando uma seringa. Esta seringa não era fininha como a outra; era mais grossa, feita de um plástico cinzento e fosco. Entrou e saiu de seu campo de visão.*
— Aí vai você — *disse uma voz, uma voz diferente.* — Vai se sentir melhor agora.
*Deus Todo-Poderoso. Não. Ai! Não melhor. Eles o empurraram de volta para a tempestade. Ondas negras inundaram seu braço e subiram até seu peito, afogando-o por dentro. Seus pulmões...*
— Merda! — *disse uma voz, se afastando.*
— Ei, volte aqui...
...
*Sentiu os pensamentos vazarem de seu cérebro como bolhas escapando por uma rachadura em seu crânio. A balbúrdia azul no fundo se dissolveu e tudo que ele escutou foi a batida no monitor de sinais vitais até que ela saiu de ritmo.*
*Bip. Bip... Bop.*

Bop.
Booooop.
Bop.
*E ele perdeu a porra do ritmo...*
*E seus olhos viram um último lampejo de músculos ondulando para baixo por seus braços, e ele pensou, as ondas inclementes da tempestade me seguiram até esta sala de hospital e entraram por baixo da minha pele.*
*E então simplesmente — parou. Nada. Nada apagando-o linha por linha.*

............................................
......................................
............................

— *Puta que pariu! Acionem o alarme! Temos uma parada cardíaca aqui!*

# Capítulo Um

**Broker estava acostumado** a dormir sozinho porque sua esposa estava no exército, e exceto pelo período de gravidez e uma breve licença-maternidade, estivera ausente em destacamentos na Bósnia durante a maior parte do casamento. E ele estava acostumado a acordar num saco de dormir gelado porque crescera no norte de Minnesota. O que estava sendo difícil para se acostumar era acordar sozinho no saco frio e ver a faixa pálida no terceiro dedo da mão esquerda, onde antes ficava sua aliança de casamento.

Assim, tossiu e esfregou os olhos, e a aliança ausente deflagrou o rosário agnóstico no fundo de seu cérebro:

*A gente não tem como prever essas coisas... não tem... não dá pra prever...*

E então, em resposta:

*Sim, pra prever, sim.*

E enquanto falava com seus botões, os lábios se movendo para contradizer os pensamentos, Broker decidiu que precisava apreciar a ironia.

*Senhor Estudante Sério do Inesperado.*

*Não viu que ia acontecer, babaca?*

Ela partira há duas semanas, levando a filhinha de três anos do casal. Kit devia estar agora numa creche em algum lugar da Europa.

Ela disse a Broker que ele podia ir junto e tomar conta da Kit. Broker disse que ela podia se demitir do exército e ficar em casa. Ficaram nesse impasse. A filha assistiu a mamãe e papai concordarem em dar um tempo no relacionamento, remover as alianças e guardá-las na gaveta superior da penteadeira.

A reação de Broker ao impasse foi exilar-se das pessoas que conhecia e buscar retiro nos bosques do norte. Iria se purificar com ar fresco e trabalho árduo. Especificamente, Broker se propôs fechar a cabana de caça de seu tio Billie no final da temporada de canoagem.

E agora, enquanto Broker saudava o alvorecer frio, o seu amiguinho ainda estava frágil como vidro. Cuidadosamente, ele o segurou pela base e o guardou na calça.

Assim.

Tio Billie e seus tacos de golfe tinham tomado um vôo da Northwest Airlines até o condomínio dos pais de Broker, no Arizona. Broker pendurara uma placa de FECHADO no caminho de acesso a sua casa em Devil's Rock, a norte de Grand Marais, na praia de Lago Superior. Em seguida descera a Highway 61 até Illgen City, tomara a Highway 1 para norte até Ely, na Cordilheira do Ferro de Minnesota. Chegando ao Chalé do Billie, encontrou uma lista de instruções ao lado do telefone. A viagem de canoa estava no topo.

Broker tinha examinado as permissões e corrido os olhos pelos antecedentes dos clientes. Ele ia bancar o guia da vida selvagem para Milton Dane, um advogado; Allen Falken, um cirurgião; e Hank Sommer, que se dizia escritor. Os três vinham da área das Cidades Gêmeas.

Broker disse a si mesmo que isso não era nada demais, que fizera esse tipo de coisa dezenas de vezes.

Mas isso fora há mais de vinte anos.

Nesse meio-tempo, as canoas tinham evoluído de alumínio para Kevlar e fibra de vidro, materiais muito mais leves. A comida desidratada e o equipamento de *camping* também tinham sido aperfeiçoados. Fora isso, a rotina era a mesma. Estudou o itinerário, selecionou os mapas apropriados, e arrumou as bagagens para um grupo de quatro pessoas viajar de canoa para abater um alce entre os lagos da Boundary Water's Canoe Area.

E esta era a terceira manhã da viagem.

Broker soprou as mãos frias e as esfregou uma na outra. Ele tinha adormecido sentindo cheiro de água de lago, líquen e folhas de pinheiro apodrecendo em rochas de granito. Uma chuva leve tamborilara as paredes da barraca, embalando-o. Agora um imenso silêncio de inverno substituiu o chapinhar dos pingos de chuva e sua respiração fazia nuvens no ar gelado.

Hank Sommer esbarrou nele ao rolar na barraca estreita, e começou a roncar. Estava deitado de barriga para cima, boca aberta, corpo meio fora do saco de dormir. Tinha dentes trepados e queixo recuado escondidos por baixo de uma barba curta e desgrenhada. Quando Broker esticou o braço para cutucar-lhe as costelas, Sommer mudou de posição e parou de roncar. Seu telefone celular, a causa de tantos debates na viagem, estava aninhado ao lado de sua face.

Desde o começo ficara claro que Broker fora contratado para carregar as bagagens de Sommer e remar sua canoa.

— Desculpe, eu tenho um probleminha de saúde — admitira Sommer no começo.

— Que probleminha? — perguntara Broker, diretamente, porque aquilo poderia afetar a viagem do grupo.

— É só uma hérnia — respondera Sommer, acariciando o lado do corpo.

Assim, cada vez que tinham precisado percorrer uma área seca, Broker carregara sozinho a canoa e depois voltara duas vezes para pegar as bagagens enquanto Sommer caminhava ao seu lado carregando apenas o estojo de seu rifle e uma pequena mochila.

Allen Falken, o médico, não parecera muito feliz com o fato de Sommer ter postergado uma cirurgia para vir nesta viagem. Mas Allen precisara admitir que se tratava apenas de um caso rotineiro de hérnia inguinal, uma protuberância pequena e indolor. Durante metade do século XX, os homens tinham apenas usado cintas. Não haveria problemas, contanto que Sommer não fizesse esforço.

— E em termos práticos, o que significa isso?

— Que ele não deve levantar mais de dezoito quilos.

— Então se você matar um alce, o Sommer vai bater a foto e eu vou carregar a carne.

— Algo assim — dissera Allen.

Isso significava que Sommer era o elo mais fraco, de modo que Broker o queria em sua canoa para o caso de acontecer algum problema. Além disso, estava curioso. Sommer era um escritor de ficção do Minnesota e Broker — leitor apenas de obras de não-ficção — sentia-se irritado por não saber quem ele era. Achava que Sommer queria atirar num alce para poder escrever sobre isso.

O próprio Broker estava caçando, mas não um alce para levar para casa como troféu. Fugindo de seu casamento, passou os dias percorrendo os bosques e lagos na esperança de encontrar um reflexo mais jovem e vigoroso de si mesmo.

E não estava sozinho nesse intento. No terceiro dia já estava claro que a discórdia matrimonial viajava com eles: Sommer travava brigas terríveis com sua esposa pelo celular.

Enquanto penetravam mais profundamente a região dos lagos, Broker ouviu o bastante dessas conversas tensas para deduzir que o motivo pelo qual Sommer e sua esposa estavam brigando era dinheiro.

**Adiante.**

Neste momento Broker precisava de uma fogueira e um bule de café. Assim, vestiu calças compridas trêmulo, um suéter de lã e um par de tênis velhos. Carregando suas botas rígidas de frio, correu o zíper da barraca e se aventurou ao exterior.

Bem, tinha torcido para que a chuva parasse.

E nada pára a água tão bem quanto o gelo.

O acampamento e provavelmente todos os 225.000 quilômetros quadrados da região dos lagos usavam branco, como uma noiva virgem. Brocados, sedas e rendas brancas: as barracas, o equipamento, os cascos das duas canoas, cada folha de pinheiro, moita e seixo estavam encapados em neve.

Observou sua respiração condensar, e então correu os dedos gentilmente pelo ar. Estimou a temperatura em 1 grau. Não se deixou distrair pelo cenário fantasioso deitado pela neve. Ainda estava a 32 quilômetros de Ely e viajando por águas frias o bastante para matá-los.

Mas Broker teve de sorrir. Mesmo com o grupo convivendo com o risco de hipotermia, o celular de Sommer tornou-se motivo de debate porque violava a primeira regra da vida selvagem: você está nas mãos de Deus. Allen e Milt queriam separar-se completamente do mundo hiperconectado que haviam deixado para trás. Sommer não se impressionava com esses conceitos puristas. Mais velho, um tanto ranzinza, comentou que passara um ano inteiro dormindo no chão, e murmurou algumas referências profanas à 101ª Brigada Aérea, o ano de 1969 e um lugar do qual Allen e Milt jamais tinham ouvido falar, chamado Vale de Ashau, e ele *ia* ficar com seu maldito celular sim, e isso não era da conta de ninguém.

Então.

Broker cavucou um montículo de grama. Talvez o sol fosse aparecer e derreter este reino de fadas. Talvez não fosse. Se este frio continuasse, teriam de duplicar seus cuidados.

Remexeu as pedras de carvão na fogueira e acrescentou isca, revivendo o fogo. Colocou as botas para secar ao lado da fogueira. Caminhou uns noventa metros até a árvore onde havia pendurado as mochilas com comida num galho alto, fora do alcance dos ursos pretos. Carregou as mochilas de volta até a fogueira e arrumou os utensílios e os ingredientes para o café da manhã.

Como a água dos lagos ao longo da borda canadense ainda era potável, levou a chaleira até a margem, abriu um buraco no gelo e encheu o utensílio. Em seguida pôs as mãos em concha para colher um pouco de água para escovar os dentes. Alguns minutos depois tinha uma chama azul chiando no fogareiro do acampamento.

Ele se espreguiçou, girou o pescoço, e atribuiu a rigidez em suas costas e ombros a dois dias remando e caminhando com peso nas costas. No outono de seus quarenta e sete anos, começando a exibir fios de cabelo grisalhos, Broker ainda parecia capaz de nocautear um adversário ou carregar um homem nos braços, e incapaz de se gabar dessas coisas. As sobrancelhas escuras e felpudas encontravam-se acima do nariz, os olhos eram de um cinza-esverdeado muito plácido, e ele usava seus cabelos negros e espessos cortados logo acima das orelhas. Com um metro e oitenta e dois e oitenta e seis quilos, estava cinco quilos acima do peso ideal. Mais alguns dias na trilha iriam queimar as gordurinhas e enrijecer os músculos. Mas precisava admitir, enquanto corria os olhos pela solidão branca, que começava a sentir a idade. Durante os últimos dois anos sua principal atividade física havia sido brincar com a filhinha.

Parou diante da fogueira para se aquecer. Enquanto a água na chaleira esquentava, abriu uma bolsa Ziploc, tirou dela um charuto do tamanho de uma caneta-tinteiro gorda, e mordiscou cuidadosamente a ponta. Quando o café começou a cheirar bem, desligou o fogareiro, serviu o líquido numa caneca de lata, e aninhou a chaleira nos carvões. Em seguida caminhou até a margem e encontrou na rocha de granito uma saliência onde sentar. Hoje não haveria alvorecer para acompanhar seu café da manhã. Não havia nem mesmo um pontinho brilhante no céu.

Acendeu um fósforo e a fumaça de seu charuto hondurenho se misturou ao aroma dos grãos de café colombianos. Charutos eram um vício inocente — apenas carícias e preliminares, sem inalação. Eles o haviam salvo dos cigarros e agora estava preocupado com a possibilidade de ser salvo dos charutos pelo sorvete Ben and Jerry's.

— Bom dia, acho — anunciou uma voz que terminou numa tossida.

Virando-se, Broker viu os cabelos curtos e pretos, salpicados com fios brancos, de Milton Dane emergirem da abertura de sua barraca. Milt estava cultivando um resfriado, o que não abateu seu deleite infantil ao se deparar com uma floresta branca como um bolo coberto com glace. Milt, com seus quarenta e cinco anos e um metro e oitenta e cinco de altura, estava vestido com várias camadas de pijamas e usando botas de feltro. Tinha ombros largos, tórax profundo e movimentos claros. Pegando uma caneca de café, juntou-se a Broker na praia de seixos. Correu os nós dos dedos pelo queixo quadrado e estremeceu.

— Que *frio*!

— É, e tenho a impressão de que vamos ver uns flocos de neve grandes e gordos — previu Broker.

— Ainda assim é melhor que o escritório — disse Milt, e fez um brinde com sua caneca de café.

— Concordo — disse Broker. — Mas talvez devamos nos abrigar até esta frente fria passar.

— Quem não arrisca não petisca — disse Milt forçando um sorriso.

— Mas a pneumonia é o jeitinho de Deus dizer que a gente não deve andar na chuva.

Milt não pareceu impressionado. Sendo um adepto apaixonado do caiaque, recusava-se a se deixar impressionar pelas preocupações dos remadores de águas paradas. Apontando para a barraca de Broker, ele disse:

— Olha quem acordou.

Do outro lado do acampamento, Sommer emergiu da barraca de Broker enrolado em seu saco de dormir.

— Vejam só, acordamos num bolo de casamento! — exclamou Sommer, piscando para conseguir enxergar.

Então se ajoelhou, tateou em busca de um local plano no chão, encontrou um, deitou o saco de dormir, sentou-se nele e dobrou as pernas numa posição de lótus. Com o restante do saco de dormir cobrindo seus ombros, sentou-se empertigado e pousou as mãos nos olhos. Exatamente como fizera no dia anterior.

Broker estudou o escritor sentado em pose de Buda contra um cenário de árvores nevadas. Sommer tinha uma tatuagem no pulso esquerdo, que parecia um bracelete colorido até que você olhava de perto e percebia que a escolha e a seqüência de cores eram exatamente os vermelhos, verdes e cinzas da mortífera cobra coral.

Enquanto Sommer fazia sua meditação matutina, Broker e Milt falaram sobre o clima e beberam café. Então Sommer desdobrou-se da posição de Buda, inclinou-se para a frente, deitou os antebraços no chão, cerrou as mãos, apoiou a cabeça contra o solo e plantou uma bananeira perfeitamente vertical.

— Ele também faz isso todas as manhãs? — indagou Broker.

— Faz. Ele está tentando ficar calmo. — Milt fez uma pausa e revirou os olhos. — Até a Jolene ligar aqui pra cima de novo.

— Logo, logo a gente vai sair do alcance do celular — informou Broker.

— Deus te ouça — foi a resposta de Milt.

## Capítulo Dois

— **E entã, o que** acha? — perguntou Broker apontando para as nuvens baixas.
— Acho que você tem razão — respondeu Milt. — Vai nevar.
— Eu ouvi isso! — gritou Sommer enquanto pousava os pés no chão, sentava-se e olhava em torno. — Quando?
— Não dá pra saber. Tem café na fogueira — informou Broker.
Sommer serviu-se de uma caneca, apertou os olhos castanhos, correu uma das mãos por seus cabelos louros e acendeu um Camel. Descalço, usando apenas uma camisa de malha e bermudas com o celular enfiado na cintura, aparentava imunidade ao frio. Seu pés 44 terminavam em dedos compridos e eram ligados a pernas muito musculosas e levemente varicosas. O peito parecia estreito porque os braços vigorosos eram compridos demais, e o pescoço era marcado por mais músculos que subiam de seus ombros. Além do bracelete peçonhento em seu pulso esquerdo, tinha cinco lágrimas vermelhas tatuadas no antebraço direito. As tatuagens tinham uma textura rude de penitenciária, e Broker, que tinha alguma experiência em avaliar arte de prisão, refletiu que esses desenhos rudes combinavam muito bem com uma mulher chamada Jolene.

Quando Sommer levou seu café de volta até a barraca para se vestir, Broker pensou em voz alta:

— Onde um escritor arruma músculos como aqueles?

Milt levantou uma sobrancelha.

— Cedo ou tarde ele vai te contar sobre como cresceu nas fábricas de Detroit.

Enquanto Sommer desaparecia numa tenda, o Dr. Allen Falken emergia de outra. Ele espreguiçou-se e ficou parado ali em pé durante um minuto, esfregando metodicamente creme nas mãos, tomando cuidado extra com cada dedo. Ao acabar, inspecionou o céu nublado.

— Que maravilha — disse Allen.

Cirurgião geral — e aos quarenta anos, o mais jovem do grupo —, tinha pele perfeita e isenta de rugas. Broker cozinhava comida típica de acampamento, e Allen se revelara enjoado para comer. E era cuidadoso com a aparência: saía todo empetecado do saco de dormir, cada fio dos cabelos arenosos em seu lugar. Tinha grandes olhos azuis debaixo de uma fronte larga, faces amplas, nariz comprido e estreito, queixo delicado, mãos fortes e macias, unhas bem cuidadas.

— Duvido que vá chover de novo — comentou Allen, admirando o céu nublado e a floresta nevada.

— É provável que caia neve — palpitou Broker.

— Bom. É mais fácil ver um alce contra um fundo branco. O que temos pro café? — perguntou Allen enquanto esfregava as mãos para aquecê-las.

Foram três esfregadelas precisas; ele não via sentido em desperdiçar movimento. Broker estava formando a impressão de que Allen jamais parava de seguir instruções.

— Aveia, Tang, torrada e geléia — disse Broker, levantando e voltando até a fogueira.

Jogou a guimba do charuto nos carvões, e enquanto preparava a comida, especulou que esses homens não estariam ali se não fosse por uma viagem de caça daquelas que acontecem uma só vez na vida. Eles haviam ganhado o sorteio estadual que permitia abater um alce nas Boundary Waters, "o melhor local para caça a leste do Mississippi".

Ouvindo as conversas dos três homens, Broker descobrira que haviam escalado o Monte Rainier, seguido de bicicleta através da Cordilheira Moab, e navegado por corredeiras no Chile. Agora pretendiam remar quarenta quilômetros até uma região selvagem e acrescentar uma cabeça de alce à sua coleção de troféus.

Seu destino era uma área queimada em Lago Fraser. Ficava a duas horas de remo para o norte, onde uma vegetação verdejante brotara das cinzas, atraindo os alces. Até agora, estavam ali há dois dias na chuva, e não tinham visto nada maior que uma raposa.

Estavam terminando o café e Broker, só para registro, apresentou a opção prudente:

— Acho que deveríamos nos abrigar no acampamento até essa frente fria passar.

— E desistir, hein? — resmungou Sommer.

— Nos secar — disse Broker. — Estamos molhados e com frio. Milt está adoecendo. Deveríamos nos fortalecer com uma boa fogueira.

Sommer contorceu seu rosto maleável numa careta gaulesa.

— *C'est la* merda de vida. Ora bolas, a gente não está no Nepal. Estamos apenas a alguns quilômetros de Ely.

Milt apoiou Sommer com um meneio de cabeça.

— Concordo — disse Allen. — É o verão índio, não é?

Broker riu e jogou o resto de seu café no fogo.

— Muito bem, vamos picar a mula.

E dizendo isso, pensou como o norte de Minnesota matava alguns almofadinhas como estes todos os anos. Mas isto fazia parte do encanto desta viagem. Eles queriam arriscar um pouco seus pescoços.

*Priiiiiiiiiiiiii.*

O zumbido elétrico do celular de Sommer pôs um fim na discussão. Broker, Allen e Milt fizeram cara de "acabou a brincadeira".

— Puta merda — praguejou Sommer.

*Priiiiiiiiiiiiiii.*

— Filha-da-puta — disse Sommer, e abriu a tampa do celular. — Que é?

Uma voz feminina, pequena e irritante, desfiou um discurso pelo fino aparelho de plástico. Sommer cortou os comentários com um tom cansado:

— Esta não é a hora de discutir a questão do fundo.

Pausa.

— Ah, claro. Nós tentamos isso e a primeira coisa que você fez foi secar a conta.

Pausa.

— Certo, sua metade da conta.

Pausa.

— Foi assim que você deu dinheiro para o Earl pelas minhas costas.

Numa demonstração espontânea de linguagem corporal, Broker, Allen e Milt se levantaram, afastaram-se nas pontas dos pés, e formaram um círculo desajeitado a uma distância discreta de Hank.

— Earl é o ex-namorado — explicou Allen.

— Ela fez um cheque gordo para ele, e Hank fechou a conta conjunta dos dois.

— Botou todo o dinheiro num fundo de renda fixa que sua esposa não pode tocar. Fez isso para ensinar uma lição a ela.

— Não telefone para mim de novo enquanto eu estiver caçando! — rugiu Sommer.

Fez uma careta e segurou o telefone longe da orelha, na direção do céu nublado.

— Eu não preciso desta merda — sibilou.

E então, num arroubo de fúria, arremessou o telefone como uma bola de beisebol rumo à primeira base. O retângulo de plástico preto bateu numa árvore, ricocheteou e rolou pelo chão até parar perto do pé de Broker.

Uma voz jovem saiu nitidamente do telefone:

— Só estou tentando ser responsável, porra! E pessoas responsáveis *pagam suas contas*!

Broker pegou o telefone e o manteve o mais afastado que seu braço permitiu.

A voz continuou:

— Você tem uma pilha de contas em cima da mesa. Uma pilha de *dois meses*! A companhia elétrica já ligou. Eles vão desligar a luz. Hank? Hank?

Broker rapidamente devolveu o aparelho a Sommer, agora furioso e claramente não acompanhando a mesma linha de raciocínio que a esposa.

— Não com o meu dinheiro! — gritou para o telefone. — Não com aquele cafetão!

— Earl nunca foi cafetão! — argumentou a voz. — E o dinheiro é *nosso*, porque somos casados.

Milt balançou a cabeça e disse:

— Eu falei pro Hank que eles deviam assinar um acordo pré-nupcial.

Allen mordeu o lábio inferior e tentou explicar:

— Ela é uma mulher lindíssima por fora, mas eu e Milt discordamos quanto ao interior.

— Ela não fica nada a dever a Bonnie Parker!

— E eu acho que ela está mais para uma Eliza Doolittle — disse Allen num tom sonhador. — Uma flor de lótus que brotou num campo de merda, e que Hank teve o bom senso de colher.

— Foda-se! — explodiu Hank.

Arremessou o telefone novamente, só que desta vez o aparelho desenhou um arco alto sobre as cabeças dos três homens, terminando a vinte metros lago adentro.

— E isso resolve o assunto — disse Milt.

Broker observou os círculos radiarem a partir do ponto onde o telefone desapareceu. Ele pigarreou e disse:

— Agora vai ficar silencioso aqui.

Depois disso, eles se dividiram para desfrutar um pouco de solidão máscula, e para desmanchar o acampamento. Enquanto Broker lavava os pratos, Milt e Allen desmontaram as barracas com eficácia, dobraram-nas, e organizaram os pacotes ao lado das canoas. Sommer ficou parado perto deles, meditando com o auxílio de uma caneca de café e um cigarro.

Quando terminou de lavar os pratos, Broker empacotou-os e examinou as nuvens baixas enquanto amarrava os cadarços das botas. A neve não o incomodava. Mas ele sentiu uma corrente de vento atravessar os pinheiros, como se alguém tivesse aberto a porta de um frigorífico. E sentiu que, além de frio, o ar estava extremamente denso.

Apagaram a fogueira do acampamento e guardaram o restante do equipamento. Sommer escalou com agilidade o monte de pacotes e assumiu seu lugar na proa da canoa de Broker. Milt naturalmente assumiu a posição de popa no outro barco. Um pouco depois das oito da manhã, eles se afastaram do local do acampamento e adentraram o labirinto de canais estreitos que se estendia rumo ao Lago Fraser.

Remando lado a lado, Broker e Milt conversaram sobre canoas. Antes de partirem nesta viagem, Milt quisera um dos modelos de Kevlar, mais rápidos e leves, que estavam na moda. Broker preferira as antiquadas Grummans de alumínio. Na opinião de Broker, os Wenonahs, por mais populares que fossem, eram fantásticos para correr em linha reta por águas paradas, mas ele não confiava no formato quadrado da proa e temia que a embarcação não conseguisse cavalgar uma onda que se arremetesse contra ela.

Por fim, tinham concordado em adotar Bells de fibra de vidro — um modelo mais largo, com mais elevação na linha da proa e mais estabilidade para cargas pesadas e tempo ruim.

Milt e Allen assumiram a dianteira, e quando estavam afastados demais para escutar com facilidade, Sommer virou-se no banco da popa e balançou a cabeça. Parecia ter prendido a respiração desde o incidente com o telefone. Agora exalou e resmungou.

— Às vezes me sinto como um clichê, tendo me casado com uma mulher mais nova, acreditando que poderia ajudá-la a mudar.

Broker estudou o homem mais velho durante duas remadas. Enquanto a água fria sibilava e a canoa balançava de um lado para o outro, Broker observou a expressão de Sommer desabar. De repente ele enxergou o dilema de um homem dotado de um físico vigoroso que estava lutando contra a idade e perdendo a força que sempre tomara por garantida.

Broker falou num tom baixo e suave que ninguém naquela viagem já tinha ouvido:

— Eu me casei com uma mulher mais nova e pensei que ela mudaria depois que tivesse um bebê. Mas ela não teve.

E isso secou a conversa durante algum tempo.

Lá na frente Milt e Allen baixaram seus remos e abriram os zíperes dos estojos de suas espingardas. Carregaram os rifles, que em seguida encostaram cautelosamente nos bancos da canoa. Pegaram seus remos e se impulsionaram mais para a frente.

— Olha só aqueles dois. Querem ser os primeiros.

— Os primeiros, é?

— Pela segunda melhor coisa... que neste caso é algum pobre alce comedor de lilases.

Sommer riu e, levantando a voz, bradou para a outra canoa:

— Quem vai dar o primeiro tiro? Quem vai ser o lobo alfa e pendurar as galhadas na parede?

— Fecha essa matraca! — gritou Allen em resposta. — Vai assustar tudo!

— Ah, essa é boa! — exclamou Sommer. — O que você acha? Algum alce vai ser empurrado numa maca até a praia, todo anestesiado e pronto pra você cortar?

Milt e Allen já estavam 45 metros à frente deles, e nenhum dos dois respondeu. As árvores brancas exigiam silêncio, como uma ala hospitalar. Ouvia-se apenas o som dos remos na água, a respiração dos homens, e ocasionalmente o casco das canoas batendo contra algum destroço.

E então Sommer deu com os ombros e pensou alto:

— Afinal de contas, o que os alces fazem num tempo como este?

— Sei lá — respondeu Broker.

— Ora, vamos, você é o guia — disse Sommer.

— Sou o cozinheiro e o sujeito que monta os acampamentos. Não sou guia de caça. Aqui em cima, quem já caçou um alce é proibido de guiar ou ajudar em caçadas licenciadas por sorteio.

— Isso significa que você já caçou um alce? — disse Sommer.

— Faz muito tempo.

— E como é? — perguntou Sommer.

— Atirar num alce é como atirar numa porta de garagem.

Sommer soltou uma gargalhada.

— É boa essa. Vou roubar.

— Então você rouba frases dos outros, hein? — perguntou Broker.

— Claro que roubo. Todos os escritores são ladrões.

— Sempre ouvi dizer que existem dois tipos de ladrões: os preguiçosos demais para trabalhar e os que pensam que são espertos demais para serem pegos. Qual é o seu tipo?

Sommer riu de novo.

— O tipo esperto e preguiçoso. Sou mais parecido com uma bola de cera: tudo gruda em mim.

— E é por causa disso que você quer abater um alce? Pegar os detalhes? — perguntou Broker.

— Não. — Sommer levantou seu remo e o usou para apontar para a canoa à frente. — Eu quero ver *eles* abaterem um alce. Especialmente o Allen.

Broker fixou sua visão no capuz azul do casaco de Allen e perguntou:

— Por quê?

— Admito que não me importaria em ver um cirurgião despelar uma caça — explicou Sommer.

— Estou entendendo — disse Broker, reprimindo um sorriso.

Então pararam de conversar e olharam para os remos, seus braços subindo e descendo numa cadência matutina animada. Apesar do céu nublado eles estavam felizes por terem se livrado da chuva, e essa felicidade animava seu trabalho.

— E então, sobre o que você escreve, afinal? — indagou Broker.

— Sobre os quatro grandes temas americanos: mulheres, uísque, trabalho, guerra. E, é claro, sobre sexo e morte.

Broker agora estava sorrindo. Ele perguntou:

— Como vai a sua hérnia?

— Estou bem — disse Sommer, parecendo mais relaxado.

Ao contrário de Milt e Allen, que olhavam em torno freqüentemente para encontrar alguma fonte de irritação invisível, Sommer estava momentaneamente à vontade com o silêncio do norte.

— Quantos anos você tem? — perguntou Broker.

— Nasci uma semana depois da Batalha de Midway.

Broker parou de remar.

— Junho de 1942.

*Ele tem cinqüenta e sete anos, dez anos a mais que eu.*

Olhando mais de perto, Broker notou uma suave teia de linhas em sua garganta e faces. Analisou a extensão de punho nu de Hank, entre a manga do casaco e a luva, e viu como a pele era salpicada com pigmentos escuros.

*Dez anos,* pensou.

— Vejo que você é bom com datas — disse Sommer.

— Eu leio sobre História Militar para dormir, como outras pessoas lêem mistérios — disse Broker. Balançou a cabeça. —

Até agora os únicos escritores que conheci foram jornalistas. Eles não falam do mesmo jeito que você.

Sommer se fingiu de indignado:

— Ei, eu sou um ladrão, não um maldito vampiro!

O comentário fez Broker sorrir. Alguns minutos depois a mata nevada se abriu e eles passaram pela última brecha apertada para uma extensão de lago longa e aberta.

— Ponha seu colete salva-vidas — lembrou Broker a Sommer, que havia deixado de vestir o seu.

Sommer vestiu o colete e o fechou. Seus remos mergulhavam e afloravam da água vítrea e imóvel; não fosse pelo ar frio, as árvores distantes pareceriam estar fumegando. Estavam em águas bem abertas quando um pé-de-vento desceu sobre eles. Ondulações fortes começaram a abalar a placidez do Lago Fraser, como se algum gigante estivesse batendo os pés na margem.

O vento ficou mais forte, abalando violentamente a água. As copas das árvores se curvaram, e a floresta deixou de ser clara como algodão para se tornar escura como cinza de cigarro. Um temporal desceu abruptamente das nuvens.

— Cuidado, pessoal...

Broker levantou em seu banco para alertar a outra canoa. O vento arrancou as palavras de sua boca e as levou para longe.

## Capítulo Três

— Aúúúúúúúúúú!

Milt emitiu um uivo de alerta, enquanto ele e Allen marcavam passo até Broker e Sommer emparelharem com sua canoa. Então Milt brandiu seu remo para a tempestade. Essa demonstração de petulância irritou Broker, que estava avaliando o poder da tempestade pela forma como os pinheiros ao norte do lago curvavam-se ao vento.

— Fechem bem os seus coletes! — berrou Broker.

Milt sentou abruptamente quando o poder pleno da borrasca explodiu ao redor deles e o lago se tornou uma espécie de correndeira horizontal. Assustado, Milt virou-se de olhos arregalados para Broker. Mesmo com nove metros de águas revoltas entre eles, Broker leu com facilidade os pensamentos de Milt:

— *A gente se meteu numa puta enrascada.*

— Nada de erros, nada de erros! — berrou Allen.

— Cave a onda! — bradou Sommer.

Com o corpo meio virado, com um olho castanho brilhando sobre o ombro, Sommer levantou seu remo para conduzi-lo até a ladeira cinzenta que estava se formando à sua frente. A onda violenta — um metro de altura — quebrou sobre a proa, banhando Sommer com água gélida. A onda seguinte recuou e coleou; Broker apoiou-se em seu remo para esperá-la. A água ali jamais era morna. Nem mesmo no verão. Durante milhares de anos aquela água cinza havia guardado uma memória geológica de sua mãe glacial.

— Rema! — gritou Broker. — Se mantém contra o vento!

— Caralho! — retrucou Sommer, a voz carregada com excitação.

E eles se chocaram de frente com a onda, sentindo um fluxo repentino de adrenalina nas veias.

As duas canoas estavam tão próximas que os cascos chegaram a bater. Os pulsos poderosos de Milt moviam seu remo alucinadamente, livre de sua argola de sustentação. Sua face, trancada num diagrama de medo prático sob controle rígido, formou uma pergunta:

— *O que você acha?*

Os olhos de Milt avaliaram as expressões de Sommer e Allen, que exibiam medo, mas também empolgação.

Broker olhou de Allen para Sommer, e então de volta para Allen.

— *E a hérnia do Sommer?*

Allen deu de ombros.

— *Precisa agüentar.*

— Vão à merda vocês dois — rosnou Sommer, afundando seu remo na água.

Cavalgaram a crista de uma onda e caíram brutalmente na água, todos remando o mais rápido que podiam para se manter contra o vento.

Dispunham de menos de 25 centímetros de bordo livre nas canoas pesadamente carregadas. O menor descontrole sobre essas ondas e teriam um barco cheio d'água. Se emborcassem, o vento iria empurrá-los para o fundo do lago. Conseguiriam se manter à tona, graças aos coletes salva-vidas, mas a hipotermia daria cabo deles antes que pudessem alcançar a margem distante.

Um vislumbre dos olhos de Milt confirmou: nas presentes condições, uma canoa virada seria uma sentença de morte.

— Não podemos correr o risco de voltar! — berrou Broker. Apontou para um borrão ao longe, um promontório a aproximadamente meio quilômetro para a esquerda. Milt balançou a cabeça, concordando. Podia ver as ondas se esgotarem a sotavento.

— É complicado. Precisamos quartear...
— O quê?
— Quartear! — berrou Milt. — Ir contra o vento!
— Entendido! — respondeu Broker, meneando a cabeça vigorosamente.

Então se pôs a remar furiosamente contra a tempestade, com granizo chicoteando sua *parka* de gorotex, ameaçando borrar sua visão.

Deus do céu. O vento se dividiu. As correntes de vento múltiplas agora desenhavam padrões contraditórios na água — círculos aqui, espinhas de peixe acolá. Broker tentou manter o casaco verde de Sommer alinhado com o cume do promontório, que aparecia e então desaparecia, brincando de esconde-esconde. Este exercício prático em navegação estimativa não ajudou a mitigar a sensação de que eram formiguinhas trepadas em folhas ao sabor do vento.

De repente o vento parou, mergulhando-os numa sombra acústica arrepiante. Sommer lançou um olhar sobre o ombro; sua expressão era vigorosa, quase feliz — o perigo tinha descamado anos de seu rosto.

— Ei, Broker, me diz a verdade... — ribombou sua voz em meio ao silêncio temporário.
— Que é?
— Você votou no Ventura!
— Você é maluco!

Os olhos alucinados de Sommer faiscaram, e sua reação a um mundo que estava determinado a matá-los foi sorrir, enquanto eles subiam na barriga de uma onda, com a próxima crista elevando-se ao nível de seus olhos. Toneladas de água cinza-esverdeada a um braço de distância de seus rostos e eles estavam... rindo.

— Stephen Crane. Uma frase maravilhosa. A que fecha *A glória de um covarde*.

Sommer gritou fragmentos de frase ao vento.

— Hein? — disse Broker, forçando o ouvido para escutar.

— Eles encontraram a Grande Morte...

— Ei, vá se foder, você e a sua Grande Morte!

— ...e descobriram que...

— Descobriram?

— Que ela era apenas uma grande morte! — gritou Sommer, gargalhando.

— Quero mais que vão à merda o Crane, o cavalo dele e o coronel que o enviou para aquela missão! — berrou Broker.

— Vê? É mais fácil quando a gente brinca! — berrou Sommer em resposta.

O que era verdade. Caíram numa fenda, mais deslizando pela água do que lutando contra ela. O vento voltou com força total, golpeando seus ouvidos. Mas com medo fervente agora azeitando seus músculos, estavam ganhando distância. Agora Broker estava vendo o promontório com muito mais clareza.

Sommer respondeu com um grito de dor. Dentes cerrados, abraçou seu remo e estremeceu.

O medo no peito de Broker mudou de vitalizador para paralisante.

— Você precisa...

— Deus do Céu! — berrou Sommer.

— ...remar! — gritou Broker.

Sommer revirou os olhos, imobilizado pela dor. A proa começou a desalinhar. A próxima onda...

— Não me deixa na mão, porra! — rugiu Broker.

Sommer rangeu os dentes, empertigou o corpo e se pôs a trabalhar freneticamente, impulsionando-os contra a onda.

— Você está bem? — gritou Broker.
— Cale a boca e reme! — respondeu Sommer.
— Precisamos... quartear! — gritou Sommer. — Ir contra o vento!

Olhando sobre o ombro para Broker, Sommer balançou a cabeça.

*Não consigo te ouvir.*

Broker varou o ar com seu remo para indicar o ângulo e a direção.

— Ângulo esquerdo! — gritou Sommer.

Broker fez que sim com a cabeça.

A cada dois segundos eram atingidos por uma onda, a crista pulsando numa direção, o entresseio em outra. Enquanto cavalgavam a crista, eram empurrados para trás pelo vento forte. Inclinando-se para a frente, abriram um buraco na parede de ar. As ondas golpearam os braços de Broker enquanto ele brandia o remo em movimentos de J, adicionando impulso para propelir a canoa para a esquerda, cortando um ângulo através do entresseio. Em seguida trocou o lado do remo e golpeou repetidamente a água para equilibrar a canoa enquanto subia a onda seguinte. Estava tentando compensar a força reduzida de Sommer, e a tensão aumentada convidava seus tendões e ossos a se separarem.

Mas eles dominavam a técnica, e com remadas trêmulas, mas constantes, Sommer manteve a canoa progredindo para a esquerda, uma onda depois da outra.

Cegos por duchas de água durante a maior parte de cada minuto, tudo que podiam fazer era manter-se contra o vento. Estreitando os olhos para enxergar através da cortina cinzenta de água e espuma, Broker viu a canoa de Milt saltar de um entresseio com Allen, uma resoluta figura de proa, remando vigorosamente enquanto Milt fazia o mesmo na popa.

Estender, afundar, puxar, recuperar. Estender, afundar, puxar, recuperar. As duas canoas avançavam em curso paralelo até o promontório.

Cinco minutos de percurso. Dez.

De repente, outro espasmo paralisou Sommer, que se curvou sobre a proa. Sem o impulso proporcionado pelo remo de Sommer, a canoa inclinou e fez água. Os braços e ombros de Broker estalaram enquanto ele duplicava a velocidade de suas remadas para manter a canoa contra a direção do vento. Estavam perdendo movimento para a frente, escorregando para a barriga da onda.

Oscilaram no entresseio e subitamente foi a vez de Broker. Durante um momento longo e terrível ele permaneceu imóvel, congelado pela vertigem e pelo esforço muscular, incapaz de erguer o remo. Seus antebraços eram pinos de boliche, os músculos e tendões latejando em espasmos. Não conseguia sentir as mãos ou os dedos. Os braços estavam entorpecidos abaixo dos cotovelos.

Iam afundar sob a próxima onda.

Sommer virou-se na canoa inclinada e viu Broker lutando para levantar seus braços de pedra. Broker jamais esqueceria a forma como os olhos atormentados de Sommer esfriaram para uma calma absoluta.

Fortalecido pelo senso de dever, Sommer olhou para a frente e estendeu os braços compridos até o remo, pondo-se a movê-lo vigorosamente. A canoa ergueu o nariz para encarar a onda que se aproximava. O espasmo muscular passou, e Broker levantou seu remo. Mas estava basicamente guiando a canoa. Sem chapéu, capuz do casaco enrolado no pescoço, cabelos louros encharcados, Sommer ziguezagueava os braços poderosos para cavar valas nas ondas.

Broker havia perdido a noção do tempo e sua cabeça parecia coberta por uma coroa de espinhos, uma miríade de pontadas de dor furando seu crânio. Broker tinha consciência de que estavam encharcados e congelando, e à beira do colapso completo. A água já batia em suas canelas, fazendo a canoa parecer pesada como uma barcaça de ferro. Mas eles estavam perto, a menos de cinqüenta metros da praia, onde gêiseres de espuma quebravam nas rochas. Então estavam a menos de trinta metros, e a menos de quinze. As ondas pregavam peças nos olhos de Broker; as rochas erguiam-se em torno deles como imensos molares afiados, salivando espuma. Quando ele escutou o casco roçar em granito, compreendeu que tudo ficaria bem.

— Sommer, meu chapa, você salvou a pele da gente! — gritou Broker, aliviado.

Sommer respondeu apenas com um grito de dor. Exaurido, tombou para a frente, corpo enrolado em posição fetal.

E então largou seu remo.

Broker testemunhou o remo desaparecer, um traço amarelo apagando em meio à espuma. E agora, sem o remo de Sommer para manter a canoa em prumo, a proa empinou. A canoa pendeu para um lado, enchendo-se com água, e a onda seguinte desabou sobre eles. Uma tonelada de água gélida se derramou sobre Broker, espremendo o ar para fora de seus pulmões.

E eles afundaram.

## Capítulo Quatro

*Putaquepariu!*

A água gélida estilhaçou seu sangue em farpas e agulhas vermelhas. Mas era água fria a dez metros da praia, porque Broker sentiu as botas tocarem um piso de pedra limosa. Usou o piso para ganhar impulso e aflorou à superfície. Com coração e pulmões tão inchados que ameaçavam não caber na caixa torácica, arrancou nacos de ar frio. Abraçou o colete salva-vidas, verificando as correias para ter certeza de que estavam apertadas, e piscou repetidamente para enxergar através dos flocos de neve. Não conseguia discernir onde acabava a neve e começava a água glacial.

E assim, enquanto avançava até a praia, olhou em torno e localizou o cabelo cor de palha de Sommer flutuando entre as rochas. Furou uma onda, duas, esticou o braço e agarrou a canoa inundada, no limite da capacidade de flutuação.

*Preciso pensar. Bolsa de sobrevivência.*

Alcançou a bolsa vermelha à prova d'água presa no banco da popa. Apertou um botão de pressão e soltou a bolsa do gancho, enquanto a canoa afundava ainda mais. Usando a bolsa para flutuar, bateu os pés para se propelir até Sommer, que se virou na água, tossindo.

— Como dói! — gritou Sommer.

— Deixa de frescura — ralhou Broker, tentando conferir leveza à situação, embora sua voz saísse entrecortada pelo tamborilar dos dentes. — Não é o fim do mundo. Você está flutuando. Pode respirar.

— Dói! — gritou Sommer de novo.

Segurando com firmeza o salva-vidas de Sommer, abraçando a bolsa, batendo os pés, avançou através da rebentação até sentir as botas pisarem em rocha sólida. Ter terra firme sob os pés afugentou a sensação de pânico, e ele se forçou a respirar fundo e se concentrar no problema da sobrevivência.

A hipotermia fazia exigências simples aos seres humanos, que haviam evoluído em savanas tropicais. Precisavam de fogo para ficarem aquecidos e secos, e de abrigo contra o vento. Precisavam estabilizar a temperatura corporal.

Ou morreriam.

Tossindo, vomitando água do lago, empurrou o corpo inerte de Sommer pelo granito lodoso. Precisava tirar o cérebro e os órgãos vitais de Sommer da água. Cada segundo agora era precioso.

Sommer estava ferido e em choque. Broker, em contraste, estava aceso com adrenalina. Por enquanto, não sentia o frio nem o peso de Sommer. O vento açoitava suas roupas encharcadas e a neve ardia como fagulhas brancas. Mas isso não duraria muito tempo. Assim, verificou rapidamente o corpo de Sommer em busca de membros quebrados e sangramento. Não encontrou nada. O que significava que o problema dele era interno, algo bem pior.

Arrastou Sommer sobre lajes de granito até uma praia de seixos. Largou-o ali e cambaleou por solo argiloso. Precisava encontrar um abrigo em meio às rochas, um local protegido do vento. E achou um entre um amontoado de seixos altos. Melhor ainda: encontrou pilhas de destroços de madeira quase secos presos em meio às pedras.

Jogou sua bolsa de sobrevivência numa fenda de três metros que detinha o vento em três lados e provia alguma cobertura contra a neve. Correu de volta até Sommer. Segurando-o pelo colete salva-vidas, puxou-o até o abrigo. Ali, tirou o colete do companheiro, abriu a bolsa e pegou um cobertor. Embrulhou Sommer no cobertor o mais rápido que pôde. O material térmico conseguiria manter um pouco de seu calor corporal até que...

Broker balançou a cabeça, desorientado.

Precisava colher madeira, acender um fogo. Mas também precisava procurar por seus amigos. Começou a tremer, o que significava que estava perdendo sua disposição induzida por adrenalina para uma fadiga que gostava *tanto* deste abrigo. Assim, forçou-se a correr dali, perscrutando através do vento e da neve. Milt vestia um casaco vermelho; o de Allen era azul.

Escalou as rochas para obter um bom ponto de observação. Se Milt e Allen perdessem de vista o cume do promontório e afundassem, seriam soprados para trás através do lago.

Mas avistou Milt quase imediatamente; uma mancha vermelha na rebentação, a cento e oitenta metros dali, na beira do promontório. Com espuma até os joelhos, Milt tentava puxar a canoa até a terra. Allen, em seu casaco azul, movia-se entre a praia e a canoa, carregando pacotes. Cheia de água, a canoa estava muito pesada, dificultando o trabalho de Milt. Broker correu até os companheiros. Eles precisavam daquela canoa.

Uma erupção de ondas apagou os dois homens do campo de visão de Broker, e quando apareceram de novo, a canoa estava inclinada, vazando água. Milt mergulhou e logo depois aflorou à superfície; Broker compreendeu que ele tinha empurrado a canoa e a balançado com todas as suas forças, para esvaziá-la um pouco. Aproximando-se, Broker viu três remos a salvo na praia, encostados num pacote. Bom.

— Sommer? — perguntou Allen, puxando outro pacote.

— Está mal. Não sei. Deixei ele mais adiante, numa espécie de caverna. Precisa de fogo.

— Porra! — exclamou Allen. — Meu estojo médico tinha alguns analgésicos bons. Perdi enquanto vinha para cá.

— Sua canoa? — perguntou Milt, seu braço pendendo num ângulo estranho.

— Inundada. A esta altura está no fundo do lago. O que aconteceu com o seu braço? — perguntou Broker, começando a andar.

— Não consigo movê-lo — disse Milt.

Allen se aproximou do amigo para examinar seu braço.

— Agora não — disse Broker.

Com as roupas encharcadas, Broker estava tremendo sem parar, indefeso diante do vento cortante. Vasculhou os pacotes. Eles haviam perdido as barracas, uma das bolsas de provisões, e alguns pertences pessoais, mas tinham os sacos de dormir e metade da comida. Ficariam bem, se conseguissem se aquecer.

— Vamos sair do vento. Andem.

Jogou a bolsa de comida sobre o ombro, deu a Allen os sacos de dormir e conduziu os dois homens pelas rochas escorregadias. Numa questão de minutos estavam no bolsão seco de granito, uma zona mágica de paz em comparação com a exposição plena aos elementos.

Allen despiu o casaco, a camisa e a calça de Sommer. Sentiu a protuberância na virilha de Sommer.

Sommer gritou.

Broker olhou em outra direção. Milt caminhou até ele.

— Você está bem? — perguntou Milt.

— Acabei com os meus braços remando. E Sommer arrebentou as tripas por minha causa...

Milt cortou-o:

— Você nadou com ele para fora da água. Esqueça.

Broker fez que sim com a cabeça. Abriu seu pacote de sobrevivência, colocou de lado uma serra dobrável e uma machadinha, e encontrou o que estava procurando: o sinalizador de quinze minutos de duração que ia salvar suas vidas.

Broker e Milt caminharam dez metros até a fissura que aninhava o emaranhado de destroços e arrastaram pedaços de madeira seca até o abrigo. Realmente tremendo agora, Broker pegou sua machadinha e lascou cada pedaço de madeira até alcançar seu âmago seco. Descamou a cobertura do sinalizador, arrancou a cápsula de percussão e a riscou no fusível, como se fosse um fósforo. Uma língua de fogo se levantou em meio a uma nuvem sulfurosa. Broker jogou-a na pilha de madeira, que crepitou imediatamente.

— Muito bem — disse Milt ao ver a chama instantânea.

Ignorando seu braço ferido, arrastou galhos até a pilha de madeira e os colocou em torno dela.

O fogo era irresistível, e Allen juntou-se a eles. Ele tinha o estojo de primeiros socorros da bolsa de Broker numa mão trêmula, e um frasco plástico na outra.

— Isto é tudo que temos. Um Tylenol de merda — murmurou.

Ele retornou até Sommer e se pôs a terminar de despir cuidadosamente suas roupas molhadas.

Sommer tinha a barriga completamente lisa, com zero de gordura corporal. A protuberância do tamanho de uma bola de beisebol no lado esquerdo de sua virilha era inconfundível.

— O que é isso? — perguntou Broker.

— Algo nada bom — disse Allen enquanto empurrava Tylenol pela garganta de Sommer. — Ele não me ouviu. Ganhou o sorteio de caça e tinha que vir, mesmo com essa maldita hérnia.

A luz da fogueira ressaltou a expressão de dor de Sommer.

— É grave?

Allen procurou se controlar antes de falar:

— Você arrebentou sua hérnia, Hank. Meu palpite é um intestino estrangulado.

Sommer fitou os olhos de Broker com um sorriso perverso, cheio de dor.

— Agüente as pontas — disse Broker. — Eu vou tirar você daqui.

— Não vou pra lugar algum — disse Sommer debilmente, enquanto sua cabeça tombava para o peito.

Os três homens trocaram olhares e se aproximaram mais do fogo.

— Se pelo menos o celular... — começou Allen num tom monótono.

— Nem fale nisso — pediu Milt.

Broker fitou Milt, e em seguida Allen. Eles tinham conseguido o que queriam. Estavam nas mãos de Deus.

## Capítulo Cinco

**Entorpecido, Milt fitava** a tempestade. Allen observava suas mãos de cirurgião, trêmulas e inúteis. Broker continuava vendo Sommer remando.

A depressão, segunda camada difusa do choque, estava se instaurando. Broker se levantou e cutucou os ombros dos companheiros — no caso de Milt, o ombro bom.

— Muito bem, gente. Vamos manter a coisa simples.

Primeiro precisavam se secar. Gentilmente, vestiram Sommer com roupas limpas, colocaram-no no saco de dormir e o moveram para perto do fogo. Allen fez um saco de gelo com uma camiseta e um pouco de gelo colhido na praia, e colocou-o sobre o estômago de Sommer. Em seguida, aumentaram o fogo até a altura de suas cinturas, despiram-se, armaram um varal onde pendurar suas roupas e puseram suas botas encharcadas para secar.

Os bíceps de Milt já estavam inchados e arroxeados, quentes ao toque. Allen embrulhou-os em gelo e usou uma camisa para fazer uma tipóia.

— A porra do pulso está doendo *outra vez* — sibilou Milt.

— Tome um pouco de Tylenol — sugeriu Allen.

Milt fez um gesto de que não queria.

— Guarde para o Sommer.

Broker fez o inventário. Tinham perdido a chaleira, o fogão de propano e o combustível, mas ele encontrou uma lata de café cheia de saquinhos de chá e café instantâneo. Ele encheu a lata com água, e então colocou-a sobre o fogo e distribuiu algumas barras de chocolate. Allen serviu chá a Sommer.

— E então, como está o estado dele? — perguntou Milt.

Allen calculou.

— Ele precisa estar numa sala de operação dentro de vinte e quatro horas.

Os homens trocaram olhares preocupados.

— E eu não posso operar em lugar nenhum com uma faca de caça e um punhado de aspirinas — disse Allen.

— E eu não posso remar com este braço — disse Milt.

— E eu não posso remar sozinho — disse Broker, tomando cuidado para controlar a voz. Como remador, ele preferia Milt.

— Então é isso — disse Milt. — Eu fico com Hank, vocês dois vão remar atrás de ajuda.

Broker começou a fazer seus preparativos.

— Quais são nossas chances? — indagou Allen.

Broker olhou para Sommer no saco de dormir.

— Não vou enrolar você. Sair vai ser a parte fácil. Voltar é que vai ser foda. — Apontou para a tempestade. — O vento está para nordeste. Se alguma coisa realmente grande estiver descendo do Canadá, nós vamos bater de frente contra ela. O Serviço Florestal tem uma base de hidroaviões em Ely, e a patrulha estadual tem um helicóptero. Essa é a única chance que ele tem.

Seus olhos se encontraram.

— Mas talvez não possam decolar com o tempo ruim — raciocinou Allen.

— É verdade — disse Broker.

— Não preciso dizer a vocês como a situação é grave — disse Allen. — O intestino dele abriu um buraco na parede estomacal, os músculos estão comprimidos, e eu não tenho como atenuar a situação, que seria empurrando para dentro. O intestino está preso, não está recebendo sangue, e o tecido está morrendo. Se a hérnia perfurar, dependendo do tamanho do rasgo, ele pode inundar a cavidade estomacal com sua própria merda.

— Peritonite — disse Broker.

— Não é a forma que eu escolheria para ele morrer — disse Allen amargamente, enquanto fitava a neve coleante.

**Sommer enroscou-se dentro** do saco de dormir, seus joelhos puxados para o tronco num nó fetal de dor.

— Jo...lene — gemeu, acordando por um instante, para desmaiar novamente em seguida.

— É isso? — perguntou Broker.

Milt balançou a cabeça, levantou uma sobrancelha, e repetiu:

— Jo...lene.

Sommer proferia o nome da esposa repetidamente, como um metrônomo, e isso era apropriado, porque agora o tempo era a coisa mais importante. Duas horas haviam se passado desde que tinham chegado à praia. Não corriam mais risco de hipotermia, tinham salvado uma canoa, mas Broker queria ter certeza de que ele e Allen estariam aquecidos e em roupas secas antes de enfrentar novamente as intempéries.

Debruçaram-se sobre um mapa topográfico no qual seus itinerários tinham sido traçados com hidrocor amarelo. Allen esticou abruptamente o braço, virou o pulso de Broker e puxou a correia de napa barata de seu relógio. Broker começou a reagir, e então viu que o médico não queria ser rude. Apenas estava curioso, e sua curiosidade não respeitava limites normais.

— Ainda está funcionando. Custou doze dólares na *United Store* — disse Broker.

Allen, usando um Rolex Explorer II, assentiu positivamente e continuou amarrando os cadarços das botas. Broker abriu a bolsa de sobrevivência. Tinham alimentos, lanternas, sacos de dormir, uma muda de roupas, uma canoa de cinco metros sólida e três remos. Para lastro, Broker embrulhou um pouco de madeira seca num poncho.

Allen conferiu suas últimas instruções a Milt a respeito de aplicação de bolsas de gelo para reduzir o inchamento. Broker ajoelhou e colocou a mão no ombro de Sommer.

— Ei.

— Oi, compadre — disse Sommer através de dentes cerrados. Por um instante, os olhos se fecharam, e então ele brincou: — Você ainda está aqui? Vai embora e me traga um helicóptero.

— Nada de comida ou água depois da meia-noite — disse Allen. — Amanhã a esta hora ele vai estar numa mesa de operação.

— Allen, precisamos ir — disse Broker, levantando.

— Entrem em contato com a Jo — pediu Sommer.

— A primeira coisa que faremos — prometeu Allen.

— Diga a ela que ainda não estou morto — disse Sommer, conseguindo manter um leve sorriso.

Levantou uma mão para se despedir, mas não conseguiu mantê-la no alto por muito tempo.

Broker e Allen saíram do abrigo e foram até a canoa que Broker preparara na praia de seixos. Os ventos da tempestade haviam espiralado para longe, deixando o lago relativamente calmo. Apertaram a mão esquerda de Milt e, com flocos de neve batendo em seus rostos, lançaram-se às ondas incansáveis.

# Capítulo Seis

**A tempestade deixou para trás** rajadas de neve que torturaram seus rostos, derretendo e escorrendo por suas bochechas. As ondas altas tinham sumido, deixando em seu lugar ondinhas que quebravam inofensivas contra o casco da canoa.

— Se ao menos ela não tivesse ligado esta manhã... — lamentou Allen, remando furiosamente enquanto fitava o bosque enevoado ao longe. — Quase não dá pra acreditar. Ele *arremessou* o telefone pra longe.

— Em briga de marido e mulher não se mete a colher — proferiu Broker com naturalidade.

Era um clichê que repetira muitas vezes em seus anos como policial.

Allen fez uma pausa para descansar sobre seu remo e menear a cabeça.

— Típico. Ele faz uma coisa por impulso e depois se arrepende. Essa é a história da vida de Sommer desde que conheceu aquela mulher. — Allen olhou para cima e balançou a cabeça. — E você não imagina *como* ele a conheceu.

— Foi uma reunião dos AA, não foi? — disse Broker, apenas para manter a conversa em andamento.

— Sim, mas o motivo para terem se encontrado pessoalmente foi o seguinte: ela entrou numa reunião num porão de igreja com paredes de concreto e nenhuma janela, o ar carregado de *fumaça de cigarro*...

Allen disse "fumaça de cigarro" como se tivesse acabado de conjurar Satã.

— ...e usando um suéter colado sobre os peitos perfeitos. Assim, Hanker e os outros sujeitos começaram a especular se eles eram verdadeiros ou implantados. Fizeram apostas, e Hank foi encarregado de investigar. Ele a levou pra tomar um café, e depois a um motel. E quando os dois estavam na cama, ele constatou: nenhuma cicatriz, são verdadeiros. — Allen continuou balançando a cabeça. — Eu já fui casado. Sabe onde conheci minha esposa? Na missa.

— Então Sommer casou com a garota do suéter — disse Broker.

— Milt acha que ela é mulher de bandido. Mas acho que a julga assim basicamente por causa do ex-namorado dela, esse tal Earl. Ele, definitivamente, é um criminoso.

Broker conteve um sorriso ao ouvir o jeito de Allen falar. Tinha a impressão de que ele era um homem altamente moralista.

— Algumas mulheres acham isso atraente — disse Allen. — E Hank tem um pouco disso no passado dele, também. Você sabe, coisas barra-pesada.

Broker pigarreou e olhou para o seu remo. Ele estivera esperando que Allen descrevesse melhor a garota, e agora estava um pouco decepcionado com a mudança no rumo da conversa.

Allen tinha se revelado surpreendentemente forte e estável no remo, o que fizera Broker revisar seu julgamento anterior. O doutor, decidiu, estava acostumado com resultados digitais, e como estava segurando apenas um remo análogo, estava mais frustrado que irritado. E, longe de se sentir incomodado com o tagarelar de Allen, Broker gostava dele, porque ajudava a combater a monotonia do céu e da água.

Era bom que gostassem de conversar, porque tinham muito tempo para preencher. Broker calculava quatorze a dezesseis horas de remadas ininterruptas e percursos por terra até a cabana. E teriam de acampar quando escurecesse, o que somaria mais seis horas. Sommer tinha vinte e quatro horas, e eles precisavam quase desse tempo todo para conseguir ajuda. E ainda precisavam contar com a sorte de haver um avião ou helicóptero disponível para pegá-lo.

O tempo se estendia à frente. Tempo real, antiquado, desconectado e lento, sem multidões, tráfego, sirenes, televisão, telefonemas, *e-mail* ou Internet. Apenas o ranger da canoa, o chiado do casco cortando a água, o chapinhar dos remos.

— Há quanto tempo vocês se conhecem? — perguntou Broker.

— Conheci o Hank através do Milt. Conheci o Milt num seminário. Ele era o palestrante sobre erros médicos. Milt me chamou para um jogo de pôquer, e eu conheci o Hank lá. Isso foi logo depois que ele tinha vendido o livro dele para o cinema.

— Eu não leio muito....

Broker estava prestes a dizer "ficção" mas Allen o cortou:

— Mas você já viveu muita coisa.

— Como assim?

— Quando a gente estava lá na fogueira, quando estávamos tirando as roupas molhadas. O seu ombro, as suas costas, a sua perna direita. Eu passei um mês na Bósnia em 1994. O programa Médicos Sem Fronteiras. Eu já vi ferimentos de balas *shrapnel* antes.

Broker não fez qualquer comentário. Estava aposentado do serviço policial há três anos, mas ainda possuía a discrição desenvolvida em dez anos de trabalho sob disfarce para o Departamento de Apreensão Criminosa do Minnesota. Antes disso tinha sido policial em St. Paul. Antes disso, levara alguns metais vietcongues durante os dois anos daquela guerra sobre a qual as pessoas não gostavam de falar e não conseguiam esquecer.

Depois de um intervalo polido, Allen perguntou:

— Você é de Ely?

— Não sou nativo. Eu tenho um pequeno *resort* em Lago Superior, a norte de Grand Marais. Só estou ajudando meu tio nesta viagem.
— Então sua família está no ramo turístico?
— Pode dizer que sim.
Era uma resposta precisa, ainda que incompleta.
— E então, como está o nosso ritmo? — perguntou Allen.
— Está bom. Precisamos continuar remando assim até o pôr-do-sol.
— E depois? — perguntou Allen.
— Vamos ter de parar. Não podemos correr o risco de nos perdermos na escuridão.
— Concordo — disse Allen.
Remaram e seguiram por terra durante toda a tarde. Quando as nuvens ficaram mais baixas e a temperatura caiu, os lagos suaram uma fina névoa de fim de tarde.
— É engraçado — disse Allen, tagarela novamente. — Jolene se casou com um sujeito que tinha algum dinheiro e pensou que ia fazer compras em Paris, talvez conhecer Florença. Mas Hank comprou uma mansão antiga para confinar a vida dos dois ali. Agora ele quer encher o lugar com cães e gatos. E talvez, crianças.
Allen se virou para acrescentar:
— Rapaz, essa mulher tem um corpo que você não acredita. Precisa ver com os próprios olhos. Acho que só pensar em estrias de gravidez deve deixá-la maluca.
— Parece uma daquelas esposas que os ricos ostentam como troféus de caça — disse Broker, imaginando-a loura, bronzeada e com curvas perfeitas ressaltadas por uma malha de ginástica.
— Exatamente. E com uns... — Allen abaixou o remo, virou-se para Broker e pôs as mãos em concha sobre o peito, generosamente. — Você sabe, do tipo que flutua na água.
Broker riu.

— Você parece saber muito sobre a aerodinâmica dos peitos da Sra. Sommer.

— Eu vi algumas fotos dela em *topless*, do tempo em que estava no ramo do entretenimento.

— Hummmm...

— Uma dançarina exótica — disse Allen. — Hank Sommer não é um escritor normal e Jolene não é uma mulher de escritor normal.

— E também não são os seus tipos normais de amigos, certo? — arriscou Broker.

— *Touché*. Muito bom. São meus amigos principalmente por causa do Milt. Ele é famoso por colecionar tipos estranhos.

Allen não usava aliança na mão esquerda.

— E quanto a você? — perguntou Broker. — Disse que já foi casado.

— Um assunto delicado. Casei com minha namorada dos tempos de escola. O casamento não sobreviveu aos meus anos de residência em Mayo. E agora eu não tenho condições financeiras para sustentar um casamento — brincou Allen. — Diabos, ainda estou pagando minha faculdade de medicina e a quebra da bolsa de valores em 87. Certamente não posso pagar tudo isso mais um casamento fazendo operações de hérnias e hemorróidas.

Allen dirigiu sua frustração para o lago e eles entraram num ritmo físico meditativo. Os remos subiam e desciam, enchendo o tempo. Broker deduziu que devia ser pior para Allen. O amigo dele estava morrendo lentamente num acampamento improvisado enquanto ele se movia a energia muscular no mesmo ritmo dos mercadores de peles de trezentos anos atrás.

Ao anoitecer foram para a margem e montaram um acampamento, usando a canoa emborcada como abrigo. Fizeram chocolate quente numa fogueirinha, comeram suas barras energéticas e se deitaram de costas coladas em seus sacos de dormir, mergulhando num sono exausto.

— **Meu Deus, o que...?** — disse Allen levantando de supetão e batendo de cabeça na canoa.

— Lobos — disse Broker, atento aos uivos que reverberaram através das árvores escuras, anunciando carne crua na neve.

Estava acordado há uma hora, aquecendo as mãos sobre uma fogueira baixa, ouvindo com atenção. Dez ou doze animais, a mais de um quilômetro e meio e um lago de distância.

— Eles não atacam pessoas, atacam? — perguntou Allen.

— Não aqui, ainda não. Na Índia, roubam crianças e as comem. Provavelmente por pressão populacional.

— Não temos uma espingarda.

Broker se permitiu um sorriso. Era a resposta apropriada.

— Vamos, relaxe — disse ele.

Os lobos terminaram sua serenata enquanto a escuridão se dispersava, e à luz de um alvorecer tênue, Broker torceu para não parecer tão abatido pelo frio quanto Allen.

Comeram um desjejum rápido de café instantâneo, chocolate e barras de cereais enquanto suas respirações saíam em jatos brancos densos. Estava ficando mais frio. Puseram-se a bater os pés para ativar a circulação. Na canoa, assumiram o mesmo ritmo lento, enquanto seus músculos se aqueciam. Colocando todo seu esforço no remo, Allen hoje não estava tão tagarela.

Remaram durante duas horas e precisaram ir à praia mijar e caminhar um pouco para restaurar a circulação em suas mãos e pés. A vegetação estava enregelada, enfatizando o quanto a temperatura estava baixa. Voltaram ao barco.

Estender, afundar, puxar, recuperar.

Broker estava observando redemoinhos hipnóticos de água escura se difundirem a partir de seu remo quando o primeiro floco de neve desceu, quase tão grande quanto uma moeda de vinte e cinco *cents*. Olhou para cima, esperançoso, lembrando de um velho ditado índio:

Neve pequena, chuva grande; neve grande, chuva pequena.

— Mais uma hora! — gritou, enquanto os flocos de neve caíam aqui e acolá como fragmentos de uma imensa massa branca suspensa sobre eles.

Levantar o remo, afundar o remo na água, levantar o remo. Sentia uma pontada de dor entre as omoplatas cada vez que levantava os braços e o cântico no fundo de sua mente escarnecia dele.

*A gente não tem, não tem, não tem como prever...*

...quando a piada vai ser com a gente.

Entorpecido com a dor do remo, não notou no começo. E então sentiu um cheiro de madeira queimada e levantou a cabeça para aspirar com força.

Definitivamente, madeira queimada.

Ele se agarrou ao aroma como uma corda entre seus dentes. Seu remo espumou a água e o barco fez uma curva, permitindo que vissem uma barraca amarela ao lado de uma canoa verde, numa ilhota que parecia saída de uma ilustração de livro infantil. Um homem e uma mulher relaxados diante de uma fogueira.

— Telefone? — gritou Broker enquanto remava furiosamente na direção do acampamento.

— TELEFONE!

O homem se levantou em postura defensiva, alarmado pela energia maníaca dos dois homens de olhos fundos remando na direção dele e de sua companheira.

A voz de Broker o acalmou:

— Deixamos um homem em estado grave lá atrás, em Fraser. *Vocês têm um celular?*

O casco da canoa roçou num leito de pedra.

Galvanizado, ouvindo Broker claramente, o homem gritou:

— Claro que sim!

Foi até sua barraca, emergiu, correu até a praia e ofereceu o aparelhinho de plástico cheio de botões.

**O operador do** 911 do condado St. Louis passou a chamada para a delegacia em Ely e o xerife Dave Iker atendeu o telefone. Broker reconheceu a voz de Iker. Trocaram cumprimentos rápidos e então Broker explicou a situação. Iker despachou seu único carro-patrulha que não estava comissionado para acidentes de tráfego relacionados com o clima para pegar Broker e Allen na Cabana do Tio Billie. Em seguida telefonou para a base de hidroaviões do Serviço Florestal Americano na região de Lago Shagawa.

Ikers continuou seguindo sua lista. Alertou a equipe norte do Esquadrão de Resgate do Condado de St. Louis, notificou a patrulha estadual, e requisitou a condição de seu helicóptero. Em seguida telefonou para o Hospital Ely Miner para mandar uma ambulância ficar de plantão. O despachante do hospital disse-lhe que todos os médicos estavam no engavetamento com o caminhão a oeste, na Rodovia 169. Mas o despachante ficou de ligar para o Life Flight em Duluth e requisitar um helicóptero para voar até o heliporto do hospital. Ely Miner era um posto de primeiros socorros que não estava equipado para lidar com cirurgias emergenciais num paciente em estado crítico.

Quando Iker saiu de seu escritório, apenas um policial permaneceu no prédio da delegacia para cobrir os rádios e a própria cidade de Ely.

Lá fora, viu nuvens baixas praticamente roçarem os prédios. Preocupado, passou uma mensagem por rádio aos policiais no local do acidente, a oeste, e pediu uma atualização das condições climáticas.

— Temos mais uma surpresa de outubro. Está nevando pra cacete aqui, e Hibbling está coberta — foi a resposta.

Hibling ficava a noventa e seis quilômetros a sul e a leste.

— Previram sessenta centímetros de neve — continuou o policial pelo rádio. — A patrulha estadual está pensando em fechar as rodovias Dois e Setenta e Um.

— Sam, pegue um médico e volte para Ely. Estamos sem gente aqui. Tem um homem em estado crítico em Lago Fraser. Estou indo pra lá no hidroavião.

— Neste tempo?
— Afirmativo. Ligue para o hangar e peça os detalhes.

Desligou o rádio e deu a partida em seu Ford Crown Vic.

Quatro minutos depois entrou no hangar da base de hidroaviões. Lá fora, um Dehaviland Beaver vermelho e gorducho mantinha-se sobre seus flutuadores na doca. Dentro do hangar, dois pilotos estavam ao rádio e o que segurava o microfone disse a Iker:

— Dave, o caso é o seguinte: o despachante recomenda que não devemos decolar. Acabo de falar com a patrulha estadual. Eles não vão apoiar isto. O Esquadrão de Resgate está sobrecarregado, e o Lifle Flight em St. Mary também. O Serviço Nacional de Meteorologia acaba de declarar oficialmente que é uma tempestade e vai manter a gente no chão por meia hora.

— Não se trata de um tornozelo distendido — disse Iker. — O sujeito vai morrer.

— Foi isso que eu disse a eles e é isso que eu acho.

O piloto apertou o botão no microfone e disse ao seu despachante:

— Eu vou subir.

Apertou duas vezes o botão no microfone e se virou para Iker.

— Parece que vai ser só você e eu. Os médicos estão todos naquele engavetamento na estrada.

Iker meneou a cabeça e disse:

— Mandei um policial e um médico virem para cá, mas não podemos esperar.

Eles se debruçaram sobre um mapa e Iker disse:

— Um dos caras que está remando é um cirurgião. Vamos levá-lo para o hospital, só por precaução. Conheço o guia. Ele disse que com a neve será difícil localizar o paciente do ar. Eles não têm uma barraca. Não é um acampamento normal. Estão abrigados num buraco num costão baixo. Mas ele disse que consegue conduzir a gente até lá.

— Onde eles estão agora? — perguntou o piloto.

Seus olhos correram para as janelas e focaram na equipe de solo preparando o Beaver.

— Remando no Lago Um. Devem chegar à Cabana do Billie Broker em cerca de dez minutos.

— Certo.

O piloto estava desperto, com barba feita, e bem arrumado em seu estilo de Urso Smokey: jaqueta, suéter e calças compridas. Tinha pilotado helicópteros Black Hawk até o Iraque e bailado em tempestades de neve no Alasca. Ele tinha escapado da aviação comercial porque achava a rotina muito enfadonha.

— Temos uma chance — disse ele. — Vamos saltar em Lago Um, pegar o seu amigo e então voar até Fraser e encontrar o grupo perdido.

Abotoou a jaqueta e atravessou o hangar na direção do píer. Lá fora, gritou para ser ouvido acima do vento:

— A parte complicada vai ser dar de cara com essa tempestade filha da puta no caminho de volta.

O chefe do hangar sinalizou com os polegares para cima; as verificações prévias estavam completas. Jogaram uma maca e uma bolsa de primeiros socorros na pequena área de carga atrás da carlinga e entraram na aeronave. Com sua fuselagem gorda e desajeitada debaixo de asas compridas de ponta quadrada, o hidroavião tinha todo o charme de uma jamanta velha.

O motor Pratt e Whitney de 450 cavalos tossiu uma nuvem de ar e os flutuadores de alumínio deslizaram para a frente. A biruta alaranjada num montículo de terra em frente ao cais estava sendo soprada num ângulo de três horas com seu mastro, apontando um caminho reto para o leste.

**Remando em direção** à doca diante da Cabana do Tio Billie, Broker avistou o carro-patrulha estacionado ao lado da casa. E então ouviu o motor do hidroplano.

O ruído aumentou pouco a pouco, e então o hidroplano apareceu por trás dos pinheiros. Robusto e com flutuadores grandes, desceu abruptamente, ameaçando mergulhar a ponta em uma das ondas no lago. Então aprumou-se e pousou na água a noventa metros de distância.

O uniforme marrom e castanho do xerife Iker apareceu na escotilha aberta. Ele começou a gritar e acenar, mas como Broker não conseguiu ouvi-lo acima do som das hélices, remou até o flutuador.

— Você é o doutor? — gritou Iker.

Allen fez que sim com a cabeça, e Iker apontou para a margem e gritou de novo:

— O policial vai levar você até o hospital.

— Pensei que teríamos um helicóptero! — berrou Allen.

— Aceite a minha palavra: neste tempo, este Beaver é melhor que um helicóptero.

Então Iker virou os olhos na direção de Broker. Tinham jantado juntos cinco dias antes. Conheciam-se há um bom tempo, tendo trabalhado numa força-tarefa quando Broker era policial disfarçado.

— Você! — gritou Iker para Broker. — Vem comigo!

Puxou Broker para o flutuador, inclinou-se para fora, acenou para o policial na doca, e apontou para Allen. O tira fez que sim com a cabeça. Allen virou-se para a frente e começou a remar na direção da praia.

Broker e Iker entraram na área de carga. Iker girou o dedo indicador, o piloto curvou o manche, o avião começou a deslizar pela água, e num instante alçou vôo.

— Ele é rápido! — gritou Broker.

— Não o bastante. — Iker esboçou um sorriso. — Uma tempestade está vindo pra cá.

— Mas vamos chegar antes dela a Ely? — perguntou Broker.

Mais uma vez, o xerife delineou um leve sorriso enquanto dava um tapinha no ombro de Broker.

— Ei, a gente dá conta deste tipo de coisa.
Broker balançou a cabeça negativamente.
— Nós *costumávamos* dar conta deste tipo de coisa.
— Bem... — Apontou para o piloto. — Ele é jovem. *Ele* ainda dá conta deste tipo de coisa.

## Capítulo Sete

**Allen seguia do leste** para a cidade no carro-patrulha da polícia, enquanto a tempestade aproximava-se do oeste. O policial apressado deixou-o no hospital e foi embora o mais rápido que pôde. Com frio e cheio de dores devido ao esforço na canoa, arrastou a bolsa à prova d'água de Broker pela calçada enquanto um vento de quase 50 quilômetros por hora o empurrava para os lados. Abriu uma porta com um pequeno letreiro em néon laranja: SALA DE EMERGÊNCIA. Largou a bolsa diante da mesa da recepção, onde uma mulher se levantou para confirmar sua identidade. O xerife Iker, explicou, tinha se comunicado por rádio, e agora ela estava monitorando a equipe de resgate que voava para "pegar o paciente". Ela fez um gesto para o fundo do corredor e uma mulher magra, de cabelos escuros, aproximou-se num jaleco azul.

— Nancy, leve o Dr. Falken até o Boris — disse a recepcionista.

A enfermeira fitou Allen com os olhos semicerrados de alguém que passara a noite acordada. Então ela o conduziu pelo corredor até um posto de enfermagem onde um homem magrelo, num jaleco branco de médico, estava conversando com uma mulher vestida em calças jeans e suéter. A mulher, que tinha neve ainda fresca nas bainhas das calças, segurava uma prancheta numa das mãos e um telefone na outra.

— Este é o médico que veio remando da área de canoas — disse a enfermeira de cabelos escuros.

Allen removeu as luvas e estendeu uma mão rosada e enrugada devido à água fria.

— Allen Falken.

— Olá, Boris Brecht. É um prazer conhecer você. Disseram pelo rádio que você é especializado em intestinos.

— É verdade — disse Allen.

Piscou e quase perdeu o equilíbrio quando se sentiu ofuscado pelas luzes brilhantes e pelos azulejos brancos da ala médica, como um banheiro muito limpo e acolhedor.

— A sua licença médica está em dia?

— Sim, eu...

— Posso ver a licença e uma identidade com foto? E preciso de um número de contato com a instituição em que você está trabalhando no momento.

Allen inclinou a cabeça.

— Dá pra repetir?

— Dr. Falken... Allen. Eu sou um médico de família. No máximo, extraio amídalas. Não posso operar este homem que estão trazendo.

Allen ficou furioso.

— Do que você está falando? Ele está em estado muito grave. A hérnia pode perfurar. Ele precisa de um centro de traumas de primeiro nível... — Seu sorriso trêmulo não combinou com sua voz; suas palavras e partes de seu corpo estavam evidentemente correndo a velocidades diferentes. — Pensei que haveria um helicóptero para levá-lo até Duluth.

Brecht apontou o dedo para o teto.

— Está ouvindo esse gemido? É uma tempestade. As estradas estão fechadas. Não teremos helicóptero. A operação terá de ser aqui. Temos uma anestesista, mas ela não está de plantão. Ainda não conseguimos encontrá-la, mas com sorte chegará junto com o turno diurno.

— Meu Deus! — exclamou Allen.

Tomou a prancheta da mulher com neve nas bainhas das calças, pegou a caneta dela, e escreveu um número no topo do prontuário preso na prancheta. Então abriu o zíper de um bolso, tirou sua carteira, protegida num saco Ziploc, e deu a Brecht sua licença médica e carteira de motorista de Minnesota.

— Ligue para Ron Rosenbaum. Ele é o cirurgião-chefe do Timberry Trails Medical Group, onde trabalho. Agora, como vocês estão equipados?

— Temos uma suíte de operação no andar térreo para cirurgias quando há um cirurgião disponível, normalmente de Virgínia, às vezes de Duluth ou mesmo das Cidades.

— Vocês podem aplicar anestesia geral? — perguntou Allen.

— Temos um Narcomed II.

— E quanto à anestesista?

— O que tem a anestesista? Estamos ligando para o bipe dela.

Allen juntou as pontas dos dedos indicadores e polegares de cada mão para pressionar os olhos e lembrar a si mesmo para não ser grosseiro. E se manter concentrado no que era realmente importante.

— Vamos pensar no pior e considerar que ela não apareça. Com quem ficamos?

Brecht fez uma careta e disse:

— Se ninguém aparecer antes do paciente chegar — seremos eu, você e — apontou para a mulher de jeans — Judy, o que deixa Nancy cobrindo sozinha a sala de emergência e duas outras alas. Mas não sabemos operar o equipamento de anestesia.

— A sua anestesista deve ter uma bandeja de intubação para adultos — disse Allen.

— Nós *somos* um hospital — asseverou Judy. — Nós *temos* uma farmácia.

— Quitamina?

— Ali. — Ela estreitou os olhos. — Isso vai ser suficiente se você tiver de abrir o abdome do paciente.

Allen deu de ombros. Ele tinha operado casos bem piores na Bósnia, em condições muito complicadas.

— Terá de ser suficiente, se não tivermos alternativa. — Pigarreou e fez um gesto com os braços, mostrando suas roupas esfarrapadas e botas molhadas.

— Preciso de uma xícara de café preto, um avental cirúrgico e alguns sapatos confortáveis, se for possível.

Respirou fundo, exalou, e acrescentou:

— E se houver uma sala que eu possa usar, gostaria de ficar sozinho durante alguns minutos e usar um telefone. Depois precisarei ver a sala de operações.

— Claro — disse Brecht. — Terei de telefonar para a junta de licenciamento estadual e para o seu hospital. Preciso cumprir esses procedimentos para... você sabe, satisfazer nosso administrador. Ele é um pouco rígido no que diz respeito a privilégios cirúrgicos de emergência. Judy vai providenciar as coisas de que você precisa.

O que Judy se pôs a fazer. Allen despiu as roupas molhadas e tomou um banho rápido no banheiro masculino. Depois vestiu um jaleco e calças compridas limpas e calçou um par de tênis velhos que pertenciam a alguém. Quando saiu do banheiro, Judy esperava-o com uma xícara de café preto para conduzi-lo até uma sala de exame. Allen agradeceu com um sorriso duro, enquanto a mulher fechava a porta ao sair. Então se virou de costas para a porta e bateu seus ombros contra ela.

Cuidadosamente, Allen pousou a xícara de café na mesinha das enfermeiras, dobrou ambos os braços sobre o peito e fechou as mãos em seus ombros, abraçando a si mesmo. A perspectiva de operar seu amigo para salvar-lhe a vida tinha uma leve tom irônico — ele lembrou de Hank bancando o machão na manhã anterior.

*Bem, Hank, agora a situação está ligeiramente invertida.*

Seus olhos se fincaram no telefone sobre a mesa, ao lado do monitor de pressão arterial e da xícara de café. Ele se deu um momento para lembrar de uma época em que estava completamente satisfeito consigo mesmo...

Lembrou-se de Jolene Sommer naquela festa um ano atrás, na casa de Milt, no rio. Ela tinha penteado os cabelos de Hank e dito que eles eram perfeitos demais.

*Allen, você precisa aprender a não deixar se abalar tanto.*

O toque de Jolene o tinha deixado permanentemente descabelado. Como uma brisa cálida, o toque portara insinuações de viagens ao exterior e momentos felizes. Depois de conhecer Jolene, Hank retornara para casa, e descobrira que ela era uma concha pálida mobiliada com nomes de marca.

Era como se Jolene tivesse lhe dito:

*Existe mais.*

*Existe eu.*

Mas ela não tinha dito nada remotamente parecido. Isso era apenas uma peça pregada pela imaginação de Hank. Hank não achava que Jolene podia mudar. Achava que *ele* podia mudar, e que ela poderia ser um catalisador.

Mudar para alguma coisa menos dura, com mais...

Levantou os olhos para o teto e lembrou a si mesmo:

*Você é um homem disciplinado demais, treinado demais, correto demais, para contemplar anseios como esses.*

Como sempre, havia refúgio em seu trabalho. Assim, sentou a uma mesinha e bebericou o café ruim, forte e familiar desta caneca de isopor igualmente genérica. A mobília da sala também era familiar — os brancos, cinzas e castanhos da mesa de exame e dos armários, a logomarca estridente de perigo biológico no depósito de lixo Sharpes.

Allen respirou fundo para se acalmar. Usava respiração diafragmal como parte de sua lista de tarefas pré-operatórias para aumentar a concentração. Mas esta respiração profunda era para prepará-lo para telefonar para Jolene.

Enquanto exalava, visualizou a casa imensa na colina cheia de pinheiros que dava para o Rio St. Croix, ao sul da Ponte do Hudson. Seu relógio dizia 9:18. Tinha uma idéia de como Jolene passava seus dias. Não pensava em Jolene à noite, quando ela estava com Hank. A idéia dela tocando aquele corpo velho e encarquilhado, que fedia a cigarros...

Às 9:18, dependendo de como estivesse o tempo, Jolene estaria no lado ensolarado da cozinha tomando uma xícara de café. Ela estaria ouvindo o programa matutino na rádio pública. Ela acompanhava o programa noticioso todos os dias para aprimorar seu vocabulário e aprofundar seu domínio dos assuntos. Estaria com uma caneta e um bloco no colo. Estaria fazendo anotações.

Hank sentia orgulho do fato de que Jolene jamais havia terminado o segundo grau.

Ela estaria usando aquela camisola branca que complementava seus olhos verdes e ressaltava o tom rubi em seu cabelo escuro. Sua pele macia tinha um tom oliváceo e ela costumava dizer, de brincadeira, que comprara essa camisola um número abaixo de suas medidas para que ela ressaltasse as curvas de seu corpo. Aquele maldito gato cinza que ele odiava estaria aninhado no colo de sua dona.

Quando fechou os olhos, Allen se deparou com um abismo de fadiga por trás de suas pálpebras. O som da janela tremendo ao vento trouxe-o rapidamente de volta à consciência e ao fato de que cinco vidas estavam suspensas dentro de um pequeno aeroplano, em algum lugar naquele céu. Tudo isso para trazer Hank Sommer de volta para cá.

E se o avião caísse? De repente ele se viu confortando Jolene, conquistando-a. Ele a levaria para Florença.

Allen matou a fantasia com uma punhalada de concentração. Ele era dotado com as mais elevadas virtudes utilitárias; meticuloso, havia decorado uma biblioteca médica quase completamente. Suas mãos estáveis eram capazes de amarrar nós praticamente invisíveis em suturas sintéticas e absorvíveis de Vicryl.

Ele não podia se dar ao luxo de perder o controle sobre sua imaginação.

Assim, ficou irritado quando não conseguiu controlar a excitação adolescente que acelerou seu coração quando discou o código de área e o número, e contou um toque, dois toques, três...

— Alô. A voz chegou suave e direto ao ponto.

— Jo?

— Allen. Ora, até que vocês foram rápidos. Quem pegou o Bambi grandão?

— Onde você está?

— Na cozinha, assistindo ao Weather Channel. Acho que vocês escaparam de passar maus pedaços.

— Jolene, quero que você se sente e escute com cuidado. Aconteceu uma coisa.

Falou no tom profissional, mas carinhoso, que usava com as famílias de pacientes graves. Não era o tipo de homem que abraçava estranhos, mas também não era o tipo que dava notícias ruins como quem diz as horas.

— Ai, meu Deus. O Hank não caiu da canoa, caiu? O jeito que ele estava gritando no telefone...

Ela fez uma pausa. Quando voltou a falar, o medo apertava sua voz.

— Allen? Está tudo bem?

— Não, Jo. A hérnia do Hank estourou. É grave.

— Meu Deus! Eu falei pra ele cuidar daquilo.

Sucintamente, ele explicou a tempestade, a ruptura da hérnia, como Milt e Hank foram deixados no acampamento, como eles saíram remando, como o guia e os policiais estavam voltando num hidroavião, e como agora estava preso neste hospital de meia-tigela com uma equipe noturna no meio de uma tempestade, com a perspectiva de operar sob circunstâncias menos que ideais.

— Portanto, fique preparada — disse ele no seu melhor tom de voz.

E então o tom fragilizado abandonou completamente a voz de Jolene:

— O que você quer dizer com isso? Eu não sou nenhuma criança. É melhor você me prometer que ele vai ficar bem.

— Estou apenas dizendo que a situação aqui está bem ruim. Está havendo uma tempestade. E ele está num aviãozinho com um piloto caipira.

— Prometa-me, Allen. Você precisa trazer o Hank de volta para mim, vivo.

— Não se preocupe, Jo.

Apertou o plástico frio do fone contra sua testa e culpou a fadiga, porque se flagrou vendo todos os resultados possíveis desta manhã ruim, e num deles o avião simplesmente desaparecia na tempestade e jamais era visto de novo. Um Ato de Deus.

Ela interrompeu seu devaneio.

— Me dá o número do hospital. Deve ter um aeroporto aí perto. Vou ver como está o tempo. Vou mandar o Earl fretar um avião...

— Acho que trazer o Earl para cá não é uma boa idéia — disse Allen com rigor.

— Ele é prestativo, e sabe como fazer as coisas. Tipo fretar um avião em cima da hora. Só estou sendo prática.

— Hank odeia ele — disse Allen.

— Deixa que eu me preocupo com isso. Quanto a você, enfie a cabeça na sua touca de cirurgião e faça seu trabalho. Estou contando com você.

— Sim — disse Allen simplesmente.

De repente sentia-se indefeso diante da inadequação da linguagem dela. Assim, deu a Jolene o número do hospital, desligou o telefone, e tentou enxugar o suor da fronte com o suor de suas palmas.

*Chega desta merda. É hora de seriedade.*

E finalmente o motor de sua força de vontade começou a funcionar, e Allen deixou para trás as distrações — sua vida pessoal, a viagem exaustiva de canoa, e até Jolene. Essas coisas tornaram-se irrelevantes enquanto ele aumentava sua concentração até suas feições parecerem se aglutinar no meio de seu rosto triangular.

Então levantou suas mãos cobertas de bolhas e as inspecionou. Como sempre, sentia desprezo por pessoas que jamais tocavam em nada além de teclados, telefones e dinheiro, que ganhavam a vida falando.

Ele se orgulhava de ganhar a vida com as mãos. Durante sua residência cirúrgica na Clínica Mayo ele tinha usado uma gravata militar com faixas vermelhas e brancas debaixo de seu casaco. O padrão e as cores evocavam as bandagens sangrentas do poste de barbeiro que servira como o símbolo original que os cirurgiões tinham usado para anunciar sua profissão. Os cirurgiões tinham acompanhado os exércitos europeus a partir da Idade Média através da Renascença até a era moderna. Eles tinham cortado cabelos e amputado braços e pernas.

Allen sorriu. Então, com a ajuda da Mãe Igreja, tinham expulsado as parteiras dos vilarejos e as "bruxas" com suas ervas medicinais, e fincado sua bandeira na medicina.

Ele não era destituído de História. Ele não era destituído de cultura.

Um cirurgião de sua geração não podia usar uma tatuagem no braço como os novos garotos que estavam chegando — ou como Hank Sommer podia, e Allen invejava as mensagens codificadas marcadas em sua pele. E se Allen pudesse ter uma tatuagem secreta, ela seria um bisturi número dez sobre os dizeres: CURANDO COM O AÇO.

Despiu-se mentalmente até que se viu nu como um estudo de anatomia de Michelangelo. Então se vestiu com camadas sucessivas de conhecimento, confiança e autocontrole. Apenas quando estava completamente vestido ele visualizou a operação inteira, começando com a primeira incisão.

Ele acreditava piamente que podia fazer acontecer qualquer coisa que pudesse visualizar antes.

Quando Allen se levantou, sua fronte e suas palmas estavam secas. O guia, Broker, não parecia o tipo que se intimidava com Atos de Deus; ele iria persistir. Iria levar Hank de volta e deitá-lo numa mesa de operação e, fiel ao juramento que tinha feito, Allen iria inserir uma lâmina do aço inoxidável mais afiado logo acima do osso púbico de Hank Sommer e abri-lo, levantar seus intestinos com ambas as mãos, repará-los, e salvar sua vida.

**O piloto se recostou,** segurou o braço de Iker e cutucou o mapa com o nó de um dedo. Broker se curvou para a frente e colocou um dedo no promontório no Lago Fraser.
— As rochas são realmente perigosas — avaliou Broker. — Pouse nesta baía onde o promontório se junta à margem. Nós teremos de carregar o Sommer até você.
O piloto fez que não com a cabeça.
— Não temos tempo. A vegetação lá em baixo vai dificultar o avanço de vocês. Teremos de arriscar pousar entre as rochas. O cara com o braço machucado consegue andar?
— Claro — disse Broker. — Ele se vira sozinho.
O piloto assentiu.
— Muito bem. Escute. Vocês dois vão amarrar o amigo de vocês na maca e carregá-lo através das rochas. Isso não pode demorar, senão teremos de encarar a tempestade na volta. O que não vai ser nada bom para o paciente.
— Ei, Pat? — disse uma voz calma pelo rádio. — É bom você saber que estou olhando pela janela do hangar e não consigo ver para onde a biruta está apontando.
— Incrível — replicou o piloto.
A trezentos metros de altura, as nuvens estavam se aglutinando. Lá embaixo, a neve caía na floresta como queijo ralado sobre macarrão. O percurso que Broker e Allen tinham levado um dia para completar foi vencido em minutos, e eles chegaram a Fraser. O piloto conhecia o lago. Fixou o promontório e voou direto até o ponto que Broker indicara no mapa.

Fumaça cinzenta sujava a neve, e Broker deduziu que Milt tinha jogado galhos de pinheiro na fogueira. Então viram o casaco vermelho de Milt destacando-se entre as pedras brancas, balançando seu braço bom.

Iker segurou a maca enquanto Beaver fazia uma curva fechada e descia na direção das ondas. Iker e Broker passaram pela escotilha aberta e se equilibraram sobre o flutuador enquanto o avião deslizava na água, manobrando na direção da praia.

— Vão, vão! — gritou o piloto.

Queriam pular para a pedra mas viram que não iam conseguir. Assim, saltaram para o local de aparência mais sólida que conseguiram ver, e ambos ficaram com água gelada até a cintura.

— Merda! — arfou Iker, movendo-se atabalhoadamente na direção da margem.

Lutaram contra as ondas e alcançaram a praia de seixos. Milt, com a barba por fazer, pálido de dor, capengou até eles.

— Sem água nem comida desde a meia-noite! — gritou Milt ao vento. — Ele está inconsciente. O problema é que há uma hora o inchamento tinha baixado, a dor diminuído e ele estava se sentindo muito bem. E então começou a gritar. Agora está delirando, ardendo em febre.

— Ai, meu Deus, a hérnia perfurou — disse Iker.

— Vamos! — berrou Broker. — Ele está morrendo nas nossas mãos.

Entraram no *cul-de-sac* na rocha, tossindo com a fumaça. Segurando Sommer, enfiaram a maca dura sob o saco de dormir e o levantaram. Sommer acordou gritando.

Ignorando os gritos, caminharam de volta até o avião com sua carga desajeitada. Milt capengava na frente, tropeçando na rebentação até alcançar a aeronave. Usando seu braço bom, puxou a si mesmo para bordo.

Com água gélida até os joelhos, Broker sentiu suas pernas cederem, e Iker, na posição de trás, tropeçou. O saco de dormir foi golpeado por uma onda, e agora a carga, encharcada com água, estava ainda mais pesada.

Deixaram Sommer cair e quase não conseguiram manter sua cabeça acima d'água, mas os gritos pararam. Sommer havia desmaiado de novo. Broker e Iker trocaram olhares e estavam surpresos com o fato de que esse breve esforço houvesse drenado sua energia, e que não tivessem força para levantar a maca.

Mas precisavam fazer isso.

Desesperados, ergueram o peso através das rochas e ondas e o bateram contra o flutuador do avião. Com Milt puxando com uma só mão, conseguiram fazer a frente da maca chegar à pequena área de carga.

— O filho da puta é grande demais! — gritou Iker, frenético.

Os pés de Sommer, embrulhados no saco de dormir encharcado, pendiam para fora da maca e batiam contra os assentos da carlinga.

— Enfia ele aí do jeito que der e feche essa escotilha — ordenou o piloto. — Nós vamos *agora!*

Enquanto Milt, Broker e Iker trabalhavam freneticamente com a maca, o piloto rumou para o vento e comeu um pouco de céu com um truque da magia da aerodinâmica. Durante alguns minutos tremeram com a turbulência, prendendo a respiração, e então uma voz plácida disse pelo rádio:

— Pat, esteja avisado, eles estão sob neve e gelo muito fortes. Vou repetir: neve e gelo e rajadas de vento a mais de noventa quilômetros por hora a leste do Lago Vermilion.

— Entendido — disse o piloto. Então ele gritou: — Mapa!

Iker já o estava segurando.

Enquanto o Beaver saltitava a seiscentos metros de altura, Broker olhou para a frente, entre os braços e pernas emaranhados, sobre os mostradores no painel, pela janela.

Deus estivera atarefado.

Deus construíra uma parede sólida, cinza-esbranquiçada sobre o céu, e essa parede estava vindo na direção deles. Broker podia ver lagos e florestas sendo sugados.

Com um olho na floresta sendo comida pela tempestade e outro no mapa, o piloto gritou para o rádio:

— O local mais próximo para aterrissar com acesso para a estrada é... Snowbank. Muito bem. Vou descer em Snowbank antes dessa coisa aí fora. Leve um veículo até a rampa de barcos. Entendeu?

— Você está se desviando para a rampa de botes Snowbank. Aguarde o transporte de terra — disse a voz no rádio.

— Certo. — O piloto soltou o microfone e gritou: — Segurem firme.

Todos gemeram enquanto o Beaver desenhou um mergulho escarpado e o piloto se curvou para a frente, bastante concentrado na parede branca coleante.

O rosto de Broker foi empurrado contra o rosto cadavérico do paciente, e os olhos de Sommer se abriram quando Iker, na frente, escalava até seu assento enquanto Milt lentamente movia os lábios:

— Santa Maria, mãe de Deus...

Todos os passageiros mantiveram os olhos cerrados enquanto se seguravam durante o mergulho de quarenta e cinco graus. Assim, não viram a parede branca coleante quebrar sobre as árvores e apagar o lado oeste do Lago Snowbank, enquanto o Beaver nivelava e fazia um rasante a dois, três metros acima das ondas. A aeronave estremeceu, cada parafuso chocalhando, enquanto voava rumo à rampa de barcos, que já estava sendo devorada pela tempestade. Ainda com os olhos fechados, os passageiros não viram o piloto sorrir enquanto desligava o motor e fazia a aeronave adentrar tremulamente a nuvem branca.

# Capítulo Oito

— **Próxima parada, a doca!** — berrou o piloto. — Vou fazer ele descer contra o vento; preparem-se para sair o mais rápido que puderem.

Mas Broker não conseguia ver nada porque o pára-brisa estava engessado com neve. Eles pinotearam às cegas nas ondas, Broker jurando que nunca mais botaria o pé num avião pequeno.

E Iker estava gritando em seu rádio de polícia:

— Sam, onde diabos você está?

O rádio gritou de volta:

— Dave, tenho contato visual com vocês. Estamos na doca, mas é como olhar através de mingau de aveia.

— O sujeito aqui dentro está realmente mal.

— Ei, temos sorte de termos rodas. O Suburban quebrou e eu tive de arranjar um veículo. Vamos até o hospital o mais rápido possível.

Milt estava enrolado em posição fetal com o rosto branco como giz, e estava segurando o braço ferido. Sommer só não havia caído no chão graças às correias da maca.

O piloto apontou para Milt:

— Broker, temos cobertores no compartimento de popa. Parece que temos um pouco de choque retardado aqui. E pegue as cordas.

Broker levantou a maca para abrir a porta do compartimento e Sommer gritou, e todos rangeram os dentes porque tinha sido grito a mais em cabine de menos. Mas Broker continuou se movendo e pegou os cobertores, cobriu Milt, e voltou para as cordas enroladas. Então se virou para Sommer.

— Meu Deus, como dói! — gritou Sommer, forçando suas correias enquanto o suor escorria por seu rosto febril.

— Você vai ficar bem — disse Broker, e subitamente a mão de Sommer se levantou e apertou o braço de Broker.

— Diga ao Cliff... — murmurou Sommer através de dentes cerrados, sem enxergar com seus olhos arregalados e amarelados.

— Precisamos fazer alguma coisa depressa. Ele está ficando doido! — gritou Broker enquanto massageava os dedos de Sommer.

E então, colocando sua voz sob controle, tentou acalmar Sommer:

— Muito bem, diga a Cliff...

— Diga a Cliff para mover o dinheiro. Pra não deixar eles... — Sommer se contorceu diante de uma pontada de dor, lambeu seus lábios rachados e piscou para expulsar o suor de seus olhos. — Diga a Cliff.

— Hein? Que Cliff?

— Cliff Stovall.

E então Sommer desmaiou.

Broker repousou o pulso na fronte de Sommer e sentiu nojo da pele quente e viscosa.

— Vamos, vamos! — gritou para Iker.

— Estou tentando! — gritou Iker de volta. E então: — Puta merda!

Colidiram contra alguma coisa dura e, enquanto os parafusos que mantinham o avião inteiro gemiam, Broker vislumbrou a perspectiva claustrofóbica, mas também humilhante, de morrer esmagado e *afogado* numa borrasca. Outro choque violento acordou Sommer, que gritou. O que havia acontecido? Eles tinham perdido um flutuador?

— Pronto! — berrou o piloto, triunfante. — Rápido, ajudem-me com a corda!

O piloto pulou sobre o assento, atravessou o túnel de corpos amontoados, e agarrou as cordas enroladas.

— Pensem rápido. Andem. Abram a escotilha.

Lutaram contra a porta, abriram-na, e ao forçar a vista para enxergar através da chuva de neve, viram que um dos flutuadores tinha aberto um rombo num píer, e estava preso nele.

O piloto gritou:

— Vamos, precisamos amarrar o avião antes de flutuarmos para longe.

Duas figuras encasacadas esperando na doca revelaram-se um delegado e uma médica. Eles ajudaram Broker, Ilker e o piloto a subir a escada de madeira escorregadia, e todos começaram a amarrar cordas para prender o avião à doca.

Broker concentrou-se para amarrar uma bolina. Franziu as pálpebras para proteger os olhos de luzes fortes e compreendeu que estava fitando faróis poderosos desenhando fachos de luz através da chuva de neve. Um enorme caminhão Chevy Tahoe marrom com pneus de neve estava estacionado no fundo da doca.

Quando terminaram de ancorar o avião, ajudaram Sommer e Milt a subir até a doca. A médica, uma morena robusta, olhou para Sommer e gritou:

— Vamos, ponha ele no caminhão!

O piloto aceitou uma garrafa térmica de café e, armado com um livro de bolso de Louis L'Amour, permaneceu em seu avião. Todos os outros se aglomeraram no Tahoe. Enquanto voltavam para Ely, Sommer gritou e se contorceu e puxou os joelhos para o peito a cada batida e virada. Depois de três tentativas, a médica desistiu de aplicar a solução salina intravenosa. Sommer se contorcia tanto que cada agulha simplesmente se soltava.

Broker ficou no fundo do caminhão, embrulhado num cobertor, perto de Milt, que estava deitado ao lado de Sommer.

Tomou um grande gole de seu café agradecendo aos céus, mas não conseguia se livrar do frio profundo que o tomara em seu último mergulho nas águas glaciais. Tremia, e se perguntou se isso não era um sinal de que estava envelhecendo.

Iker e um xerife do tamanho de um lutador profissional de vale-tudo estavam apertados no banco da frente. Da forma como o pára-brisa estava colhendo neve, parecia a tela de navegação da *Enterprise* quando ela entrava em velocidade de dobra.

— Se preparem para uma barriga ardente — gritou a médica em seu rádio. — A pressão dele está em dezoito por dez. A pulsação está em doze, e a temperatura está em quarenta graus. — Ela ouviu, revirou os olhos e cutucou o ombro de Iker. — Tempo de percurso?

— Quinze minutos — informou Iker.

— Preparem-se para daqui a quinze minutos — disse a médica.

Desligou o rádio e balançou a cabeça.

— O quê? — perguntou Broker.

— A operação — disse ela numa voz preocupada. — Obviamente, o helicóptero não está em Duluth, de modo que o administrador quer enfiar o seu amigo numa ambulância atrás de um remardor de neve e mandá-lo pela estrada até o hospital mais próximo onde houver um cirurgião.

— Com o tempo deste jeito? E quanto a Falken, o cirurgião que remou comigo? — indagou Broker.

— Eles estão discutindo isso agora. A licença dele é válida e eles deram alguns telefonemas que confirmaram sua competência.

— Então qual é o problema? — perguntou Broker.

— Mike. O administrador. Ele quer consultar a junta hospitalar antes de conceder privilégios cirúrgicos. Um deles está na Flórida.

Iker virou-se no banco da frente, furioso.

— Nem pelo cacete! Depois de tudo que passamos, este sujeito não vai ser morto pela burocracia!

— É mesmo uma merda — disse o delegado enorme atrás do volante. Seu nome era Sam e ele revirou os olhos. — É como esses babacas *yuppies* que vêm pra cá dizer como a gente tem que viver. Compram todas as propriedades e abrem cadeias de lojas. Dizem onde e como podemos pescar. Querem tomar nossos trenós e rifles. Eles adoram os lobos porque moram em Minneapolis, Chicago ou qualquer outro lugar, e não estão nem aí se os lobos comem nossos cães ou animais de criação. Então, quando eles se ferram, querem que a gente arrisque o pescoço para salvá-los. E quem paga a conta de todas as horas extras? Eles? Não, quem paga somos nós, com nossos impostos.

O desabafo de Sam quebrou a tensão dentro do Tahoe, e eles desfrutaram do tipo de alegria insana que surge num *front* de guerra. O caminhão acelerou, derrapou, e roçou numa série de galhos de árvores à beira da estrada. O pequeno acidente fez todos rirem.

— Onde você conseguiu este monstro, afinal? — perguntou Iker, compreendendo subitamente que não estavam num veículo urbano.

Sam sorriu e disse:

— Fala pra eles, Shari.

— A ambulância não seria capaz de correr com a estrada cheia de neve — disse a médica. — O Suburban estava quebrado e vimos esta coisa estacionada na frente do Vertin's Cafe, com chaves e tudo. Assim, entramos no caminhão e o libertamos desse forasteiro das Cidades.

Ainda estavam enxugando lágrimas de riso quando viram o brilho fluorescente de um Posto Almoco deserto. Do jeito que as luzes queimavam brancas sobre branco, parecia que alguém havia deixado a porta da geladeira aberta. Logo avistaram fumaça de chaminé subindo dos telhados de Ely. Ali nada dava sinal de vida, exceto o Tahoe, o vento uivante e as sombras das árvores.

Finalmente se aproximaram do Miner Hospital, uma relíquia dos tempos gloriosos das companhias mineradoras, que sumia e reaparecia em redemoinhos de neve. Aproximaram-se mais e viram uma biruta cor de laranja rígida como uma escultura de metal em cima do telhado. Uma porta dupla de garagem se abriu. O Tahoe entrou, e as portas se fecharam em seguida.

O motor foi desligado, e pela primeira vez em três dias Broker estava num local fechado, seco e silencioso, com um cheiro de pneus radiais e concreto limpo que era muito confortador em sua familiaridade, especialmente porque era um hospital com uma cruz vermelha.

A porta no fundo da garagem se abriu e uma mulher, um homem, e um abatido Allen Falken entraram. A mulher vestia jeans debaixo de seu jaleco cor de ameixa. Allen e o homem usavam azul hospitalar. Broker e Shari ajudaram-nos a levantar a maca de Sommer e transferi-la para uma cama sobre rodas.

Em meio à agitação, Allen olhou para Sommer, e então chamou por Milt, que não respondeu. Ele se virou para Broker.

— Milt disse que o calombo abaixou há uma hora. Sommer se sentiu melhor, e então ficou delirante — disse Broker.

Allen lançou um olhar para o outro homem.

— Se a hérnia perfurou, não podemos esperar nem mais um segundo. Onde está a porra da anestesista?

— Está vindo.

Então Allen, que parecia mais alto agora, ordenou a Broker:

— Você mesmo vai ter de encontrar outra maca com rodas e colocar o Milt nela. A tempestade pegou o hospital durante a mudança de turno e eles estão com pouca gente aqui. Vamos, pessoal, vamos nos apressar.

Apressou todos enquanto Brecht, a enfermeira e a médica conduziam Sommer por uma rampa, através de portas duplas até um corredor.

Iker seguiu-os, retornou com uma maca, e ajudou Broker a colocar Milt nela. Sam, o motorista, permaneceu atrás do volante, falando em seu rádio policial.

Empurraram a maca de Milt até uma pequena alcova entulhada com equipamentos, com duas mesas de tratamento à direita. Shari desceu o corredor e supervisionou enquanto punham Milt na mesa. Ela fez um gesto para que se retirassem e cortou as roupas molhadas de Milt com um bisturi.

Broker seguiu Iker pelo corredor. Um cartaz numa parede chamou sua atenção: um diagrama de acidentes potenciais com ganchos de pesca e os procedimentos adequados de primeiros socorros. Tonto com o calor do interior do prédio, apoiou o braço numa parede, e viu que seu relógio vagabundo ainda estava funcionando. Eram 9:45 da manhã. Tinham se deparado com a tempestade um pouco antes das oito horas da manhã anterior. Tinham deixado o acampamento no promontório às dez. O resgate de Sommer só não havia demorado vinte e quatro horas por uma questão de quinze minutos. Os joelhos de Broker começaram a tremer. Tinha viajado por águas selvagens, e voado durante uma tempestade. Agora estava sentindo dificuldade em firmar os pés no chão.

Lá na frente, estavam com Sommer no corredor diante de um elevador, cercado por carrinhos cheios de monitores e um emaranhado de tubos intravenosos e cabos elétricos.

— Onde está Amy, afinal? — gritou Brecht. — Não vai ser nada bonito cortar este cara sem ela.

— Ligamos para o *pager* dela. Ela está vindo.

Sommer gritou enquanto Allen, Brecht e a enfermeira, num movimento coordenado, livraram-no da tipóia rígida e a descartaram junto com o saco de dormir encharcado. Seus olhos se reviraram, gotas de suor escorrendo por seu rosto.

— DÓI! QUE DOR FILHA-DA-PUTA! — gritou.

— Você está bem, Hank — disse Allen. — Está num hospital. Nós vamos cuidar direitinho de você.

Uma lâmina metálica brilhou em sua mão enquanto ele cortava as roupas de Sommer. O material desapareceu num ciclone azul de atividade enquanto sensores conectados a fios eram presos com esparadrapo ao seu peito nu. Linhas sinuosas apareceram num monitor de sinais vitais.

— PORRA, COMO DÓI!

— Ele está delirando. Não pode ouvir você — disse Brecht a Allen.

E então ele ordenou a Judy:

— Faça um exame de sangue completo sem demora. Eu vou tirar a pressão arterial. Instale duas sondas antecubitais intravenosas.

Brecht colocou uma bandagem de pressão no braço de Sommer e se pôs a bombeá-la enquanto a enfermeira entubava garrafas de solução salina e enfiava cateteres nas reentrâncias dos cotovelos de Sommer.

Broker assistiu a Allen assumir o controle da crise. Cabelos desgrenhados, ainda com a barba por fazer, era uma versão mais grosseira de seu eu habitual.

*Ele deve estar exausto*, pensou Broker. *Eu, com toda certeza, estou.*

— Esse homem já foi preparado? — gritou alguém.

Broker virou-se na direção da voz vibrante de mulher e a combinou com uma jovem de postura altiva marchando pelo corredor em jeans sujas de neve até os joelhos. Ela balançou os cabelos para se livrar da neve, despiu a jaqueta, e pegou um jaleco azul que a enfermeira jogou para ela. Tinha olhos cinzentos grandes debaixo de cabelos louro-acastanhados. Não usava maquiagem e tinha sardas espalhadas pelas bochechas.

Brecht apontou para Allen com a cabeça.

— Amy, este é o Dr. Allen Falken.

— Quando foi a última vez que ele comeu? — perguntou a anestesista.

— Não come nada desde a meia-noite? — Allen esticou a cabeça para fitar Broker sobre o grupo de médicos.

Broker fez que sim com a cabeça.

— Foi o que o Milt disse.

— Ele é alérgico a algum medicamento? — perguntou ela.

— Isto é...? — Um homem que se destacava naquele ambiente espiou sobre seus ombros. Usava uma camisa branca com o colarinho aberto e gravata desatada. Seu rosto parecia carregado de preocupação.

— Isto é sério, Mike — disse Brecht enquanto gentilmente sondava o abdômen inferior de Sommer com sua palma.

Sommer se contorceu e gritou.

— Meu Deus! — exclamou Mike.

— É algo muito grave. Como um apêndice supurado.

— Você já operou um apêndice — argumentou Mike.

— Eu estabilizo a situação e passo a bola adiante. O meu negócio é a infecção auricular do seu filho. Isto está acima da minha alçada. Precisamos abrir o abdome do paciente e fazer um pequeno corte intestinal.

— Não precisa me dar uma aula, eu sei o que isso significa — sibilou Mike, um administrador hospitalar vivendo seu pior pesadelo. Processos legais circundavam seu semblante preocupado como uma auréola de tubarões famintos.

— Ele precisa fazer isto — disse Brecht, apontando com a cabeça para Allen.

— Deixe-me pensar no assunto.

— Não há tempo para pensar — disse Amy, a recém-chegada.

— O que isso significa? — disse Mike.

— Significa que você vai ter *muita* papelada para preencher se despachar este sujeito daqui e ele morrer. Há uma tempestade lá fora. Nós temos um cirurgião licenciado a bordo e um sujeito com um intestino perfurado. Não é brincadeira, Mike.

— Amy está certa. Se tentarmos despachar o paciente, ele vai morrer, com toda certeza — disse Brecht, pronunciando separadamente cada sílaba para enfatizar a mensagem.

Mike virou-se para Iker, que meneou a cabeça.

— Eu não vou mandar ele de volta lá pra fora com um tempo como este. Nem pensar.

Por último, olhou para Allen, que esperou um instante antes de dizer:

— Nós abrimos a barriga dele ou ele morre. Tome uma decisão. *Depressa.*

— Está bem! — Mike puxou o seu cinto para cima, empertigou os ombros, e acenou com a cabeça na direção de Allen. — Levem ele para a sala de operações e façam a assepsia. Mas Amy... eu quero que você deixe todo o seu material preparado para caso tenhamos de reentubar o paciente. Quero dizer, seringas cheias, tudo. Ninguém vai dizer que não fizemos nosso trabalho direito.

Então Mike viu Broker e Iker parados ali, vazando poças de água de lago e neve derretida. Ele pigarreou, fez um gesto para a médica e disse:

— Shari, arranje alguma coisa seca para esses dois vestirem.

Enquanto retornavam para a garagem, Broker observou Brecht, Amy e a enfermeira empurrarem a maca de rodas na direção do elevador aberto. Allen entrou por último, mãos erguidas. Amy se inclinou sobre Sommer, abriu a boca do paciente e olhou sua garganta:

— Puta merda, vocês trouxeram este sujeito do inferno.

— Mas você pode entubar ele? — perguntou Allen.

— Posso entubar ele em qualquer lugar, a qualquer momento — redargüiu, um pouco arrogante, um pouco excitada com a agitação.

As portas do elevador se fecharam atrás deles.

# Capítulo Nove

**Milt estava deitado** num cubículo na sala de cirurgia, usando uma camisola de hospital com padrões florais, e com um tubo intravenoso no braço e uma bolsa de gelo no ombro direito.

— Essa camisola deve ter sido reciclada das cortinas de Martha Washington — disse Broker.

Estava se sentindo bem. Cansado para cacete, mas bem.

— Me *poupe*! — gemeu Shari. Então ela se debruçou sobre Milt e disse: — Você provavelmente rasgou um músculo e entrou em convulsão no avião.

— Eu preferiria quebrar um osso do que rasgar um músculo — disse Milt, suas pálpebras batendo enquanto se esforçava para ficar acordado.

— Faço idéia — disse Shari.

— E Hank? — perguntou Milt, afundando.

— Allen está operando ele — disse Broker.

— Para o meu relatório: o que aconteceu lá em cima? — perguntou Iker.

Milt se contorceu, um dar de ombros modificado.

— Ventos fortíssimos caíram retos sobre a gente. A pior água que já vi num lago. Hank tinha uma hérnia e remou como se sua vida dependesse disso. E dependia. Foi assim que ele estourou as tripas. Ele e Broker afundaram. Broker nadou com ele até a margem.

Os olhos de Milt rolaram na direção de Broker.

— Acho que ele conseguiu uma aventura sobre a qual escrever — disse Milt com um sorriso fraco.

Uma mulher magra, vestida com jaleco e calças azuis, aproximou-se silenciosamente em seus tênis. Prendeu seu rabo-de-cavalo numa rede e vestiu luvas de látex.

— Que dia, hein, Nancy? — disse Shari.

A enfermeira levantou as sobrancelhas, o que enfatizou os círculos de fadiga sob seus olhos.

— Trabalhei a noite inteira cuidando de duas alas. Agora ainda tenho as duas alas mais a recuperação quando levarem o novo paciente para lá.

Elas trocaram mais algumas palavras, e então a enfermeira aplicou uma injeção de anestésico no tubo intravenoso de Milt, apontou para a poça de água no chão, e polidamente gesticulou para que os visitantes saíssem.

Broker e Iker seguiram Shari de volta até a garagem vazia. Sam e o Tahoe tinham sumido. Era uma tarde atarefada.

Shari abriu um armário, jogou toalhas para eles, e lhes virou as costas. Enquanto eles se despiam e se enxugavam, ela permaneceu por perto, rindo baixo, obviamente se divertindo com o fato de que os dois suéteres que estendeu para trás eram decorados com logomarcas realmente horrendas. E em seguida deu-lhes calças *jogging* no mesmo estilo.

Enquanto Shari fazia comentários apropriadamente jocosos, vestiram as roupas secas e as pantufas azuis. Voltaram para o hospital e arrastaram os pés por um corredor com paredes de vidro, como um aquário, agora pontilhado com neve silenciosa.

— Pior que a tempestade do Dia das Bruxas de 91 — disse Iker.

Broker, cansado demais para fazer qualquer comentário, se aboletou numa poltrona da sala dos funcionários. Em menos de um minuto estava com o queixo voltado para o peito, cabeceando. Acordou de repente e ouviu Iker perguntar a Shari o que estava acontecendo lá embaixo, na sala de operação.

Shari apontou para o seu próprio estômago e desceu o dedo até sua virilha.

— Vão cortar ele e levantar seus intestinos. Depois vão puxar a seção perfurada e costurá-la. Depois disso vão lavar muito bem sua cavidade estomacal. Eles precisam reparar a hérnia, mas devido à presença da infecção, não vão usar um emplastro. Terão de costurá-la ao modo antigo.

— Ai — exprimiu Iker.

Broker não ouviu o restante da conversa porque dormia profundamente.

— **Ei, Broker, acorda, cara.**

— O que...?

Broker pendeu para a frente e olhou as horas no seu relógio de pulso. Era um pouco depois do meio-dia. Piscou e viu o rosto quadrado e sorridente de Iker.

— Eles acabaram. Estão levando ele para a sala de recuperação.

Atravessaram os saguões, entraram no corredor da emergência, e Broker quase pôde sentir o calor humano se insinuando pela esquina. A única pessoa que não estava sorrindo era Hank Sommer, que estava estatelado numa cama de rodas, vestido com sua própria camisola florida. A agonia que tinha apertado seu rosto durante vinte e quatro horas havia derretido. Com a boca aberta num longo bocejo, parecia, se não pacífico, certamente entorpecido.

Diretamente acima de Sommer, Amy, a enfermeira-anestesista de olhos cinzentos, tirou seu chapéu num gesto de triunfo, balançou seus cabelos compridos até o ombro, e empurrou a cama. Nancy, a enfermeira atarefada, com seu cabelo enrolado numa rede, puxava a outra extremidade. Elas conduziram a cama de rodas até um quartinho e a fizeram contornar um carro alto, com gavetas de instrumentos vermelhas, que parecia o baú de ferramentas de um faz-tudo. Por fim, estacionaram a cama ao lado da parede.

— O que o carrinho de emergência está fazendo aqui? — indagou Amy.

— Mike quis que ele ficasse pré-posicionado.

Amy olhou com impaciência para o teto e em seguida para uma bandeja cheia com frasquinhos de remédio e seringas posicionada na cama, entre os pés de Sommer.

— Estou entendendo, ele também quer que eu prepare todo o meu material.

Então mudaram Sommer de um monitor de sinais vitais móvel para o monitor maior aparafusado na parede. O bip-bip-bip de sua pulsação, pressão arterial e oxigenação era demonstrado graficamente na tela de vídeo.

Allen arrastou suas pantufas pelo saguão, flanqueado por Brecht e Judy, a enfermeira que ajudara a retirar o paciente do caminhão Tahoe. Todos usavam túnicas, calças compridas, boinas e botinas azuis sobre os sapatos. Como bandeirantes, tinham máscaras azuis penduradas nos pescoços.

Para Broker, pareciam mover-se com a jactância de uma equipe de aviadores uniformizada em azul, que acabara de cumprir uma missão muito arriscada. E não tinha dúvidas de quem era o piloto. A garganta e uma parte do peito de Allen apareciam através da gola em V de seu jaleco, e havia um pouco do sangue de Sommer em suas mangas. Suas mãos fortes pendiam nos lados de seus quadris enquanto fazia sua marcha triunfal.

Broker somou seu sorriso à onda de admiração.

Allen retirou sua touca e correu uma das mãos pelos cabelos. Os cantos de seus lábios se curvaram para cima, e num gesto de gratidão levantou a palma direita e fez um sinal de OK.

— Então ele está bem? — perguntou Broker.

Allen fez que sim com a cabeça e mostrou seus dentes nivelados num sorriso cansado.

— Ei, ele deu sorte. Foi operado por um tremendo cirurgião. — E mais seriamente, acrescentou: — Chegamos a tempo. Ele vai ficar bem. Vai ficar bem — repetiu no instante em que tropeçou, quase perdendo o equilíbrio.

Broker tinha notado que enquanto se afastava da sala de operações, Allen parecia diminuir em estatura. Parecia encolher fisicamente.

Broker estendeu os braços para amparar Allen, e o cirurgião piscou, e então franziu os olhos.

— Estou um caco.

— Todos estamos — disse Broker, esticando o pescoço para ver a pequena sala de recuperação.

— A anestesista agora vai acordar e estabilizar Sommer — disse Allen. — Vai levar alguns minutos.

Algumas pessoas se aglomeraram no corredor para prestar seus cumprimentos — Iker, Shari, Broker, Brecht e Mike, o administrador, agora com uma expressão muito relaxada. Depois de um momento, Broker se afastou e enfiou a cabeça pela fresta da porta da sala de recuperação para ouvir a conversa médica.

— Ele está respirando bem. Os níveis estão corretos, a batida está boa — disse Nancy.

— Certo — disse Amy enquanto examinava os monitores. — Vamos acordá-lo. Vamos levantar a cabeça dele, fazer com que aperte um dedo e degluta.

Amy se inclinou sobre Sommer e acrescentou:

— E esperem pelas pálpebras; os menores músculos são sempre os últimos a voltar. Quem está com as chaves dos narcóticos?

— Eu. Sou responsável por tudo hoje.

— Dilua vinte e cinco miligramas de Demerol e o aplique por via intravenosa.

Nancy caminhou até um armário ao lado da saída de oxigênio, destrancou a porta e entrou. Amy moveu a bandeja do pé da cama de Sommer, olhou em torno, e então a colocou num canto do carrinho de emergência. Nancy retornou com uma seringa fina.

— Espere um pouco. Quero fazer ele falar — disse Amy, apoiando seu cotovelo ao lado da cabeça de Sommer. Ela se curvou e balançou seu dedo indicador entre os dedos inertes da mão direita do paciente. — Consegue piscar? Oi. Pode apertar o meu dedo? — perguntou.

Os olhos de Sommer nadaram de um lado para o outro, flutuaram. Ele apertou o dedo de Amy e tentou se mover.

— Vá com calma — pediu Amy, acariciando o braço de Sommer. — O senhor levou alguns pontos na barriga.

Sommer premiu os lábios e disse:

— ...peração.

— Exato. O senhor sofreu uma operação de emergência. Tudo correu bem e agora o senhor está na sala de recuperação.

Ele piscou, focou, piscou de novo.

— Oi — disse lentamente.

— Oi.

— ...oidão. — Respirou fundo e acrescentou. — Tonto.

— Sim, nós demos uma coisa pro senhor. Depois vamos lhe dar mais um pouco dessa coisa boa.

— Oi — disse ele.

— Certo. Doidão, hein?

Sommer levantou a cabeça e tentou olhar em volta.

— Não — disse mais claramente. — Oi. — Ele a estudou por um momento. — Você é muito bonita — disse numa voz claudicante.

Então forçou a vista para ler o crachá preso no bolso de seu jaleco azul, que dizia:

AMY SKODA, ENFERMEIRA-ANESTESISTA.

— Você é bonita, Amy — disse, num tom levemente sedutor.

Amy fez uma leve mesura e disse:

— Obrigado, e o senhor é sortudo. Por estar vivo.

Sommer piscou, o bipe elétrico acelerou, e sua voz afundou.

— Onde? — Apoiou-se nos cotovelos e tentou se levantar. Caiu de volta.

— Está tudo bem agora — assegurou-o Amy. — Está num hospital.

Os olhos de Sommer tornaram-se túneis escuros, lembrando.

— Tempestade.

Amy fez que sim com a cabeça.

— Moço, o senhor viveu uma aventura e tanto.

— Outros? — sussurrou, quase inaudivelmente.

Foi nesse momento que Amy viu Broker ouvindo através da porta. Ela recuou da cama, sinalizando para Nancy, juntando dois dedos, apertando seu polegar num gesto de quem espreme alguma coisa. Nancy injetou o Demerol na entrada de medicamentos do tubo intravenoso de Sommer, e então descartou a seringa usada.

— Desculpe, Sr. Broker, mas quando observadores atrapalham, eles são removidos — anunciou Amy enquanto punha suas palmas no peito de Broker e o empurrava para o corredor. Então sua expressão rígida relaxou para um sorriso. — Deixe-o descansar mais alguns minutos.

As mãos dela permaneceram um pouco mais que o necessário no peito dele e então cutucou com um dedo reto a logomarca no suéter amarelo de Broker.

— Minha nossa — disse ela.

A camisa era decorada com o desenho de uma minhoca com um imenso sorriso lascivo, sobre os dizeres:

*O Minhocão da Floresta*
*Loja de Iscas*
*Temos chamarizes sexuais*
*Hayward, Wisconsin*

— Se eu não tivesse senso de humor, ficaria ofendida — disse ela, mantendo contato visual direto.

Broker, que nunca fora muito bom com conversa fiada e estava curioso em saber como ela se chamava, perguntou:
— Já fomos apresentados?

A expressão em seu rosto mudou de calidamente convidativa para agudamente atenta quando seus olhos passaram sobre Broker.

— Dr. Falken.

Allen, com a pele acinzentada pela fadiga, perguntou:
— Como ele está?

— Saiu da floresta — disse Amy com uma expressão neutra. — Os sinais vitais estão normais. Ele acordou, levantou a cabeça, apertou meu dedo, engoliu, e me disse que eu sou bonita.

— Está tratando a dor dele?

— Nancy aplicou vinte e cinco miligramas de Demerol. Eu vou arranjar alguma coisa gelada para sua garganta.

Amy passou por Broker. Ele observou-a modelar as calças azuis folgadas enquanto se afastava pelo corredor.

— Ela está satisfeita com o seu trabalho — disse ela.

— Sim. Bonitos... glúteos. Ascendência nórdica, seria meu palpite. — Allen bocejou. Piscou e continuou num tom mais sério: — Ela tomou muito cuidado ao entubar e retirar Sommer da anestesia. A garganta dele é muito difícil de trabalhar. Ela é tão boa ou melhor que qualquer um com quem já trabalhei no Nível Um. Assim, ela merece ser tão cheia de si. — E depois de meditar um pouco, acrescentou: — Ela está sendo desperdiçada neste lugar.

Allen deu um tapinha no ombro de Broker, atravessou o saguão até uma cadeira dobrável e se deixou cair pesadamente nela. Na outra extremidade do corredor, Amy Skoda parou de conversar com Iker. Ambos olharam para Broker ao mesmo tempo, e Amy piscou os cílios, e então abaixou o olhar, afastou-se de Iker e sumiu de vista no fundo do corredor.

Então Broker cabeceou de sono e levantou a cabeça no instante em que começou a perder o equilíbrio. Ainda que meio tonto, percebeu movimentos. Iker e Shari correndo na direção da sala de despacho diante do cubículo da sala de emergência. Então os gritos começaram.

— Mãos à obra, turma! Chegou mais gente!

— O que foi agora?

— Tudo bem, relaxem. Um braço quebrado, lacerações — disse Brecht. — Um bêbado tentou dirigir um *snowmobile* através de um vidoeiro. O problema é que o caminhão Tahoe que estão usando como ambulância ficou preso na rua. Vamos ter de carregar o homem até aqui numa maca.

Broker foi até a garagem, deslizou novamente para suas botas molhadas e foi até a rua na frente do hospital, onde o delegado Sam tinha atolado o Tahoe numa vala. Em meio a muitos gritos, ajudou a colocar outro homem numa maca e correr com ele na direção da garagem. Gotas de sangue congelado do tamanho de jujubas estavam grudadas no rosto do paciente, e ele recendia a álcool e gasolina. Havia uma bandagem ensangüentada enrolada em sua cabeça.

Trazendo neve consigo, atravessaram a garagem e transferiram o sujeito para uma mesa de tratamento no cubículo de emergência vago. Milt tinha sido movido para a parte mais interna do prédio.

— Este aqui é meu — disse Brecht.

Começou a pedir exames e serviços. Amy apareceu ao lado de Broker, deu-lhe uma caneca cheia de gelo em escama e disse:

— Segure isso por um segundo.

Vendo de perto, além dos olhos cinzentos, ela tinha cílios compridos. E cheirava bem. Nada medicinal ou cosmético.

Mas limpa. E tão... *ali*.

Broker tirou suas botas sujas de neve e vestiu novamente as pantufas secas enquanto Amy conversava com a Equipe de Emergência. Dali a pouco, ela voltou.

— Não é nada de mais. Uma perna quebrada — disse, pegando de volta sua caneca.

Eia!

Broker levantou de sopetão, olhos arregalados. Tinha ouvido alguma coisa...

— Está se sentindo bem? — indagou Amy.

Broker levantou a mão. *Pare. Escute.* Fitou a enfermeira magrela com o rabo-de-cavalo preto, que estivera observando Sommer e saíra rapidamente para a neve para ajudar com o recém-chegado. Ela agora estava correndo pelo saguão até a sala de recuperação.

Broker, que podia ouvir sua filha tossir do outro lado de um auditório apinhado de gente, detectou a coisa entre as conversas médicas. Alertadas pelos olhos assustados de Broker, Amy e a outra enfermeira ouviram um segundo depois. Allen, sentado como um zumbi no corredor, levantou de sua cadeira, esticou a cabeça e se virou.

O bip-bip-bip, antes ritmado, do monitor de Sommer, agora estava improvisando uma nota menor.

Booop... booop... booop...

— Puta que pariu!

Toda a cor desapareceu do rosto de Amy. A caneca caiu, espalhando lascas de gelo pelo assoalho de linóleo encerado enquanto a enfermeira-anestesista corria pelo saguão.

# Capítulo Dez

**Booop... Booop... Booop...**
— Acionem o alarme! Temos uma parada cardíaca aqui! — gritou Amy enquanto corria através da porta para a sala de recuperação.

Broker estava bem atrás dela e viu Sommer deitado rígido com os olhos fechados, lábios e faces assumindo o tom azul-acinzentado daquela água glacial. E a partir daí a situação apenas piorou.

— Meu Deus, ele está fibrilando! Que diabos aconteceu? — exclamou Allen entrando na sala, seu olhar alternando entre o monitor e o rosto pálido de Sommer.

— Eu não sei. Ele saiu bem da sala de operações — gritou Amy em resposta enquanto se movia por trás de Sommer, segurando seu rosto entre as palmas. — Estava reagindo bem. Os sinais vitais estavam bons, seqüência de quatro. Agora... está bradicárdico.

— Mas que...? — esbravejou o Dr. Brecht, entrando na sala.

— Ele teve uma bradicardia. Iniciem o processo de ressuscitação — ordenou Allen, cruzando as mãos sobre o esterno de Sommer.

Imediatamente, Brecht pegou o desfibrilador que ficava no carrinho de emergência abarrotado.

Com um olho na tela do monitor, onde uma linha baixa e trêmula traçava o batimento cardíaco falho do paciente, Amy abriu a boca de Sommer e enfiou um dedo em sua garganta. Ele não havia engolido a língua.

— ABC, ABC — recitou baixinho. — Oxigênio.

Ela agarrou a máscara de oxigênio enquanto Brecht conferia os fios e as placas dos eletrodos do desfibrilador. Amy colocou a máscara no rosto de Sommer e bombeou os balões.

Allen preparou o desfibrilador para a descarga e alvejou Amy com uma pergunta:

— Quanto tempo?

— Não sei — respondeu Amy entre dentes cerrados.

— Mais de quatro minutos?

— Eu não sei, merda.

Brecht abaixou as placas dos eletrodos e se aproximou do monitor cardíaco.

— Meu Deus! — disse ele.

— O quê? — perguntou Allen.

Brecht apertou um botão no monitor. Um alarme começou a uivar.

— *A porra do alarme estava desligado!* — esbravejou o médico.

— Não. Isso não é verdade... — protestou Nancy.

— Nancy, cale a boca — disse Amy.

E Broker, em pé contra a parede e fora do caminho, estremeceu por reflexo diante do tom de controle de danos de sua voz

— Meu Deus, Amy — balbuciou Nancy. — Eu só saí para ajudar com o caso do acidente. Conferi o monitor antes de sair — protestou. — Os sinais vitais dele estavam normais, ele estava falando. O monitor estava ligado, e o paciente estava bem.

— O paciente não está bem — murmurou Allen enquanto aplicava a descarga. — Ele teve uma parada cardíaca. Quero ver o seu prontuário. Quero saber a quantidade de sedativos que foi aplicada nele.

— Eu despertei ele completamente — declarou Amy, o cinza em seus olhos apertando, ficando mais escuro.
— O que está acontecendo? — Mike, o administrador, entrou na sala.
— Tire ele daqui! — berrou Brecht.
Shari, a paramédica, empurrou o horrorizado administrador de volta para o corredor. Allen e Amy fitaram um ao outro, seus rostos separados por centímetros enquanto trabalhavam. Brecht retornou ao desfibrilador e segurou uma placa de eletrodo em cada mão.
Amy balançou a cabeça.
— Está voltando.
Mas a linha no monitor ainda estava irregular. Brecht manteve-se pairando sobre Sommer, segurando as placas de eletrodo como címbalos. Allen manteve as compressões.
Bop bip bop bip bip bip...
— Continue ventilando. Ele está voltando — disse Amy enquanto a massa branca que era o peito de Sommer se mexia.
— Estou dizendo, ele está respirando — insistiu Amy.
— Ela tem razão — disse Allen. Levantou a mão no primeiro gesto calmo desde que o incidente havia começado. — Ele voltou.
Broker conseguiu capturar lampejos de Sommer em meio à balbúrdia azul e viu o filtro fino e rosado em suas faces, sua boca, e para dentro de seus antebraços imóveis e extremamente musculosos.
Allen levantou uma das pálpebras de Sommer e Nancy deu-lhe uma caneta de luz fina.
— Posição intermediária, reativa à luz. Vamos, Hank. Acorde, homem — sussurrou Allen.
Sommer jazia como um boneco grotesco, com sua camisola puxada para o lado e a barriga inchada subindo e descendo à luz forte. Uma dose de Betadina e tinha banhado a incisão e derramado manchas laranjas pelos quadris e pela virilha. A incisão em si parecia uma fileira de moscas derretidas em sua

pele; abaixo do corte, sua genitália era um punhado de frutas brancas estragadas. Gentilmente, Allen ajeitou a camisola enquanto o bip-bip-bip marcava o tempo na sala silenciosa.

Allen cambaleou, recuperou seu equilíbrio, e lançou um olhar fulminante para Amy.

— Quero saber todos os medicamentos que ele recebeu nos últimos trinta minutos.

— Eu fiz tudo direito. — A postura de Amy era firme, mas seu comportamento arrogante a havia deserdado, e suas palavras saíram num tom rouco que beirava a irritação. — Doutor, sente-se. O senhor está dormindo em pé.

— Responda à pergunta. Algum sinal de recurarização? — persistiu Allen.

— Não, droga — disse Amy.

Allen se empertigou, respirou fundo, exalou, falou num tom mais normal:

— Desculpe, ele é amigo meu...

Olhou para Sommer, o monitor. Cambaleou de novo. Retomou o equilíbrio.

Amy meneou a cabeça, como se não pudesse acreditar que aquilo estava acontecendo. A salinha estava cheia de simpatia, mas se sentia acusada, e quando abriu a boca, falou não para Allen, mas para si mesma:

— Será que ele aspirou quando fomos ver o outro paciente? — Balançou a cabeça, mordeu o lábio. Pensando em voz alta, murmurou: — Meu Deus, será que tirei o respirador cedo demais?

Bip-bip-bip.

Os médicos e enfermeiras mantinham-se em círculo em torno de Sommer enquanto a sala assumia a acústica de um necrotério muito iluminado. Quando Brecht quebrou o silêncio e disse a Nancy para empurrar a cama do acidentado até o raio X, ela se moveu como se estivesse caminhando debaixo d'água. Iker apareceu na frete de Broker e levantou as mãos, questionando. Broker balançou a cabeça, exausto. Passou por Iker e continuou descendo o saguão, para longe dos azulejos institucionais, os aparatos de aço inoxidável, a brancura estéril das paredes.

Ele passou pela porta de emergência e parou na garagem para vestir seu casaco e acender um charuto. Então saiu para a neve cortante. Ali era um ambiente mais hospitaleiro do que aquele do qual acabara de sair.

Um momento depois Shari juntou-se a ele. Pondo as mãos em concha para barrar o vento, usou um isqueiro para acender um cigarro com filtro. Ficaram parados ali durante vários minutos, fumando.

— Amigo seu? — perguntou Shari.

— Eu o conheci há apenas três dias — disse Broker. — Eu não entendo.

Não conseguia encaixar aquilo depois da borrasca, do longo percurso a remo, da viagem de avião, da tempestade de neve, da operação bem-sucedida.

Shari foi direta:

— A enfermeira-anestesista fez merda. O que é incrível, porque Amy é realmente muito boa.

— Como foi isso? Sem palavras complicadas.

— Quem sabe? O sujeito tem um pescoço curto e musculoso, queixo recuado, dentes saltados. É o pesadelo de um anestesista. Depois da cirurgia, quando tiram ele do gás, removem o tubo de respiração e o dióxido de carbono aumenta na corrente sanguínea. Isso faz ele respirar de novo. O que estão dizendo é que a via aérea dele entrou em colapso na sala de recuperação. Portanto, talvez estivesse respirando, mas ainda havia sedação residual suficiente nele para causar hipoxia.

— Allen disse... curare o quê? — perguntou Broker.

— Recurarização — disse Shari, meneando a cabeça. — É como dizer reparalisia. Se Amy errou o cálculo na quantidade de sedativo que estava no organismo do paciente, a droga pode ter surtido efeito de novo, e ele pode ter escorregado feio pela curva da dissociação-oxigênio-hemoglobina.

— Meu Deus.

— É. E ninguém estava lá. Ele não podia pegar ar. Começou a descer para uma parada cardíaca e ninguém o segurou. Alguém... provavelmente a Nancy, que está cumprindo seu segundo turno seguido e está cuidando de três pacientes hoje... esqueceu de calibrar o alarme do monitor. — Ela deu de ombros. — Corte o oxigênio para o cérebro por quatro minutos e o sujeito vira um vegetal. Isso acontece.

Broker caminhou de volta para o hospital, onde as pessoas continuavam chocadas com o ocorrido. Amy estava fazendo vigília na sala de recuperação, na cabeceira da cama de Sommer. Brecht, Judy e Nancy mantinham distância dela. Era como se houvesse acontecido uma calamidade. Broker voltou para o saguão e viu Allen andando de uma lado para o outro, curvo para a frente, como se estivesse subindo uma colina. Allen piscou, focou e reconheceu Broker, e então caminhou até ele e pousou a mão no seu ombro, para confortá-lo. A fadiga que ele subjugara para poder realizar a operação agora envenenava seu rosto, concedendo-lhe um tom amarelo-nicotina, e Broker leu isso no olhar fundo do cirurgião. Salvou o amigo e então...

Allen tentou sorrir.

— Preciso contar ao Milt. Ele esteve dormindo enquanto tudo isso acontecia.

— O que vai acontecer agora? — perguntou Broken.

Allen balançou lentamente a cabeça.

— Depende da quantidade de tempo em que ele não recebeu oxigênio. Está em coma. Pode acordar dentro de algumas horas, dias ou semanas. Ou... — Allen apertou os lábios. — Depois que abrir os olhos poderá ser avaliado por um neurologista. Até lá, tudo que podemos fazer é especular, mas... — A voz de Allen ficou presa na garganta. Precisou se esforçar para dizer: — Olhe só para ele. Ele sofreu algum dano.

— Algum dano? — repetiu Broker.

— Cerebral.

— Como assim?
— Ela não devia ter tirado aquele tubo tão cedo na sala de operações.
— Ele estava falando. Os dois estavam conversando. Ele até passou uma cantada nela — protestou Broker.
Allen fez um gesto débil de "deixa pra lá".
— Eu não sei. É como... — ele aspirou fundo — ...os sinais de "Pare". Ninguém obedece mais a eles, porque ninguém mais tem tempo para esse tipo de coisa. — Sua garganta produziu um som que não podia ser discernido como tosse ou riso. — Ela estava com pressa, acho.

E então Allen continuou andando pelo saguão até o posto de enfermagem. Broker o observou pegar o telefone bem devagar, como se pesasse dez quilos. Lentamente, Allen apertou os números e esperou. E então, enquanto começou a falar, sua expressão facial desabou como um pedaço de papel amassado.

Parado a três metros dele, Broker ouviu a voz feminina e vagamente familiar protestar pelo telefone:
— Não, espere um pouco. Como isso pôde acontecer? Ele estava num hospital, porra!

## Capítulo Onze

**Ainda nevava.** Mas agora a neve caía suave, quase em tom respeitoso.

— Sinais de "Pare", hein? — disse Dave Iker. — Ele tem razão nesse ponto. A Terceira Guerra Mundial provavelmente vai começar numa tarde de muito calor, num cruzamento em Minneapolis.

Ambos estavam exaustos.

O cinto do uniforme de Iker, cheirando a couro molhado, estava enrolado em sua mesa no gabinete do delegado de Ely. Eles ainda estavam usando os suéteres cafonas do hospital, e o de Iker, roxo e vermelho, ostentava o desenho tosco de um homem barbado segurando um gafanhoto enorme, sobre os dizeres:

FESTIVAL DE SÃO ERHO, MENAHAGA, MINNESOTA

São Erho era o santo patrono que havia livrado a Finlândia dos gafanhotos. Tio Billie defendia que o Dia de São Erho, como o de São Patrício, era uma desculpa para as pessoas se embebedarem, porque jamais tinha havido gafanhotos na Finlândia.

Olhando pela janela para a tempestade que amainava, Broker se perguntou por que tantos finlandeses tinham se fixado nas cercanias de Ely. Talvez porque os lagos e a floresta, assim como os seis meses de inverno, lembrassem sua terra natal. Ou talvez porque a ética de fatalismo dos finlandeses os atraísse por campos de lavoura cheios de rochas de granito.

Percebendo que seus pensamentos estavam vagando, Broker balançou a cabeça e perguntou:

— A enfermeira-anestesista, Amy. Ela é da região?

Iker fez que sim.

— Amy Skoda é uma das poucas que voltaram para ganhar a vida aqui. — Ele ergueu as sobrancelhas lentamente. — Ela perguntou sobre você, antes de tudo sair errado.

— Skoda? Ela é finlandesa? — perguntou Broker.

— Meio finlandesa, meio eslovena; a fina-flor da genética local.

Ele apontou para a parede onde uma procissão de policiais aposentados olhava-os de retratos emoldurados.

— Ela é filha de Stan Skoda, segunda foto ali em cima.

Skoda preenchia a moldura do retrato como um amável hidrante de incêndio, e Broker se lembrou vagamente dele de caçadas das quais participara quando adolescente.

— Me deixa sozinho um pouco — pediu Iker. — Preciso dar um telefonema.

A tela do computador deitou uma luz esverdeada no rosto de Iker quando ele se inclinou para a frente, abriu uma caderneta de endereços e começou a procurar um número de telefone.

Broker fez que sim com a cabeça, levantou e foi procurar o banheiro masculino enquanto Iker pegava o telefone. Ele precisava cumprir seu dever de telefonar para a esposa de Hank Sommer e explicar as circunstâncias da tragédia.

Quando Broker voltou, Iker estava, previsivelmente, mais melancólico.

— Como foi? — perguntou Broker.

— Ela disse "mas ele já esteve três vezes num hospital". — Iker balançou a cabeça. — Podia ter sido pior. O Dr. Falken já tinha telefonado para ela e a preparado. Ela pareceu calma e controlada, mas provavelmente por efeito do choque.

Broker assentiu. Sabia como funcionava: algum policial desconhecido telefonava de uma cidade distante e convidava uma esposa para um mergulho súbito ao lugar onde ela mantinha suas idéias pessoais sobre mortalidade.

Iker, que vivia em Tower, a cinqüenta quilômetros da rodovia intransponível a oeste dali, telefonou para sua esposa, certificou-se de que ela e as crianças estavam bem, e explicou os eventos do dia e como estava isolado junto com Phil Broker.

— Então agora você e seu amigo ex-tira têm duas escolhas, certo? — esbravejou pelo telefone a voz de outra esposa.

— Sim, eu acho. — Iker estremeceu, e afastou o fone o máximo que pôde do ouvido.

Broker escutou a esposa dizer:

— Ou cavar neve ou se embebedar.

Iker desligou o telefone.

— O que você vai fazer?

— Vou para o Holiday Inn.

— Preciso acabar de preencher este relatório. Talvez eu te encontre mais tarde no The Saloon.

Iker jogou para ele as chaves de seu caminhão.

Broker saiu da delegacia, entrou no caminhão de Iker, e dirigiu até o Holiday Inn, que ficava no subúrbio, de frente para o Lago Shagawa. De forma alguma ele ia tentar percorrer, em suas presentes condições, a estrada cheia de neve até a Cabana do Tio Billie. O Ford Ranger de Iker mal conseguia vencer a neve nas ruas de Ely.

Dirigindo cautelosamente, Broker recordou parte da terminologia médica que ouvira durante a tarde: Sommer sofrera um "insulto anóxico" significativo e estava comatoso devido ao corte de oxigênio para seu cérebro, precipitado por complicações respiratórias seguintes à cirurgia. A opinião informal no Miner Hospital era que Amy Skoda subestimara a quantidade de sedativos no organismo do paciente e o retirara da anestesia cedo demais na sala de operações. Talvez, especulou alguém, ela tivesse previsto que a cirurgia demoraria mais, não conhecendo a velocidade e a habilidade de Allen. O fato de Sommer estar com hipotermia também tinha sido um fator. Quaisquer que tivessem sido os eventos precipitantes, o paciente tivera problemas para respirar na sala de recuperação.

Ninguém estava por perto, ele teve a crise, e o monitor de alarme estava desativado.

Ao sair, Broker ouvira alguém consolar Amy.

*Podia ter acontecido com qualquer um.*

Mas não tinha acontecido com qualquer um. Tinha acontecido com Hank Sommer, o cara que Broker prometera tirar da floresta. O cara que tinha ajudado a levar até um hospital quente e seguro, onde seu coração e pulmões tinham sido preservados, mas seu cérebro perdido.

*Merda!*

Movido por um rompante de fúria, Broker socou o volante e quase perdeu o controle do caminhão. Por reflexo, pisou o freio, conseguindo impedir que o veículo derrapasse.

*Respire profundamente através do nariz. Controle-se.*

Normalmente tinha uma pavio bem mais longo.

O Holiday Inn era um antigo ginásio esportivo com pé-direito altíssimo e um recepcionista entediado, que sorriu discretamente ao ver as roupas de Broker. Ele entrou com a bolsa de lona que recuperara na mesa de despacho, reservou um quarto, desceu uma escadaria, abriu uma porta e adentrou um limbo de paredes vazias, cortinas e mobília de hotel que podia ser de qualquer lugar dos Estados Unidos.

E tudo que queria era desaparecer.

Mas, por força do hábito, tirou a roupa, entrou no chuveiro, ensaboou-se, aplicou xampu e espuma de barbear, e usou uma lâmina para retirar a camada de pêlos frios que se acumulara durante as últimas vinte e quatro horas. Esfregou um círculo refletor no espelho esfumaçado e avaliou sua fadiga pela vermelhidão dos olhos. Tirou da bolsa calças jeans secas, um pulôver de lã e botas.

Depois que se vestiu, moveu a mão até o telefone, pensando em ligar para o hospital e saber se estava tudo bem com Allen, que ficara para trás para cuidar de Sommer e Milt. Ele recolheu a mão.

*Você não conhece realmente Hank Sommer.*

Era como... Ele sempre tinha se sentido incomodado com a compulsão das pessoas a se deixarem envolver em tragédias alheias, e agora descobria que não era imune a esse desvio de personalidade.

Mas estava tentando lidar com isso.

*Se você não tivesse obrigado Sommer a se esforçar tanto durante a tempestade, ele talvez não tivesse estourado sua hérnia.*

*Tente de novo, Broker.*

Você *ficou paralisado durante uma crise e um homem ferido precisou se esforçar mais para compensar o seu trabalho.*

De qualquer forma, se Sommer não tivesse remado ao máximo, teriam afundado no meio do lago, e não a menos de dez metros do promontório. Seus corpos agora seriam troncos brancos e duros presos entre as rochas na praia do Lago Fraser. E ele tinha embarcado numa viagem de canoa em condições físicas apenas razoáveis e sua força não tinha sido suficiente durante uma crise.

Eram pensamentos pesados demais para flutuarem num oceano de fadiga, especialmente depois do banho quente. A cama o chamava, mas também a imagem de Sommer deitado num leito de hospital a menos de um quilômetro e meio dali, olhos fechados, coração batendo, pulmões sugando oxigênio.

E a cabeça cheia de estática.

Broker se levantou trôpego e pegou seu casaco. A mulher de Iker tinha razão. Precisava de uma bebida.

**A neve tinha acinzentado** o começo de tarde o bastante para exigir que as luzes das ruas fossem acesas, e para tornar este um dia muito ruim para um passeio de carro, mas mesmo assim Broker iniciou um. Conduziu o Ranger pelo pequeno bairro comercial, seguindo o pisca-pisca azul de um removedor de neve municipal pela Sheridan Street até os arrabaldes da cidade. Ali, o removedor parou, derrotado pelo acúmulo de neve na Rodovia 169. Broker fez uma curva diante do International Wolf Center e retraçou sua rota.

Ely era o fim da estrada, um ponto de partida para turistas remarem para o ambiente selvagem. As coisas eram diferentes quando Broker era garoto e passava parte de seus verões aqui. Naquela época, o minério de ferro que cavavam dos veios que literalmente corriam debaixo da cidade era tão puro que podia ser moldado diretamente em aço.

Os campos de ferro eram tão potentes que interferiam com os sinais de rádio, e o matraqueado dos bondes cheios de minério competia com o zumbido dos hidroaviões conduzindo pescadores ao paraíso nos lagos do norte.

As minas foram prejudicadas pelo mercado global. Os mineradores que tinham se estabelecido em Iwo e Saipan foram retirados do ramo quando o aço passou a ser comprado mais barato no Japão. No final dos anos setenta, o governo anexou a região dos lagos ao longo da fronteira canadense como uma reserva florestal e baniu os motores a gasolina para manter os bosques e a água imaculados. A questão do uso da terra ainda era controversa.

Broker ligou o rádio e correu o dial até alcançar a estação WELY.

— Sally, o seu irmão quer que você fique calma. Ele está seguro, conseguiu chegar à cidade e não vai voltar até a tempestade parar.

A WELY era uma das duas rádios americanas licenciadas para transmitir mensagens pessoais. A outra ficava na floresta do Alasca. Ele desligou o rádio e fitou a tempestade.

O bairro das escolas estava encolhendo. A chegada de turistas não se traduzia no tipo de empregos que sustentavam famílias. Como o lugar onde Broker morava, no litoral do Superior, outro pedaço da geografia de sua vida estava sendo mudado pela economia decadente dos anos 90.

*Continue em frente, não olhe para trás,* disse a si mesmo.

Mike e Irene Broker tinham educado seu filho para ser estóico. Eles o tinham inoculado contra sentimentalismos informando-o sobre a realidade cruel da Depressão e de Hitler. Essas lições haviam vencido os anticorpos do menino. Broker compreendia a mensagem cultural de sua época. Fora criado para lutar contra comunistas, e fizera isso. Ele voltara de sua guerra com seu tanque de adrenalina completamente reabastecido.

Broker costumava dizer, de brincadeira, que aceitara seu distintivo para satisfazer sua necessidade de ação. Mas a verdade era que, se alguém precisava permanecer vigilante à noite para que os outros pudessem dormir em camas pacíficas, provavelmente seria alguém como ele.

Uma silhueta tomou forma no canto de seu olho e ele quase perdeu o controle da direção. *Ver coisas* — um artefato do choque e da fadiga. Voltou a respirar profundamente pelo nariz para manter o controle sobre seus pensamentos. Ele quase riu.

Imagina passar por tudo aquilo para morrer num acidente de trânsito.

Ele apenas precisava manter o controle e reter sua coordenação motora e equilíbrio. Costumava ser bom em manter coisas separadas e organizadas em seus próprios compartimentos. Mas não seria fácil dessa vez. Tinha permitido aparecer uma rachadura em sua couraça. Havia coisas vazando para dentro, coisas vazando para fora.

*Sua mãe sempre tivera medo de que ele fosse imaginativo demais para o serviço policial.* Ela costumava dizer que por baixo de seu jeito de machão, seu filho era sensível e impressionável.

*Sou mais parecido com uma bola de cera: tudo gruda em mim*, dissera Sommer.

As coisas grudadas em Broker eram lembranças de mais de vinte anos limpando o que ficava depois que os seres humanos faziam o pior que sabiam fazer. E então perdeu o controle novamente, mas desta vez dos seus pensamentos. Estava de volta ao meio de sua discussão com sua esposa.

E ela tinha dito *Ah, entendo, não tem nenhum problema se você trabalha com esse tipo de coisa, mas tem problema se eu trabalho.*

A memória libertou todos os ressentimentos aprisionados: ela ainda pensava que era indestrutível aos trinta e sete anos. Ela corria riscos demais lá fora e deixava Broker em casa, ensaiando como compareceria ao funeral dela, junto com a pequena Kit...

Neste momento a ausência de Kit doeu em seus braços, e teve a impressão de sentir o cheiro do seu hálito doce-amargo e o toque de seus cachos cor de cobre. Conseguiu ver o rosto gorducho que era parte Rubens e parte Winston Churchill, e ouviu nitidamente a risada pura, tão desprovida de medo. Vivenciou uma lembrança dolorosa de um mês atrás, quando a menina lutara contra suas limitações físicas, descobrindo que era incapaz de carregar todos os seus bichinhos de pelúcia ao mesmo tempo.

Estava com quase três anos, e quando chegasse aos quatro experimentaria a morte de alguma coisa — um gato, um cachorro, ou um hamster. Ela iria encontrar e tocar o primeiro bicho morto na estrada. Destemida como a mãe, provavelmente seria capaz de segurar um galho cheio de vermes.

Estava quase pronta para assistir a *O Rei Leão*. Ela iria ver Mufasa ser pisoteado até a morte por um estouro de animais, e veria a tentativa fútil do pequeno Simba em acordar o pai de seu sono permanente.

E um dia ela faria a pergunta:

*Papai, você vai morrer? A mamãe vai morrer?*

*Eu vou morrer?*

Broker estacionou o caminhão de Iker num monte de neve diante do The Saloon, numa estrada desolada em Ely. Estava com bom humor quando passou pela porta, limpou a neve dos pés, e se sentou a uma mesa num canto. O lugar era escuro como uma caverna e esparsamente povoado por alguns caminhoneiros, um *barman* e uma garçonete.

Broker não era um bebedor. Para matar a sede num dia quente, ele preferia uma limonada, e seu único uso para a cultura de bar tinha sido como um terreno fértil para suas investigações do submundo. Ele sempre saía dos bares quando a sincronia labial ficava errática e as expressões das pessoas pareciam dissociadas de suas palavras.

Fugindo ao seu costume, pediu um Jack Daniel's duplo e bebeu metade dele. Engasgou, suou, e bebeu o resto. Então sentou-se e esperou pelo entorpecimento.

Continuava preso na seqüência invertida da mente de Sommer sendo sufocada dentro de seu corpo vivo, e a imagem o obrigava a refletir sobre seu próprio contato com a possibilidade de uma morte súbita.

— Tráfego — murmurou Broker para o seu copo de uísque.

Agosto. Ano passado, numa tarde de ventos fortes, ele e o pai tinham ido passear por St. Paul, a capital do estado. Tinham parado no mirante de uma rodovia para admirar a catedral de St. Paul, com a hora do *rush* na Interestadual 94 rugindo abaixo de seus pés. Mike Broker, aos setenta e nove anos, fazia longas viagens mentais e punha armadilhas nas tocas de coelho da nostalgia porque nessas lembranças era jovem e fazia coisas que importavam. Naquela tarde quente de agosto, seu pai olhou para os carros correndo lá em baixo e disse:

— Esse é o som quando muitos jovens morrem rápido e com muita dor num lugar apertado. Centenas de vida gritando a cada minuto.

Mike estava falando sobre a primeira hora no desembarque na praia de Omaha.

O tráfego não soou tão alto na lembrança de Broker, mas foi audível o bastante para propeli-lo a pedir mais um duplo. Depois que o Jack Daniel's chegou e Broker o havia bebido, seus pensamentos cambalearam:

*Certo. O corpo morre primeiro.*

Budistas, mulçumanos, judeus, hindus e cristãos concordam nesse ponto. O problema era que as principais religiões tinham sido projetadas para uma realidade médica que não antecipara procedimentos de ressuscitamento e manutenção de vida.

— Ei — Broker fez um sinal através da sala escura e quase deserta para a garçonete no bar. — Me dá outro.

Ao enfiar a mão no bolso depois que a bebida chegou, notou que estava perdendo pedacinhos de segundos em seus reflexos, e que o controle muscular nas pontas de seus dedos estava debilitado. Mas seus pensamentos tinham se aprofundado.

Então é o seguinte. O corpo de Sommer não tinha morrido, mas sua mente tinha, e agora sua carne teimosa estava mantendo ELE — seu espírito ou lá o que fosse — refém em seu interior. Broker meneou a cabeça, sem noção sobre geografia física e desconhecendo onde Sommer *estaria*. Sua impressão de leigo sobre biomecânica não encorajou uma solução. Compreendia vagamente que as partes "humanas" da mente de Sommer tinham sido obliteradas porque o córtex mais profundo — o cérebro de lagarto — tinha sacrificado as funções mais elevadas para preservar as bombas vitais: o coração, os pulmões.

Broker visualizou as chamas da vida de Sommer aquecendo um olho reptiliano sem pálpebra e subitamente quis alguém para culpar além de si mesmo. Assim, olhou em torno e, bem, sem brincadeira, ele estava sentado aqui há dez, quinze minutos e não tinha visto Iker curvado sobre uma banqueta no fundo do bar. Iker tinha trocado seu suéter de St. Erho por um pulôver, calças jeans e um casaco de couro.

Como dois envelhecidos irmãos Earp, os homens cruzaram seus olhares, tomaram um gole de suas bebidas, e pousaram seus copos.

Então, perscrutando mais cuidadosamente a sala, ele viu Amy Skoda sentada numa mesa de canto com as costas contra a parede. Metade de seu rosto estava imerso em sombra. A outra metade era iluminada pelo brilho de néon de um letreiro da Budweiser. Ainda usava calças azuis, agora enfiadas em botas, e seu casaco estava entreaberto, revelando o crachá de identificação preso em sua blusa azul.

Ela moveu a cabeça para a frente, para a luz. Seus olhares se encontraram, e Broker viu refletida em seu rosto a culpa que ele sentia ardendo no seu próprio.

# Capítulo Doze

**Amy não estava sozinha.** Dois caminhoneiros, tendo confundido seu olhar fixo e atormentado com embriaguez, haviam se movido para cadeiras nos lados dela e a estavam tratando com bebidas. E a julgar pelo copo cheio numa das mãos e pelo vazio na outra, ela não estava protestando.

Broker era esperto o bastante para saber que ninguém é tão idiota quanto um velho idiota. Ele estava embriagado demais para ouvir assim mesmo. Assim, pensou:

*Ora, por que diabos, por que não tentar mais uma vez voltar dos quarenta e sete para os vinte e cinco anos?*

Ele se levantou e seus pés estavam se mexendo ao som da música animada que tocava em sua cabeça: *I'm Ready*, com Muddy Waters e Bonnie Raitt.

Empurrou sua cadeira para o lado e fixou o olhar no gordo usando o boné do Gato do Ártico, que estava com o braço pousado no ombro de Amy. O sujeito era uma maravilha sem queixo, o clichê vivo do freqüentador de bar.

— Venha, você pode me contar o seu problema — disse Gato do Ártico com grande sinceridade enquanto seus dedos roçavam o seio esquerdo de Amy.

— Pára com isso — disse Amy, afastando o braço dele.

— Ei, coração, está tudo bem. — Gato do Ártico, surdo ao asco letal na voz de Amy, tornou a insistir.

Broker atravessou a sala com pés surpreendentemente rápidos e apareceu no lado cego do Gato do Ártico.

Amy teve a idéia certa, mas não mediu corretamente suas forças. Agarrou o braço do Gato do Ártico e tentou torcê-lo. O caminhoneiro riu da tentativa dela em lhe dar uma chave de braço.

Amy tinha se deparado com o velho problema: força na parte superior do corpo. Gato do Ártico simplesmente era grande demais.

Broker não teve nenhuma grande dificuldade para tomar o braço de Gato do Ártico das mãos de Amy, torcer o pulso do caminhoneiro, e o prender numa velha chave de braço.

O nariz carnudo e os lábios de Gato do Ártico momentaneamente aderiram à parede como massa de modelar antes de escorrer para o chão, deixando uma trilha molhada no revestimento de madeira. O outro caminhoneiro se levantou e discretamente deu um passo para trás.

O homem que Broker tinha nocauteado rolou no chão e se sentou, segurando o pulso. Confuso, piscando, disse em voz alta:

— Com o que ela me pegou? Algum tipo de Kung Fu?

— Não — disse Broker, surpreso com sua explosão repentina de fúria. — Você é apenas gordo, feio e lento.

Então Amy estava entre eles, com duas rugas cavadas na testa. Ela plantou ambas as mãos no peito de Broker, estendeu os braços e o empurrou para trás.

— Ei, não precisa *machucar* ele — disse ela, furiosa. — Ele não quis...

E então Iker estava ali, movendo-se com rapidez e ferocidade para um homem grande. Ele empurrou Broker com o ombro para o lado, abriu sua carteira e exibiu seu distintivo para os dois homens:

— Vão embora. Agora.

Enquanto Iker acalmava o *barman*, que havia pegado o telefone para ligar para a polícia, os caminhoneiros olharam um para o outro, admitiram que tinham entrado na parte perigosa do zoológico e tomaram a decisão certa.

— Vamos procurar outro bar.

— Não tem mais nada aberto nesta rua.

— Vamos embora, de qualquer jeito.

Amy deu ao homem com nariz ensangüentado um cubo de gelo embrulhado num guardanapo de bar e o instruiu a aplicar pressão. Depois que eles tinham saído, Iker olhou para Broker, e então para Amy, e perguntou:

— Vocês dois estão bem?

— Sim, claro — disse Amy rapidamente.

— Ei, sem problemas — disse Broker.

— Senta aí, Dave, toma uma bebida — convidou Amy.

Iker esboçou um sorriso.

— Não, obrigado. Eu não tenho energia para ficar entre vocês dois. Não depois de hoje.

— O que quer dizer com isso? — perguntou Broker.

— Quero dizer que conheço vocês dois. Vou apenas terminar minha bebida e ir dormir numa escrivaninha, muito obrigado.

Cumprimentou Amy com um leve aceno, segurou Broker pelo braço e o conduziu através da sala até a porta da frente. Não parou para terminar sua bebida.

Não ventava agora. Apenas flocos de neve caindo retos, como pequenos pára-quedas.

Iker empertigou o corpo e recuou seu casaco para que Broker pudesse ver as algemas e o coldre em seu cinto, do qual se insinuava o punho de um Colt Python. Dave Iker media um metro e oitenta, pesava noventa e dois quilos, e não era nada frágil no departamento físico. Neste momento, parecia levemente perigoso, como se estivesse trabalhando.

— Certo, o negócio é o seguinte: ela está um pouco vulnerável agora. — A voz de Iker era razoável, mas sua linguagem de policial dizia: *dá o fora daqui.* — Eu conheço a família dela. Ela tem sido uma perfeccionista desde que era menina, o que

significa que vai ter uma dificuldade enorme para digerir o que aconteceu.
*Meu Deus.*
— O que...?
— Olha, em termos de idade, ela ainda é uma menina em comparação com você. *Além disso*, ela sabe que o seu casamento está afundando. E só talvez ela tenha uma queda por você. E você não está ajudando nada bancando o caubói de vinte e cinco anos indo resgatar a donzela em perigo. Nem pense em se aproveitar...
— Eu não ia... — protestou Broker.
— Eu sei que você não ia fazer isso. Não faça. E outra coisa. E outra coisa, eu não sei o que está acontecendo entre você e a sua patroa, mas não desconte isso nos bêbados. Não na minha cidade. Não era preciso atacar aquele sujeito daquela forma. Você usou força excessiva, Phil. Os seus dias de lobo solitário disfarçado acabaram. Você é um civil e apenas isso...
Iker *estava* trabalhando. Broker estava sendo *alertado*. Envergonhado, ele recuou um passo.
— Meu Deus, Dave...
— Apenas... — Iker abriu um sorriso de policial que realmente não era um sorriso e fez, com as mãos abertas, um gesto pedindo calma. Balançou a cabeça. — Olha, nós tivemos um dia ruim. Não vamos ter uma noite ruim, certo? — Deu um soco camarada no braço de Broker. Um soco forte. — Então, você está bem?
— Sim, claro.
Broker estava repassando em sua mente o choque e o medo no rosto do caminhoneiro quando o atacou, e vendo Amy protegendo-o com um brilho angustiado nos olhos.
— Deixe o meu caminhão no escritório de manhã — disse Iker enquanto se virava e caminhava até um carro-patrulha do condado.
Broker se despediu com um aceno vago, pensando que nada daquilo devia ter acontecido. Tinha vindo aqui se escon-

der e esquecer seu... problema. Agora estava com todas essas coisas *atormentando* sua cabeça.

Tremendo, ficou parado sozinho na rua, observando as lanternas traseiras do carro de Iker desaparecerem numa esquina. Depois voltou para o bar, caminhou até a mesa de Amy, e as palavras saíram antes que pudesse fraseá-las corretamente.

— Olhe, eu sinto muito por ter agredido aquele sujeito. Eu apenas estava com a cabeça cheia de coisas.

— Ah, *você* estava! — disse ela, arregalando um pouco os olhos.

— Bem, tenho certeza de que você também estava. Posso me sentar?

— Claro, contanto que entenda que não preciso *daquele* tipo de ajuda. — Os olhos cinza, embora mergulhados em álcool, ainda eram cortantes.

Broker fez que sim com a cabeça e puxou uma cadeira enquanto Amy acenava para o *barman* e levantava dois dedos. A garçonete, olhos baixos, trouxe dois copos numa bandejinha redonda, colocou-os na mesa, pegou os usados, e se retirou.

— Eles sabem — sussurrou Amy, observando a garçonete se afastar. — Esta é uma cidade muito pequena. Todo mundo sabe a respeito do Sommer.

Broker girou o copo com seus dedos enquanto levantava as sobrancelhas.

— Sempre bebe deste jeito?

— Eu nunca bebo. Estou apenas putamente deprimida. Saúde.

Ele virou o copo e a dose dupla queimou o céu de sua boca e subiu pelos seios de seu rosto.

— Agora vá embora. Eu realmente não preciso de ajuda — disse ela, ajeitando os ombros, empertigando a postura. Um gesto que não pretendia ser levado a sério.

— Você precisa sim — disse Broker, deduzindo que ela tinha sido brilhante e cheia de si durante toda sua vida, não estando preparada para fracassos.

— Eu preciso?

— Sim. Nós estamos ligados — disse Broker. — Você deixou o seu posto para vir conversar comigo no saguão, lembra?

Amy balançou a cabeça e sua mão flutuou para tocar os cabelos.

— Nancy estava com ele.

— Ela deixou o posto *dela* para atender o novo paciente. Quem era a encarregada?

Ela nivelou seus olhos com os dele por trás de seu forte de copos vazios, e Broker não encontrou desculpas no olhar desafiador da enfermeira-anestesista. Ela não lhe dava a impressão de ser alguém com tendência a cometer erros fatais, e sua escolha de ocupação era um exercício em evitar justamente esse tipo de resultado.

— Não, é simples demais. Aconteceu alguma outra coisa — disse com firmeza.

— Alguma coisa?

— Olha, acho mesmo que você devia me deixar sozinha.

— Desculpe.

— Você por acaso é um daqueles sujeitos que ficam excitados com tragédias?

— É preciso ser um para reconhecer outro, não acha?

— Acho que sim.

Amy desviou o olhar, e seu perfil, olhos grandes e feições delicadas sob uma cascata de cabelos brilhantes, contrastava com o resíduo de sangue do caminhoneiro na parede atrás de sua cadeira.

— Você é um dos amigos dele — disse ela.

— Não. Eu aluguei o equipamento e fui com eles para ajudar com os acampamentos. Voltei remando para buscar ajuda.

Amy se virou de rosto inteiro para Broker, abaixou os olhos cinzentos, e então os levantou devagar, o que fazia bem a um homem velho, casado e recém-abandonado, que estava ficando bêbado.

— Você não parece um guia de canoagem — disse ela.

E assim começa. Ele pensou em desempenhar seu papel, e chegou a inclinar a cabeça para trás para dizer *Quem? O quê? Eu?* Mas lembrou do aviso de Iker.

Agora, com pouco jeito, Amy disse:

— Você tem mais... profundidade.

A mão de Amy se levantou e seu indicador direito flutuou sobre a faixa pálida do dedo anular de Broker.

— Você esqueceu a sua aliança de casamento — disse Amy.

— Separado — explicou Broker, incerto se essa era a palavra certa. Talvez não houvesse uma palavra certa para um homem em sua situação. Fodido, talvez.

Ela começou a dizer alguma coisa, parou, e deixou o dedo calmo tocar um oco de osso e tendão sobre a junta do polegar de Broker.

— Bonitas veias — disse ela.

Pararam para olhar em direções diferentes enquanto a garçonete chegava até sua mesa, inclinava-se com um baldinho de água quente e desinfetante, e esfregava as manchas deixadas pelo sangue de Gato do Ártico na parede e no assoalho.

Quando a garçonete se afastou, voltaram a olhar um para o outro. Agora estava claro que não havia obstáculos humanos entre eles, e Broker conseguia divisar todas as etapas sensuais que os aguardavam. Mas isso era um jogo e ele não fazia jogos com mulheres.

— Vamos, deixa de bobagem. O Iker me disse que você perguntou a meu respeito — disse Broker.

Ela estremeceu e disse:

— Faz sentido. Você já foi policial. E tipos como vocês sempre ajudam uns aos outros.

Ela olhou em torno, furtivamente.

— O quê?

— Isto não é sensato, você e eu termos esta conversa. Eu não devia falar sobre... coisas. O advogado que estava na viagem com vocês...

— Milt.

— Sim, eu ouvi dizer que Milt já está fazendo perguntas a respeito do Percodan. — Ela respirou fundo e exalou. — Vai haver uma investigação e um inquérito para apurar as causas.
— Um julgamento interno?
Amy balançou a cabeça.
— Não é... legal, obviamente. É claro que Milt adoraria ouvir o que vai ser dito, mas é confidencial. É mais parecido com um fórum de medicina durante o qual os médicos falam sobre um evento e o analisam sem medo de receber punições.
— Então você acha que haverá um processo?
Ela grunhiu.
— Ora, é claro que vai haver um processo. E eu vou acabar levando a pior. É a conclusão lógica. A anestesista fez merda em *algum lugar*. Mas não é como se eu tivesse entubado um esôfago. Não vou perder a minha licença.
Ela fitou o nada enquanto o álcool alisava uma camada inteira de seus tecidos faciais. Com um sorriso entorpecido, prosseguiu:
— Se você se livrasse de médicos e enfermeiras toda vez que eles cometem um erro e algum paciente sofre danos no pós-operatório, você teria de fechar metade dos hospitais...
Através do véu de bebida, Broker tentou ouvir pacientemente e compreender melhor a pessoa por trás das palavras amargas. Amy estava mais furiosa do que culpada ou triste. Mas ele perdeu a concentração, exceto para fixar-se nos detalhes físicos, como a forma como uma veia púrpura grossa pulsava em sua garganta, ou o seu hábito de fazer pequenos círculos de água na mesa com o fundo de um copo e depois apagá-los com o dedo.
— Sabe o que eu acho absurdo? — disse ela. — Lembra daqueles caras que foram mortos na Somália? Aqueles que foram arrastados pela turba na tevê? Lembra-se daquilo?
Broker fez que sim.
— Quantos eles mataram?

— Acho que foram dezoito mortos — disse Broker, o leitor de História.

— E todo mundo ficou horrorizado. Agora nós só largamos bombas e não usamos tropas terrestres...

Amy perdeu sua linha de raciocínio, e Broker também. Ela se inclinou para a frente e franziu a sobrancelha.

— Quantas pessoas você acha que morrem como resultado de acidentes e negligência em hospitais todos os anos? Chute.

— Eu não sei, Amy.

— Dependendo de quem faz a estimativa — algo entre sessenta e noventa mil. Isso *todos os anos*. O engraçado é como estabelecemos prioridades. Dezoito soldados morrem fazendo seu trabalho. Isso aparece na tevê e muda a política externa de um país. E nós toleramos esses tipos de números no sistema de saúde. Merda, nós matamos mais pessoas este ano do que a porra do exército.

— Amy, eu acho que está sendo um pouco cruel com você.

Ela obliterou anéis de água com as costas do punho.

— Se quer ver pesadelos de verdade, dê uma olhada na sala de emergência nas Cidades Gêmeas numa noite de sábado.

— Noites de sábado e fases de lua cheia no verão — concordou.

Amy se recostou e olhou o interior de um copo vazio.

— Amém. Enfermeira de sala de emergência, centro médico do Condado de Hennepin, três anos antes de ingressar na escola de anestesia.

— O tipo de enfermeira que namorava tiras?

— Ah, sim.

Os olhos de Amy conjuraram o período de cinco da manhã em Minneapolis, no final do turno da noite. Ruas vazias. Todo o comércio fechado.

— E nos feriados eu voltava sozinha para casa, triste, e minha mãe sugeria que eu adotasse outras atividades, como voltar a praticar piano. Ou dançar...

Amy se espreguiçou e lentamente inclinou a cabeça para o lado, o que foi uma visão bonita, porque seus cabelos cascatearam devagar, cacho a cacho.

— Mamãe adorava me matricular em cursos. O balé quase destruiu meus tornozelos. Todos os anos, antes de ir para a escola, eu precisava encarar O *Quebra-Nozes*. O título desse balé é muito apropriado: ele me deixava toda quebrada. Eu era uma ratinha e precisava me esforçar para parecer um anjo.

O breve sorriso de Amy ilustrou uma infância feliz.

— Mamãe queria que eu fosse a Fada de Açúcar. — Ela deu de ombros. — E meu pai... ele me olhava com severidade e dizia: "Não pode arranjar um rapaz decente?"

Amy se compôs e recitou:

— Eu conheço Dave Iker porque meu pai costumava levá-lo para tomar café da manhã lá em casa quando o Dave ainda era um recruta e meu pai um sargento. Stan Skoda saiu do CCC Campus* para a África do Norte, para a Sicília, para a Itália. Voltou para casa e trabalhou nas minas. Quando as minas fecharam, ele se tornou policial. — Ela suspirou e olhou para cima. — Meu Deus, papai! Todos os bons rapazes queriam consertar o meu computador.

Ela segurou uma mecha de cabelo e a fitou pensativa, antes de soltá-la e prosseguir:

— Em todo caso, papai diria: deixe a excitação de lado e encontre alguma coisa que funcione. — Correu o pulso por sua face para apagar a lágrima solitária correndo por ela. — É isso que você tinha, Broker? Alguma coisa que funcionava?

— Você está bêbada — disse Broker.

— Desculpe. Nunca tinha matado ninguém. Prometo que vou reagir melhor na próxima vez.

— Você está dizendo que foi a responsável? Desentubação prematura, qualquer coisa assim?

---

* Campus Crusade For Christ. (*N. do E.*)

Os olhos de Amy se fixaram no nada.

— De forma alguma. Eu segui o livro ao pé da letra. Esse tipo de coisa em geral se deve a uma falha de sistema.

— O quê? Uma máquina não funcionou direito?

— Não, um sistema humano. Um procedimento equivocado.

— Então simplesmente *aconteceu*? — perguntou Broker.

— Erros acontecem em todo lugar, mas nada simplesmente acontece numa sala de recuperação. Alguém fez merda grossa e não fui eu.

Dito isso, Amy se levantou cambaleante e perdeu o equilíbrio. Broker se levantou, ele mesmo não muito estável, e a segurou. Os cabelos e lábios de Amy roçaram a face de Broker enquanto todo seu peso cálido afundava em seus braços.

— Sua noite de sorte — sussurrou Amy enquanto seus olhos rolavam para cima, expressivos. — Alguma vez uma mulher bonita já vomitou em você?

Broker a arrastou até o banheiro feminino.


**Ele não esqueceu** o conselho severo de Iker, mas aonde ela poderia ir em suas condições? Onde estava o carro dela? Onde ela morava? Ele não podia deixá-la partir e, devido ao seu raciocínio inebriado, eles estavam ligados. Amarrados num laço de crepe preto por Hank Sommer.

Assim, ele dirigiu bêbado para casa pela primeira vez em mais de vinte anos, com uma mulher desmaiada no banco do passageiro. Esta noite, o lar era o Holiday Inn de frente para o lago.

Entrou no estacionamento sem incidentes, desligou o caminhão e ficou sentado diante do volante, analisando sua combinação complexa de pragmatismo, puritanismo inato, e necessidade súbita de não passar a noite sozinho. Como iria passar com esta mulher pelo recepcionista? Ela era um peso morto. Teria de contrabandeá-la lá para dentro.

Ligou o motor e dirigiu até o final do estacionamento, colocou o caminhão numa vaga e o contornou até o lado do passageiro. Retirou Amy da cabine e jogou seu corpo sobre os ombros, como se a estivesse resgatando de um incêndio. Seus joelhos bambolearam, e então se firmaram. A julgar pelo tônus muscular sólido da mulher, ela tinha bebido todo seu leite enquanto crescia e também feito seus exercícios. Com a coxa quente de Amy sob seus bíceps, Broker caminhou trôpego até os fundos do hotel.

Seu quarto ficava no andar térreo, com portas francesas que se abriam numa varanda com vista para o lago. Mas tinha esquecido o número. Vasculhando o bolso com uma mão enquanto mantinha Amy equilibrada no ombro, descobriu que perdera o envelope com a chave-cartão com o número do apartamento impresso. Em todo caso, não tinha mesmo certeza se o cartão abria a porta do pátio.

Assim, abaixou Amy cuidadosamente para uma cadeira plástica de gramado e puxou outra cadeira para posicionar os pés da moça para que ela não caísse. Flocos de neve começaram a se grudar no rosto e cabelos de Amy.

*Só um minuto*, prometeu.

Arfando, correu em torno do prédio e entrou no saguão, onde a recepcionista lhe deu o número de seu quarto. Flutuando através do saguão, se sentiu como um imenso balão de gás num desfile, mas desceu as escadas, encontrou seu quarto, desentendeu-se um pouco com a chave-cartão, e finalmente entrou.

Amy.

Puxou as cortinas, abriu a porta do pátio e saiu. Ela ainda estava curvada na cadeira, a uns dezoito metros, com uma leve barba de neve acumulada no rosto. Rapidamente, ele a carregou até o quarto, deixou-a cair na primeira cama dupla, e limpou a neve de seus cabelos e rosto. Removeu seu casaco e botas para deixá-la confortável. Foi quando ele viu o sangue, um salpicado escuro começando em sua blusa e descendo até suas calças.

O sangue de Sommer estava seguindo Broker.

Ele não gostava da idéia de deixá-la dormir daquele jeito, com o sangue de Sommer. Posicionou os braços de Amy acima de sua cabeça e puxou sua blusa, vendo e sentindo a parte superior de seu corpo, e sentindo um cheiro suave da fragrância em suas axilas. As costas de suas mãos roçaram nas alças e nas taças cheias do sutiã, e ele viu a única dobra sobre sua barriga lisa.

Em seguida tirou suas meias, então as calças azuis *baggy*. Tinha pernas longas e bem torneadas, e Broker precisava concordar com a análise de Allen sobre esta moça. Ela tinha cicatrizes de travessuras infantis nos joelhos e esmalte vermelho nas unhas. Que sorte a dele: outra leoa em sua vida.

Broker levou as roupas até o banheiro, abriu a torneira de água fria, e tentou esfregar o sangue com um pano e sabão, mas viu que não ia conseguir. Assim, enxaguou e espremeu as roupas, e pendurou-as no trilho da cortina do chuveiro.

Voltou até a cama, esforçou-se para desviar o olhar das calcinhas azuis esticadas entre os ossos bem definidos dos quadris de Amy, e levantou os olhos até o sutiã, que representava um problema.

Sua esposa — ele procurava não pensar em seu nome por medo de que a fonética pudesse lançar ou romper um encanto —, bem, sua esposa tinha seios menores, para início de conversa. E sua barriga tinha algumas estrias de gravidez. Sim. Mas a diferença que importava aqui era que ela jamais dormia de sutiã. Ele tinha certeza absoluta disso.

Estudou o aparato, que era simples, não do tipo provocante. Correu os dedos pelas alças e encontrou dois colchetes na parte de trás. Mas agora... Amy estava na cama mais próxima da varanda, o que deixava a cama na qual Broker iria dormir entre ela e o banheiro. Decidiu que devia transferi-la para a cama mais perto da privada, para que não tivesse de passar por ele no escuro. Afinal, podia sentir-se desconfortável caminhando no meio da noite no quarto de um estranho.

A sensação de pegá-la sem a maioria das roupas foi diferente. A abundância e o aroma de seu cabelo e sua pele, bem como a combinação de hálito normal e álcool, deixou-o entorpecido. Especialmente a forma macia, quente, como ela escorregava em seus braços. Cuidadosamente, deitou-a na segunda cama, virou as cobertas, e acomodou-a sob os lençóis. Levantou o ombro de Amy e abriu o sutiã para reduzir a pressão. Não o removeu. Deixaria sua privacidade intacta, ou quase. Cobriu-a com os lençóis até o pescoço.

Gentilmente, levou a mão até o cabelo de Amy e puxou uma mecha, esticando-a sobre o rosto, acima dos lábios; voltou e correu suavemente os nós de seus dedos pela face lisa. Menina bonita. Broker balançou a cabeça e sentiu todos os seus tormentos voltarem. O que tinha acontecido com Hank Sommer era pior que a morte. O problema em ter um senso de dever altamente desenvolvido era o outro lado da moeda: a vergonha quando se fracassava.

Será que Amy tinha fracassado? Será que *ele* tinha fracassado?

Ele precisava livrar-se desses dilemas; desconsiderá-los como conseqüentes do choque e da bebedeira. Recuou dois passos e se deixou cair numa poltrona; a cama estava longe demais agora. Não, não era isso. A cama tinha se tornado ameaçadora.

Podia fechar os olhos. Mas será que iria abri-los de novo?

Observou o busto de Amy subir e descer pacificamente, o que o fez bocejar. Para lutar contra a letargia, sentou reto e esticou a mão até a mesinha de escrever ao lado da cadeira, e cravou os dedos na borda.

Fez isso até deixar as pontas dos dedos brancas, porque precisava permanecer acordado, porque o sono que agora imaginava era sem fundo, pontuado por bolhas pretas, como as águas glaciais que o haviam envolvido. Porque a partir de agora talvez jamais pudesse ter certeza de que conseguiria dormir.

Mas suas pálpebras piscaram e a bolha de sua força de vontade se rompeu. O sono abriu seus braços e esperou com paciência. Finalmente se curvou para a frente através do éter, num sono alcoolizado, e tombou em câmera lenta, mas o chão tinha se tornado um vidro transparente sob seus pés. O vidro se rompeu, deixando-o mergulhar nas catacumbas onde guardava as lembranças dos mortos. Viu o corpo esguio e silencioso de Hank Sommer, em seu próprio quarto particular; e os olhos cegos se abriram para fitá-lo.

E uma quantidade enorme de corpos empilhados numa cidade esquecida chamada Quang Tri. Eram estudantes da escola de Hanói e meninos de fazenda das províncias. Levantaram-se e formaram um círculo, e Broker viu que os cabelos e as unhas dos meninos tinham crescido desde 1972.

Ágeis como aranhas, avançaram contra Broker.

# Capítulo Treze

**Nina Pryce.**

Um nome para destruir o sono. Ele se sentou, olhou para baixo, e descobriu que estava na cama, usando nada além de suas cuecas. Como foi que...

Amy Skoda apareceu ao lado de sua cama, sorrindo, com o branco dos olhos quase claro e cada fio de cabelo em seu lugar. Segurava uma xícara de café para ele, e Broker viu que a bandeja do serviço de quarto, com um bule de café, estava na mesa ao lado do televisor.

— Na verdade, eu sei mais a seu respeito do que dei a entender ontem à noite. Eu sei que você foi casado com Nina Pryce — disse ela.

Broker estudou a camisa de malha que ela estava vestindo que ele tinha visto pela última vez dobrada em sua bolsa de lona. A preta com NEW ORLEANS escrito com ossos brancos de crocodilo. A luz do abajur ressaltava o emaranhado louro abaixo da bainha da camisa.

Ela pigarreou e lhe deu o café.

— Depois da Operação Tempestade no Deserto, Nina conquistou um pequeno séquito de fãs. Não tão grande quanto o de Mia Hamm, mas leal. Eu quase ingressei no exército por causa dela.

Broker fez uma leve careta ao ouvir o nome da esposa. A Amazona Matadora: ela tinha alcançado uma certa notoriedade como mulher-soldado no Golfo. Ele pegou a xícara e bebericou. O café ajudou sua ressaca, que era menos dolorosa que a perda imensa de energia que sentia.

— E por que não fez isso?

— Nina quer lutar ao lado dos homens. Eu não sou *tão* corajosa assim.

As palavras saíram amargas de sua boca:

— Ela não queria apenas lutar ao lado dos homens no deserto. Ela liderou uma companhia de homens contra um número três vezes maior de Guardas Republicanos, e venceu. Isso foi uma espécie de insulto ao patriarcado do exército. — Ele pigarreou. — Por outro lado, as feministas também ficaram irritadas com ela. Foi atacada pelos dois lados e expulsa do exército.

— Mas ela voltou. Está na Bósnia.

Na verdade, na Macedônia. Provavelmente, Kosovo. Ele não sabia ao certo. A unidade na qual ela trabalhava agora, a Delta, não existia oficialmente.

— Clinton se meteu na história — disse Broker. Então, fez um gesto para dispensar o assunto. — Eu... não lembro de ter ido para a cama.

Amy deu de ombros.

— Levantei para mijar e descobri você desmaiado no chão. Então eu o botei na cama.

— Você me pegou no colo?

— Você é grande, mas não tão grande assim.

Broker considerou o estilo dessa mulher perturbadoramente familiar.

— Também tirei suas calças. Não se preocupe. Eu não estou grávida e a sua virgindade está intacta.

Ele fez que não ouviu, e se pôs a fitá-la.

— Você não parece de ressaca.

— Mas eu estou. Só não reclamo.

Ele não tinha como ganhar. Assim, penteou os cabelos com os dedos, enrolou o lençol como uma toga em torno da cintura, pegou suas calças jeans, e foi até o banheiro. Quando emergiu, barbeado, de banho tomado, e completamente vestido, ela tinha posto novamente suas roupas de hospital amassadas.

— Obrigada por me trazer para cá ontem à noite — disse ela, com franqueza. — Eu teria tentado caminhar até o meu carro, e se o tivesse alcançado, teria acabado me enfiando num banco de neve.

Ele fez que sim com a cabeça e optou por ser sucinto.

— Noite ruim.

— Quer ter uma surpresa?

Abriu as cortinas e Broker estremeceu diante da luz forte e do céu azul sem nuvens. O Shagawa estava plácido como um lago de engenho. Então ela disse baixinho:

— Liguei para o hospital. Vão levá-lo de avião até as Cidades Gêmeas em meia hora. Achei que você talvez quisesse ir se despedir.

Os removedores tinham deixado o estacionamento cercado por pilhas de neve. Enquanto eles caminhavam até o caminhão de Iker, Broker, sentindo-se dolorido e tonto, pegou um charuto.

Amy riu.

— Que foi?

— As sobrancelhas. E o charuto. Você parece uma mistura de Sean Connery e Groucho Marx.

Broker resmungou alguma coisa, jogou o charuto fora, entrou no caminhão, ligou o motor, e dirigiu até a cidade através de uma convenção de removedores amarelos de neve. Por toda parte, os moradores de Ely usavam chapéus de pele e retiravam com pás a neve nas calçadas.

A um quarteirão do hospital, Amy tocou o braço de Broker.

— É melhor me deixar aqui. Provavelmente não vai pegar bem se nos virem chegar juntos.

Enquanto ela saltava do caminhão, eles ouviram um helicóptero aproximar-se do heliporto do hospital.

O helicóptero tinha estabilizadores verticais triplos, o que fazia dele um American Eurocopter BK 117. Era azul-escuro com faixas brancas diagonais. Transportava um piloto, uma enfermeira registrada e um paramédico.

Era o tipo de viagem cara que apenas as pessoas doentes realmente ricas faziam.

Broker dirigiu sob a sombra do Eurocopter e entrou no estacionamento, onde os removedores de neve tinham criado cubículos brancos com paredes de seis metros. Ele estacionou num deles enquanto o helicóptero aterrissava no outro lado do labirinto branco. Saltou do caminhão e andou através de um amontoado de pessoas em pé nos degraus do hospital. Milt, usando um suéter emprestado debaixo de seu casaco, o braço numa tipóia, com um sorriso meramente civilizado no rosto, parecia um homem com uma missão. Estava ouvindo uma mulher de aparência importante vestida num terninho. Ela estava falando, mas claramente na defensiva, braços cruzados sobre a pasta apertada contra o peito.

Perto da porta, nas sombras, Allen estava encostado contra a parede de tijolos com seu casaco azul, calças jeans folgadas e suéter. Seus cabelos despenteados complementavam seus olhos fundos e a barba de vinte e quatro horas que escurecia seu rosto.

A mulher estarrecida em pé ao lado de Allen parecia com todas as mães que Broker já tinha visto perderem seus filhos na feira estadual.

Jolene Sommer, a esposa-troféu, não era a Barbie que Broker esperara. Não era loura nem bronzeada. Cabelos negros, pele olivácea e olhos verdes penetrantes brandiam bandeiras mediterrâneas contra seu nome caucasiano. No olhar agridoce daquela mulher, Broker vislumbrou alguma coisa rara que tinha sido estilhaçada quando ela era menina e remontada com cola barata.

Estava no começo da casa dos trinta, media menos de um metro e cinqüenta, e pesava, talvez, uns cinqüenta e quatro quilos. Os cabelos negros enroscavam-se em cachos naturais em torno dos ombros, seus malares eram amplos sob os olhos cor de esmeralda, os lábios eram cheios, o nariz reto. Não usava maquiagem evidente para complementar os tons discretos de cinza e carvão do suéter de gola rolê, o casaco de lã feito sob medida, e o couro suave das botas. Tinha removido as luvas. Uma única pulseira de ouro marcava seu pulso esquerdo.

Broker instantaneamente antipatizou com o jovem de óculos escuros em pé ao lado dela. Antipatizou com a forma como os dois pareciam tão bem juntos; antipatizou com sua aura de familiaridade, quase palpável.

Além disso, não gostava de beleza num homem; o brilho de ídolo *pop* de um Jim Morrison ou de um jovem Warren Beatty que escondia segredos de cocaína por trás de óculos escuros. Não gostava dos cabelos louros bem penteados, cada fio no lugar. Não gostava do ar insinuante, que prometia sexo vigoroso. E não gostava do porte atlético, tão alheio a dores e cãibras.

E, principalmente, Broker não gostava de sua própria desaprovação.

Este devia ser o ex-namorado. Broker lembrou dolorosamente de todos os oficiais jovens e atléticos que andavam de braço dado com sua esposa e flertavam com ela no outro lado do mundo.

Ex-esposa?

Seja lá o que for.

Se Jolene era Bonnie, este tinha que ser Clyde. Certo. Ele tinha um metro e oitenta e dois, barriga lisa como a de uma cobra, e era muito forte. Olhando mais cuidadosamente, Broker encontrou sua falha: este era um homem que não conseguia manter seu jeito de bacana. O que o entregou foi a forma como estava vestido para esta ocasião. De terno preto, camisa preta, gravata preta, e óculos escuros, parecia estar vestido com uma fantasia prematura de Dia das Bruxas, ou como um chofer de limusine que tinha ganhado uma gorjeta realmente boa. E esse homem mal conseguia conter seu bem-estar, que em contraste com as outras pessoas reunidas aqui, fazia com que ele quase brilhasse.

Allen contorceu o dedo nervosamente para convocar Broker, e gritou para ser ouvido acima das hélices do helicóptero:

— Broker, venha cá. A esposa do Hank quer conhecer você. Jolene, este é o Phil Broker, o guia. Ele remou até aqui para conseguir ajuda. — A voz de Allen estava controlada e grave, e seus olhos permaneciam focados no nível do joelho.

— Olha só quem está aqui, Jolene, o cara da canoa — ecoou o jovem vestido de preto, enquanto enganchava o braço no de Jolene.

Allen imediatamente se apoderou do outro braço de Jolene, e cada um deles tentou conduzi-la até Broker. Pareceu um cabo-de-guerra pelos espólios, e o cérebro de Hank ainda nem estava frio.

Broker sentiu o calor ir para suas mãos. Ele não tinha nenhum direito de se sentir indignado. Mas era assim que se sentia.

Ficou ainda mais irado quando os dois homens continuaram de braços dados com Jolene Sommer enquanto ela esticava a mão para Broker. Ela se movia como uma pessoa realmente interessada em conhecer pessoas novas, e o contato suado de sua palma pareceu mais uma tentativa de se agarrar a alguma coisa sólida do que propriamente um aperto de mão.

— Eu realmente aprecio o que você fez — disse ela, analisando o rosto de Broker.

Broker quis dizer alguma coisa mas, ao invés de balbuciar palavras, preferiu permanecer em silêncio enquanto Jolene continuava segurando sua mão. Ao perceber que estava fitando seus olhos muito profundamente, talvez até de forma grosseira, Broker piscou e recuou um passo. Ela ainda estava com Allen segurando-a por um braço, e o homem jovem e bonito segurando-a pelo outro.

A vontade de Broker era libertá-la, puxá-la para si.

Mas ele era o estranho aqui, de modo que assentiu positivamente, soltou a mão de Jolene, e recuou ainda mais. Então o homem de preto se aproximou, apertou o braço de Broker e tirou uma carteira do bolso interno de sua jaqueta. Com uma só mão, manipulou três notas de cem dólares tão rápido que quase não foi possível vê-las, e as enfiou na palma de Broker.

— Pelos seus problemas, amigo. Obrigado de novo.

*Ele dá cartas em* blackjack, pensou Broker, que queria poder ver seus olhos.

Então é assim, vapt-vupt, dispensado. Tudo bem. Mas o velho radar começou a apitar. Precisaria manter a discrição enquanto estudasse o que estava errado com este quadro. Enfiou as notas no bolso, como eles esperavam que um humilde guia de canoas fizesse, entrelaçou as mãos abaixo da cintura, tal um mordomo, e esperou.

Milt concluiu sua não-conversa com a dama de terninho, que seguiu para o hospital. Viu Broker e caminhou até ele com o impulso de um tanque de guerra levemente danificado. Os dois apertaram as mãos esquerdas. Milt tirou um cartão de visita do bolso e disse:

— Vou manter contato. Posso te achar lá na cabana, certo?

Broker fez que sim com a cabeça.

— Quem era a moça com quem você estava falando?

— Ah, ela? É peixe pequeno. É a gerente jurídica deste lugar. Felizmente, eles fazem parte da cadeia Duluth, e a Duluth tem bolsos fundos.

— Processo — disse Broker.

Milt estreitou os olhos.

— Parece que as duas enfermeiras ouviram a anestesista admitir que tirou o tubo de respiração cedo demais.

Broker meneou a cabeça educadamente — como se todas essas coisas já fossem águas passadas para ele — e apontou para a esposa de Sommer e seu companheiro elegante.

— Como eles chegaram tão rápido?

— Fretaram um vôo em St. Paul.

— Quem é o sujeito?

Milt estreitou os olhos, como se essa fosse uma informação que mesmo um leal guia de canoagem não precisava saber. Depois de uma pausa, ele disse, com um tom de asco:

— Earl Garf. Ele é o homem de quem lhe falei, o remanescente do passado dela.

— Ah, sim. O que ele faz agora?

Milt deu de ombros.

— O que todos os jovens espertos fazem. Informática.

Ele ajustou sua tipóia, virou-se e disse:

— Ai, meu Deus. Lá vem o Hank.

Uma ambulância saiu da garagem e seguiu até o helicóptero.

— Preciso ir. Obrigado por tudo — disse Milt; aperto de mão rápido; contato visual breve.

Estava deixando Ely e uma viagem trágica, atraído pela força da gravidade de seu mundo mais real. Todos eles estavam. Juntou-se a Jolene e Allen enquanto a maca de rodas sustentando uma múmia enrolada em lençóis era empurrada até a porta do helicóptero.

Olhos fechados, branco como uma escultura de sabão, o rosto de Sommer jazia sob uma máscara de oxigênio.

Broker mordiscou o lábio inferior enquanto recordava rituais semelhantes. Gaitas de foles em funerais de tiras. Fileiras de botas de campanha em marcha. Queria ter agradecido a Hank Sommer por salvar sua vida.

Mas como era apenas o serviçal contratado, manteve-se em seu lugar na procissão trágica. O Ford Expedition de Sommer ainda estava na cabana. As chaves estavam penduradas num gancho em cima da lareira. Todos os três clientes tinham roupas e equipamentos espalhados de Ely ao Lago Fraser. Claramente, os amigos e a família estavam preocupados demais para recolher seus pertences. Ele tinha o cartão de Milt.

Os médicos do helicóptero colocaram a maca dentro da aeronave. A Sra. Sommer, Allen e Milt observavam a cena, abraçados. Garf sorria diretamente para o sol.

Então Garf escoltou os três até um táxi que os esperava. Enquanto o táxi se afastava, Broker levantou os olhos para o céu brilhante. A biruta no telhado do hospital pendia inerte, e o único perigo que a natureza impunha hoje era cegueira momentânea devido ao brilho na neve.

O helicóptero decolou. Em seu lugar, no lado oposto do heliporto, apareceu Amy Skoda, em pé, mãos levemente fechadas pendendo retas ao tronco. Ela fitava o helicóptero, e Broker a observou até o som das hélices esvanecer e a aeronave se reduzir a um ponto no céu. Amy virou-se e atravessou o estacionamento.

Broker tossiu três vezes. Então espirrou. O espirro lavou o desenho nítido e colorido do dia de sol, deixando-o borrado como uma aquarela manchada. Tonto, estendeu a mão para a frente e sentiu Amy segurá-lo com firmeza.

— Deve ser a ressaca — murmurou.

Ela pousou uma mão fria em sua fronte.

— Não acho. Você nadou em água gelada numa tempestade e esgotou a sua resistência remando. Você está gripado.

# Capítulo Quatorze

*E agora só havia sombras.*
　*Afundando. Sufocado em veludo.*
　*Como tinta, a escuridão se espalha. Sombras se contorcem. São fagulhas ou são bolhas? Levitam ou estouram? Não sei. O ego vasculha os destroços e encontra as gavetas da memória. O ego se rearranja e se move. A memória responde. Houve água fria, depois dor. Agora luzes brilhantes. Faces preocupadas envoltas em auréolas. O ego assume a personalidade. A personalidade encontra parte de sua bagagem.*
　*Dor. Morrendo. Morto.*
　*Mas coisas ainda se movem dentro de sua cabeça. Afogado na escuridão, ele cria guelras e descobre que consegue respirar no negrume. Em algum lugar acima, na superfície, seres humanos rodopiam como folhas em redemoinho de vento; pessoas de roupas brancas que andam, cutucam, falam, emitem luzes.*
　*Melhor evitar. Melhor não ficar perto dessa gente. Lá em cima onde mora a dor. Melhor afundar e explorar as profundezas do oceano de sombras, onde padrões de luz fria bandeiam como peixes abissais.*
　*Encantamento não está fora de cogitação.*
　*Tudo o mais afunda, mas a vida é uma bolha teimosa que persiste em aflorar à superfície, onde é mais brilhante, cada vez mais brilhante, como... Ei...*
　*Vendo...*

**Uma forma de enxergar.** Enxergar em sonho. Uma sombra masculina e uma sombra feminina com contornos difusos, preenchidas com preto. Estão em pé, olhando uma para a outra, e a sombra masculina se curva para a frente. Levanta uma palma e, com o dedo de sua outra mão, golpeia a palma, riscando tristemente itens de uma lista.

A mulher curva a cabeça e corre uma mão por seus cabelos. Com a outra mão, aperta seu próprio peito, sobre o coração.

Ainda não está claro, como enxergar através de telas, gaze, neblina. Apenas formas. Formas tensas e preocupadas. E alguma parte de sua mente informa que foi assim que Homero descreveu as sombras no Inferno.

Um toque de sino e as sombras caminham para longe. Agora não há nada para olhar além de uma sombra de sofá, uma lareira à esquerda, uma fileira de janelas, e por trás delas um padrão de galhos nus diante de um céu marmóreo. Olá?

A mulher retorna e se posiciona diante das janelas. Levanta uma tesoura e poderia ser uma personagem de Sófocles, a julgar pela maneira com que corta metodicamente os longos cabelos negros. Madeixas caem no chão e em seus ombros até que tudo que lhe resta é uma touca apertada, cor de vinho. Com uma vassoura, varre os fios cortados para uma pá de lixo. Então ela se afasta.

Os olhos dele podem se mover, mas o fazem fora de seu controle. Sobem, são contidos pelo freio ocular e voltam. Seus ombros latejam, os músculos de seu pescoço tremem. Ele sente contenções. Correias, talvez. Nada mais se mexe.

Nada se mexe.

Paralisado?

...

Talvez apenas quebrado. Talvez quebrado.

Certo. Consertar mais tarde.

...

Nenhuma cor. Tudo acinzentado, cinza sobre cinza — cinzas depois do fogo. O próprio ar é uma nuvem de fuligem.

Mais uma vez o Inferno, um sonho sem som. No fundo do sonho dois pés descalços se insinuam de um cobertor. Eles roçam a borda do colchão coberto com uma capa plástica. O tipo de coisa que cobre uma cama de bebê para que não fique molhada. Os pés não estão ligados a ele. São como a mobília de sombras, como o sofá.

Pés. Não pés.
Aqui. Não ali.
A situação exige disciplina. Um ponto de origem.
Ego.
Eu.
Hank.
...
Do ângulo de *sua* visão, *ele* não consegue encontrar o restos *dele*.

Ele se esforça para isso. Pode sentir o peito subir e descer enquanto os pulmões enchem e esvaziam, e pode ouvir a batida de seu coração. Pode ver braços, inertes; apenas estendidos ali. Vê a tatuagem de cobra coral no seu punho, lembrança da noite em Columbus, Geórgia, quando conseguiu sua licença de pára-quedista.

Então. Você está atolado.
Apenas dormindo. Apenas dormindo. Fique calmo.
Acorde. Acorde. ACORDE!
...
As bolhas mentiram. Não há lado de cima, não há luz. Você ainda está preso. Não está acordado, não está dormindo. Apenas encarcerado na roupa viva que é este corpo.

E sente uma palpitação por trás de seus olhos. Um...

Sorriso. Afinal, cada pessoa no mundo não está presa dentro de si mesma?

*Muito bem, sem brincadeiras.*

Coisas se conectando. Sua mente precisa encontrar uma forma de se ligar ao corpo. Você não pode se mover hoje. Um dia por vez.

Mas sua imaginação e sua inteligência estão mais afiadas agora, e assustadas, porque já compreenderam. O que não tem corpo e pode ver? Palavra de oito letras começando com F.

Não mais uma câmera/gravador, a voz interior é sua voz agora, e ainda pode rir de uma piada.

*Ei, cara, é como se você estivesse morto.*

E então:

*E se você estiver morto?*

Como você pode saber? *Nunca esteve morto antes.*

*Ora, corta esse papo de budista. A situação é séria.*

O que é isso? Túneis de som. Tubos escoando. Chuá.

— Jesus.

*Jesus.* Alguém disse "Jesus". Um eco como...

Espere um pouco.

*Merda, merda, merda! E se Tia Louise tem razão e Jesus está esperando no fim do corredor comprido e escuro para me puxar, iluminar meu rosto com a lanterna de Deus e conferir expiração de minha identidade espiritual? Não o Jesus histórico que foi algum rabino atarracado, de nariz grande e tez morena que se tornou uma ameaça ao sistema. Não. O Jesus anglo-saxão, de olhos azuis. O Jesus luterano-batista-metodista-católico-episcopal-presbiteriano, o único homem que tinha permissão para usar cabelos compridos nos Estados Unidos dos anos cinqüenta, e Eisenhower é Deus e o paraíso na verdade é um piquenique de igreja às margens do Mississippi.*

— Então, quando pregaram Jesus na cruz.

Ai, merda. Ai, Deus. Alguém estava *mesmo* falando lá fora, não aqui dentro. Sombras falando na terra das sombras. Duas sombras, uma falando com a outra.

— Não. Não. Aceite minha palavra. Simplesmente não funciona dessa forma.

— Mas é assim que eles mostram nesta pintura. E este livro custa... olha só isso, custa cento e quarenta e cinco pratas.

— Essa pintura saiu da imaginação de algum fanático religioso flamengo há trezentos anos. Totalmente incorreto. Jamais seria assim. Os pregos através da palma não suportariam o peso do corpo humano. A mão iria se rasgar e o corpo cairia.

— Hummm... — exprimiu a sombra número dois. — Você está dizendo que eles inventaram essa história de crucificação.

— Não estou dizendo isso. A crucificação era praticada pelos romanos como uma forma de execução estatal. E os romanos eram, acima de tudo, engenheiros. Eles sempre eram muito práticos em seu planejamento.

— Então como teriam pregado ele, ao vivo?

— Ao vivo?

— Quero dizer, na vida real.

Vida real. Vida real. Corpos que se moviam.

*Ei, eu estou aqui. Estou aqui... ouvindo tudo.*

— Provavelmente apenas usavam cordas para amarrar as pessoas nas cruzes. Isso teria sido mais eficiente e barato. O que matava as pessoas era a exposição aos elementos, a fome e a asfixia. A posição fixa do ombro e dos músculos peitorais mutilava os pulmões e o condenado asfixiava lentamente.

— Como se não pudessem respirar mais.

*Eu posso respirar. Eu posso respirar.*

— Exatamente.

— Mas e se pregassem as pessoas, qual seria a melhor forma de fazer isso?

— Ali naquela prateleira tem um livro de referência de anatomia. Dê uma olhada.

*Entendi, eu entendi. Ainda não posso ver realmente essas pessoas. Como se estivessem atrás de persianas. Saiam, saiam.*

— Certo, aqui estão os ossos do antebraço e da mão. O local lógico para pregar o braço é através de um forâmen.

— Fora o quê?

— Forâmen.

— Que é...?

— Uma abertura natural no corpo. E em Hank, ele seria aqui, vê?

*Meu Deus. Um toque. Estão me tocando.*

— E o terminal dos ossos rádio e ulna. Sobre o pulso. Está vendo esta abertura no tendão? É chamada de membrana interóssea.

— Está dizendo... aqui?

*Eu posso sentir isso! Eu posso sentir isso. Eles estão tocando meu pulso esquerdo. Cutucando ele. Posso sentir, posso respirar, posso ouvir.*

— Bem aqui, então é uma abertura natural entre os ossos.

— Basta enfiar o prego nesse ponto e ninguém vai a parte alguma, certo?

— A não ser que o prego rasgue muitos nervos e tecidos macios. E, é claro, se o prego tiver cabeça.

...

*Foram embora. Eles foram embora. Voltem.*
*Eu estou aqui.*
*Eu, Hank.*
*Voltem.*

## Capítulo Quinze

— **Por favor, me diga** que eles trouxeram a outra canoa. Eu odiaria que ela ficasse parada lá fora durante o inverno inteiro.

Tio Billie estava falando do paraíso do golfe no Arizona, e quando Broker não respondeu, ele prosseguiu:

— Bem, acho que não trouxeram. Não se preocupe com isso. Eu vou tentar esquecer dela. E das tendas. E de todo o material...

Passaram-se vários segundos durante os quais Broker não se ofereceu para voltar para a área de canoagem e recuperar os objetos perdidos de Billie. Billie pigarreou e voltou a falar:

— E pensar que eu achei que uma temporada lá no mato ia te fazer bem. Pegar um pouco de ar fresco, trabalhar os músculos.

— Eu também achei. Deixe-me falar com a mamãe.

Irene Broker entrou na linha.

— Como você está lidando com tudo isso?

— Peguei um resfriado — respondeu, evitando a pergunta.

— Faça um chá de erva-cidreira com limão e vinagre.

— Vou fazer, vou fazer. Mamãe... a senhora, bem, a senhora recebeu alguma notícia? Eu sei que ela tem o seu número.

— Nenhum telefonema.

Broker esperou enquanto sua mãe procurava as palavras certas.

— Talvez ela esteja esperando que você telefone. Você tem os números de telefone dela.

— Certo. E como está o papai?

— Tirando um cochilo. Quer que eu chame ele?

— Não, apenas mande um abraço para ele. Olhe, tem alguém aqui. Preciso ir.

— Cuide-se.

Colocou o fone de volta no gancho. Não havia ninguém, mas Amy estava vindo, trazendo coisas de que ele precisaria enquanto estivesse convalescendo. Ele simplesmente não queria falar. Sentia-se um doente ridículo; seus pensamentos mais sombrios terminavam em espirros cômicos.

Fitou a cabeça empalhada de alce em cima da lareira de Tio Billie. A maldita coisa era grande demais para a sala principal e suas galhadas se espalhavam como um morcego da Idade da Pedra. Os olhos de vidro o seguiam.

E ele continuava vendo Jolene Sommer sendo levada por Allen Falken e por aquele tal Earl. Ele se perguntou como *ela* estava lidando com tudo aquilo.

Tinham se passado quatro dias. O clima tinha ficado desanimador e o resfriado de Broker exagerava todas as suas dúvidas. Entre um lenço de papel e outro, ele se mutilava com culpa:

*Eu devia ter sido mais responsável na viagem.*

*Não podia ter deixado uma tempestade como aquela me pegar em águas abertas.*

*Não devia ter descontado minha raiva naquele babaca no bar.*

Mais especificamente, não devia ter esmurrado o sujeito na frente de Amy Skoda, que agora estava preocupada com a possibilidade de Broker estar perturbado, o que instigava seus instintos de enfermeira. Assim, ela o visitava todos os dias para ver como ele estava, para trazer comida, para fazer-lhe companhia, e oferecer seu ombro forte mas também muito macio para ele se apoiar. Como estava de folga do trabalho para se recuperar do "acontecido", podia telefonar sempre que precisasse de alguma coisa, e ela não o deixava esquecer disso.

Acampou na sala principal da cabana, junto com o alce. Ele se deitava no sofá diante da lareira e se cercava com lenços, chá, limão, remédio para o nariz e ungüento. Os dias se arrastavam, e seu cabelo estava oleoso. Passava o tempo inteiro com pijamas compridos e o velhíssimo roupão azul do Tio Billie.

Afastou-se do telefone, pegou o controle remoto do televisor e sintonizou o canal de satélite da CNN. Assistiu às notícias até que elas começaram a mostrar imagens chocantes de cadáveres numa vala, pela décima vez no dia. Kosovo: inspetores da ONU expulsos, refugiados correndo para as montanhas, o inverno chegando. Desviou os olhos da imagem de uma criança morta.

Desligou o controle remoto, voltou até o telefone, e digitou o código de sua caixa de mensagens. Nenhum recado novo.

Xingou alto, o que lhe causou um acesso de tosse. Quando o ouvira tossir, Amy se preocupara com infecções secundárias, e mencionara pneumonia. Queria que ele fosse ao hospital fazer um exame.

Pneumonia era para velhos doentes.

Broker traçava a linha em pneumonia e antibióticos.

Iria atravessá-la?

Caminhou até a cozinha, onde duas panelas grandes ferviam lentamente no fogão Wolf, uma verdadeira antiguidade. Aumentou a chama debaixo da panela menor. Quando o chá de eucalipto dentro da panela começou a borbulhar, ele cobriu a cabeça com uma toalha, como se fosse uma tenda, e inalou o vapor. Tentava pensar positivamente quando ouviu um carro.

Caminhou até as janelas e viu o Subaru Forester verde de Amy estacionar. Sua escolha de veículo revelava muito sobre ela. Conhecendo-a um pouco melhor agora, ele averiguara que ela era uma leitora séria da revista *Consumer Reports*. Compras por impulso não eram de sua natureza. Ela fazia pesquisas, determinava suas prioridades, e então avançava com decisão para pegar o que queria.

E se a *Consumer Reports* fizesse uma lista de mulheres independentes, de trinta e poucos anos, ela ficaria em primeiro lugar em sua classe nas categorias confiabilidade e custo-benefício.

E persistência.

Sem chapéu, vestindo um casaco azul apertado com mangas cinza, ela tremia de frio, com suas sardas e seu cabelo reluzentes como ourivesaria celta. Carregava uma sacola de compras nos braços e uma bolsa pendurada no ombro.

— Como está se sentindo hoje? — perguntou, entrando na cozinha.

Broker tossiu um alô.

— Acho que você deveria ir ao hospital e fazer um exame — disse ela sobre o ombro.

— Com todo o respeito, não vou chegar nem perto de um hospital por algum tempo, obrigado.

— Tudo bem — disse ela, largando a sacola no balcão da cozinha.

— Trouxe tudo?

— Comprei todas as ervas *hippies* que tinha na feira.

— Você acha que sabe tudo, não acha?

— Eu sei que algumas destas coisas funcionam como preventivos, mas você está muito doente. Eu reconheço uma inflamação pulmonar séria quando ouço uma.

Resmungando, Broker abriu a sacola e retirou seu conteúdo: Vita-C, erva-cidreira, vinagre, laranjas, limas, limões, equinácea, raiz de laranja e ginseng siberiano. Remédio para nariz e duas caixas de picolés. Os picolés ele guardou no congelador.

Ela caminhou até o fogão, evitou a nuvem de erva, cheirou a outra panela, segurou um pegador de pano e com ele levantou a tampa.

— O que você está cozinhando?

— Achei um pouco de carne de veado no congelador. Estou fazendo um assado.

Ela cobriu a panela, tirou sua jaqueta e a pendurou numa cadeira. Seu suéter e suas calças jeans eram simples e gastos. Ele tinha curiosidade em saber se ela costumava usar vestidos. Provavelmente não. Ela cruzou os braços, olhou em torno para as prateleiras entupidas com provisões, as panelas e frigideiras penduradas em ganchos, e disse:

— Cozinhas.

— O quê? — disse Broker num tom defensivo.

— Meu pai sempre disse que as melhores conversas de vocês são nas cozinhas.

— O quê? — repetiu.

— O seu Tio Billie e o meu pai são companheiros de caça.

— Sei — disse Broker.

— Bem, eles conversam. Podíamos conversar também. — Ela fez uma pausa. — Sobre você.

— Deus do Céu! — exclamou Broker.

— Bem, falar não machuca.

Broker esfregou os nós dos dedos em seus cabelos desgrenhados.

— Conversam sobre o quê? A minha vida, desde o começo e incluindo a tragédia do Sommer?

Amy concordou.

— E falar sobre um problema melhora alguma coisa? — Broker balançou a cabeça. — Em geral, as mulheres acham que sim, mas na verdade apenas se sentem melhor quando falam. Tudo bem, vamos conversar.

— Ótimo. Fale sobre o seu casamento — disse Amy.

— Isso é fácil. A minha esposa tem um complexo de Joana d'Arc. Ela quer ser uma general. Alguém sabe como é ser o *marido* de uma general, tomando conta da filha? Ou comparecer a chás com as esposas dos oficiais?

— As mulheres fizeram isso durante anos. Por que você não pode? Como você se sente, tendo sido separado de sua filha?

— Estive com minha filha cada dia durante dois anos. Ela provavelmente está carente de estrogênio.

— Ora, vejam só. Hoje estamos tranqüilos e bem-humorados, e cheios de vontade de bater papo-furado.

— Quem, eu? Sou do tipo que só quer saber de caçadas, tiroteios e cópulas.

Amy plantou as mãos nos quadris.

— Sabe, lá nas Cidades Gêmeas você podia ser um tremendo machão. Mas aqui em cima, homens como você dão em pencas.

— O que você quer dizer com isso? — disse Broker, levemente insultado.

Amy balançou a cabeça.

— É triste quando um homem como você decai a ponto de brigar com bêbados obesos, como o sujeito no The Saloon. Aquilo foi um exagero. Dave e eu falamos sobre isso.

— Fantástico. Agora é a hora do analista amador.

— Dave acha que você está sobrecarregado. A sua esposa partiu, você está envelhecendo, está solitário, e sua vida não tem mais nenhuma estrutura.

Broker sorriu.

— Que sorte a minha que tenho ao meu lado Amy Skoda, uma mulher com a integridade estrutural de um pequeno arranha-céu.

Amy levantou uma sobrancelha e deu uma palmada no quadril embrulhado em brim.

— Dê uma olhada nisto. Não é exatamente um tijolo.

Broker se abaixou até uma cadeira à mesa da cozinha e murmurou:

— Tenho idade suficiente para ser...

— Eu sei... meu irmão — disse Amy, dispensando-o com um gesto.

Ela se sentou na cadeira em frente a ele.

— E então, como foi o *seu* dia? — perguntou ele.

— Maravilhoso. Tivemos uma sessão preliminar da investigação.
— Não deve ter sido nada bom.
Amy torceu o nariz.
— Allen Falken enviou uma declaração gravada em vídeo. Disse que não foi pessoalmente porque sua amizade com Hank Sommer poderia influenciar seu julgamento. Ele fez um belo trabalho em me fazer parecer uma açougueira.
— Foi mal assim?
— Muito. Mas tão amistoso quanto possível. É um absurdo convocar para operar um acidente de tempestade uma enfermeira acostumada apenas a tratar de acidentes de pesca no verão. Ele quis dizer que a culpa foi minha, mas que compreende minha falha, porque eu não possuía a competência exigida pela situação.
— Verdade? — disse Broker. — Logo depois da cirurgia, antes do incidente, ele me disse o quanto você era boa.
— Acho que mudou de idéia. Assim, o consenso é que Hank Sommer virou um vegetal porque a enfermeira-anestesista cometeu algum erro de cálculo e a enfermeira assistente não monitorou o pós-operatório.
O dedo de Amy desenhou círculos de água invisíveis no tampo da mesa.
— Eles não têm certeza de *onde* exatamente as coisas deram errado. Ele estava hipotérmico e o frio é sempre uma variável estranha, podendo afetar a forma como o corpo metaboliza os medicamentos. Poderia, por exemplo, seqüestrar e abrigar o medicamento num sistema de circulação lenta e depois liberá-lo num momento inesperado.
Ela jogou o cabelo.
— E Nancy Ward, a enfermeira de recuperação, estava tendo um dia ruim. Havia brigado com o marido e tinha trabalhado durante toda a noite anterior. Tecnicamente, ela vai pegar a parte do leão de um processo de negligência. Parece que ela deixou de programar Sommer no monitor. Assim, vai levar a cul-

pa por tê-lo deixado sem cuidados. Mas eu era a chefe dela naquele procedimento. Assim, a culpa volta para mim.

— Você concorda com eles?

Ela cruzou os braços.

— Você não concorda com eles?

Descruzou os braços, recruzou-os, levantou, e mudou de assunto.

— Já ouviu o boato de como você desenterrou duas toneladas de ouro em Laos, contrabandeou toda essa riqueza para a Tailândia, vendeu o mineral no mercado negro e depositou o dinheiro em Hong Kong? Dave disse que se você não tivesse conexões com o FBI, o imposto de renda estaria na sua pele.

Os boatos. Broker meneou a mão.

— Droga, eu devia tirar do mercado de ações, trocar de volta para ouro, e enterrar tudo de novo.

— Enterrar? Como um *pirata*?

— Exatamente.

Ele se levantou e arrastou os pés até a bancada, selecionou uma faca na estante, cortou uma laranja, depois um limão, seguido por uma lima. As cascas cortadas em rodelas caíram da lâmina e encheram o ar com seu cheiro; laranja, amarelo e verde numa pilha, como dobrões tropicais. Jogou as fatias em mais uma panela grande, acrescentou duzentos e cinqüenta mililitros de erva-cidreira, uma quantidade generosa de vinagre, duas colheres de sopa de mel e um pedaço de canela, e acendeu o fogo.

Amy se levantou, juntou-se a ele na bancada, e olhou sobre seu ombro.

— Você vai ter a urina mais ácida de Minnesota.

— O remédio caseiro da mamãe.

— Seja lá o que for. — Ela levantou a mão esquerda. — Olha, vê isto?

Apontou para uma suave linha branca na borda de sua palma.

Era uma cicatriz antiga.

— O que tem?

— Trinta anos atrás, o verão em que você ajudou Billie a construir a doca de barcos.

Apontou para a janela que dava para a doca velha e maltratada adentrando o lago.

— Você tirou um anzol da minha mão. Você tinha dezoito anos. Eu tinha sete. — Ela o fitou. — Não lembra?

Ele não lembrava do anzol. Mas lembrava de ter construído aquela droga.

— Você não está divertido hoje — disse ela enquanto vestia o casaco. — Tenho mais uma coisa para você.

Ela removeu uma sacola de sua bolsa e a deu a ele. Continha uma caixa de brinquedo de papelão e celofane e um exemplar da edição estadual do *Minneapolis Star Tribune*.

— O que é isto?

Na caixa havia um boneco de ação chamado *Lobo de Guerra* — cabeça de lobo num corpo de marombeiro, vestido em roupas de camuflagem.

— Você está realmente por fora, Broker. Todo mundo já ouviu falar de *Lobo de Guerra*, o primo pobre de *Guerra nas estrelas* — disse Amy, beliscando a bochecha dele. — Sabe o que o Dave disse? Que você está perdido no mundo moderno. Aposto que nunca viu um episódio de *Seinfeld*. Ou *Ally McBeal*?

— Deixa disso. Eu leio a tirinha do *Doonesbury* de vez em quando, e assisto a *O caçador de crocodilos*.

Ele levantou o brinquedo e arqueou os ombros, intrigado.

— Leia o jornal. Há um artigo sobre Hank Sommer no caderno cultural.

Amy deu outro beliscão leve na bochecha dele, mandou-o lavar as mãos, saiu da casa, entrou em seu carro prático e confiável, e desapareceu no começo de noite. Ela provavelmente dirigia no limite da velocidade quando não havia mais ninguém na rua.

Enquanto derramava o remédio de sua mãe numa chaleira, Broker se perguntou se ela beijava de olhos abertos.

**Não era um artigo** muito grande, com apenas uma pequena fotografia de Hank apertada entre as colunas. Uma figura maior mostrava o boneco de plástico.

Criador de *Lobo de Guerra* em coma.

O escritor Hank Sommer, residente em Timberry, entrou em coma devido a complicações após uma cirurgia de emergência na semana passada em Ely, Minnesota. Após um resgate ousado em hidroavião durante uma tempestade violenta, Sommer foi operado para reparar uma hérnia que estourou durante um acidente de canoagem.

Milton Dane, proeminente advogado de St. Paul, está representando Sommer e sua esposa contra o Duluth Medical Group, que administra o Ely Miner Hospital.

Segundo Dane, "o Ely Miner Hospital violou o padrão do atendimento de saúde com respeito ao tratamento pós-operatório de Sommer. É irônico que Hank tenha sobrevivido à tempestade, à hipotermia, ao resgate, e à cirurgia, apenas para ser privado de oxigênio numa sala de recuperação."

A ironia seguiu Sommer durante toda sua carreira de escritor. Seus primeiros dois romances obtiveram atenção da crítica, mas geraram poucas vendas. Então ele escreveu *Lobo de Guerra*, uma sátira na qual um veterano de guerra, sofrendo de envenenamento de dioxina, se transforma num vingativo lobisomem comunista.

Três anos atrás, o diretor Bruce Cook encontrou um exemplar de *Lobo de Guerra* numa prateleira de supermercado. O filme — que arrecadou noventa e três milhões de dólares — consolidou a carreira de Sommer como romancista. Também criou uma grande fonte de renda para o autor, que realizou acordos muito lucrativos com outros produtos derivados de *Lobo de Guerra*, incluindo o boneco de ação e os *videogames*.

Broker balançou a cabeça, levantou do sofá, vestiu o casaco e escolheu um charuto. Um conhaque parecia ser uma boa idéia; assim, atacou o armário de bebidas de Billie e serviu uma dose numa caneca, apertou o botão de *play* do aparelho de CD de Billie, caminhou até a varanda, e sentou-se nos degraus. Através da porta aberta ele ouviu Jay and the Americans tocarem enquanto ele riscava um fósforo.

Quando a fumaça do charuto arranhou sua garganta, tomou um gole da bebida e logo se sentiu melhor. Então fez um brinde solitário: Uísque, Mulheres, Trabalho e Guerra — a Hank Sommer, que usa uma cobra coral no pulso, que salvou a minha vida, que ganha direitos autorais sobre um brinquedo...

*Ei, Broker, me diz me a verdade, você votou no Ventura!*

Sim, Hank, é claro que votei. Só para cuspir nos engravatados.

Olhou sobre o lago escuro e sentiu um arrepio. Este ano estava fazendo frio demais em outubro. Uma pele de gelo fino cobria a água.

A varanda do Tio Billie dava para o norte do Lago Um. Enquanto a noite caía, os cumes dos pinheiros se imiscuíram no céu negro. E quando o horizonte de árvores desapareceu, a perspectiva foi com ele. Broker estava sozinho com um domo de estrelas virtualmente imaculado pela luz artificial e, exceto por um avião ocasional ou um satélite distante, era o cosmos dos antigos.

A Ursa Maior e a Ursa Menor posavam altas ao norte, em torno da estrela polar, e Órion abraçava o horizonte ocidental. A cada noite, o triângulo de verão de Deneb, Vega e Altair escorregava um pouco para oeste.

Sua mãe, torcendo para que ele se tornasse o artista que ela não tinha sido, tentou nutrir em Broker um senso de descoberta, e jamais perdia uma oportunidade para colocar algumas moedinhas de assombro em cofrinho de instintos.

*Veja as formas de animais nas nuvens. As constelações.*

Seu pai ensinou-o a encontrar os animais verdadeiros na floresta; o certo por seus rastros, onde ele bebia, onde se alimentava. Honrando pai e mãe, ele tinha deixado que ambos fertilizassem sua imaginação.

As Cidades Gêmeas, apinhadas com humanos, jamais tinham sido seu lar. Esta era a casa e, como sempre, o ambiente selvagem chamava com plenitude de beleza e ausência de piedade. Broker bebericou seu conhaque e meditou sobre como as armadilhas da natureza eram quase sempre femininas: marés, montanhas, florestas. Devia ser por isso que suas vítimas costumavam ser homens jovens, românticos e estúpidos.

Jay and the Americans souberam colocar muito bem:

*Come a little bit closer*
*You are my kind of man*
*So big and so strong...* *

Movido pelo ritmo da música antiga, Broker não precisava viajar muito para encontrar a memória dos olhos verdes de Jolene Sommer.

Broker se levantou, bebeu o resto de seu conhaque, olhou com cara feia para seu charuto, e o jogou fora. Sentindo frio, entrou, fechou a porta, e pôs mais lenha na lareira.

Serviu uma xícara com erva-cidreira de sua mãe, sentou-se novamente no sofá-cama, tomou um gole, e permitiu à mistura cítrica de mel e vinagre queimar sua garganta inflamada.

O jornal vespertino olhou para ele agora, e ele estava prestes a atirá-lo para o outro lado da sala quando viu a manchete abaixo da dobra na página um.

---

* *Chegue um pouco mais perto*
*você é meu tipo de homem*
*tão grande e tão forte...* (N. do E.)

— Crucificado? — perguntou em voz alta. — Só pode ser brincadeira. Mas não era.

Um caçador encontrou na tarde de ontem um corpo congelado na floresta de Marine, em St. Croix. O morto, identificado como o consultor financeiro Cliff Stovall, morador de Timberry, teve o pulso de sua mão esquerda trespassado e pregado num carvalho por um espeto de celeiro de quinze centímetros. Fontes próximas ao gabinete do xerife disseram que foram achados na cena do crime um martelo e indícios de bebedeira. Jon Ludwig, morador de Stillwater, descobriu o cadáver enquanto caçava cervos.

O sócio de Stovall, Dave Henson, disse ao departamento do xerife de Washington County que Stovall tinha saído para examinar alguma propriedade. Henson também explicou que Stovall estava estressado devido à recente separação de sua esposa.

Uma fonte anônima no departamento do xerife disse que Stovall foi tratado no passado por alcoolismo e automutilação.

Lentamente, Broker sentou-se reto no sofá-cama. Esqueceu completamente seu resfriado enquanto sua mente voltava lentamente à chegada dolorosa ao Lago Snowbank. Ele lembrou-se claramente do delírio de Sommer:

*Diga a Cliff para mover o dinheiro.*

## Capítulo Dezesseis

O catálogo telefônico listava o número da Stovall and Henson Associates em Timberry, um subúrbio a leste das Cidades Gêmeas. Broker foi atendido pela recepcionista.

— Eu sei que a hora não é apropriada, mas um conhecido meu, Hank Sommer, recomendou Cliff Stovall como consultor em investimentos. E agora, bem, eu achei que talvez seu sócio...

— É claro. O Sr. Sommer é... era... um de nossos clientes — A voz dela morreu na garganta. — Sinto muito, as coisas aqui andam meio doidas.

— Eu... entendo. Talvez seja melhor telefonar depois.

— Não. Tenho certeza de que o Sr. Henson irá falar com o senhor. Nós aqui no escritório ficamos muito chocados com essas tragédias. Cliff e sua esposa eram amigos do Sr. Sommer e de Dorothy...

— Eram?

— Bem, antes do Sr. Sommer se casar de novo. E antes de Cliff e sua esposa romperem.

— Dorothy? Dorothy Sommer, certo — disse ele.

— Não, ela era... bem, ela nunca mudou seu nome. Nós sempre a conhecemos como Dorothy Gayler.

— Certo. Ela ainda está...

— Na St. Paul Pioneer Press.

— É claro. Sabe, acho que vou esperar um pouco e telefonar depois. Muito obrigado.

Broker desligou e tamborilou os dedos num bloco amarelo. Tendo acabado de tomar banho e feito a barba depois de dez horas de sono curativo, rabiscou círculos cortados por flechas em seu bloco. Então escreveu "Sommer". Debaixo do nome de Sommer escreveu "Stovall". Desenhou um círculo em torno de Sommer e Stovall. Então escreveu "Esposa troféu — Bonnie (Parker?) e Clyde". Desenhou uma flecha em torno de Bonnie e Clyde e a apontou para Sommer. Numa terceira coluna, escreveu: Dorothy?

Voltou ao catálogo telefônico, achou o telefone do jornal e digitou os números. A telefonista o passou para o departamento de notícias, onde ele ouviu o correio de voz de Dorothy Gayler. A voz seca e profissional na mensagem não revelava nada:

— Eu não estou aqui; deixe uma mensagem.

Desligou, serviu-se de outra xícara de café, e teve mais sorte em seu segundo telefonema.

— Dorothy Gayler.

— Dorothy, você não me conhece, meu nome é Phil Broker. Eu estive na viagem de canoa com Hank Sommer.

— Sim — disse a voz, direta e indiferente como a batida da tecla de uma máquina de escrever.

— Estou ligando de Ely. Eu não era um dos amigos. Era o guia.

Isto pareceu aquecer a comunicação.

— Estou lembrando agora. Você foi buscar ajuda junto com o Allen Falken.

— Conhece o Allen?

— Eu já me encontrei com o Allen. Não diria que *conheço* nenhum dos amigos novos do meu ex-marido.

Ela estava se distanciando. Broker acelerou a voz, tentando reacender seu interesse.

— Bem, eu apenas estava fazendo um trabalho, fui pego pela tempestade no meio daquele lago e tentei sobreviver. O fato é que, se não fosse por Hank, não teria conseguido. Estaria morto.

— Que refrescante. — Ela estava se decidindo se deveria ou não continuar a conversa. — Sr. Broker, todas as outras pessoas falaram da tragédia irônica da... situação do Hank. O senhor me telefona para expressar uma espécie de gratidão.

A voz dela se aproximou do sarcasmo, mas também de Broker. Tudo bem. Ele prosseguiu, rápido:

— Só que, devido ao jeito como as coisas acabaram, não posso dizer isso a ele. — Fez uma pausa antes de acrescentar: — Estarei nas Cidades Gêmeas durante os próximos dias. Você não gostaria de tomar uma xícara de café amanhã?

— Por quê?

— Quero saber quem ele era. Li um artigo a respeito dele num jornal de Minneapolis, mas não pareceu o homem que conheci.

— O pai do brinquedo, você quer dizer. A notícia que saiu aqui também não foi muito melhor. Bem, ele se transformou nisso, mas não era assim quando o conheci. — Ela fez uma pausa, e disse: — Amanhã, a que horas?

— Almoço?

— Vamos nos encontrar à uma da tarde; eu malho durante minha hora de almoço. Vou me encontrar com você na rua, na frente do prédio. Como vou reconhecê-lo, Sr. Broker?

Broker olhou para o cabideiro ao lado da porta e disse:

— Usarei uma jaqueta de lã, uma espécie de laranja vivo.

— É claro — disse Dorothy. — Estamos chegando nessa época do ano.

Broker agradeceu e desligou.

Aproveitando o impulso, folheou os formulários de inscrição do Tio Billie e encontrou o número de Sommer. Um pouco tenso, respirou fundo e discou. Quando Jolene Sommer atendeu no terceiro toque, Sommer deixou a respiração escapar.

— Alô?

— Sra. Sommer?

— Sim.

— Meu nome é Phil Broker, o guia naquela viagem de canoa junto com o Hank.

Broker ouviu um clique, como se alguém tivesse pego uma extensão dentro da casa de Sommer.

— Earl, desliga o telefone — disse Jolene. — Eu já atendi.

Eles esperaram. A outra pessoa na linha não desligou.

— Por acaso... liguei numa hora ruim? — perguntou Broker. Earl evidentemente não queria deixar ninguém se aproximar de Jolene.

Depois de uma pausa, Jolene disse com franqueza:

— E que hora é boa?

— Como ele está?

— Está confortável — disse num tom de voz controlado, cansado, como se tivesse decidido por essas palavras depois de muitas conversas. — Milt Dane sugeriu que eu o cercasse com coisas familiares. Assim, pus a cama no escritório dele, onde as janelas dão para o rio. Ali ele pode ver sua escrivaninha e seus livros. Agora está se alimentando por um tubo. Então...

Um pouco chocado, Broker disse:

— Ele está em casa?

— Ficou um pouco complicado, em termos financeiros — disse ela, rápida, defensivamente. E então, mais devagar: — Acho que ele está melhor assim. Desde que o trouxe para casa, comecei a ter a sensação de que está olhando para mim. Obviamente, todo mundo diz que isso é impossível.

Depois de um silêncio constrangedor, Broker disse:

— Ah, ainda estou com a caminhonete dele aqui em cima.

— Meu Deus! Sinto muito, tenho esquecido de tantas coisas! Eu vou mandar...

— Na verdade, estou descendo para as Cidades. Posso deixá-la aí.

— Ah...

— Digamos, hoje, por volta das cinco da tarde?

— Acho que... não teria problema.

Ela deu a Broker instruções de como chegar, que ele anotou no bloco. Depois disse até logo e rabiscou mais círculos e setas. Na viagem, Hank estivera discutindo com ela a respeito de dinheiro. Agora ele estava em casa e não num hospital por causa de dinheiro. No hidroavião, as últimas palavras de Hank tinham sido sobre dinheiro. Broker escreveu em letras de imprensa grandes:

SIGA O DINHEIRO.

Bebericou café, hesitou um pouco, pegou o telefone mais uma vez e discou um número em Lago Elmo, uma cidade rural a leste da área metropolitana das Cidades Gêmeas, nos arredores de Timberry. No segundo toque, ouviu uma voz de mulher.

— Oi, Denise. O J.T. está aí?

— É ele — disse a voz dela, e Broker soube que ela tinha levantado os olhos daquela sua forma expressiva. — Você sabe, *ele*.

A voz reservada, mas também curiosa, de J.T. Merryweather entrou na linha.

— Uh-uh?

Ao fundo, Broker ouviu Denise sussurrar:

— Tenta descobrir por que a Nina foi embora.

— Ei, J.T., preciso de ajuda.

— Sabe de uma coisa? Eu também. Talvez a gente deva ligar para a central e pedir reforços. A propósito, como vai você? E a família?

Broker sorriu. Ele e J.T. tinham saído do exército aproximadamente ao mesmo tempo. Entediado com a vida civil, tinham ingressado na polícia e sido calouros juntos em St. Paul. Foram parceiros nos departamentos de narcóticos e de homicídios antes de Broker ir para a BCA e se especializar em armas. J.T. conseguiu chegar a capitão em St. Paul, mas não se adaptou à política de escritório e se aposentou cedo para abrir um negócio próprio.

— Muito engraçado. Olha, você pode me fazer um favor? Telefone para John E. no Condado de Washington e peça detalhes sobre aquela crucificação na floresta na semana passada.

John Eisenhower era o xerife do Condado de Washington. Também se formara na Academia de Polícia de St. Paul na mesma turma que J.T. e Broker.

J.T. disse:

— Não foi crucificação. Os jornais se empolgaram. Pregaram a mão do sujeito numa tora. Por que você mesmo não liga pro John?

— Olha, eu não quero que ninguém saiba que estou xeretando essa história.

— Ainda não conseguiu se livrar dos instintos de policial disfarçado, hein?

— É isso.

— Você usa as pessoas, não é?

— Como usei você para arrebentar minhas costas carregando todos aqueles fardos de feno em agosto passado. Como eu usei você, deixando a *minha* caminhonete para *você* usar.

— Hum! Você só aparece quando precisa de alguma coisa.

Broker fez uma careta e disse:

— Na verdade, bem que me seria útil um lugar para ficar enquanto estivesse investigando em Timberry.

— Timberry, ô terrinha de *yuppies*! Fui até o *shopping center* de lá e vi o primeiro Humee de minha vida. Quem estava dirigindo era uma lourinha linda, que devia ter um quatorze anos. Claro que você pode ficar com a gente. A Denise vai adorar falar com você.

— Não vai funcionar, J.T. Eu não estou com cabeça para isso.

— Broker, eu não estou nem aí pra sua vida pessoal. Mas Denise quer saber, e é ela quem manda nesta casa. Você sabe como são as mulheres. Elas brandem as vaginas como se fossem distintivos policiais.

Ao fundo, Broker pôde ouvir a esposa de Merryweather repreendê-lo — alguma coisa sobre más influências e pessoas que se recusam a crescer.

— Ligue para o John F. e tire o que puder dele — pediu Broker. — Nos vemos no final da tarde.

Quase caindo na gargalhada, os dois homens desligaram.

Broker olhou para os formulários de inscrição para a viagem de canoa, que estavam espalhados na mesa junto com suas anotações. Sommer e Allen Falken viviam ambos em Timberry, que ficava a um bom pedaço de Ely. Era uma comunidade de veraneio que a riqueza da década de noventa erigira no Condado de Washington. Na última vez em que passara de carro por lá ficara surpreso ao ver uma floresta inteira de coníferas ser transplantada de uma estufa para os quintais de casas em construção.

Broker estava em pé, andando em círculos. As chaves de Sommer estavam penduradas num gancho no cabideiro ao lado da porta. Olhou pela janela para o estacionamento, onde o Ford Expedition de Sommer aguardava, destacando-se na neve branca como um bisão negro.

Depois de dez segundos de hesitação, pegou o telefone mais uma vez e ligou para Amy. Assim que Amy atendeu, ele disse sem preâmbulos:

— Não é estranho que Sommer esteja em casa tão logo depois daquele acidente?

— Está brincando?

— Acabo de falar com a mulher dele. Ele está em casa.

— Tem alguma coisa errada. Ele precisa de instalações com recursos completos de enfermagem.

— Ela disse que Hank *olha* para ela.

— Pára com isso.

— Sério. Está interessada?

— Estou indo pra sua casa.

— Vou fazer outro bule de café — disse Broker.

## Capítulo Dezessete

**Jolene Sommer desligou** o telefone e por um momento ficou olhando o aparelho de plástico do qual a voz dele havia saído.

Broker, o guia.

Sentou-se à mesa da cozinha, exausta, buscando refúgio numa xícara de café, olhando pela janela. No fundo do pátio, um cardeal vermelho inspecionava um pote de alpiste vazio que pendia de um galho de árvore. Ela sabia o que Sharon Stone tinha vestido na cerimônia de entrega do Oscar no ano passado, mas não tinha a menor idéia de que tipo de árvore era aquela. Nunca pegara o jeito de alimentar pássaros. Às vezes esquecia até de dar comida para o gato.

Hank tinha...

Olhou em outra direção e reiniciou seus pensamentos. Broker. Conseguiu visualizá-lo com Allen na canoa, remando através da noite num esforço para salvar Hank.

Ele não tinha pele lisa e físico de academia de ginástica, como Allen. Possuía uma musculatura mais natural, e parecia completamente à vontade em seu corpo, o que era importante. Tinha uma voz calma; simples talvez, mas direta. Tentou se lembrar de seu rosto marcado, do toque cortês de sua mão no hospital.

Jolene era boa com primeiras impressões. Também era boa com quebra-cabeças, tendo facilidade para juntar peças. Acreditava que você gostava de uma pessoa nos primeiros momentos em que a conhecia ou não gostava. Havia gostado de Phil Broker, que tinha uma qualidade sólida, antiquada, como se tivesse sido feito para durar.

Os olhos de Jolene se moveram pela cozinha espaçosa antes de se concentrarem novamente na janela, alternando-se entre o alimentador de pássaros e uma pilha de cepos de carvalho diante da garagem. Num dos cepos havia um machado fincado, a lâmina coberta por uma camada de ferrugem alaranjada.

Um som abafado ecoou do porão — Earl largando seus halteres no tapete. Ele havia se instalado no subsolo, onde, como a bomba hidráulica de um navio a pique, havia escoado contas suficientes para manter a casa — e ela própria — flutuando.

Earl era uma criatura de hábitos. E ela, lamentavelmente, também. Quando as coisas ruíram, quando compreendeu que iria enfrentar esta crise literalmente quebrada, sem quaisquer recursos além de alguns cartões de crédito, ela tinha recorrido a Earl.

O que havia sido um grande erro.

Jolene esfregou a fronte com as pontas dos dedos. Depois de todos esses anos, uma das poucas coisas que podia dizer com segurança a respeito de Earl era que ele ainda parecia bem sem camisa.

Pareciam incapazes de romper o padrão — ela entrava em depressão e começava a beber demais; Earl aparecia e a ajudava a lutar contra o vício. A parte dela no acordo era administrar a índole de Earl para que ele não saísse por aí atacando as pessoas.

Esta dinâmica girava em círculos há mais de treze anos, desde os tempos de colégio, exceto pelo ano e meio em que Earl esteve alistado no exército. Isso foi depois daquela confusão em que ele se meteu em Washington. Recrutado para a Operação

Tempestade no Deserto, Earl acompanhou o 24º Regimento de Cavalaria até o Iraque, disposto a se redimir. Passou seis meses batalhando nada mais sério do que areia e moscas, e voltou para casa sem medalhas, apenas um caso arenoso de gonorréia. Earl jamais tinha dado sorte na vida.
  Até agora.
  Jolene terminou seu café. Colocou a xícara no lavador de louças, acrescentou detergente, e apertou o botão de iniciar. Em seguida, caminhou pela cozinha, tocando a mesa, as cadeiras e a bancada com um pano úmido. Sua vida havia se transformado num daqueles anúncios que se vêem nas revistas femininas:
  *Seja mais magra, mais rica; viva numa bela casa...*
  Certo.
  Nos primeiros dias tinha ficado atordoada e precisara de Earl para guiá-la. Mas agora vencera o choque inicial e não tinha certeza se queria Earl de volta à sua vida, morando em seu porão, fazendo seus jogos psicológicos, esperando que ela perdesse a cabeça para voltar a beber e reiniciassem seu ciclo. Com ele ditando as regras.
  Bem, não ia beber hoje. Tinha quatorze meses de sobriedade no banco. E nem um centavo a mais. Hank tinha posto cada centavo que ele possuía no fundo.
  Fundo tinha se tornado uma palavra engraçada nesta casa.
  Jolene respirou fundo. Earl sempre começava a fazer as coisas como manda o figurino. Apenas tentando ajudar, levara Cliff Stovall para um passeio, durante o qual pretendia convencê-lo a abrir o fundo. Não sabia os detalhes, mas podia adivinhar. Earl tinha perdido a cabeça. Até agora, nenhum policial havia aparecido para fazer perguntas.
  E as contas...
  Deus do Céu, quando pensava mas contas, lembrava da cena em *Tubarão* em que Roy Scheider vê o tubarão pela primeira vez e pula para trás, assustado. E agora, como Roy, ela precisava de um barco maior.

Balançou a cabeça e deixou seus olhos vagarem para as janelas, e se fixarem na pilha de madeira. Ela não podia imaginar Earl puxando o machado do cepo, cortando a madeira, empilhando-a em fileiras organizadas. Ele gostava de ver a madeira queimar na lareira, mas jamais lhe ocorria sair e cortar mais um pouco de lenha quando ela acabava. Apesar de todos os seus músculos, Earl recusava-se a suar fora de uma academia. Costumava dizer que ele era o futuro. No futuro, os nativos do Terceiro Mundo fariam todo o trabalho físico. Os mexicanos, provavelmente.

Olhou pela janela durante mais alguns momentos, admirando o cardeal faminto, as folhas marrons e o céu cinza. A manhã era como uma música de uma estação de velhos sucessos: sentimental. Perfeita para ajudá-la a sentir pena de si mesma. Perfeita para pensamentos dolorosos.

Era uma de suas fantasias alcoólicas favoritas: ser resgatada. E muitos homens que a tinham visto debruçada num balcão de bar haviam se aproveitado disso.

Era isso que tinha sido perfeito quando ela conhecera Hank. Ela o conhecera sóbrio. *Eu sei que fui má, mas me dê apenas esta chance e prometo que serei boa...*

Hank a resgatou, mas Jolene compreendeu imediatamente que sua ex-esposa controlava as finanças. Hank estava sem dinheiro.

O martelo caiu cerca de noventa minutos depois que ela entrou naquela unidade de tratamento intensivo em Regions, em St. Paul. Um neurologista fora chamado para avaliar Hank; seu trabalho e consultoria custavam centenas de dólares por minuto.

Então aquela mulher de corpo quadrado, num termo marrom-escuro, havia invadido a unidade hospitalar como um rinoceronte pisoteando um canteiro de petúnias. Ela argumentou que o plano de saúde Blue Cross de Hank Sommer fora cancelado devido ao não pagamento das mensalidades.

*Sem cobertura.*

Rapaz, essas duas palavras apagavam bem rápido os sorrisos numa ala de hospital.

Bem, seria impossível para Jolene mantê-lo num hospital a dois, três mil dólares ao dia. Milt Dane protestou, disse que ela simplesmente não podia levá-lo para casa, o que era "contra o aconselhamento médico". Jolene, furiosa, tinha dito:

— É? Então veja só.

Hank já tinha um tubo de alimentação inserido, e Earl pegou uma cadeira de rodas emprestada. Os dois levaram Hank para casa no furgão de Earl.

Uma atitude que deixou Milt furioso, algo que ela não podia se dar ao luxo de fazer. Agora Jolene estava resolvendo as coisas com Milt, e até que ele pusesse Hank num asilo luxuoso, ela trabalharia dia e noite, bancando a enfermeira. E embora tivesse certeza de que Milt estava preocupado com o fato de ela não estar dormindo, seu principal motivo para querer Hank no asilo era que assim poderia cuidar do amigo sem esbarrar com Earl, a quem odiava.

*Trimmmmmmm.*

Um alarme disparou. A cada duas horas alarmes disparavam. Alarmes de alimentar, alarmes de virar, alarmes de alongamento, alarmes de banho. Ela ouviu Earl subir as escadas do porão.

— Fantástico. Mais um cara bacana que apenas quer ajudar. "Eu posso deixar o Ford aí, não tem problema" — disse Earl, imitando a voz de Broker. — Espero que ele e Allen não tropecem um no outro.

Earl estava com uma camisa de malha amarela com a logomarca *Lobo de Guerra* em azul. Tinha cortado as mangas para exibir seus músculos. A camisa era um número abaixo do seu, para grudar no torso e revelar claramente o desenho dos músculos abdominais acima do jeans, que usava sem cuecas e bastante baixo, de modo que uma sombra de pêlos pubianos subia e descia enquanto ele caminhava.

Earl estava com a barba por fazer e tinha os cabelos empapados com creme; esta semana estava parecendo com Brad Pitt em O *clube da luta*. O brinco na orelha e os olhos avermelhados por maconha tinham a mesma cintilação severa. Jolene não gostava que Earl espalhasse seus pentelhos pela cozinha.

— Está perdendo as calças — disse ela.

Earl sorriu.

— Você não costumava se importar com isso.

— Por que você não cresce?

— Ora, como você está se sentindo grandiosa hoje!

Ele conhecia todos os termos dos Alcoólicos Anônimos e sabia como usá-los para irritá-la. Ele já começara a patrulhar a casa, espiando em armários e gavetas em busca de garrafas de vodca escondidas.

Um som de estática ecoou pela cozinha. O som veio de um monitor de bebê em cima da bancada da cozinha. Os monitores tinham sido idéia de Jolene; ela os espalhara pela casa para se manter informada sobre Hank.

Earl disse:

— Vamos, é hora de comer.

Para ele, isto era um conto de fadas. Ele era João e tinha subido o pé de feijão, encontrado o ganso lendário e agora tudo que precisava fazer era manter a ave viva até que tivesse arrancado seu ovo de ouro. Tratar e alimentar Hank era um compromisso sério, que exigia atenção vinte e quatro horas por dia.

Desceram uma escada circular, atravessaram o quarto de dormir e saíram no jardim-de-inverno que percorria a maior parte dos fundos da casa. Por ele, alcançaram o escritório.

Hank estava com as faces rosadas e bem barbeadas, com um fio de baba escorrendo pelo queixo. Usava um par de fraldas e uma camisola cirúrgica, e estava deitado numa cama de hospital com a cabeceira levantada, mexendo-se levemente para frente e para trás. O pescoço se contorcia, os olhos rolavam para cima e para baixo. Ele podia mover os lábios e a língua. A garrafa plástica de comida pendia de um poste, com seu tubo intravenoso descendo até ele. Tinha o peito amarrado por uma faixa, como precaução para que não caísse da cama. Allen disse que os movimentos eram apenas espasmos involuntários. Às vezes os olhos de Hank ardiam nela tão intensamente que tinha certeza de que ele estava ali, observando-a.

Jolene empertigou os ombros e entrou no escritório.

Na verdade, era bom que se mexesse; isso lhe dava alguma chance contra os ferimentos causados pela cama. Durante os últimos cinco dias ela tinha seguido uma rotina rígida que incluía reposicionar e virar Hank de um lado para outro a cada duas horas — alimentando-o, hidratando-o, manipulando seus braços e pernas em exercícios de alongamento passivo duas vezes por dia, banhando-o, limpando constantemente sua boca e gengivas com um bastão de sucção, e trocando suas fraldas, que Allen chamava de calças geriátricas.

Primeiro ela enxugou o queixo de Hank e verificou sua garganta. Ligou a sucção elétrica e limpou o excesso de saliva e muco de seus dentes e gengivas.

Earl abriu uma caixa de latas de Ensure. Pegou uma lata, abriu-a e despejou seu conteúdo no aparelho que impulsionava o alimento pelo tubo ligado ao estômago do paciente.

Arremessou a lata contra a lixeira ao lado da porta. Errou. A lata vazia rolou pelo assoalho de madeira. Earl lambeu um dedo.

— Hum, hum. Papinha de ameixa, minha favorita.

— Pára com isso, Earl — disse Jolene. — E cate a maldita lata.

Earl resmungou, pegou a lata e a lançou novamente na cesta.

— E ele acerta!

Jolene fulminou-o com um olhar.

Earl fez uma careta em resposta. Não tinha gostado quando ela cortara o cabelo. Ou quando levara um colchonete para o escritório, para passar a noite ao lado de Hank. Achava que essas duas coisas tinham sido gestos teatrais exagerados.

— Ora, vamos. A gente precisa de um pouco de humor para levantar o astral aqui — disse ele.

Rindo, caminhou até a porta; só para irritá-la, derrubou alguns livros ao passar pela estante, como um garotinho malcriado.

Jolene correu uma mão por seu cabelo rente e respirou fundo para se controlar. Enquanto corria os olhos pela sala ao seu redor, encontrou seu reflexo no espelho emoldurado na estante. Estava abatida, com o rosto chupado. Tinha círculos vermelhos em torno dos olhos, como uma viciada em Speed. Mas mesmo assim...

*Espelho, espelho meu...*

Descobrira que conseguia fazer isso por volta dos sete anos. Quando chegou ao segundo grau, era capaz de enfeitiçar qualquer rapaz com aquilo.

Mesmo agora, abatida como estava, conseguia fazer. Durante um instante conjurou aquela expressão rara. Era uma coisa a que um bom fotógrafo precisava ficar atento para capturar, porque ela não era capaz de fazer quando ordenada. Mas era um talento, e aqui, se você possui um talento, deve vendê-lo.

Ela havia tirado algumas fotos e montado um *book*. Disseram-lhe que era boa o bastante para tentar a sorte em Nova York. Mas tudo que conseguiu foi acordar com ressaca em quartos vagabundos e Earl deitado ao seu lado.

Então conheceu Hank.

Jolene deu as costas para o espelho e fitou o que havia restado de seu marido.

Certa vez Jolene tinha pensado que só seria capaz de sofrer com coisas que acontecessem direta, fisicamente, a ela. Agora tinha acontecido a outra pessoa e, definitivamente, era ela quem estava sentindo. Tinha cortado seu cabelo para honrar essa emoção.

— Isso é que é uma mudança — disse ela baixinho. — E eu aprendi com você.

Enquanto afastava uma mecha de cabelos suados dos olhos de Hank, franziu o nariz. Estava se acostumando ao cheiro da fralda. Devotadamente, trocou as fraldas do marido, e enquanto o limpava, notou como os músculos de Hank já estavam ficando flácidos. Seu Hank velho e forte estava se derretendo num pudim de carne.

Depositou a fralda na lixeira e esfregou os dedos para livrar-se do resíduos de talco. Uma das coisas mais seguras da vida. Por um instante, quase se lembrou do aroma de sua infância, dos tempos antes de aprender a caminhar e falar. Ela premiu os lábios.

— Hank, seu velho sacana. Agora que não está mais aqui, eu estou começando a valorizar você.

## Capítulo Dezoito

**Crescera fascinado** *com a ficção recheada de guerra de Hemingway, James Jones e Norman Mailer. Assim, como muitos jovens escritores que pretendiam seguir essa linha literária, ele nutrira um caso de amor pela morte. Ele tinha adentrado seus domínios muitas vezes.*
   *Mas agora sabia que sempre tinha sido um turista.*
   *Restava muito pouco dele. Ao menos, aqui. Partes dele estavam faltando e às vezes suspeitava que elas haviam partido para algum outro lugar.*
   *Tudo que podia fazer agora era lidar com a sensação de que o interior e o exterior estavam se mesclando; que as coisas que eram ele estavam lentamente se juntando a coisas que não eram. Tinha a sensação clara de que estivera usando sua pele como uma venda durante toda sua vida.*
   *Tempestades humanas ainda assumiam a forma de sombras que traziam comida e nutrição. Tinha uma noção vaga de que uma pasta descia por seu tubo de alimentação. Por dentro, sentia seu estômago contorcer-se em antecipação e saliva formar-se em sua língua, mas ele não conseguia controlar a língua, ela apenas se contorcia sem controle em sua boca, abanando para nada.*
   ...

*Às vezes era mais do que nada.*
*Lampejos.*
*Fotografias danificadas de um álbum de família queimado. Perdidas no teatro escuro de sua mente, no qual aguardava que o espetáculo começasse, ansioso como a criança que tinha voltado a ser.*
*Eu me lembro...*
*E de repente estava com sua primeira memória.*
*Mamãe.*
*Era robusta, uma garota de fazenda com mãos grandes, numa almofada de borracha sobre um assoalho de linóneo azul, esfregando, ajoelhada ao lado de uma lata de Babbo e um balde. Deitava no chão a primeira página do* Detroit News *para impedir Hank de pisar no chão molhado, e a foto granulada no jornal era de um preto-e-branco contrastados, e mostrava soldados erguendo uma bandeira num matagal.*

*Era americana de primeira geração, com primos lutando por Hitler e um marido matando japoneses no Pacífico. Ele lembrou do aroma frio e pegajoso do batom dela, de cosméticos em pó sobre couro suave, do aroma dos cigarros Chesterfield em sua bolsa. A guerra estava em toda parte. Como minhocas gordas e negras, as colunas de fumaça que se levantavam das chaminés das fábricas manchavam a paisagem nevada.*

*Brincando no pátio durante o verão, entre tomateiros que cresciam da terra quente em ondas verdes úmidas, sob as folhas, à luz esmeralda filtrada, Hank cavava buracos para os seus soldadinhos de brinquedo. Homenzinhos de vinil. Sombras mosqueadas.*

*Como as ilhas selváticas no outro lado do mundo onde seu pai...*

*Primeira canção. Um velho disco arranhado de 78 rotações. "Feudin', Fussin' and a Fighting" por Dorothy Shay.*

*A canção tocava na noite em que seu pai voltou do Pacífico. Papai o encheu com beijos e abraços no chão, e também um cheiro de tabaco, álcool e suor.*

*Dois anos depois, os dois morreram instantaneamente num acidente de carro. A irmã de sua mãe assumiu sua criação. Missas quatro vezes por semana para mantê-lo afastado de problemas.*

*Noites de sexta-feira. Na reunião do grupo jovem, a Irmã Wolf derramava culpa e vergonha sobre sua congregação espinhenta, e finalizava seu sermão com o terror da guerra fria. Os bombardeiros, dizia a irmã, haviam decolado da Rússia e estavam vindo largar suas bombas atômicas. É melhor entregarem suas almas a Jesus esta noite. E na hora da missa, depois que todos haviam se ajoelhado para a eucaristia, aprendeu que podia não se levantar com os outros, e então, quando os padres estivessem ocupados com a comunhão, correr agachado até a porta dos fundos e fumar um cigarro no beco.*

*Primeira bicicleta. Uma Schwinn. Vermelha. O cascalho preso nas reentrâncias dos pneus gordos estalando na calçada.*

*Primeira mulher. Noite de Halloween, 1960, seu ano de calouro em Wayne State, Detroit. Era mais velha, uma aluna de graduação canadense com peitos grandes que descera de Toronto para uma festa, e que ficara tão impressionada com a persistência de Hank que decidira assumir sua educação sexual. Estabeleceu um parâmetro alto demais para as garotas americanas retrógradas que a seguiram.*

...
*O primeiro homem que ele matou...*
...
*Mas então ouviu as palavras...*

— **Sabe as coisas que eu fazia antes?** — pensou Jolene em voz alta, enquanto corria o bastão de sucção pelas gengivas e em torno da língua de Hank. — Não faço mais desde que fiquei sóbria.

"Lembra do que você disse sobre os alcoólatras serem abençoados porque podem reinventar a si mesmos? Como eles podem embolar todas as coisas ruins que fizeram e jogá-las na privada? Estou aproveitando o tempo que estou passando com você para tomar minhas resoluções. O problema é que o filho da puta do Earl não parece entender isso.

Ela afofou os travesseiros atrás de seu pescoço.

— O Earl acha que as pessoas não podem mudar. Pelo menos não eu. Nesse sentido, ele é um hormônio vivo contra o crescimento pessoal. — Segurou Hank pelo queixo e tocou suas faces. — E você, acho que está precisando ser barbeado.

Ela saiu e voltou com uma lâmina de plástico, creme de barbear, uma bacia de água quente, e uma toalha. Enquanto sua mão corria a lâmina sobre os contornos familiares do rosto de Hank, seus olhos vagaram pela sala, lembrando como eles haviam trabalhado juntos, emplastrando as paredes, montando as estantes, ambos usando camisas de malha e calças jeans salpicadas com tinta, comendo sanduíches de queijo com presunto, bebendo Coca-Cola.

Foi neste escritório que ambos tentaram parar de fumar pela primeira vez, depois que tinham transado no chão, entre pilhas de livros.

Todos esses livros. Será que ele realmente os havia lido?

Será que ela conseguiria, algum dia? Antes de conhecer Hank, a única coisa que tinha conseguido ler numa só tacada tinha sido a revista *People*.

— A gente se divertiu um bocado durante algum tempo — disse ela, limpando cuidadosamente a espuma do rosto e do pescoço de Hank.

Ela bateu os dentes e arqueou os ombros. A casa a envolvia como um acidente de trem caríssimo.

E, porra, era o acidente de trem *dela*.

Deu um tapinha na bochecha de Hank e caminhou até os livros que Earl havia derrubado no chão. Ela se agachou, pegou-os, e metodicamente colocou-os de volta nas prateleiras. Esse era o bom e velho Earl. Fazia birras por qualquer coisinha. Mas podia ser uma criança violenta.

E, então, depois que sua explosão passava, ele era um doce. Mas jamais se desculpava por suas birras. O bom e o mau, alternados. Não havia — como Hank dizia — síntese. Nenhum aprendizado a partir da experiência.

Como ela estava tentando fazer.

Jolene sentiu a necessidade de um cigarro. Enfiou as mãos nos bolsos.

Ela e Earl haviam nascido no mesmo dia, na mesma hora, no mesmo hospital em Minneapolis. Tinham o mesmo *pedigree* astrológico. Marte em conjunção com Plutão. Planetas de motoqueiro, como Earl os chamava. Necessidades profundas e poderosas tanto pelo bem quanto pelo mal. Eram planetas de motoqueiro porque Earl dizia que a crença dos Hell's Angels era de que você precisava conhecer a diferença entre o bem e o mal.

E escolher o mal.

Sabia de tudo isto porque tinham feito seus mapas astrais com Lana Pieri, que morava na mesma rua em que eles cursavam o segundo grau, em Robbinsdale.

— Isso é pura babaquice — dissera Lana. — Vocês podem escolher qualquer um dos caminhos.

— Ou os dois caminhos ao mesmo tempo — dissera Earl com um sorriso.

Havia uma parte do tratamento dos AA na qual você admitia a Deus e a mais uma outra pessoa a natureza exata dos seus erros; ela tinha dito a Hank como tomara parte no assassinato de um homem durante sua fase selvagem.

Ela conhecia as piadas que Allen e Milt contavam sobre ela e Earl serem Bonnie e Clyde. Bem, Allen e Milt eram pessoas muito perceptivas. Porque naquela noite fria nas cercanias de Bismarck, Dakota do Norte, naquela loja de conveniência isolada com uma única bomba de gasolina na frente, haviam sido precisamente isso. Viajando de carro desde Minneapolis sem parar para dormir e sem comida, com uma trouxinha de maconha, uma dúzia de garrafas de cerveja, o violão de Earl, um amplificador, e uma mala.

Estavam famintos e duros, bêbados dentro de um Camaro 89 roubado. E um frio de deixar maluco. Mais frio que Minnesotta, se isso é concebível.

Desta vez ela ia entrar com a arma apenas porque queria se aquecer. Assim, Earl deu-lhe o revólver que roubara de seu tio, um Colt calibre 45 automático, um enorme trabuco militar que pesava quase tanto quanto o velho *mixer* manual elétrico de sua mãe.

Assim, ela entrou e o cara atrás do balcão lambeu os beiços e puxou seu cinto de caubói para cobrir a barriga redonda de cerveja, sorrindo como se ela fosse Sheena, a Rainha das Selvas, ou algo assim, porque certamente era a melhor coisa que ele já tinha visto entrar no seu turno da noite. Ela não gostou da expressão de medo animal que o revólver enorme produziu no rosto do homem. E compreendeu a verdade sobre as armas quando, em vez de lhe dar o dinheiro da caixa registradora, o homem pegou uma espingarda debaixo do balcão.

A verdade sobre armas era que, se você segurava uma delas e a apontava para uma pessoa, era melhor estar preparada para usá-la.

O que ela — bang! — fez antes dele, à queima-roupa. O tiro empurrou o homem contra uma estante abarrotada com garrafas de Skoal e Red Man, fumo de rolo e mantas de carne-seca. Jolene não viu nenhum sangue, mas lembrava claramente das solas sujas e das esporas de metal nos calcanhares das botas quando o impacto da bala empurrou o caubói.

— Eu matei ele — explicou Jolene a Earl, que chegou correndo enquanto ela esvaziava a gaveta da caixa registradora.

— Não, você não matou. Ele ainda está se movendo — disse Earl, tomando a pistola de sua mão e a mandando para o carro.

E ela ainda podia lembrar como aquela noite era imensa e fria, com o posto de gasolina aceso como uma grande máquina de doces sob todas aquelas estrelas, e como aqueles dois últimos tiros soaram solitários, abafados por trás do vidro. Jurou que jamais voltaria a Dakota do Norte. Jamais.

— Eu não matei ele — disse Jolene.
— Você não matou ele — disse Earl.
Jolene o abraçara, trêmula.
— Meu Deus, como está frio.
— Zero absoluto — disse Earl. — Pelo menos para o cara lá dentro.
Jolene fitara Earl, que abrira um sorriso.
— A temperatura na qual tudo pára — menos 273,15 graus centígrados. Tirei A em Física, lembra?

E falaram sobre isso enquanto saíam da Interestadual e delineavam um ziguezague pelas estradas secundárias ao norte de Bismarck até chegarem ao Theodore Roosevelt State Park, onde comeram sanduíches de salsichão na praia de Lago Sakakawea e contaram os 134 dólares e 74 *cents*, o total que aquele balconista acumulara até a chegada deles.

Conversaram sobre Deus e se ele estava lá em cima a vigiá-los, e se iria condená-los, e se receberiam carma ruim, que era diferente de Deus, mas também era vingativo.

Acabaram de comer seus sanduíches e ambos concordaram. Era bem melhor enfrentar Deus e carmas ruins do que testemunhas vivas.

# Capítulo Dezenove

Allen, quase saltitante, carregava uma bolsa preta na mão esquerda. Era uma antiquada maleta de médico, e ele estava executando um tipo de atividade profissional raríssimo entre cirurgiões. Principalmente nos dias de hoje.
Ia atender a domicílio.
As nuvens agrupadas ameaçavam chuva e o ar era da cor de papelão úmido. Mas o dia parecia bonito aos seus olhos. Cada folha em cada árvore molhada brilhava como uma miniatura de árvore de Natal.
Allen atravessou o estacionamento dos funcionários do Timberry Trails Hospital e caminhou até seu carro, apertou o controle remoto, e ouviu um bipe anunciar que a porta estava destrancada. Era uma manhã de pouco trabalho, e ele tinha se oferecido para cuidar de Hank Sommer enquanto Jolene ia a St. Paul para sua primeira reunião de negócios com Milton Dane, para que pudessem reiniciar seu relacionamento turbulento e colocar Hank numa casa de repouso.
Cinto de segurança. Ignição. Tamborilou os dedos no console de CD enquanto conduzia seu Saab de três anos do estacionamento para o tráfego já intenso de meio da manhã. Cantarolou e moveu os ombros experimentalmente junto com os rit-

mos de culturas diversas combinados na música do Ladysmith Black Mombazo.

Podia aprender a se soltar.

Sim, podia.

Durante o final de sua residência cirúrgica na Clínica, Allen tivera uma fantasia recorrente de que um dia entraria no hospital, atravessaria a linha vermelha, e jamais retornaria. A linha vermelha era uma linha pintada através do corredor que marcava a fronteira entre o mundo infestado de germes dos pacientes e o mundo azul, estéril e controlado da cirurgia.

Nesta fantasia a sua vida seria uma jornada cirúrgica ininterrupta, e quando tivesse acabado teria operado todas as pessoas que já tinham vivido.

Allen salva o mundo. Fim.

Agora estava alterando essa fantasia.

Allen salva Allen.

Identificou seu problema e apreciava a ironia. Nas cirurgias caminhava impoderavelmente num ambiente de conhecimento clínico puro. Ele manipulava instrumentos de precisão para consertar as partes quebradas de pessoas que jaziam imóveis sob suas mãos. Mas quando tirava a roupa azul e atravessava novamente a linha vermelha, ele voltava para a Terra e era esmagado pela gravidade. Quando alcançava a calçada era um astronauta médico caído. Ele e os pacientes haviam trocado de lugar. Na rua, era o anestesiado. Entorpecido para o mundo.

Desde o acidente de Hank estava obcecado em aprender como deixar seu cérebro de trabalho na sala de operações e simplesmente sair e viver. E estava em seu caminho para ingerir a dose diária de tratamento de risco que prescrevera para si mesmo.

Numa questão de minutos tinha se livrado dos sinais de trânsito e estava seguindo uma rua secundária entre campos de milho. Além do milho, as copas das árvores pairavam numa névoa impressionista. O medidor de clorofila estava baixo, o caroteno estava alto, e a mudança das folhas estava em toda sua glória.

Então fez uma curva e a paisagem pastoral desapareceu enquanto a bolha do progresso de Timberry engolfava os bosques, vomitando caixas de madeira dourada e peidando gaiolas de concreto.

Ele havia se juntado ao Timberry Medical Group para escapar exatamente desta congestão. Podia caminhar da clínica para o hospital, e dali para o clube de saúde. Alguns médicos que ele conhecia precisavam fazer traslados em várias estações de metrô de Minneapolis–St. Paul até três ou quatro hospitais diferentes por dia.

Allen acelerou diante de um grupo de carros alinhados para virar à esquerda. Havia gente demais chegando. À sua direita, buldôzeres alimentavam-se como vermes dos restos da floresta e dos campos. Equipes de carpinteiros mexicanos batiam seus martelos, construindo mais lares.

Ele odiava trânsito. Costumava dizer de brincadeira que devia haver dois sistemas rodoviários distintos: um para profissionais ocupados e outro para os pacientes brincarem de bate-bate.

A casa de Hank Sommer ficava afastada da estrada, num costão sobre o Rio St. Croix, por trás de uma tela de pinheiros brancos de duzentos anos de idade. Vista da estrada, a casa parecia uma pequena cabana de lago, mas enquanto Allen percorria o caminho serpentino entre troncos grossos que levava até a propriedade, a casa se revelou pavimento por pavimento, erguendo-se em níveis a partir do costão.

Escondida, sutil; adjetivos que Hank apreciava e Allen não.

As paredes de cedro e o telhado, já desgastados pelo clima, eram da cor de prata escurecida, assim os lírios e samambaias torturados pela neve que margeavam os passeios de paralelepípedos cor de fígado. Cicuta canadense e teixo do Japão cresciam à sombra como silhuetas verdes e espinhentas. Assim era Hank: atraído pela escuridão junto com a maior parte da luz.

Allen cortaria tudo aquilo. Deixaria entrar um pouco de luz. Faria uma quadra de tênis.

O furgão Chevy verde de Earl Garf estava diante da garagem, parado como um cão de guarda. Allen estacionou atrás do furgão, saltou, e notou que os painéis laterais do furgão, no lado do motorista, apresentavam um pouco de ferrugem. Ele era esperado, de modo que Earl iria permanecer no porão, fora de vista, até que fosse convocado para conduzir Jolene até a cidade. Mas Earl faria bastante barulho para comunicar a Allen que não estava muito distante. Essa havia sido a rotina diária todas as vezes que passara na casa de Hank desde que tinham cometido a insensatez de abrigá-lo lá.

Allen entrou na varanda simples, de tijolos aparentes, e apertou o botão da campainha.

Quando Jolene abriu a porta, Allen franziu o nariz. A fumaça dos cigarros Camel de Hank ainda pairava dentro da casa.

Ao vê-la, Allen quis engoli-la de uma só vez, como remédio. Como tônico. Mas se controlou e disfarçou sua decepção com a forma com que ela havia renunciado à maquiagem e cortado seus cabelos. Estava acostumado à aparência sofredora que lavava os rostos das famílias dos pacientes terminais. Mas não gostava de ver isso nela.

Esta manhã, recém-saída do chuveiro, ela usava calças de moletom cinza e uma camisa de malha azul, sem mangas. Como a temperatura no interior da casa estava morna, agradável, ela tinha os pés descalços.

— Olá, Allen — disse Jolene, muito amistosa.

— Como vai, Jo?

Os olhos de Allen voaram para os magnetos firmes e brancos de seus antebraços nus. E se desviaram.

Jolene meramente assentiu com a cabeça, deixando um sorriso cansado insinuar-se nos lábios enquanto ajudava Allen a despir o casaco. Allen tirou os sapatos enquanto ela pendurava o casaco no armário alto. Quando Jolene se virou de volta para ele, Allen ficou momentaneamente cônscio do volume inteiro do corpo dessa mulher, o ar que ele deslocava e a forma suave como se movia. Ela era toda superfície, imagem.

Ocorreu-lhe que ele podia apenas ver o interior de corpos anestesiados e cobertos em sua mesa de operação. Não podia ver através da superfície de corpos em movimento. Essa percepção incomodou-o um pouco.

— Eu realmente sou muito grata.

— Não é problema nenhum.

Como sempre, não houve menção a Earl lá embaixo, no porão.

Ela o conduziu pela sala de estar. Allen aprovava a forma como a casa parecia um pouco mais limpa a cada vez que a visitava. Mais objetos de Hank tinham sido transferidos para o porão e a garagem.

Vendo a luz entrar na casa através das frestas das persianas de madeira, e o telefone de plástico pousado na mesa da sala de estar, Allen compreendeu que Sommer tinha nascido com vinte anos de atraso. Em mais de uma ocasião, ouvira Hank brincar dizendo que teria gostado de saltar de pára-quedas na Normandia e matar alemães, mas naquela época só tinha dois anos de idade. Em espírito, Hank pertencia à geração dos combatentes da Segunda Guerra Mundial.

Atravessaram a cozinha e desceram a escada espiral.

— O guia da canoa telefonou — disse Jolene. — Vai trazer a caminhonete do Hank esta tarde.

— Broker — disse Allen, meneando a cabeça. — Ele é um bom sujeito. Não fala muito.

— Eu tinha esquecido completamente que a caminhonete estava lá em cima.

— Não tem problema.

— Tem sim. É um detalhe. Detalhes são importantes.

— Sim, são. "Por falta de um prego..." — recitou Allen.

Ela parou e inclinou a cabeça para o lado. Adorando a lousa vazia que era a face de Jolene naquele momento, Allen explicou:

— É um velho ditado. Vem de um poema. "Por falta de um prego se perdeu uma ferradura. Por falta de uma ferradura se perdeu um cavalo. Por falta de um cavalo se perdeu um cavaleiro. Por falta de um cavaleiro se perdeu uma vitória. Por falta de uma vitória se perdeu um reino."

Ela fez que sim com a cabeça, arquivou o poema em sua memória, e voltaram a se mover através do quarto de dormir principal, passaram pela porta aberta do banheiro, onde o espelho ainda estava embaçado com a umidade do banho de Jolene. A cama de casal *king-size* parecia não ser usada há uma semana.

Então entraram no estúdio espaçoso onde o corpo inerte de Hank Sommer estava disposto numa cama de hospital com a cabeceira levantada. Allen se assustou ao ver um movimento cinzento no colo de Hank.

— É só a gata. Ela gosta de se aninhar na barriga dele — explicou Jolene.

Allen observou o animal de pêlo curto e cinza sair correndo do quarto. Ele odiava gatos e odiava surpresas, de modo que odiava especialmente o nome da gata: Tocaia.

Hank usava uma camisola azul folgada. Quando entraram no quarto, seus olhos se moveram para cima e para baixo. Suas mãos se levantaram e cerraram os dedos, estrangulando algozes invisíveis, e tornaram a cair.

Allen conteve um sorriso ao ver o colchonete estreito ao pé da cama de hospital. Era ali que Jolene mantinha vigília. Nunca tinha sido tão devotada assim a Hank quando ele estava inteiro. Agora ela mantinha rigidamente seu tratamento como uma mártir. Ele estava realmente preocupado com a possibilidade de Jolene lesar as costas movendo-o de um lado para o outro e conduzindo-o em exercícios de alongamento.

Era mais uma forma de negação. Como o rádio e a TV e o vaso de flores que ficava ao lado da cama e que ela mudava todos os dias. Alguns dias ligava o rádio na estação favorita de Hank, dedicada a velhos sucessos. Em outros dias sintonizava a tevê na C-SPAN ou no History Channel.

Incomodava a Allen a forma como ela segurava as esperanças.
Preso na parede, um diagrama de instruções para mover e exercitar o paciente. Ao lado da cama ela havia montado um posto de enfermagem com fraldas, óleo, talco, Desitin para assaduras. O item mais irônico desse conjunto era o monitor de bebês com alto-falantes posicionados por toda a casa.
Jolene segurou o antebraço de Allen, e ele se sentiu subitamente excitado.
— Veja — disse Jolene. — Ele sempre faz isso com os olhos quando eu entro, como se estivesse olhando para mim.
— Movimentos oculares aleatórios. Ele pisca, baba e geme. Nenhuma dessas coisas tem significado.
— Bem, às vezes eu entro no quarto e os olhos dele me seguem.
Ela se aproximou da cama de Hank, parou a um metro e meio e olhou para ele como se fosse uma vitrine de loja de departamentos.
Allen corou um pouco. Ele cruzou os braços diante do peito e manteve sua voz baixa e sob controle. E então falou em tom direto e clínico:
— Mandamos o melhor neurologista do HCMC avaliá-lo. Ele não encontrou nenhuma "perseguição visual". Isso significa que os olhos dele não podem se fixar e acompanhar um objeto. Diagnóstico: estado vegetativo persistente. Podemos proceder exames de tomografia computadorizada, ressonância magnética e eletroencefalografia, e eles provavelmente mostrarão redução cerebral.
Jolene apontou.
— Veja, ele fez de novo.
Allen prosseguiu, agora um pouco irritado:
— Os movimentos oculares aleatórios constituem uma forma primitiva de reação sensorial, apenas eletricidade correndo pelo cérebro dele. Não é humano, é reptiliano. Lembra do que o neurologista falou? A síndrome do mergulho da foca?

Allen fez uma pausa, visualizando a imagem de Hank mergulhando em águas árticas cada vez mais profundas.

— Quanto mais fundo a foca mergulha, mais sistemas físicos não-essenciais à sua sobrevivência são desligados.

Jolene contorceu o nariz.

— Olha, eu, bem... — gaguejou Allen. Mas se recuperou imediatamente, compensando com uma barragem técnica: — Quando entrou em crise, o corpo de Hank provavelmente teve de escolher o que suprir com oxigênio: o cérebro ou seus órgãos essenciais, o coração e os pulmões. As funções periféricas perdem para as funções básicas. Infelizmente, nessa situação, o córtex cerebral é considerado uma função periférica. E as células cerebrais morrem depois de ficarem desprovidas de oxigênio entre quatro a seis minutos. Assim, junto com a consciência, as fibras motoras voluntárias que controlam o rosto, os braços e as pernas são apagadas. Os músculos involuntários continuam funcionando, os músculos intercostais e o diafragma sobrevivem para sustentar os pulmões que sustentam com energia o coração.

— Tudo que eu sei é que ele olha para mim — disse Jolene enquanto caminhava até a cama para ajeitar o travesseiro de Hank. Enquanto voltava, correu os dedos pelos cabelos curtos mas espessos. — Muito bem. Eu alimentei Hank e troquei suas fraldas. Ele não vai precisar de fraldas limpas por mais duas horas.

— Eu vou ficar bem — disse Allen.

— Bem, eu preciso me vestir.

Por força do hábito, Allen levantou a camisola de Hank para olhar a incisão. Não havia sinal de infecção; ela estava curando normalmente. O mesmo valia para o corte do tubo de alimentação. Em seguida abriu sua maleta, removeu uma pulseira de pressão e um estetoscópio, tomou a pressão arterial de Hank e auscultou seus pulmões. Os sinais vitais estavam regulares. Dentro da casca humana de Hank, um lagarto muito forte lutava pela vida.

Tirou uma lanterna do bolso da camisa e a moveu para trás e para a frente diante dos olhos de Hank, que piscaram rapidamente enquanto as pupilas se apertavam diante da luz. Allen ignorou essa reação reptiliana, mais atento ao farfalhar de material sobre pele e ao aroma de loção corporal saindo pela porta entreaberta do quarto adjacente ao escritório.

Os olhos azuis e agitados de Hank corriam de um canto para outro. Suas mãos levantavam, fechavam e caíam. Mais uma vez, apenas o lagarto; meros espasmos musculares.

Allen escutou saltos golpeando madeira. Ela estava em pé no vão da porta, usando um vestido cinza simples, meias-calças e saltos de doze centímetros. A viúva de rosto pálido.

— Não tenho muita certeza de a que horas vou voltar. Milt mencionou almoçarmos depois da reunião.

— Pode ir — disse Allen. — Você precisa sair de casa.

Ela se virou e desapareceu. Allen escutou alguma conversa abafada quando Earl emergiu do porão, como um ogro. A porta fechou e o motor do furgão de Earl rugiu; um momento depois, Allen ouviu os pneus cuspirem cascalho contra os troncos das árvores enquanto o veículo descia o caminho longo e sinuoso.

Na vizinhança mais imediata, ele focou na música que tocava ao fundo: Bob Dylan cantando *Blowin' in the Wind*. Allen caminhou até o rádio e o desligou.

Eles estavam sós.

Não eles. Era uma área curiosamente cinzenta. As definições eram inexatas. Hank não era um homem, era uma coisa. Legalmente, o *homem* Hank estava morto. Clinicamente, a *coisa* Hank estava viva.

Caminhou até a cama e — Deus! — uma agulhada de dor varou seu tornozelo direito e rasgou sua meia. Allen cambaleou para trás e chutou a bola de pêlo cinzenta. A filha-da-puta da gata tinha voltado para o quarto e se escondido debaixo da cama, para aguardar o momento certo para lhe desferir uma patada.

A gata escapou do chute, o que enfureceu Allen. Ele apontou mais um chute poderoso. Errou. Numa nuvem de patas alucinadas, o animal escorregou pelo assoalho de carvalho polido e desapareceu no corredor.

Ailen abaixou a meia, inspecionou o tornozelo e encontrou um filete de sangue e um arranhão. Esfregou o local e rogou uma praga para a gata. Em seguida voltou sua atenção para Hank.

— Ela foi até a cidade conversar com o Milt. Aposto que ele vai flertar com ela durante o almoço. Todos fazemos isso. — Deu um tapinha no joelho de Hank. — Mas você sabia disso. Acho até que gostava. Lembra quando você nos apresentou a ela? Você a tinha descoberto no grupo dos AA e a levou ao jogo de pôquer. Ainda estava casado com Dorothy nessa época. Todos nós achamos que ela era uma prostituta.

Tinha começado a conversar com Hank na última vez em que estivera aqui sozinho, fazendo um exame. Agora o som de sua voz não parecia estranho. Era quase natural. E era como se estivesse num confessionário.

Sua educação luterana não oferecera o luxo da confissão. Apenas ele e Deus. Nenhum padre para servir de intermediário e mandar os pecadores rezarem o terço. Quanto mais velho ficava, mais via sentido na noção das indulgências. Agora mesmo viria bem a calhar um advogado espiritual para ajudá-lo em seu dilema.

Quantos mandamentos havia quebrado?

Aquele sobre cobiçar a mulher do próximo, com certeza.

— Você não devia ter se exibido com ela, Hank — disse Allen. — Não devia ter transformado isso num jogo.

Allen moveu a perna de Hank para o lado e sentou na cama.

— Você sempre teve o rei na barriga. Você achava que era o único capaz de correr riscos. Nos parecíamos... garotos de faculdade. Não era assim que você dizia?

"Bem, Hank, eu realmente quero agradecer a você por ter transferido Jo de censura 18 anos para 14 anos. Você ganhou essa aposta.

Allen levantou da cama e caminhou até a fileira de janelas com vista para o rio. Inclinou-se para a frente, mãos na soleira, e fitou a cor parda na distante margem de Wisconsin. Então se virou.

— Hank, você sabe, no começo eu tinha certeza de que havia sido um acidente. Eu estava fatigado e hipotérmico. Remar com o Broker quase me matou.

Allen estalou a língua antes de prosseguir:

— A propósito, ele está vindo fazer uma visita. Phil Broker, o guia de canoa. Ele vai trazer o seu Ford lá de Ely. Estou surpreso por Earl ter esquecido da caminhonete. Acho que os dias do furgão verde estão contados.

A cabeça de Hank pendeu para a frente e seu semblante franziu. O lagarto perplexo.

— Durante quinze anos eu me treinei para ser imune a fadiga — prosseguiu Allen em tom de conversa. — Exceto por pequenos detalhes, nunca cometi um erro grave numa sala de operação.

Allen fez uma pausa e fitou Hank, que balançava levemente para a frente e para trás, a garganta produzindo um sibilar quase inaudível.

Deus, aquilo era tão triste. Era como falar com um cadáver com olhos vivos.

— Estava trabalhando com uma equipe cirúrgica desconhecida numa sala de operações vagabunda. Mas não era a primeira vez que eu operava em condições abaixo das ideais.

"E então...

"Enquanto você estava na sala de recuperação, conversei com a anestesista e ela disse que você estava acordado. Eu pensei, tudo bem, deixa ele descansar um minuto. Baixei a minha guarda e o cansaço começou realmente a me vencer. Mas então trouxeram um novo paciente, aquele do acidente com o trenó.

Quando vi todo mundo correr para a porta, pensei, porra, Hank, a enfermeira caipira foi embora e te deixou sozinho.

"Assim, fui até o quarto e vi aquela seringa cheia no carrinho ao lado da sua cama. E foi nesse momento que a fadiga trancou o meu cérebro, porque eu não conseguia lembrar... a enfermeira tinha te dado o Demerol?

"Assim, peguei a seringa e a injetei no tubo intravenoso. Então, ao olhar para a seringa novamente, vi a etiqueta vermelha da anestesista. Meu Deus, eu tinha aplicado em você uma injeção de sucinilcolina que estava na bandeja de entubação da anestesista. É impossível confundir aquela seringa com Demerol. E era exatamente o que eu tinha feito.

"Acredite em mim, eu estava tremendo mais do que você, e olha que você tremeu um bocado quando aquele relaxante muscular atingiu a sua corrente sangüínea.

Allen analisou aquele momento. Seu primeiro instinto devia ter sido reentubar, administrar oxigênio. Para salvar o paciente.

Mas o paciente era Hank. O marido de Jolene.

Ele foi vencido pelo choque e pelo instinto de autopreservação. Aquele tinha sido seu primeiro erro grave como cirurgião e agora compreendia que havia sido uma virada em sua vida.

— O fato, Hank, é que *eu não cometo erros*. E agora calculo que a fadiga me libertou de minhas inibições.

A voz de Allen estremeceu com paixão repentina.

— Talvez, ao cometer aquele erro, eu tenha realizado a minha vontade. Talvez nunca tenha querido salvar a sua vida. Talvez, parado ali, vendo seus músculos tremerem e em seguida ficarem flácidos, eu tenha compreendido o quanto queria que você se fosse.

"E eu vi como isso podia acontecer. Sabia que dali a poucos minutos a sucinilcolina estaria fora de seu organismo sem deixar o menor vestígio. A coisa iria parecer exatamente um colapso respiratório durante a recuperação, o que faria sentido com a sua dificuldade de ventilar. E com o fato de ter sido deixado sozinho.

"Ninguém estava olhando. Eu tinha esbarrado no crime perfeito. Tão perfeito que não pode ter sido acidental. Teve de ser o destino.

"E então lembrei de uma conversa que nós tivemos. Eu perguntei como podia encontrar uma mulher como Jo e você simplesmente riu e disse: 'Você tem de estar disposto a correr o risco.' E um maníaco por controle como eu jamais correria um risco.

"Bem, Hank, ouve só isso. Suguei um pouco da solução salina do tubo intravenoso para encher a seringa e a coloquei de volta na bandeja. Desliguei o alarme no monitor e voltei para o saguão, e me deitei na minha cadeira. Eu sabia que a anestesista e a enfermeira seriam consideradas as culpadas.

Allen estremeceu. Pronto, tinha posto para fora, e agora levou um minuto para que sua respiração voltasse ao normal.

— Bem, agora você sabe — disse em voz alta. Deu um tapinha quase carinhoso no joelho inerte de Hank. — A única coisa que não previ, velho camarada, foi que você ia sobreviver.

# Capítulo Vinte

**Quando o carro de Amy entrou** no estacionamento, Broker, inquieto, estava caminhando na borda do cais fumando um cigarro. Ela caminhou até ele e notou a cor saudável nas faces recém-barbeadas e os olhos alertas. Ele usava um casaco cujo zíper só estava fechado até a metade. E sem chapéu.
— Você está se sentindo melhor — disse ela.
— E se... — começou Broker.
Amy levantou uma mão enluvada.
— Espere. O que estamos fazendo aqui?
— E se houve um motivo para não colocarem o Hank Sommer num hospital?
— Está dizendo que Hank pode não estar tão inválido quanto estão dizendo?
— Diga-me você.
— Isso seria bom demais para ser verdade — disse Amy, balançando a cabeça. — Em primeiro lugar, fui entrevistada pela nossa equipe de administração de riscos. Milton Dane é um advogado especializado em casos de negligência médica. Ele jamais colocaria sua reputação em risco fazendo qualquer coisa ilícita. E em segundo lugar, Hank também foi examinado pelos médicos da companhia de seguros. Não há nenhuma controvérsia em relação ao diagnóstico.

Broker estudou a expressão de Amy, e reconheceu o mesmo olhar metódico e inteligente dos bons investigadores quando demoliam seus palpites. *Siga os procedimentos*, sempre lhe diziam. *Vá com calma*. Como se adivinhando seus pensamentos, Amy disse:

— Essas coisas seguem um certo protocolo.

— Certo, mas e se a esposa está certa quanto a essa história de ele olhar para ela? — pressionou Broker.

— É improvável. É normal uma esposa catar farpas de esperança.

— E se eu arranjasse uma maneira para que você o visse?

Amy respirou fundo e exalou ruidosamente.

— A ré de um processo legal se aproximando da parte queixosa? Eles tomariam a minha licença. Eu jamais iria trabalhar novamente.

— Então, por que você largou tudo e veio até aqui?

Amy mordiscou o lábio inferior e olhou para o lago.

— Você fez aquele café?

*Arrá*, pensou Broker.

Entraram e tiraram seus casacos. Broker serviu café preto da cafeteira Braun de seu Tio Billie. Amy ocupou uma cadeira à mesa da cozinha e abriu espaço para sua caneca na bagunça de anotações, formulários de permissão e o jornal que ela deixara na noite anterior.

Broker bateu o nó de um dedo contra o artigo sobre Stovall no *Star Tribune*. Amy bebericou seu café e leu. Sua língua sondou meditativamente uma bochecha, e então a outra. Ela levantou os olhos.

— E daí?

— O morto era o contador de Sommer.

— Esquisito.

— Bota esquisito nisso. Primeiro Sommer dá um tremendo azar no hospital depois que sobrevive a um resgate. Depois seu contador morre na mesma semana. Escuta só uma coisa: quando o hidroavião desceu em Snowbank, as últimas palavras que

Sommer disse para mim foram: "Diga a Cliff Stoval para mover o dinheiro." Cinco dias depois você me dá um jornal e eu leio que Cliff Stovall morreu na floresta sob uma circunstância para lá de bizarra.

Amy estudou os rabiscos no bloco. Os nomes, os endereços. As direções. As letras de imprensa: SIGA O DINHEIRO.

— Estas suas anotações... o que significa "Siga o dinheiro"?

— É um clichê. Mas um bem durável. As pessoas sendo como são, jamais deixam que ele envelheça.

— Seja mais específico, sim? O que significa, nestas circunstâncias, associado ao nome de Hank Sommer?

Broker pigarreou.

— Quando alguém tira cinco coringas na mesma mão, qual é a primeira coisa que você pensa?

— Coincidências demais para um jogo normal — disse Amy. — Mas isso é babaquice hipotética de escola de direito. Me dê os fatos.

— Certo. Naquela manhã no hospital, quando Sommer foi retirado de helicóptero. A mulher dele estava lá.

— E?

— Você notou o gatão que desceu com ela?

— Broker, eu estava um pouco distraída naquela manhã.

— A Sra. Sommer não é apenas uma esposa jovem, um troféu. Ela tem uma bagagem pesada, como seu antigo namorado, que agora aparentemente se mudou para a casa de Sommer.

Amy levantou a caneca e estudou o suave anel de umidade que deixou na mesa.

— E daí? Ela observa intervalos de decência mais curtos que o resto de nós. — Levantou os olhos. — É apenas a história mais velha do mundo.

Sem deixar-se desanimar, Broker continuou:

— Na viagem, Sommer e sua esposa brigavam o tempo todo sobre dinheiro. Ele falava com ela pelo celular. Ficou tão puto que jogou o telefone no lago. Dane e Falken disseram que ele tinha movido todas as suas finanças para um fundo porque ela estava dando dinheiro ao namorado. Envolve dinheiro — insistiu Broker.

— O que envolve dinheiro?

— A morte do contador.

— Amy releu o artigo.

— Aqui diz que ele tinha um histórico de abuso de álcool e automutilação.

— Não engulo isso. Ele estava sentado sobre os bens de Hank cobiçados pela esposa. Ela precisou tirar Hank do hospital devido a dificuldades financeiras.

— Eles são casados. Isso é certificado. Até onde você quer chegar com isso?

Broker premiu os lábios. Ele continuava vendo o homem jovem e bonito ao lado de Jolene no estacionamento do hospital, uma expressão de satisfação no rosto. Como se tivesse acabado de ganhar na loteria.

— O namorado — disse ele.

— Dá um tempo, Broker. A esposa agora é uma viúva de fato. E daí se ela decide buscar conforto e apoio nesse gatão ex-namorado? Pode ser galinhagem, mas não é contra a lei.

Broker franziu as sobrancelhas grossas.

— Aposto com você que se eu investigar o namorado, desenterro alguma sujeira.

— Se isso é tudo que você tem, você não tem muita coisa.

— Na verdade, tenho ainda menos do que isso.

Broker se levantou. Saiu da cozinha e atravessou a sala principal até os ganchos de casacos ao lado da porta. Com um movimento rápido do indicador, fisgou de um gancho o chaveiro de Sommer.

— Tudo que eu realmente tenho é o Ford Expedition de Sommer, que vou devolver hoje. Vou levar até a casa dele. Isso significa que eu terei de prestar os meus respeitos, conferir a esposa, o namorado, o Sommer. E se eu entro no quarto dele e o Hank me encara, olhos nos olhos? O que eu faço?

Amy olhou desconfiada para Sommer enquanto ele voltava até a mesa.

— Estou vendo o que você está tramando.

Com uma expressão inocente, Broker levantou as mãos em protesto.

— O quê?

— Está tentando me sugar para esse seu projetinho.

— E como estou indo? — redargüiu Broker.

Amy levantou o queixo.

— Talvez eu continue brincando apenas para provar que estou certa e que você está errado.

— Mas e se eu estiver certo?

As feições de Amy delinearam um cabo-de-guerra móvel entre praticabilidade e curiosidade.

— E você acha que consegue me levar até lá para vê-lo?

Broker fez que sim com a cabeça.

— Não deve ser muito difícil. A esposa dele não te conhece. Você pode ser qualquer pessoa. Ora bolas, você podia ser minha namorada.

Amy sorriu polidamente.

— Mas e se a esposa não for idiota? E se ela perceber que eu sou esperta demais para me envolver com um ex-policial de meia-idade e meio casado?

— Rá! — disse Broker, sorrindo.

— Rá pra você também. Se levarmos o Ford até lá, como vamos voltar?

— Tenho um amigo que possui uma fazenda perto da casa de Sommer. Ele está com a minha caminhonete. Estou planejando levá-la de volta pro norte.

— Quanto tempo vamos ficar?

Broker deu de ombros.

— Alguns dias?

Amy pensou no assunto e disse:

— Eu preciso mesmo ir algum dia ao *shopping center* Mall of America. Isso vai me economizar uma viagem e poderei aproveitar para fazer algumas compras.

— Combinado.
— Certo. Mas veja bem, estou indo para impedir que você faça alguma besteira — disse Amy.
— Ótimo. Deixe-me jogar umas coisas numa mala, e então iremos até a sua casa deixar o seu carro lá — disse Broker.

**O chalé de Amy, alugado** e mal protegido contra o frio, ficava nos arrabaldes de Ely, com vista para o Lago Shagawa. Quando passou pela porta, Broker viu um computador, montes de livros, esquis, sapatos de neve, uma pilha de tênis de corrida gastos. Também sentiu cheiro de uma coisa. Gás propano.

Sempre ficava surpreso sobre como os nativos eram capazes de ignorar todas as regras da sobrevivência no inverno, desde sair em temperaturas abaixo de zero usando tênis até viver com tubos de gás vazando de seus aquecedores.

Broker seguiu imediatamente até a cozinha, misturou um pouco de detergente com água num copo, caminhou até o aquecedor, passou a espuma na válvula. As bolhas apareceram imediatamente.

— Você tem uma chave inglesa?
— O quê?
— Você está com um vazamento de gás. Pode explodir a sua cozinha.

E Amy, que havia dominado a complexidade de uma máquina de anestesia, disse:

— Ah, o aquecedor está cheirando um pouco. — Ela apontou. — Chaves inglesas na gaveta à direita da pia. Deve ter um pouco de selador, também.

Enquanto Amy colocava roupas numa maleta, Broker desligou o gás, desenroscou a válvula e refez sua vedação. Em seguida, enroscou novamente a válvula e a testou. Satisfeito, foi ao banheiro lavar-se. Na parte interna da porta do banheiro havia um pôster grotesco com um rosto humano ridiculamente obeso. Boca aberta, língua para fora, seu sexo impossível de determinar. Uma frase escrita a mão sobre a foto anunciava: ENTUBE ISTO!

Enquanto enxugava as mãos, ela caminhou até seu lado, abriu o armário de remédios, e removeu várias garrafas finas com diversos óleos faciais e emolientes. Então pegou um pequeno objeto de plástico — seu diafragma —, passou-o debaixo do nariz, pesou-o com a mão, e deixou-o cair na bolsa de cosméticos.

Broker a fitou com uma expressão matreira.

— Eu sempre posso ser atingida por um raio — disse, e então girou nos calcanhares.

Broker apostava que ela era uma maníaca por detalhes na sala de operações, mas era desleixada com seu banheiro. Ele a segurou pelo cotovelo, puxou-a de volta, selecionou o tubo de lubrificante vaginal Gynol numa prateleira, e o deu a ela.

— Só para o caso de não ser um raio lubrificado.

Amy premiu os lábios.

— E eu tomei você por um conservador.

— Já fui jovem um dia. Você sabe como é: você bebe demais, acorda num apartamento desconhecido com um lagarto dormindo na sua boca e a irmã grande e escamosa dele roncando ao seu lado na cama. Então você cambaleia até o banheiro, pega uma escova de dentes... — Ele fez uma careta. — Eu já escovei meus dentes com esse troço ao menos uma vez na vida.

Pela primeira vez desde que haviam se conhecido, ela soltou uma gargalhada.

**Broker relaxou atrás do** volante do grande Ford de Sommer e se perguntou se devia esvaziar o cinzeiro. Decidiu deixar como estava. As baganas amassadas de cigarro eram como as digitais de Hank. Eles tinham percorrido alguns quilômetros de estrada quando Amy perguntou:

— Então, você tinha palpites como este quando era policial?

— Eu era um mau policial — disse Broker.

— É mesmo?
Amy levantou os braços, levou-os até sua nuca e amarrou seus cabelos num rabo-de-cavalo prático.
— Quero dizer que eu era bom no que fazia, mas era um mau policial — disse Broker. — Tome Dave Iker, por exemplo. Agora ele é um bom policial: responsável, atento para cada detalhe, bom conhecedor das ruas. Mas... — Broker brandiu um dedo no ar. — Noventa e nove por cento do tempo ele estará lá depois que aconteça. Então ele vai seguir os procedimentos. Se der sorte, vai espremer a verdade de um suspeito. É assim que funciona desde que Caim matou Abel.
— Dave diz que você era um viciado em adrenalina, que sempre ultrapassava o limite de velocidade.
— Vê? Procedimento. A maioria dos policias é rígida quanto a autoridade. Eles gostam de respeitar regras.
— E você?
— Eu prefiro chegar *antes* que aconteça. É essa a função de um policial disfarçado. Se você quer realmente pegar monstros, precisa andar onde moram os monstros.
— E talvez se tornar um pouquinho monstro também? — perguntou Amy.
Broker fitou-a por um instante, e então levantou a mão com o polegar e o indicador separados por meio centímetro.
— Talvez um pouquinho assim.
— Certo, como estar um pouco grávida — disse Amy.
Depois disso, trocaram informações normais sobre terem freqüentado a Universidade de Minnesota em eras diferentes. Amy mencionou o médico com quem quase se casou em Minneapolis. Broker evitou falar de sua primeira esposa.
Saiu de Ely pela Rodovia 169 e atravessou a Laurentian Divise logo ao norte de Virginia, Minnesota. Pegou a 53 e entrou na Cloquet, onde parou e abasteceu o Expedition no famoso posto de gasolina Frank Lloyd Wright, com seu telhado de chapéu de bruxa.

Passaram por Duluth e pararam no Casino Black Bear para almoçar. Então voltaram para a estrada, a Interestadual 35, que percorreram através das Cidades a mais de cento e vinte quilômetros por hora. O tráfego adensou e as coníferas deram espaço para árvores variadas e campos em torno de Hinckley. O Expedition roncava forte com seus oito cilindros, e logo estavam passando por *outdoors* e casas de condomínio.

Passaram voando pela borda norte da área metropolitana composta por Minneapolis e St. Paul e seguiram para leste, tomando a 95 ao longo do Rio St. Croix, na direção de Stillwater.

Então entraram em Timberry na área de *shopping centers* e condomínios, que tinham nomes como Hunter's Lane e Oak Ponds. Broker virou mais uma vez para a região campestre, a oeste do rio.

— Onde estamos? — perguntou Amy.

— Lago Elmo — disse Broker. — Vou deixar você com o J.T. e depois vou levar o veículo até a casa dos Sommer. Acho que alguém vai me dar uma carona de volta.

— E então, quem é esse seu amigo?

— J.T. Merryweather. Ex-policial em St. Paul. Foi meu parceiro há um milhão de anos. Agora está criando galinhas.

Vinte minutos depois, eles chegaram. Amy soltou uma gargalhada.

— Desde quando *avestruzes* são galinhas?

— J.T. diz que elas são o bife do futuro.

Com olhos arregalados, bicos curvos, pescoços longos e pernas muito compridas, os objetos da surpresa de Amy vagavam por trás de cercas aramadas com um metro e oitenta centímetros de altura. Bandos de fêmeas de olhos cinza-acastanhados e alguns machos mais altos, de plumas negras. Mediam entre dois metros e dois metros e setenta e quatro, e alguns dos machos podiam chegar a cento e oitenta quilos. Havia quase uma centena dessas aves nos cercados, anômalas contra os bordos e carvalhos vermelhos da paisagem de Minnesota.

Dobrando uma curva, passaram por uma caixa de correio posicionada numa reentrância, para não ser derrubada por algum removedor de neve. Passaram por uma tabuleta na qual estava escrito RANCHO DE AVESTRUZES ROYAL KRAAL. PROPRIETÁRIO: J.T. MERRYWEATHER.
Salgueiros-chorões separavam um celeiro vermelho da casa de fazenda de dois andares. A porta da casa se abriu e um homem alto, vestido em jeans e usando botas de caubói e um chapéu de abas largas, saiu para recebê-los.
— Ele é negro — comentou Amy.
— Faz sentido, não faz? Tanto J.T. quanto suas aves são originários da África.
Amy observou as aves paradoxalmente desajeitadas mas graciosas flutuarem através das sombras frias da tarde.
— Essas aves estão bem longe da África.
Broker abriu a porta da caminhonete, saltou e caminhou para cumprimentar J.T. Trocaram um aperto de mãos e, num cumprimento antiquado, engancharam os polegares e fizeram suas mãos baterem asas para cima e para baixo.
Durante cinco anos, J.T. tinha montado a sua fazenda. Como a maioria dos tiras de St. Paul perto da casa dos cinqüenta, ele se aposentou cedo. Queimou os nove quilos que ganhara ao parar de fumar, e agora seu rosto não era mais inchado, e a pele recuperara o brilho natural. Alguns homens ficavam rotundos com a idade. J.T. e Broker compartilhavam uma predisposição genética para a magreza. E o trabalho de fazenda e o ar fresco estavam colocando ângulos tesos de volta aos malares etíopes de J.T.
— Hummmm... — disse J.T., mãos grandes nos quadris, enquanto Amy contornava o Ford e esperava para ser apresentada.
— J.T., esta é Amy Skoda — disse Broker.
— Hum-hum — exprimiu J.T., avaliando Amy.
— Não é nada do que você está pensando — disse Broker. J.T. meneou a cabeça.

— Quem sou eu para julgar as pessoas? — disse ele. Mas, na verdade, J.T. acreditava em seguir regras com o ardor de um Jeremias do Velho Testamento. Ele sorriu e, teatralmente, inclinou para trás a ponta do chapéu.

— Ora bolas, eu mesmo pularia a cerca de vez em quando, se a minha esposa não fosse me espancar até a morte com um ferro de marcar enquanto eu estivesse dormindo. — Ele estendeu a mão. — J.T. Merryweather. É um prazer conhecê-la.

Amy apertou a mão dele e olhou em volta.

— Então, como é sair da polícia e se tornar criador de avestruzes?

J.T. sorriu lentamente.

— Vem naturalmente. Eu guardo elas em gaiolas. — Com uma expressão muito séria, acrescentou: — Na verdade, a minha família trabalhou muito com agricultura durante algum tempo na Geórgia, nos séculos XVIII e XIX.

— Sei — disse Amy.

Denise Merryweather saiu da varanda usando apenas uma blusa e calças jeans, abraçando o próprio corpo. Era uma mulher de corpo bem desenvolvido, acima dos trinta e abaixo dos cinquenta, que estava se saindo bem em seu jogo de esconde-esconde com a idade. Possuía alguns traços de índia Cherokee em seu rosto escuro, olhos cinza forte e cabelo cortado rente; usava uma cruz pendurada num cordão no pescoço.

Ela nunca havia aprovado as atitudes de Broker.

— Phil Broker — disse ela num tom neutro. — Você e sua amiga vão ficar aqui durante algum tempo?

— Oi, Denise, esta é Amy Skoda. Amy, esta é a Denise — disse Broker.

As duas mulheres encontraram-se na escadaria e trocaram um aperto de mãos.

— Não é o que você está pensando — disse Amy. — Somos amigos.

— Entendo — disse Denise. — Nós temos apenas um quarto de hóspedes. Broker, você dorme no sofá.

Um silêncio constrangedor acompanhou o comentário de Denise. Amy inclinou a cabeça ao ouvir um som familiar vindo do bar, e mudou de assunto.
— Basquete? — perguntou.
— É — disse J.T. — Desmontei a sala de ordenha no fundo do celeiro, fiz um novo assoalho de concreto, e instalei uma cesta de basquete para a minha filha.
— Você fez tudo isso, é? — disse Broker.
— Tá, você ajudou.
— Entre, querida. Vamos deixar esses dois homens se queixarem que estão ficando velhos — disse Denise, convidando Amy com um gesto a entrar na casa.
— Nós estamos ficando velhos — disse Broker.
— Eu jamais vou desenganchar o colchete de um sutiã tamanho 38 com uma só mão em três segundos novamente, ou correr pela estrada num Chevy 57, disso tenho certeza — disse J.T.
— Ora, Jarret True Merryweather, eu não sabia que você sabia contar acima de vinte — disse Denise, arregalando os olhos enquanto desaparecia pela porta com Amy.
Quando a porta se fechou, J.T. fitou Broker.
— Então, quem é a mulher?
— Aquele acidente lá no norte, o sujeito que teve morte cerebral no hospital de Ely... Hank Sommer.
— O dono da caminhonete — disse J.T., apontando para o Ford Expedition.
— Sim — disse Broker. — Ela foi a anestesista.
— Está trepando com ela?
— Não, claro que não — garantiu Broker, com cuidado para não parecer indignado demais.
— Então, o que você está fazendo? — perguntou J.T.
Broker mastigou o lábio, franziu o cenho.
— E sobre aquele sujeito que pregaram na floresta, perto de Marine...
— Sei. Dei alguns telefonemas. Stovall, o contador.
— Stovall era o contador de Sommer — disse Broker.

J.T. moveu as mãos para a frente e para trás, tentando encaixar peças invisíveis.

— Sim, e daí?

Broker se perguntou se deveria seguir adiante.

— Entendi. Você não tem muita certeza sobre o que está fazendo... — disse J.T.

— Estou com um palpite sobre uma coisa — disse Broker.

— Lembro de uma conversa que começou desta maneira em 89. Duas horas depois me acertaram com um machado.

— Foi com o lado cego do machado — protestou Broker.

— Foi com um machado. Ele rachou a minha pele — insistiu J.T., começando a levantar a manga do casaco.

— Olha, eu preciso devolver a caminhonete — disse Broker.

— Precisa que eu siga você, para te trazer de volta?

— Não. Vou ficar com a esposa do Sommer durante algum tempo. Ela vai me dar uma carona até aqui.

J.T. pensou durante um momento, e então olhou de soslaio para Broker.

— Você não está me contando tudo — disse ele.

— Não tudo — replicou Broker.

Ele se virou e caminhou até a caminhonete Ford.

# Capítulo Vinte e Um

**Os budistas dizem** — *a mente é um macaco caçando a própria cauda, sofrimento e desejo rodando e rodando. Hank tinha esse macaco correndo dentro do crânio, tratando seu cérebro como um controle remoto de televisão. Apertando botões. Jogando no chão. Pegando do chão. Mastigando-o. Babando nele. Mijando nele. Uma porra duma tempestade elétrica de neurônios e elétrons relampejando por trás de seus olhos.*

*Então, alguma coisa fez clique. A estática clareou e a imagem apareceu.*

*E chegou com tudo. Alta resolução digital, transmissão por fibra ótica,* **som** surround. LIGADO.

*Luzes, câmera, ação. E que imagem. Como se sua percepção e inteligência tivessem ficado mais aguçadas devido à sobrecarga febril. Queimando os fios. Você e eu, Jerry Lee Lewis.*

Great Balls of Fire.

*E ele vê e escuta.*

*Seu companheiro, Allen Falken. O bom e velho doutor fitando seus olhos.*

*Um corredor inteiro de vazio agora repleto de memórias detalhadas. O último rosto que viu antes da negritude fria vazar de seu coração e o afogar por dentro, até que apenas sua* mente havia sobrevivido, ligada ao aqualung de seu coração e pulmões, para que pudesse flutuar na escuridão interna de seu corpo.

*Último rosto. Primeiro rosto.*

*Allen. Com cara de bebê e corpo teutônico. Allen. Cada cabelo em seu lugar, e parecendo um jovem e atlético Billy Graham.*

*Bonito mas não bonito demais. Vaidoso, mas com moderação.*

*Estava vendo numa espécie de tela dividida, algum fundo de imagens interiores, a morena de sua vida, os retalhos de seu álbum pessoal. Mas a memória insistia em ser muito vívida, dolorosamente ampliando a resolução.*

*E era como o pronunciamento de um daqueles Yogi Berra zens que iluminam um universo de dor, comédia, esperança e sonhos cotidianos. O "Isso é que é" da sua vida.*

*Allen, sentado ali, falando com ele.*

*Era uma sensação parecida com aquela quando a montanha-russa diminui a velocidade no fim do percurso.* Hank sentiu o circuito rodopiante de seus olhos começar a diminuir, e então parar. Hank rodou seus olhos conscientemente, piscou conscientemente. Allen, absorvido em seus solilóquios casuais, não percebeu.

Não percebeu porque Allen, o velho, cauteloso e discreto Casper Milquetoast Allen, estava dizendo que finalmente tinha corrido um risco.

*Ninguém estava olhando. A seringa. Sucinilcolina. Um paralítico. Então desligou o monitor.*

*Entendo. Primeiro foi um erro. Depois foi mais como alguma coisa que se faz sem-querer-querendo. Hum-hum. Finalmente, foi deliberado.*

*A enfermeira e a anestesista levaram toda a culpa.*

*A lince.*

*Mulher loura. Jovem. Bonita e um pouco sapeca. Gostei dela.*

*Allen. Filho-da-puta. Sentado na cama. Dando tapinhas no meu joelho.*
*Primeiro você salvou a minha vida, e então mudou de idéia e me matou. Entendo. A primeira coisa cobre o rastro da segunda.*
*Achou que aquilo ia me matar. O pensamento anti-séptico de um cirurgião. Mas matar um homem é muito difícil, Allen. A única forma segura é cortando fora a cabeça dele.*
Allen continuava matraqueando. *Allen tentando se conformar com o homicídio. Quis matar. Não quis matar. Matou. Ela me ama. Ela não me ama.*
*Estou entendendo direito? Agora o caminho está limpo para Allen cortejar Jolene?*
*Allen e Jolene?*
*Pense de novo no que ele disse. Certo. Jolene almoçando com Milt.*
*Agora Milt deve ter um caso grande nas mãos.*
*Realmente grande.*
*E Hank vê o que Allen deixou passar.*
*Quem ficar com Jolene vai ganhar muito dinheiro.*
*Isso era informação, e como Yogi disse, é* déjà vu *mais uma vez. A velha aposta que ele tinha com Allen e Milt. A informação da sua vida é uma gaiola que aprisiona você ou um material puro à espera de mudança? Natureza ou criação?*
*Posso pegar esta florista* cockney *e transformá-la numa dama de sociedade.*
Minha Bela Dama.
*Você está numa tremenda fria, Hank. Não pode cometer erros. Precisa saber quando der os passos certos.*
*E isto é um dom.*
*Talvez, apenas talvez, você tenha uma chance.*
Da forma mais dissimulada que pôde, Hank permitiu que seus olhos agitados repousassem em Allen durante um segundo.
*Vou sair desta casca e somar você à contagem de corpos. Vou encontrar uma maneira.*

*Não posso desistir.*
*Você.*
*Vai.*
*Pagar.*
*De alguma forma.*
Mas por enquanto precisa manter seus olhos se movendo no padrão de piscadelas e giros. Ainda que toda a voltagem de sua mente grite para focar e usar os olhos para comunicar ao mundo exterior que ele está ali dentro. Esta é a coisa mais difícil que ele já fez.

Allen acaba de se confessar para ele. Se Hank focar e piscar conscientemente, Allen saberá que ele está alerta. E Allen dará cabo dele de vez.

Hank gira os olhos.

Mantém os olhos se movendo. Pisca aleatoriamente. Baba. Deixa o Doutor Falken pensar que é a criação dele. O seu vegetal.

*Vou.*
*Voltar.*
*Seu filho-da-puta.*

## Capítulo Vinte e Dois

**Broker, que sempre tinha** considerado as estradas secundárias e os campos de trigo eternos, agora via que eles estavam sumindo depressa no Condado de Washington. A não mais de três quilômetros da fazenda de J.T., esqueletos de madeira de novas casas assombravam a paisagem.

Foi isto que o aquecimento global fez com este lugar. Os invernos de Minnesota costumavam manter o nível populacional baixo e afugentar os invasores.

Aproximando-se do rio, consultou as instruções de Jolene, encontrou a saída da estrada principal, e entrou nela.

— É um beco sem saída — explicara Jolene ao telefone, sem nenhuma ironia.

O último braço da estrada era semiparticular e os terrenos possuíam trezentos metros de profundidade, terminando no fundo do rio. Broker passou por duas quadras de tênis e um gramado esportivo protegidos por cercas, e se deparou com o número da casa na caixa de correio.

Sommer morava em seu bosquezinho de pinheiros particular. Enquanto descia o caminho umbroso e coleante, Broker estimou que algumas das árvores mediam sessenta centímetros de diâmetro. Tinham centenas de anos de idade.

Aprovou a forma como o casarão de madeira de cedro imiscuía-se entre as árvores e o costão do rio, camuflado em canteiros densos de ervas venenosas, samambaias e sempre-verdes. Caminhos de paralelepípedos musgosos atravessavam os jardins.

Um furgão verde e um carro de passeio cinza-prateado estavam estacionados diante da garagem de três carros. Broker estacionou, saltou, caminhou até a porta, e tocou a campainha.

Quase imediatamente, Earl Garf abriu a porta — como se estivesse à sua espera e o observasse chegar. Hoje Garf havia dispensado seus rituais de higiene, estando desarrumado de uma forma que curiosamente parecia intencional. Cabelos empastados com creme e barba crescida estilisticamente. Usava jeans largos, uma velha camisa de malha folgada, e tênis de corrida.

— Sr. Broker — disse Garf numa paródia de polidez. — A Jolene está esperando o senhor. Ela está na cozinha. Venha comigo.

Cortesmente, Garf conduziu Broker através do saguão até uma sala de estar comprida. Este era um Garf diferente do homem que Broker conhecera diante do Ely Miner Hospital. Este era Garf, o ator canastrão, interpretando um mordomo de filme antigo.

A casa de Sommer ainda recendia a tinta e serragem — ainda não se vivera muito aqui dentro. O gosto de Sommer ditara madeira escura e pouca luminosidade no interior, combinando com a parte externa da casa. Quando entraram na cozinha, Broker viu que ela era mais iluminada. Garf, o ator canastrão, anunciou:

— O Sr. Broker está aqui.

E se retirou em silêncio.

Broker ficou surpreso em ver Allen Falken sentado à mesa com Jolene, curvado para a frente, conversando por cima de canecas de café.

— Ei, Broker! — disse Allen, levantando da mesa.

Allen parecia mais relaxado do que Broker lembrava, vestido com uma camisa de gola aberta e calças jeans. O rosto de Jolene estava pálido e tenso. Os densos cabelos mediterrâneos haviam sumido — a grandes custas. Deus, parecia que a Resistência Francesa tinha feito o corte. Ela usava um vestido cinza, meias de náilon, e tinha chutado dos pés um par de sapatos de salto baixo.

Allen se aproximou e apertou calorosamente a mão de Broker.

— E então, como tem passado? — perguntou Allen, encontrando o tom exato de familiaridade contida.

Era um Allen mais robusto, mais centrado.

— Tenho passado bem — respondeu Broker, colocando as chaves do carro sobre a mesa.

Jolene também se levantou, e quando Broker estendeu uma mão, ela a segurou com ambas as suas. As mãos de Jolene eram inesperadamente macias, cobrindo com calor a palma e as costas da mão de Broker.

— Muito obrigado — disse ela.

— Não há de quê — disse Broker.

Jolene exalava um cheiro úmido que suscitava imagens de lírios, vitrais, música de órgão e caixões numa igreja. Estava com olheiras pronunciadas, denotando fadiga, mas que lhe caíam bem. Um leve rubor subira por seu pescoço e se instalara em suas faces.

*Devia estar mais quente aqui dentro,* pensou Broker.

— Foi difícil chegar aqui? — perguntou Jolene.

— Nem um pouco. As suas instruções foram muito boas.

— Estávamos tomando café — disse Jolene.

Broker recusou com um gesto.

— Perco o sono se bebo café à tarde.

Broker alterou o apoio de um pé para o outro e colocou as mãos atrás das costas, assumindo uma posição de descanso militar.

Allen e Jolene assentiram compreensivamente.

— Ah, Jolene acaba de voltar de sua primeira reunião séria com Milt Dane — disse Allen, mantendo a conversa em andamento.

— Os advogados do hospital estão tentando ganhar tempo — disse Jolene.

— Isso é típico no começo das negociações — avaliou Allen.

Jolene contorceu levemente os lábios.

— Eles vão esperar para ver se Hank morre. Milton disse que se ele morrer, será mais barato para eles — disse ela, estremecendo ao pronunciar a palavra com M. Ela forçou um sorriso.

Broker pigarreou.

— Eu estava pensando... Por que ele já está em casa? Tão cedo, quero dizer.

— Venha comigo — disse Jolene, chamando-o com um dedo. — Vou lhe mostrar uma coisa.

Broker seguiu-a até a sala de estar, raiada com listras pela luz que vazava de persianas. Uma alcova, que eles alcançaram ao passar por um arco, continha uma mesa comprida que estava literalmente soterrada por documentos.

— É aqui que Hank paga as contas — explicou Jolene.

Então ela correu uma mão pelos papéis na superfície. Broker vislumbrou um formulário jurídico:

| ESTADO DE MINNESOTA<br>CONDADO DE ST. LOUIS | CORTE DISTRITAL<br>QUARTO DISTRITO<br>JUDICIAL |
|---|---|
| *Harry Sommer, por e através de sua esposa e tutora, Jolene Sommer, Abre queixa* | *Tipo de Caso: Negligência Médica*<br>*Número de Arquivo:*<br>*Juiz* |
| *Contra*<br>*Serviços de Saúde Duluth.*<br>*Acusado.* | *INTERROGATÓRIOS AO ACUSADO, CONJUNTO 1* |

— Em algum lugar nesta pilha estão duas ou três mensalidades da Blue Cross que ele esqueceu de pagar.
— Ai.
— Descobrimos isso uma hora depois que o mandamos para Regions.
— Que distração — disse Broker.
— Terrível — disse Jolene enquanto puxava uma conta de um maço preso com um clipe de papel. — Esta é pelo passeio de helicóptero. St. Mary's Life Flight de Duluth. Quinhentas e cinqüenta pratas.
Allen deu um passo na direção de Broker.
— Lembra das conversas pelo celular?
— É claro — disse Broker.
— Estávamos discutindo por causa destas contas — disse ela, apontando para os papéis. — Hank não gostou da forma como eu o pressionei para pagá-las, e fez seu contador mover todo o dinheiro dele para um fundo. Acho que fez isso para me ensinar uma lição. Ele era o fiduciário e o contador o fiduciário secundário. Agora Hank está incapacitado. O contador morreu. Dois vírgula três milhões de dólares e eu não posso tocar num centavo. Milt disse que vai levar um mês para abrir o fundo em juízo. E custava três mil dólares por dia mantê-lo no hospital. Assim, trouxe Hank para casa.
— Milt vai colocar o Hank num asilo na semana que vem — acrescentou Allen rapidamente. — Foi apenas um começo ruim.
— Eu... — Broker procurou a palavra.
— Sim, eu sei — disse Jolene. — Uma tremenda merda. — Ela enlaçou o braço no de Broker. — Vamos ver o Hank.
— Eu gostaria muito.
— Como as pessoas chamam você? — perguntou Jolene. — Phil?
— Não. Em geral, de Broker.
— Por aqui, Broker.

Através de um corredor a partir da cozinha, chegaram a uma escada espiral apertada. Enquanto descia por ela, Broker lembrou de cenas em castelos medievais. Alguém devia estar carregando uma tocha. Chegaram até o quarto de dormir principal, com cama *king-size*, penteadeiras e armário, tudo em cerejeira. Uma camisa de malha e calças de *jogging* tinham sido largadas sobre a colcha da cama. O aroma suave de lírios estava preservado nas toalhas úmidas no banheiro adjacente.

— Ele está no quarto ao lado — disse Jolene.

Através de um pórtico, Broker viu um escritório parcialmente obstruído por pilhas de livros. Uma lareira apagada, preta com fuligem e cheirando a cinzas, denotava negligência.

Solenemente, Broker adentrou o escritório e levou um susto ao se deparar com os olhos azuis reluzentes de Hank Sommer, cujo espanto parecia harmonizar-se com o seu.

*Broker.*
*Hank permitiu seus olhos focarem por um segundo. Então, ao ver Jolene e Allen chegarem pela porta atrás de Broker, forçou seus olhos a prosseguirem sua órbita elíptica.*

As pupilas se desviaram, bateram no limite de suas órbitas e voltaram lentamente. O semblante de Hank estava franzido, os cabelos furiosamente oleosos, os olhos duas fogueiras de gelo. Sua barba tinha sido removida, e seu queixo estava reluzindo com baba. Broker lembrou de pinturas de homens coléricos famosos. Moisés descendo da montanha, arremessando as tábuas da lei no chão.

Hank estava deitado de lado numa cama de hospital com a cabeceira levantada. Um travesseiro fora posicionado entre seus joelhos, e uma camisola cinza folgada o cobria. Uma correia de couro segurava seu peito e suas mãos estavam cerradas, uma delas por baixo de uma gata cinzenta. Broker notou os lençóis amarfanhados ao pé da cama estreita.

— Meu Deus — disse Broker.

Ele havia antecipado que veria Hank doente, seu corpo ligado a tubos e monitores elétricos. Havia apenas uma garrafa de soro cujo líquido descia por um tubo intravenoso até o interior da camisola de Hank. Havia um vaso com flores frescas numa cabeceira da cama, e um televisor grande e um toca-fitas numa estante com rodízios. Mas basicamente havia apenas ele, ali na cama. Parecendo quase normal.
Com uma gata no colo.
A gata tinha olhos verde-abacate e pupilas reluzentes como diamantes negros, e uma postura régia de guardiã. Vagamente, Broker recordou que os antigos egípcios adoravam gatos.
Ele pigarreou antes de dizer:
— Mexe com a gente, ver ele tão normal.
— Ele não precisa de um tubo traqueliano. É por causa disso que pode estar aqui — disse Allen.
Jolene atravessou o quarto até a cama, pegou um Kleenex, e enxugou o queixo de Hank. Com agilidade, correu o tubo de sucção pela boca do marido.
— Toda hora tenho a impressão de que ele vai levantar e pedir uma caneca de café.

*Hank divertia-se observando da Lua, de Marte. Não café, Jo. Estou louco é por um cigarro. Ele pensou sobre isso e decidiu que se alguém introduzisse um Camel em sua boca e fechasse seus lábios, ele não resistiria a tragar.*
*Oi, Broker. Como vai? Você já conhece Allen, o assassino. E Earl Garf está escondido em algum lugar por aí. Abe Lincoln estava pensando no Earl quando disse que um certo congressista seria capaz de roubar um fogão quente. No momento estou presumindo que Jo é vítima das circunstâncias, mas como ainda não tenho certeza disso, vou continuar espiando de onde estou.*

A gata espreguiçou-se e estendeu suas patas e garras na direção da barriga de Broker.

— Cuidado. Essa gata tem mania de pular e arranhar a gente — acautelou Allen.

— Oi, bichano — disse Broker, esticando tranqüilamente a mão para acariciar debaixo do queixo da gata.

— Ela só ataca certas pessoas, não é, Tocaia? — disse Jolene, cuidadosamente levantando a gata da cama.

Com a gata nos braços, ela começou a caminhar até a porta.

— Leve todo o tempo que quiser. Estaremos na cozinha.

Agora havia dois conjuntos de pulmões respirando ar e dois corações bombeando sangue na sala. Broker compreendeu que estava sozinho. Mas ele não se sentia sozinho. Havia sido inteligência ou apenas eletricidade ambiente que ele vira brilhando nos olhos de Hank ao entrar naquele cômodo? Hank não deu a menor pista, apenas permaneceu ali parado, sem piscar, seus olhos rodopiantes voltados para a janela.

Broker sentiu um peso pressionar seus pulmões. Sentia dificuldade em respirar. O ar ficara pesado. Assim, deu as costas para a cama e inspecionou o quarto. Havia uma cadeira com encosto rígido num canto. Broker segurou a cadeira e a colocou ao lado da cama de Hank. Sentou-se. Devia ao menos dizer seu nome, mas sua voz ficou presa na garganta, e começou a suar.

— Isto é muito difícil para mim — começou.

"Preciso agradecer por ter salvo a minha vida. O que é engraçado porque eu estava lá para cuidar de você.

Ele exalou um pouco do ar pesado e sua voz soou oca e trêmula, sozinho e não sozinho naquele cômodo. Riu de nervoso.

— Foi mais ou menos isso que fiz a minha vida inteira, cuidar de pessoas. É por isso que você me surpreendeu. A verdade é que eu... bem... não estou em minha melhor forma. A verdade é que estou tendo uma crise com minha esposa...

Broker sentiu os lábios tremerem; a máscara capaz de servir a todos os propósitos, aquela que ele tinha usado algumas vezes para descer ao Inferno e voltar, começava a desmoronar. A onda de fracasso e remorso mais uma vez inundou seu peito

e desta vez ameaçou subir por sua garganta e se derramar de seus olhos.
*Meu Deus, estou falando com um homem morto.*
— Entenda, eu pensei que tinha resolvido tudo. E então descobri que isso não era verdade.
Ele precisava fazer alguma coisa física. Agora. Ou iria se derreter numa poça.
Correu os olhos pelo escritório. Livros, arquivos, um computador, é claro. E algumas fotografias emolduradas nas paredes. Broker se levantou e caminhou até as prateleiras. Olhou as fotos. O adolescente Hank num corte de cabelo escovinha, magro e bronzeado, parado em pé diante do obrigatório Chevy 1957. Numa das molduras, uma capa em preto-e-branco de um exemplar da *Life* da década de quarenta. E Hank novamente, alguns anos mais velho, em trajes de camuflagem para a selva, acocorado com um grupo de soldados usando emblemas do Screaming Eagle.
Então caminhou até a boca negra da lareira, onde um cepo úmido havia se afogado numa poça de cinzas. Ninguém limpara a lareira. Não havia espaço para o oxigênio circular debaixo da grelha, de modo que a madeira não podia queimar.
A caixa de lenha estava vazia. O mínimo que podia fazer era limpar a lareira e trazer um punhado de lenha para o cômodo. No armário ao lado da lareira, encontrou o balde de cinzas, uma pá e uma escova. Metodicamente, retirou cinzas com a pá, encheu o balde, e usou a escova para limpar as pedras da lareira.
Levou o balde até a porta de correr da varanda, abriu-a, e saiu para a varanda. Escadas laterais conduziam até o gramado ao longo do costão e dos fundos da garagem. Enquanto carregava as cinzas até o leito de samambaias e ervas venenosas congeladas ao lado da garagem, passou diante das janelas da cozinha e viu Allen e Jolene, duas sombras iluminadas pela lâmpada em cima da mesa.
Enquanto derramava as cinzas, viu os cepos de carvalhos empilhados no quiosque de lenha construído na garagem.

Instintivamente, esticou o braço e, com um tapa e um puxão, descongelou e retirou o machado cravado num dos cepos. Em seguida, chutou para o lado as seções úmidas de carvalho no topo da pilha e encontrou vários pedaços mais secos. Colocou um no topo do bloco de corte, firmou os pés no chão, ergueu o machado e desferiu um golpe poderoso. O carvalho frio estremeceu e se dividiu como madeira de balsa.

Durante vários minutos Broker se perdeu no ritmo do trabalho, mantendo-se aquecido com os golpes de machado. No fim, com um pouco mais de cuidado, partiu várias das peças em partes menores. Quando tinha uma pilha de lenha, segurou um punhado debaixo do braço, voltou até a varanda, e viu Jolene em pé nos degraus, observando-o. Allen estava dentro da cozinha, olhando pela janela.

— Você não precisava fazer isso — disse ela.

Jolene tinha pendurado um suéter azul grosso nos ombros e usava um par de chinelos de couro muitos números acima de seu tamanho.

— É meio difícil ter fogo sem madeira — disse Broker.

Ela cruzou os braços diante do busto.

— Hank trouxe toda essa madeira antes de ir naquela viagem com vocês, e desde então ela ficou parada aí fora.

— Você tem pelo menos uns seis metros cúbicos de carvalho bom lá fora — disse Broker enquanto carregava os pedaços de lenha até o estúdio.

Jolene correu na frente para segurar a porta. Lá dentro, Broker encheu a caixa de madeira. Encontrou uma machadinha ao lado da caixa, e a usou para fazer um pouco de isca.

Jolene ficou parada sobre ele, braços cruzados. Ao lado da lareira havia uma pilha de jornais velhos, e Broker enfiou várias folhas na grelha, acrescentou a isca, e empilhou pedaços pequenos de madeira, como uma pira, espaçando-os de modo a permitir que o fogo respirasse. Pegou seu isqueiro, acendeu o jornal, e ajustou o cano da chaminé. A chama quente que se levantou do jornal foi sugada pela chaminé. Em um minuto, um bom fogo crepitava na lareira.

As chamas deitaram cor no rosto de Jolene.

— É bom ter fogo — disse ela.

Broker se levantou e limpou as mãos. Quando se virou, teve outra daquelas impressões desconfortáveis de que Hank Sommer o vigiava. Quase como... Mas quando olhou mais de perto, viu que os olhos de Hank estavam girando sem direção. Essa atividade dos olhos incitava sua curiosidade. Precisava de mais tempo, aqui, nesta sala. Precisava de um motivo para voltar.

— Preciso ir. Vou precisar de uma carona. Não fica longe. Estou na fazenda de um amigo. Fica a doze, treze quilômetros daqui.

Jolene fez que sim com a cabeça.

— É claro. Allen vai te dar uma carona.

Durante um momento Broker ficou parado ali, olhando para Hank.

— As palavras não chegam nem perto, não é mesmo? — disse ele.

Ela esboçou um sorriso compreensivo, e então atravessou a sala e ajustou o quadro com a capa da *Life*. Broker seguiu-a e inspecionou a edição de junho de 1942 que exibia o rosto em preto-e-branco do general Vinegar Joe Stillwell, parecendo um deus da guerra americano.

Jolene apontou para a data.

— Encontrei essa revista numa loja de antiguidades. Ela saiu no dia exato do nascimento de Hank. Acho que não devia ter ajustado o quadro. E se foi a última coisa que ele tocou neste quarto?

Ela passou seu peso de um pé para o outro e começou a perder o equilíbrio.

Broker levantou uma mão para segurá-la. Ela recuperou o equilíbrio e disse:

— Obrigada. Estou um pouco cansada.

Enquanto saíam do escritório, a gata Tocaia se levantou, correu pelo assoalho e, com um salto preciso, pulou para a cama. Enrodilhou-se contra as mãos imóveis de seu dono, e então sua língua áspera começou a lamber lentamente os dedos da mão direita de Hank.

*Oi, Tocaia. Veja só. Broker é Prometeu. Ele nos trouxe o fogo.*

Broker encontrou seu motivo para retornar enquanto subia as escadas circulares atrás de Jolene.

— Você devia mandar cortar aquela lenha e tirá-la do frio.

Ela se virou, fitou Broker e disse simplesmente:

— Sim.

— Posso dar um pulinho aqui amanhã e cuidar disso.

Desta vez ela apenas o fitou, sem dizer nada.

— Por volta das duas — disse ele.

— Eu farei o café — disse Jolene, e então seguiram para a cozinha.

Broker lavou as mãos num banheiro ao lado da cozinha enquanto Jolene explicava a Allen o problema de transporte de Broker.

Allen tinha vestido seu casaco e estava segurando a jaqueta de Broker.

— Vamos andando. Preciso voltar ao hospital e ver alguns pacientes.

Jolene e Broker se despediram. Não mencionaram o corte da madeira no dia seguinte.

Allen dirigia acima do limite de velocidade, mas era muito competente por trás do volante. Conversaram durante os primeiros minutos, colocando os assuntos em dia. Broker perguntou sobre Milt. Allen descreveu novamente o fiasco do seguro e a forma como Jolene não podia usar o dinheiro do marido por causa do fundo. Por fim, expôs uma visão seca e factual do estado de Hank:

— Os músculos involuntários dele parecem estar funcionando perfeitamente. Mas Jolene confunde as piscadelas aleatórias e o movimento ocular com visão focada.

Allen virou-se para Broker e sorriu tristemente.

— E isso dá a ela a falsa ilusão de que um dia ele vá se recuperar.

— Ela parece muito abatida.

— Jolene está cuidando dele dia e noite. Até agora o seu plano de cuidados caseiros está funcionando. Daqui a alguns dias Milt irá transferir Sommer para um asilo de cuidados intensivos. Afora isso, ele está tão bem quanto seu coração e seus pulmões, e eles estão ótimos.

— Então ele pode continuar vivo durante muito tempo? — perguntou Broker.

Allen premiu os lábios e eles permaneceram em silêncio durante alguns quilômetros. Finalmente Broker perguntou:

— E o sujeito que atendeu a porta? Eu o conheci no hospital lá no norte.

— Isso mesmo — disse Allen. — Bem, a vida é uma festa do estilo "venha como está", e esse sujeito, Earl Garf, é um visitante da vida anterior de Jolene. Quando ela descobriu que estava falida, Earl estava por perto para ajudá-la. Por outro lado, ele... bem, ele se mudou para o porão dela.

— Talvez ele esteja sentindo o cheiro de um tremendo processo por negligência médica.

O comentário fez Allen estudar o perfil de Broker durante alguns segundos.

— Sim, o pensamento ocorreu a Milt e a mim.

— Não parece o tipo de gente que Hank teria mantido por perto — disse Broker, parte da antipatia que sentia contra o homem mais jovem pesando em suas palavras.

— Creia em mim, se Hank estivesse em pé, Garf já teria ido embora — garantiu Allen. — Eles brigaram feio uma vez. Hank o expulsou da casa.

— Não parece ter sido uma cena bonita — disse Broker.
— Eu não acho que eles sejam íntimos, se é isso que você está pensando — disse Allen, enfático.
— Mesmo assim.
— Exatamente.
Então chegaram na casa de J.T., e vendo as aves por trás da cerca, Allen comentou:
— Avestruzes? São uma alternativa saudável para bife.
Trocaram um aperto de mãos. Broker torcendo para que Amy não saísse pela porta. Allen Falken pensando que estava dando adeus a Phil Broker para sempre.
Allen ligou seu carro e se afastou, acenando uma última vez para Broker.
J.T. deixou Broker entrar e foram até a mesa da cozinha, onde Amy estava ajudando uma adolescente de treze anos e um metro e oitenta dois centímetros a arrumar a mesa.
— Oi, titio branco-azedo, o que tá pegando?
Broker estreitou os olhos para Shamika Merryweather.
— Você não devia falar coisas assim. Definitivamente, não é politicamente correto.
— Certamente não em companhia mista — disse Shami com a cara mais lavada do mundo. — E certamente não na escola, onde isso seria considerado abusivo e insensível. Mas aqui em casa eu ainda estou sob o controle rígido do meu pai, e ele disse que eu posso chamar você assim.
— Quanto você está medindo agora? — perguntou Broker.
— Um e oitenta e dois. Quanto você mede?
— Um e oitenta e dois.
— Sim, mas eu ainda tenho mais uns cinco anos para crescer — disse Shami.
Amy se aproximou, parecendo muito saudável depois da visita de Broker à casa de Sommer.
— Como foi lá com o Hank?
— Difícil dizer. Ele pode estar olhando para as pessoas. Mas Allen Falken acha que não.

— Ah...
— É. Era ele no carro. Acaba de me deixar aqui. Isso significa que levar você até a casa de Sommer vai ser realmente difícil, porque Allen pode identificá-la.
— E então, o que vamos fazer?
— Vou voltar amanhã para dar mais uma olhada.
— Certo. Posso pegar o seu caminhão para fazer meu passeio pelos *shoppings*?
— Claro. — Broker esfregou o queixo. — Achei tudo muito triste lá na casa do Sommer.
— Você não me parece triste — observou Amy.

# Capítulo Vinte e Três

**Broker não costumava** sonhar.

Assim, o lampejo súbito dos olhos ardentes de Sommer o fez acordar assustado, deixando-o sentado no sofá-cama da sala de estar escura e não-familiar de J.T. Sombras dançavam na parede enquanto lá fora os salgueiros ondulavam ao sabor do vento. Novos sons noturnos murmuravam: o rangido das tacaniças do telhado, o zumbido das pás da fornalha.

Sentado em meio à escuridão de uma casa estranha, Broker pensou em outra casa estranha. A de Sommer. Cheia de níveis e pessoas. Entre elas, Garf, o curinga no porão. Broker tentou imaginar Jolene e Garf juntos na cama de casal em cerejeira enquanto Sommer vazava água no quarto ao lado.

Ele rejeitou a imagem, reformulou-a, e colocou Garf de volta no porão. Agora viu Jolene, sozinha na cama tamanho *king-size*. Ela dormia profundamente ou se revirava durante o sono? Ou será que realmente dormia no colchonete aos pés de Sommer?

Seria ela um diamante bruto ou apenas uma oportunista?

Jolene, Garf, Sommer e o contador morto eram peças humanas de um quebra-cabeça que Broker não conseguia resolver. Broker se perguntou se Sommer poderia ser computado entre as coisas que ele jamais iria saber. Como onde sua filha estava dormindo esta noite. Nem sabia em que país ela se encontrava.

O que sabia era que não iria voltar a dormir, de modo que tateou à procura de seus jeans, vestiu-os, e cautelosamente encontrou seu caminho no escuro até a cozinha.

Os números digitais vermelhos no forno de microondas marcavam 5:29. Um momento depois, um aparelho emitiu um clique seguido de um gorgolejo rouco — a cafeteira préprogramada de J.T. No andar superior, seguindo o mesmo programa que a cafeteira, pessoas se mexeram. Portas abriram e fecharam. Água correu em tubos.

Broker voltou para a sala de estar, pegou sua mala de viagem e levou-a até o banheiro pequeno contíguo à cozinha. Quando emergiu barbado e vestido, sentiu cheiro de café pronto e escutou passos suaves descerem as escadas.

J.T. entrou na cozinha usando calças jeans, uma camisa de flanela azul, e meias de lã. Ele ligou a luz.

— Amy ainda está dormindo. Denise e Shami estão descendo para o café da manhã. Vamos levar um pouco de café para o celeiro. Dar de comer a algumas aves.

J.T. colocou o café numa garrafa térmica, sentou-se, calçou um par de botas de trabalho, e então levantou e esticou o braço para pegar uma jaqueta de brim listrado. Broker pegou seu casaco e suas botas no armário de roupas de rua e logo estavam caminhando até o celeiro, testando nos pulmões o ar gelado de antes do amanhecer.

J.T. deu a Broker a garrafa térmica e duas canecas, e então retirou do bolso de sua camisa um cachimbo e uma algibeira de tabaco.

— Até mesmo em Minnesota, eu só posso fumar em meu próprio celeiro — disse, enquanto enchia seu cachimbo e forçava os olhos para ver a distância, sobre o ombro de Broker.

Broker pegou um charuto e acenderam o fumo como dois garotos vadios.

Os olhos de J.T. haviam adquirido um novo hábito de focar além da pessoa com quem estava e repousar num ponto no céu. Mesmo num céu noturno vazio. Sempre fora um observador atento das pessoas, e elas sempre haviam correspondido às suas expectativas. Agora preferia permanecer afastado da maioria delas, e enxergar para além delas. Cultivando milho, aveia e alfafa, havia se viciado em examinar constantemente o vento, as nuvens, a umidade, a cor do ar.

Caminharam até o padoque e alimentaram as aves que estavam lá. De volta ao celeiro, puseram-se a tirar com conchas porções dos sacos de ração, colocá-las em grandes baldes plásticos, e verter o conteúdo dos baldes em um dos dois aviários compridos que secionavam o nível térreo do prédio. Broker movia-se com facilidade entre as galinhas pernilongas que corriam assustadas ao vê-lo e voltavam quase imediatamente depois que ele havia servido sua comida.

O celeiro era um território novo para Broker, com seu aroma azedo de aveia e milho fermentando nos comedouros de madeira e no palheiro acima, repleto de fardos de alfafa. Ele crescera ao norte de Grand Marais, em Lago Superior. Sabia alguma coisa sobre pesca, caça, corte de lenha e mineração de ferro. Mas havia poucas fazendas de verdade no leito rochoso de Cook Country, Minnesota.

— Cuidado. As avestruzes bicam óculos, relógios, anéis e canetas. São atraídas por coisas que brilham — alertou J.T.

Broker não estava usando um relógio. E claro que não estava usando um anel.

J.T. estendeu um braço para impedir Broker de entrar no segundo aviário. Ali havia um solitário macho de cento e oitenta quilos e dois metros e setenta centímetros de altura, com sua plumagem negra e espessa, franjada com penas brancas. As asas curtas e grossas e as penas de cauda se eriçaram e ele coleou seu longo pescoço.

— Popeye, o meu macho grande e mal-humorado — disse J.T. — Quando abre as asas e levanta o rabo, nada fica na frente dele. Está se preparando para atacar. Fique sempre ao lado.

— Por que você mantém ele sozinho aqui?

— Eu não descobri como movê-lo para um padoque. Na última vez que tentei, ele me encostou num canto e me chutou tanto que achei que ia morrer. Assim, vou esperar até que ele esteja muito, muito calminho.

A porta de compensado reforçado do aviário estremeceu quando Popeye desferiu um chute como se para ecoar os comentários de J.T.

— Nossa Senhora! — exclamou Broker.

— As avestruzes têm chutes muito fortes. São as únicas aves que possuem dois polegares nos pés. Dá só uma olhada.

Broker arriscou uma olhada no aviário de Popeye. Dois polegares, mas um era pequeno enquanto o outro possuía uma garra muito feia.

— Cacete.

— Não é piada. Podem matar um leão com um chute. Ele seria capaz de estripar um homem fácil, fácil.

Depois deram água e comida a todos os animais, J.T. conduziu Broker através de suas salas de incubação, agora fechadas porque as aves paravam de botar seus ovos de um quilo em setembro. J.T. e Broker subiram algumas escadas e entraram num estúdio longo e confortável revestido com madeira crua.

O ambiente era atravessado por um balcão, e um dos lados possuía uma prensa de carregamento de munição e prateleiras de parafernálias de armamento. No fundo do balcão, o protetor de tela de um computador pessoal Gateway exibia bolhas, arraias e ocasionalmente um tubarão. O lugar era munido com dois aquecedores, mas J.T. amassou algumas folhas de jornal e jogou um pouco de isca no forno a lenha Fisher que ficava ao lado de sua mesa de computador. Em poucos instantes, a lenha crepitava alegremente.

O outro lado do ambiente estava aparelhado com mais balcões derivando de uma máquina de costura industrial Singer e estantes com ferramentas para trabalho em couro. Correias de couro de avestruz tingidas de preto, marrom e cinza — algumas com um padrão de escamas, algumas com penas — pendiam das paredes. Uma janela ampla por trás da máquina de costura era um espelho de ébano.

Broker aboletou-se na cadeira de balanço ao lado do forno e J.T. se sentou na banqueta diante de seu balcão de trabalho. J.T. jogou uma carteira de couro para Broker.

— Quer trocar pela sua? — perguntou a Broker.

Os primeiros protótipos de J.T. tinham sido duros, e a costura sem força suficiente para segurar o couro. Ele havia comprado uma máquina de costura industrial, aprendido alguns truques, e começado a revestir o couro de avestruz com couro de novilho. Agora as carteiras estavam macias. Esta nova era um pouco mais brilhante que aquela no bolso de Broker.

— Couro lustroso — comentou Broker.

J.T. fez que sim com a cabeça.

— Um experimento. De uma remessa sul-africana.

Broker devolveu a carteira. J.T. jogou-a para o lado e pegou um maço de papel de impressora que estava sobre o balcão. Serviu mais café e reacendeu seu cachimbo.

O semblante calmo do fazendeiro de avestruzes foi coberto pela expressão desconfiada de J.T. Merryweather, ex-detetive da Divisão de Homicídios.

— Recebi este material do Condado de Washington: Cliff Stovall era um homem branco de cinqüenta e seis anos, um contador público certificado. Morreu de exposição aos elementos complicada por automutilação...

— Eles continuam com essa teoria da automutilação? — perguntou Broker.

— Parece que sim. O legista fez anotações primeiro sobre o que havia na parte externa do corpo de Stovall, depois sobre o que encontrou dentro.

— O que encontrou? — perguntou Broker, e bebericou seu café.

— Resíduos de Antabuse e muito álcool. Níveis elevadíssimos no sangue.

— Certo. Fale do que havia fora.
— Treze ferimentos auto-infligidos significativos causados por cortes e perfurações remontando a mais de vinte anos. — J.T. levantou as sobrancelhas. — Num mundo de pessoas seriamente doentes, este sujeito era um destaque.
— Nada sobre possibilidade de homicídio? — indagou Broker.
— Nada. Automutilação — reiterou J.T. — Pedi fotos da pré-autópsia para mostrar a Shami o lado negativo do *body piercing*. Ela quer usar um anel no nariz.
— Então isto não é uma autópsia feita pelo legista?
— Não. Pegaram os históricos médicos do sujeito. Ele não era algum adolescente experimentando coisas barra-pesada. O legista chamou-o de um aristocrata da cultura sadomasoquista. Volta e meia ele se internava para tratamento temporário na ala de neuropsiquiatria do Hospital St. Cloud.
Broker franziu a testa e disse:
— Não entendi.
— Quer ver todos os relatórios?
— Que se fodam os relatórios. Não concordo com eles.
J.T. se inclinou para a frente e espetou o ar com a ponta de seu cachimbo para enfatizar cada comentário.
— Pensa melhor, Broker. Stovall era viciado em Antabuse. Tomava Trazadone para dormir e Prozac para se acalmar pela manhã. O relatório menciona vários traumas de infância complementados por desordem nervosa pós-traumática. E seis meses atrás ele foi abandonado pela esposa, que abriu um processo de divórcio.
— Como estão classificando a morte? — perguntou Broker.
— De acidente.
— Nem mesmo suicídio?
— Não. Do jeito que interpretaram o caso, Stoval era um congresso ambulante de desordens autodestrutivas, tão entorpecido para o mundo que a única forma com que conseguia sentir alguma coisa era se cortando e se furando. Eles acham

que bebeu depois de tomar uma dose de Antabuse, o que gerou uma reação terrível. Para você ter uma idéia, Antabuse mais álcool é receita certa para espirros de vômito como os daquela menininha de *O exorcista*. Depois de vomitar, voltou a beber e começou a praticar jogos perigosos com um martelo e um prego.

J.T. mostrou uma folha de fax na mesa. Broker o reconheceu como um relatório policial. J.T. disse:

— Em julho de noventa e seis, o Condado de Washington respondeu a um chamado de emergência da esposa de Stovall. Ele tinha se dopado e pregado o pulso na porta do banheiro no porão de sua casa. Os médicos usaram um pé-de-cabra para soltá-lo. Mesmo pulso. Assim.

J.T. pegou uma caneta com a mão esquerda e posicionou o antebraço esquerdo no balcão, palma para cima. Virou a mão esquerda para trás, segurando a caneta com o polegar e o indicador, de modo a apontá-la contra a concavidade de seu pulso.

— Deduziram que ele voltou a praticar esse tipo de jogo.

J.T. bateu na caneta com um martelo imaginário em sua mão direita.

— Ele exagerou um pouco e ficou preso no meio da floresta enquanto o tempo virava. Morreu de frio. Não foi suicídio.

Broker balançou a cabeça.

— Bem, obrigado pelo trabalho.

— Não tem de quê. — J.T. pôs as folhas de lado e acrescentou: — Sei como uma mão firme te faz bem quando você está saindo pela tangente.

Broker ignorou a provocação e se balançou silenciosamente para a frente e para trás, fitando a janela, onde a escuridão tinha se dissolvido em faixas vermelhas e púrpuras.

— Você está realmente envolvido com esse negócio — comentou J.T. — Por quê?

— Estávamos voltando com o Sommer no hidroavião, e de repente ele começou a falar alguma coisa sobre mandar Stovall mover o dinheiro. Foi isso que botou a pulga atrás da minha

orelha quando li que o corpo de Stovall tinha sido achado na floresta.
— Ele estava delirando?
— Sim, acho que foi uma espécie de delírio. Tinha brigado com a esposa e movido todo o seu dinheiro para um fundo que ela não podia tocar. O fiduciário secundário era Stovall, que morre um dia depois que eles descobrem que o plano de saúde de Hank Sommer não vai cobrir as despesas hospitalares.
J.T. coçou o queixo.
— O advogado dela é Milton Dane. Ela não está desprovida de recursos.
Broker fez que sim com a cabeça.
— É verdade. Milt está providenciando um asilo, e ele vai abrir o fundo.
— Então ela entrou em pânico, mas agora está protegida — disse J.T. — Você confiou nos seus instintos, chegou a uma conclusão e trabalhou a partir dela para trás, tentando fazer os eventos se encaixarem. Hum-hum. Típico da sua parte, Broker. Você sempre foi o pesadelo de um promotor. Mas eles davam corda em você porque é muito útil ter alguém que se prontifica a entrar na cova do leão com os bolsos cheios de carne crua. Naquele último caso, você prendeu aqueles caras da Guarda Nacional que estavam vendendo metralhadoras por todo o Meio-Oeste, e isso fez um bocado de gente ser promovida. Não apenas na BCA, mas no FBI e na ATF. Muita gente acha que você passou tempo demais trabalhando nas ruas.
— Com a idade você deu para fazer discursos? — perguntou Broker.
J.T. franziu os olhos.
— É, eu gosto de discursos e coisas simples da vida, como saber onde a minha esposa está. Ela está na cozinha comendo farelo de trigo com a minha filha, ingerindo cem por cento de suas necessidades vitamínicas antes de começar a trabalhar. E falando nisso, você pode me dizer onde a sua esposa está? Onde a sua filha está?

— Por favor, J.T. Não tão cedo pela manhã.
— Não pode, não é verdade? Porque você não sabe. E por que não sabe? Porque você *casou com você mesmo*, seu otário. A única diferença entre você e Nina Pryce é que ela é mais jovem, e tem mais colhões.
— Estamos nos divertindo, não é mesmo? — disse Broker.
— Eu só estou me aquecendo. Quer saber como deduzi isso? Porque as outras mulheres entediavam você, e então apareceu a Nina, que não entediava você. E você realmente acreditou que como ela teve a sua filha, ela ia tirar os braceletes de Mulher-Maravilha e ficar em casa, tricotando.
J.T. esfregou as mãos, sorriu e continuou:
— Parece que foi *ela* quem ficou entediada com *você* desta vez.
— O que é isto? Amor bruto ou disparos contra feridos? — perguntou Broker.
— Me diga você. A Nina te abandonou, você ficou fraco como um neném e um escritorzinho teve de salvar a sua pele. E isso te deixou tão transtornado que acabou aparecendo aqui como aquele sujeito da capa do livro *Síndrome de Peter Pan*, com uma enfermeira jovem e bonita a tiracolo.
Broker precisou protestar:
— *Síndrome de Peter Pan*? Quando você começou a falar psicologês?
— Na verdade, o termo é da Denise — admitiu J.T. — Você sabe, se refere a sujeitos que se recusam a crescer.
E então Amy, que estivera parada no vão da porta sem ser vista, bebericando uma caneca de café, enunciou precisamente:
— Jovem e bonita, sim. Mas *enfermeira-anestesista*, sim?
— Hummm... — exprimiu J.T., ligeiramente desanimado.
Amy entrou na sala e disse:
— Certo, enquanto vocês estão resolvendo os problemas do mundo, eu preciso pegar um veículo emprestado para fazer algumas compras de Natal antecipadas.

— Certo — disse Broker, feliz com a mudança de assunto.
— Então, onde está a minha caminhonete?
J.T. pigarreou. Rugas apareceram em seu pescoço enquanto empurrava a cabeça para trás entre seus ombros largos e tentava levantar e coçar a fronte.
— Estávamos falando a seu respeito.
— Minha caminhonete? — insistiu Broker.
— Está no barraco — disse J.T., vestindo seu casaco e caminhando até a porta.

Broker e Amy seguiram J.T. de volta para o frio através do pátio até o enorme barraco de equipamentos. Um trator e um arado estavam estacionados na frente. Atrás deles havia um *bobcat*, e no fundo, a silhueta do elegante Ford Ranger de Broker, coberto por uma capa azul.

Broker caminhou na frente, segurou a capa, puxou, e então gemeu. As janelas nas duas portas tinham sumido, nada além de vidro estilhaçado pulverizado pendurado nos cantos. Os painéis da porta estavam afundados, assim como os pára-lamas e as calotas dos pneus. As laterais da caminhonete tinham sido afundadas. O gancho traseiro estava torto.

Parecia que a legião romana tinha se apoderado do caminhão de Broker e o usado como alvo para praticar disparos de catapulta.

— Eu posso explicar — disse J.T., enquanto Broker ainda estava procurando palavras para praguejar.

— Mas que filho da puta... eu deixei você usar a caminhonete para transportar feno!

— Bem, a situação envolveu feno... na verdade, palha. Entenda, eu estava levando palha para o padoque no qual eu costumava manter o Popeye, e...

— Filho duma puta! Merda!

— ...e o desgraçado decidiu atacar o caminhão. Incrível a força do chute que ele tem.

— Chute? — A voz de Broker foi estrangulada na garganta. — Uma ave fez isto?

— Se ajuda, fique sabendo que eu quase não consegui sair ileso do aviário — disse J.T. — Não esqueça que você não pagou muito caro por essa caminhonete. Lembro que você conseguiu um bom lance por ela no leilão da polícia. Você estava de olho nessa caminhonete desde que a apreendeu naquela batida no Condado de Pine.

Broker saiu do barraco xingando e ficou lá fora, caminhando de um lado para o outro. Ele notou Denise e Shamika em pé na varanda. Depois de um breve contato visual, ambas se retiraram diplomaticamente para o Accord de Denise e deram partida no veículo.

Ouvindo as botas de J.T. crepitando nas pedras enregeladas às suas costas, Broker caminhou até onde o reluzente Chevy Silverado de J.T. estava estacionado ao lado da casa.

— Bem, eu vou precisar de alguma coisa para *dirigir*! — anunciou Broker.

— Ei, espera. De jeito nenhum. Você não pode usar o Chevy. Eu acho que prometi levar a Amy para fazer compras. Mas, bem, você pode usar o Cherokee.

— O Cherokee?

Broker conduziu seu olhar até o jipe vermelho parado ao lado do Chevy. Parecia um experimento para determinar quanta ferrugem podia ser equilibrada sobre dois eixos.

— A Colônia de Leprosos? — protestou Broker.

— Não é bonito de se ver, concordo. Mas tudo debaixo do capô foi restaurado, está com novos pneus, e o aquecedor está excelente. O óleo é trocado a cada cinco mil quilômetros rodados.

Amy sorriu e deu um tapinha no pára-lama do Silverado.

— E então, o que vocês vão fazer pro café?

## Capítulo Vinte e Quatro

**Depois do café da manh, Amy** partiu para sua jornada de compras e Broker se viu com algum tempo para matar antes do encontro marcado com a ex-esposa de Sommer. Assim, durante algumas horas ajudou J.T. a arrumar os pacotes de feno em seu palheiro. Depois tomou um banho, trocou de camisa, ligou o velho jipe, e partiu para St. Paul.

Broker tomou a Interestadual 94 e dirigiu 32 quilômetros até o ponto onde a cidade de St. Paul estava emergindo de uma mesmice de cem anos. Todos falavam que a nova arena de hóquei do Minnesota Wild's traria o desenvolvimento da região à margem do rio. Depois de décadas à sombra de Minneapolis, St. Paul estava botando as manguinhas de fora.

Isso ficou bastante claro para Broker quando ele teve dificuldades em achar um lugar para estacionar. Em sua terceira tentativa, se espremeu numa rampa e caminhou até o prédio do jornal na Cedar Avenue.

Dorothy Gayler parecia alta e esbelta em seu casaco longo e comprido, com os cabelos negros e brilhantes cortados num estilo de pajem medieval que fez Broker lembrar do Príncipe Valente das histórias em quadrinhos nos jornais de domingo. A luz dura de outubro enfatizava as rugas que partiam de seus olhos e desciam por suas faces. Ela não fazia nenhum esforço em disfarçá-las com maquiagem.

Foi fácil para Dorothy identificar Broker em meio à multidão que enchia a rua naquele começo de tarde. Ele não tinha um celular apertado contra a orelha. E usava calças jeans e um casaco de lã laranja vivo.

— Sr. Broker — disse Dorothy, estendendo a mão comprida. Eles trocaram um aperto de mão.

— Tem um café no *skyway* — disse ela. — Vamos?

Broker fez que sim com a cabeça e Dorothy caminhou na frente. Entraram no saguão do hotel, subiram uma escadaria, e entraram no *skyway*, que era um sistema de passadiços elevados e cobertos que conectava todos os prédios do centro da cidade e permitia aos residentes de St. Paul trafegarem entre os prédios protegidos do inverno.

— Você mora em Ely? — perguntou Dorothy.

— Não. O meu tio tem uma cabana de caça lá. Eu estou ajudando ele apenas.

— E o que você faz quando não está guiando viagens de canoa?

— Tenho uma pequena estância em Lago Superior, ao norte de Grand Marais.

— Então você não vem com freqüência à nossa cidade, vem?

Broker sorriu para Dorothy e sua condescendência cordial de ratazana da cidade, e a seguiu através do *skyway* apinhado de gente, passando por bancos e butiques. Finalmente, entraram num café decorado com pôsteres JUST DO IT da Nike e móveis de metal cromado.

Vários jovens altamente cafeinados levantaram os olhos de seus *laptops*, examinaram as vestes rústicas de Broker e então retornaram para suas telinhas.

Dorothy pediu café, insistiu em pagar, e acharam uma mesa vaga. Depois que se sentou, ela tirou seu casaco e sua estola. Os músculos de seu pescoço e garganta eram firmes e lisos. Broker sentiu um leve odor de cloro. Uma nadadora, pensou.

Ela foi direto ao ponto:
— Você disse ao telefone que queria saber mais sobre o Hank, porque ele salvou a sua vida.
— Sim.
— Bem, se salvou a sua vida então você tem a essência de quem ele era. Entenda, ele gostava de tomar conta das pessoas. Tentou ser jornalista durante algum tempo, mas isso não estava em sua natureza.
— Mesmo? — Broker, que punha os repórteres no mesmo nível que as hienas, estava curioso.
— Hank sempre disse que um jornal é um lugar onde os jornalistas esperam que alguma coisa ruim aconteça a alguém. Então descobrem o que aconteceu e enxugam a realidade para caber numa manchete.
Broker não conseguiu esconder nem que estava surpreso, nem que achava aquilo engraçado.
Com um gesto, Dorothy pediu que ele ficasse à vontade.
— Ora, eu não me iludo com minha profissão. Estou há vinte e seis anos nas trincheiras. Admito, quando estava começando, eu achava que faria uma *carreira*. Mas, como Broker nunca parou de lembrar, aqui estou eu, algemada à mesa de copidesque de uma fábrica de letras, fazendo palavras enquanto espero pela aposentadoria. Como todos os outros hamsters.
— Ela sorriu. — Era assim que ele chamava as pessoas presas dentro de corporações.
— Correndo em suas gaiolas — sugeriu Broker.
— Nas rodas de exercício — retificou Dorothy, e então continuou: — Foi por causa disso que ele se envolveu com a Newspaper Guild e se tornou agente comercial. Ele se divertia vendo os jornalistas se dizerem profissionais. — Ela se permitiu um pequeno sorriso. — O National Labor Relation Board* classifica os jornalistas como varejistas habilitados. — Dorothy

---

*Junta nacional de relações de trabalho. (*N. do T.*)

meneou a mão num gesto extravagante. — Assim, Hank era o cão de guarda que nos protegia contra os administradores. — Ela fixou um olhar em Broker. — Mas não era suficiente.
— Você quer dizer, o dinheiro? — perguntou Broker.
Os olhos de Dorothy o avaliaram.
— Você esteve na guerra, Sr. Broker?
— Eu era um pouco velho para o Golfo.
— Aquilo não foi uma guerra, foi um programa de TV. A última guerra de verdade.
— Entendo. Sim. Eu estive.
Dorothy bebericou o café e premiu seus lábios cheios.
— Hank costumava dizer que havia dois tipos de soldados: os que lutavam e o outro tipo.
— Continue. Estou entendendo tudo até agora — disse Broker.
— Já ouviu falar de um lugar chamado Vale de Ashau?
— Sim, já ouvi.
Ele recordou das Montanhas Annamite, no limite de Laos, emergindo da névoa matutina.
— Houve uma colina no Vale de Ashau que ficou famosa durante algum tempo em 1969.
— A Colina do Hambúrguer.
— Exato. Hank era sargento do 101º pelotão. Ele conduziu seus doze homens por aquela colina. Quando todos se tornaram baixas de guerra, ele recebeu dez substitutos. Nove deles se tornaram baixas. Essa é uma taxa de baixas de 190 por cento. Ele subiu aquela colina cinco vezes.
— As lágrimas vermelhas tatuadas no antebraço dele — disse Broker.
Dorothy sorriu.
— Hank vivia uma contradição. Ele queria ser capaz de cuidar das pessoas, mas apenas se elas possuíssem um comportamento extremamente destrutivo.
— Você quer dizer...

— Ora, o casamento dele com Jolene *Smith*. — Ela pronunciou o nome comum com um toque de escárnio. — Já a conheceu?

— Sim, ela é... — E aqui Broker fez uma pausa longa demais.

Os olhos firmes de Dorothy reluziram. Então o brilho evaporou e ela os desviou. Envergonhada.

— Mais jovem? — disse Dorothy. — E muito atraente. Com um toque de rudeza que Hank aparentemente julgava irresistível.

Broker abaixou os olhos e tomou um gole de seu café.

— Ora, vamos, Broker. Não seja tímido. Quantos anos você tem?

— Quarenta e sete.

— Então eu sou três anos mais velha que você. O grande cinco-zero. — Dorothy acariciou o rosto com a ponta dos dedos. — Dez anos atrás eu ainda era atraente. Trinta anos atrás eu era de parar o trânsito. Agora eu sou... como você diria? Interessante? Bem conservada?

Broker recuou instintivamente das garras e do veneno suave da mulher.

Dorothy sorriu antes de prosseguir:

— Já notou como os astros de cinema maduros são escalados ao lado de mocinhas lindas com corpos firmes? Sean Connery, Harrison Ford?

— Eu não vejo muitos filmes — disse Broker.

Dorothy apontou para a faixa pálida no dedo anular de Broker.

— O que aconteceu aí?

— Minha mulher e eu estamos separados.

— Primeiro casamento?

— Segundo.

Os olhos de Dorothy travaram nele como um radar de mísseis.

— Qual é a idade dela?

Broker pigarreou. Dorothy levantou as sobrancelhas e esperou a resposta.

— Trinta e três.

— E por que vocês romperam?

— Para que ela pudesse seguir sua carreira.

Dorothy abriu um sorriso severo.

— Ora, bom para ela.

Durante um momento, tudo que Broker ouviu foi o som de dedos digitando em teclados nas mesas circundantes. Ele resolveu contra-atacar.

— Você está amarga.

Dorothy inclinou a cabeça para o lado e disse:

— Eu fiquei ao lado dele. Revisei o primeiro texto dele, que era violento e verborrágico. Eu segurei a sua mão quando ele estava inseguro. E então, assim que conseguiu algum dinheiro, ele me trocou por uma piranhazinha gostosa. — Um sorriso reflexivo. — Não sou uma pessoa amarga, Broker. Mas às vezes não consigo deixar de sentir o conforto de uma certa justiça.

Broker pensou, mas não verbalizou, outro clichê que jamais morreria: *Não há fúria como a de uma mulher traída.*

Com a mesma rapidez com que chegou, a tempestade de gelo sumiu do rosto de Dorothy.

— É claro que Jolene estava precisando mesmo de um salvador. — Dorothy pronunciou essas palavras com a cadência firme de uma mulher que claramente era capaz de cuidar de si própria.

— Você está dizendo que ele se colocou em perigo ao se casar com ela?

— Perigo *premeditado*. Já esteve na casa desde que ela o levou para lá, "contra o aconselhamento médico"?

— Sim.

Dorothy premiu os lábios.

— Eu fiz uma visita. Achei os monitores de bebê uma boa idéia. Você notou aquela coisa escondida no porão que atende pelo nome Earl Garf?

— Talvez ela observe intervalos de decência mais curtos que o resto de nós — disse ele, roubando a fala de Amy, que deve ter causado impacto, considerando o comentário malicioso de Dorothy:

— Ora, essa foi muito boa para...

— Um proprietário de estância turística? — disse Broker, sorrindo e juntando os olhos para se fazer de vesgo.

Dorothy achou graça e abaixou os olhos. Quando olhou de novo para Broker, inclinou-se sobre a mesa e correu uma mão pelo cabelo.

— Já ouviu falar do velho jogo do texugo? — perguntou Dorothy.

— Mulher jovem assedia homem velho. Namorado jovem espera na coxia. Isso passou pela minha cabeça.

— Porque é a verdade. Hank sabia desde o começo. Foi isso que o atraiu, entende? — Dorothy sorriu. — Broker, você acredita que as pessoas podem mudar?

Qualquer ex-policial responderia essa pergunta sem hesitar.

— Claro que não.

— Eu também não. Mas Hank acreditava que as pessoas podem mudar. Ele achava que Jolene podia mudar. Assim, essa foi a sua desilusão da idade do lobo: que ele poderia ajudá-la antes que ela o descartasse.

Broker girou sua caneca de café com os dedos.

— Então o acidente lá no norte só acelerou as coisas.

Dorothy levantou as sobrancelhas.

— E aumentou imensamente as apostas. Agora ela vai colher uma indenização enorme por negligência médica. Ganhou na loteria.

— Você parece ter aceitado tudo isso — deduziu Broker.

— Ele foi o culpado. Ele me deu um acordo de divórcio muito generoso. E, apesar de tudo, eu sabia o quanto ele estava infeliz. Ele queria ser um escritor, entende?

— Eu pensei que fosse.

— *Lobo de Guerra?* ele fez aquilo como uma piada. Uma sátira. — Ela revirou os olhos. — O fato era que ele simplesmente não conseguia contar uma história que não estivesse totalmente incrustada com bobagens. Então aquela chuva de dinheiro de Hollywood caiu sobre ele. Ele me abandonou. Comprou a casa no rio, encontrou um novo grupo de amigos, voltou a beber, voltou aos AA e descobriu a Jolene lá. Você não vê...

Ela se inclinou para a frente e prosseguiu:

— Como não podia *escrever* uma história decente, comprou uma para *viver*. E agora Jolene Smith, que nunca terminou o segundo grau, está escrevendo o final.

Broker fitou Dorothy diretamente.

— No avião, quando estávamos saindo da tempestade, ele começou a delirar. Mas disse claramente para mim estas palavras exatas: "Diga a Cliff Stovall para mover o dinheiro."

Dorothy não se importou.

— Conheço a esposa de Cliff. Ela me disse que ele estava reestruturando as finanças de Hank fora do alcance de Jolene. Ela já estava assinando cheques para Garf, o ex-namorado.

Broker se inclinou para a frente.

— Mas Stovall morre numa situação bizarra na floresta. Na mesma semana que Hank.

Dorothy aparentemente também havia aceitado bem a morte de Stovall.

— Já passou muito tempo com alcoólatras, Broker?

— Não.

Apenas a quantidade de tempo que tinha sido necessária. Havia acompanhado o tratamento de alguns colegas policiais. Mas não havia passado realmente muito tempo com alcoólatras.

— Você acredita na teoria de que alcoolismo é uma doença. Mais uma vez, ele hesitou. E ela terminou por ele.

— Não, claro que não. Você é da velha-guarda. Pode até dizer que acredita que é uma doença, mas por dentro você acredita que é uma fraqueza moral, não é?

— Acho que se você tem um problema com bebida e não possui um bom plano de saúde para pagar por tratamentos temporários, vai se dar mal no iluminado estado de Minnesota.
— Mas é uma fraqueza moral?
— É sim — disse Broker. — Se você está doente, tudo que pode fazer é melhorar. Se você é mau, pode se redimir e se tornar uma boa pessoa.
Dorothy riu.
— Você e Hank teriam se dado muito bem. Mas seja uma doença ou um estigma, no final, a bebida mata as pessoas de formas muito feias. Hank, Cliff e Jolene Smith se conheceram no grupo dos AA. Eles eram alcoólatras. Sabe o que dizem aos alcoólatras no tratamento? Dizem que um em cada três deles vai ficar limpo e sóbrio. Um vai continuar se alternando entre quedas e recuperações. E um vai ter uma morte horrível. E foi exatamente isso que aconteceu com Cliff Stovall.
Broker fez que sim. Estava familiarizado com a descrição.
— Os sujeitos nos dois extremos vão acabar se dando mal.
Dorothy levantou sua caneca numa saudação e disse:
— Bem, Broker, parece que Jolene Smith era o sujeito do meio. — Depois de um momento, acrescentou: — Provavelmente não foi a primeira vez que ela esteve entre dois homens com a bunda e a boca no mesmo eixo.

# Capítulo Vinte e Cinco

**Enquanto dirigia para leste pela** I-94, Broker tentava ver Jolene como uma alcoólatra a um drinque de distância da insanidade e da morte. Dorothy tinha razão; ele não sabia muita coisa sobre condições como ingestão crônica de bebidas. Ele havia encarado os problemas rápido, diretamente, na rua. Sabia como algemar e imobilizar pessoas, como deter sangramentos, abrir a via respiratória, tratar casos de choque. Outras pessoas trabalhavam a longo prazo, por trás de portas fechadas, para corrigir os danos colaterais humanos.

O comentário pernicioso de Dorothy sobre os homens que se casam com mulheres mais jovens ainda ecoava em sua cabeça — junto com a menção de J.T. à Síndrome de Peter Pan —, e ele se flagrou perguntando-se o que havia acontecido aos velhos companheiros da tropa de choque.

Saiu da rodovia, dirigiu sem destino durante alguns minutos, e chegou a uma estrada desolada. O volante tremia e o jipe saltitava como um vagão de minério cheio de pedras, e a suspensão enferrujada deixava-o sentir cada solavanco e buraco na estrada de cascalho, e cada golpe da gravidade lembrava a Broker que — embora tivesse vivido uma vida interessante — neste momento estava se transformando numa estatística.

Estava se juntando aos quarenta e cinco por cento dos casais americanos cujo casamentos acabavam em divórcio.

Broker corria em direção à Dúvida numa estrada solitária entre dois campos de milho sussurrantes.

Não conseguia encaixar as peças do quebra-cabeça de Sommer. Estaria ele numa tangente, tentando reviver uma parte excitante de sua vida?

Portanto, talvez fosse o momento de jogar com as cartas que tinha na mão, o que não incluía uma esposa e uma criança, ou qualquer talento particular para investigações detetivescas. Iria cortar um pouco de madeira e empilhar a lenha corretamente. Iria olhar Sommer uma última vez e lhe dizer adeus. Então iria para sua casa, esperar o telefone tocar.

Havia Amy. Bem, ela teria de viver com aquilo. Não haveria nenhuma solução para o caso de Sommer; esse sempre seria um local que iria doer quando tocado. Como um filho morto. Adiante.

Broker dirigiu para leste, em direção ao único marco que conseguia ver, a chaminé alta ao sul de Stillwater, e achou o caminho de volta para as estradas principais.

Depois de seguir ao pé da letra as instruções de como chegar à casa de Sommer, estacionou o jipe ao lado do Chevy verde.

Earl Garf apareceu na varanda usando um grande sorriso, um pulôver e calças largas, e todas as boas intenções de Broker caíram por terra, porque se havia alguém errado em todo aquele quadro era Garf. Olhe só para ele, tão bonito, tão imortal.

— Olha só, é o Homem de Lata — disse Garf com um sorriso. — Como vai?

— O que você quer dizer com isso? — perguntou Broker num tom contido, sem nenhuma vontade de discutir com babacas. Nem mesmo babacas que puxavam ferro.

— O Mágico de Oz, você sabe. É uma piadinha. Você veio cortar um pouco de madeira, não é?

Sem esperar por uma resposta, Garf desceu os degraus e inspecionou o Cherokee.

— Rapaz, o que foi que você fez? — perguntou Garf. — Dirigiu através de uma tempestade de ferrugem?

Havia tanto desprezo na voz de Garf quanto creme em seu cabelo, e Broker sentiu seus ombros caírem levemente enquanto suas mãos ficavam quentes e seus dedos se flexionavam.

Reagindo à linguagem corporal de Broker, Garf levantou as mãos num gesto de paz.

— Ei, pega leve. Eu e Jolene realmente apreciamos o que você está fazendo.

Garf inseriu dois dedos no bolso de suas calças jeans e retirou mais uma de suas notas de cem.

— Pro cafezinho, bacana.

Broker não pensou. Ele reagiu tomando a nota e a enfiando pela gola do pulôver Calvin Klein de Garf.

— Vá passear com sua bicicleta. Atropele uma velhinha.

O sorriso de Garf desmoronou e foi substituído por uma expressão feroz quando balançou a cabeça e disse:

— Não costumo bater em velhos por uma questão de princípios, mas... — Ele assumiu uma postura de luta oriental. — Para o seu governo, sou faixa-preta.

Broker fez que sim com a cabeça.

— Hum-hum. Já ouvi falar disso. É para gente que nunca aprendeu a lutar enquanto crescia.

A antecipação cresceu no peito de Broker, espantando a melancolia. Aqui, finalmente, estava uma coisa que ele *podia* entender: machucar este garotão metido a besta.

— Earl. — A voz de Jolene soou como "cachorro mau".

Ela apareceu no vão da porta usando jeans, jaqueta de brim, um pulôver de gola alto enfiado por dentro das calças, e sapatos de couro arranhado. Não se viam dobras ou protuberâncias em qualquer parte, a não ser aquelas que ocorriam naturalmente no material.

— Este sujeito... — Garf começou a dizer.

— *Earl*. Vá até o quarto do Hank e limpe o queixo dele.

Garf estreitou os olhos e disse para Broker:

— Em alguma outra oportunidade, talvez.

Subiu os degraus, passou por Jolene, entrou na casa. Jolene fechou a porta e se juntou a Broker.

— Ele tem um lado bom — disse ela. — Mas em geral é preciso conduzir o Earl até ele.

Broker não disse nada. Mantiveram-se em silêncio durante algum tempo, e ele percebeu que Jolene sabia que muitos sujeitos teriam ido embora neste ponto.

Mas o frio os encorajava a voltar a se mover, e depois de cerca de trinta segundos olhando um para o outro, caminharam até os fundos da garagem. Ela na frente. Broker aprovou a forma como as calças jeans dela não eram muito apertadas, mais como uma segunda pele confortável, com um par de luvas de trabalho enfiadas no bolso da carteira.

Atrás da garagem, uma bandeja fora posta sobre uma mesinha de madeira. Nela havia uma garrafa térmica gorda, duas canecas, uma cremeira, açúcar e duas colheres. Ela serviu o café numa caneca. Broker fez que não com a cabeça quando ela apontou para o creme e o açúcar.

Era o tipo de café muito bom que o deixa com vontade de ficar na cozinha de sua anfitriã para sempre. Bebericou o café enquanto observava a pilha de madeira. Os cepos redondos tinham sido cortados uniformemente de troncos retos.

— Isso aí é carvalho realmente limpo — disse ele. — Você encontrou um fornecedor excelente.

— Hank cortou essa madeira no terreno de um amigo. — Ela fez uma pausa. — Um amigo falecido. Acho que ele se suicidou, mas os policiais não pensam assim. O contador. Falei sobre isso com você, lembra?

— Sinto muito — disse Broker, que definitivamente lembrava.

Sentiu-se tentado a perguntar sobre Stovall, mas isso não combinaria com seu personagem. Estava interpretando um papel instintivamente. Iria esperar.

— Hank tinha dois grupos de amigos: seus velhos colegas dos Alcoólicos Anônimos e seus novos parceiros de pôquer, com quem saía em suas viagens perigosas, que são, principalmente, Allen e Milt. Cliff, o morto, era do grupo dos AA.

Ela deixou passar um segundo e acrescentou, deliberadamente, olhos firmes:

— Eu conheci Hank nesse grupo. Ele costumava dizer que os AA foram uma viagem espiritual.

Broker inclinou a cabeça para o lado, intrigado com a linguagem de Jolene.

Ela sorriu por um instante.

— Ele diria que a diferença entre pessoas religiosas e pessoas espirituais é que as pessoas religiosas têm medo de ir para o Inferno. As pessoas espirituais já estão nele e encontram o caminho de volta.

Broker fez que sim com a cabeça.

— Então, você está no programa?

— Não vou mais às reuniões.

— Parece que o grupo do qual você participava não tinha muita sorte.

— Concordo. Mas o fato é que estou sóbria há quatorze meses.

— Deve estar funcionando. Você parece saudável. Cansada, mas saudável — comentou Broker.

Ela esboçou um sorriso triste e disse:

— Considerando as circunstâncias. — Colocou sua caneca de café de volta na bandeja e vestiu suas luvas de trabalho. — Eu vou empilhar.

A tarde estava ficando agradável. Um resíduo de neve reluzia nas botas de Broker e um fantasma suave de umidade condensada marcava sua respiração. Ele vestiu suas luvas, pegou um cepo, colocou-o em pé no bloco de corte, e levantou o machado.

**Observando Broker trabalhar,** Jolene viu que aquilo parecia natural para ele, a julgar pela facilidade com que se mantinha no ritmo. Cada golpe do machado se originava de seus pés plantados e joelhos curvados, subia por seus quadris e arqueava suavemente em seus braços. Vapt! O carvalho partiu e os dois pedaços voaram. Ele posicionou as metades em pé e lhes desferiu outro golpe, transformando cada cepo redondo em quatro peças de lenha. Quando posicionou um novo cepo, pegou as peças partidas e levou-as até o barraco de lenha.

Depois de cinco minutos Broker tirou a jaqueta e ela passou a ter uma idéia melhor de como ele se movia. Ele era como Hanky — seu corpo não telegrafava sua idade. Podia estar em qualquer ponto na casa dos quarenta.

E ela pensou na forma como muitos homens tímidos atacavam o trabalho, entre outras coisas, com intensidade agitada, quase zangada. Hank, de brincadeira, chamara isso de a necessidade do homem de demonstrar seu domínio sobre a natureza. Broker havia progredido para além da necessidade amadora de se exibir desse jeito.

Ele era apenas um pouco bom demais para ser verdade, com suas sobrancelhas de lobisomem.

Partindo de sua experiência pessoal, Jolene decidira imediatamente que poderia descartá-lo como suspeito. Mas esta manhã ela havia se vestido cuidadosamente, escolhido um visual prático, apenas as calças jeans simples e a camisa. Ela se flagrara esticando a mão para pegar um batom, e então decidira que isso não era necessário para Broker. Na verdade, Jolene deduzia que Broker consideraria o exato oposto mais atraente.

E ela tinha sentido seu coração bater forte quando o vira esguichar mijo de lobo em Earl. Mas acalmara seu coração para poder fitar Broker o mais friamente possível. E ela estava pensando que talvez Earl tivesse se deparado com alguém melhor do que ele em seu próprio jogo, alguém que era discreta e competentemente perigoso. Com toda certeza, Broker não aprendera aquela forma de lidar com oponentes numa academia de ginástica.

Então, por que ele tinha voltado?

Talvez, como Allen, fosse solitário e tivesse encontrado uma mulher numa situação vulnerável. Não. Isto não era um simples caso de rapaz-encontra-moça. Talvez, como Earl, ele tivesse farejado o pote de ouro no final da tragédia de Hank. Nesse caso, ele era bom em esconder suas intenções. Ou talvez estivesse apenas desempenhando uma cortesia de bom samaritano, cortando lenha.

E o que mais a intrigava era que não podia adivinhar qual era a verdade.

E ela sentia um toque de melancolia. A primeira coisa que ela notara ontem fora seu dedo anular recém-desnudo; a faixa branca deixada pela aliança de casamento ainda marcando sua pele. Então esse era o fio solto que ela iria puxar quando fosse a hora certa.

Até agora ele estava indo muito bem cortando lenha. Ela se perguntou como ele se sairia botando Earl em seu devido lugar.

A intuição lhe dizia que Broker iria conseguir. Mas as raízes de sua intuição estavam encharcadas de birita. Precisava ser cuidadosa. E mesmo se ele conseguisse dar uma coça no Earl, o que isso custaria a ela? Assim, precisava analisar se Broker poderia ser útil. Portanto, nada de mensagens duplas. Nada de jogos. Iria simplesmente ver se haveria um próximo passo.

Assim, ela se curvava, colhia a lenha, carregava-a até o barraco e a armazenava ali. Ignorava a dor nos braços e na coluna. Jolene deduziu que Broker, como Hank, valorizaria a capacidade de executar trabalhos manuais com um mínimo de queixas. Uma qualidade que se extinguia rapidamente neste mundo de bebês criados pela televisão e maníacos por computador.

Quando metade da capacidade do barraco de lenha estava preenchida, Jolene se empertigou, removeu as luvas e enxugou o suor em sua fronte. Broker baixou o machado e disse:

— Você usou demais os músculos. Vai sentir amanhã.

Ela sorriu e se espreguiçou.
— Pausa para o café. Está nas regras do meu sindicato — brincou.

Broker assentiu afirmativamente, removeu as luvas e pegou um charuto enquanto Jolene servia café nas duas canecas.

— Você se importa? — perguntou ele, segurando o charuto.

Aquilo fez Jolene lembrar a breve vida feliz que conhecera antes de seu pai partir quando ela tinha sete anos.

— Na verdade, gosto de fumaça de charuto. Me faz lembrar de meu pai e do velho Met Stadium. Quando eu era menininha, nós íamos ver os Twins. O lugar tinha cheiro de cerveja, amendoins e fumaça de charuto.

Broker sorriu, aprovando seu comentário.

Sentaram-se lado a lado na metade vazia do barraco. Ela se esforçara para fazer com que a outra metade estivesse estocada com precisão industrial. Jolene tomou dois goles de seu café e agiu.

Tomou a mão esquerda dele, o dedo anular.

— É meio gritante — disse ela.

Ele levantou a mão, dedos estendidos, e a inspecionou. Por fim, fechou-a num punho.

— É sim. Estou pensando em cobrir a marca com um esparadrapo.

Jolene levantou as sobrancelhas eloqüentemente, como se dissesse: *Dói tanto assim?*

— Eu me casei com uma mulher mais jovem — disse ele.

— Isso tem acontecido muito por aí.

— Existem riscos.

— É. Homens mais jovens.

Ele fez que sim.

— Só que no meu caso, há cerca de vinte deles.

Jolene levou um susto, e desta vez foi a vez de Broker sorrir.

— Ela está no exército. É a única mulher num pelotão de homens.

— Oh. — Isso pegou Jolene de surpresa. E seus olhos se juntaram naquela forma específica quando duas pessoas sabem que estão sentindo exatamente a mesma coisa sobre a perda de uma pessoa. Ambos se sentem solitários.

Ele levantou a mão.

— Você sabe tudo a meu respeito — disse Broker. — Eu não sei nada sobre você.

E ela replicou:

— Tudo que sei sobre você é que costumava usar um anel nesse dedo e que ele não está mais aí.

Ele bebeu o fim de seu café, levantou, calçou suas luvas e apontou com a cabeça para a pilha de lenha.

— Vamos terminar isso.

— E depois? — perguntou Jolene.

Broker fitou os olhos de Jolene. Eles compartilharam outro momento de silêncio que latejou nas têmporas dela: como o coro de um templo mórmon. E ela pensou, este homem é encrenca e você já tem encrenca de sobra. Mas não conseguiu desligar a música.

E depois que o coro de Aleluia acabou, deixando Jolene com a sensação de que haviam comido um ao outro com os olhos, Broker disse:

— Depois veremos se você precisa de mais ajuda por aqui.

## Capítulo Vinte e Seis

**Hank percorria infernos que ele** não conhecia — Detroit o preparou para a colina, na ferraria em Huron Forge and Machine. Vinte martelos batendo em seus tímpanos em um acre de ferozes forjas de aço. Os homens e as máquinas, todos quentes, barulhentos, perigosos, sujos, afiados. Ele pensava principalmente que Sartre estava certo em Entre quatro paredes: o Inferno são os outros, especialmente se elas eram Jolene, Allen e Earl Garf. Neste momento o Inferno era Wisconsin, que era tudo que ele podia ver através das janelas de seu escritório. E o costão do Rio Wisconsin parecia uma sepultura coletiva de porcos-espinhos em Technicolor. E então, lá veio Garfinkle. O homem que odiava seu nome e seu passado e estava tentando se reinventar como Brad Pitt em O Clube da Luta ou Keanu Reeves em Matrix.

Ele caminhou até a cama e saudou Hank com a alcunha que considerava tão engraçada:
— E então, como vai o Grande Lebowski hoje?

*Toda a cultura de Earl provinha dos filmes, e Hank deduziu que o cinema era o que Earl e toda sua geração frouxa possuía no lugar de experiências reais. Mas como ele não tinha visto O Grande Lebowski, não fazia a menor idéia do que Earl queria dizer chamando-o assim. Mas esse era o menor de seus problemas.*

— Sabe de uma coisa? — disse Earl. — A sua patroa tem mais um pretendente. Primeiro o Dr. Allen, e agora o guia de canoa lá do norte.

*O guia de canoa.*
*Broker voltou.*

— ...está lá fora, atrás da garagem, cortando a madeira em pedacinhos. Acho que está guardando um pedaço de pau para a Jolene. Mas acho que não é o candidato mais forte. Quando levei a Jolene ontem até o escritório do Milt, ele beijou a mão dela. Um perfeito cavalheiro.

*O que Broker está fazendo aqui de novo? Este pode ser um caso em que Earl tenha razão.*

— Em todo caso, nós vamos saber quando alguém fizer o gol.

Earl caminhou até a porta do quarto de dormir. Com o canto dos olhos, Hank pôde vê-lo fuçar uma estante ao lado da maçaneta da porta. Moveu para o lado alguns livros que estavam no nível dos ombros de uma pessoa e apontou para o espaço vago.

— A última palavra em miniaturização, baterias e transmissor. Esta gracinha é exatamente o que a CIA usa. Abri um buraquinho na parede e apontei esta câmera para a cama de Jolene. A câmera transmite para fitas de longa duração num gravador de videocassete que tenho lá no porão. Esqueça os programas de voyeurismo da TV: isto é que é o bicho. Eu achei que a iluminação ia ser um problema, caso o ato aconteça à noite. Mas sabe duma coisa? A Jolene sempre dorme com uma luz acesa. Assim, troquei a lâmpada do abajur por uma de voltagem mais alta. Quando ela fizer a sujeira, nós vamos receber um áudio de qualidade radiofônica e uma imagem boa pra caralho. A não ser, claro, que ela transe no colchonete aos pés da sua cama. Eu não pensei nisso.

Earl coçou a cabeça um pouco, então sorriu, orgulhoso de si mesmo, enquanto colocava os livros mais uma vez diante da câmera oculta.

— Sabe o que seria bacana? Se eu tivesse gravado o seu amigo Stovall em vídeo. Ele era muito divertido, um sujeito legal. Só que adora sadomasoquismo.

"A culpa foi dele. Eu dei todas as chances possíveis para o sujeito. Tudo que ele tinha a fazer era liberar uns trocados pra gente pagar as contas de hospital. Sabe o que ele disse? Ele disse, só por cima do meu cadáver. Dá pra acreditar nisso? *Eu* aluguei a cama de hospital na qual você está sentado. *Eu*.

Earl apontou um dedo acusador.

— A Jolene não tinha um centavo. Não podia pagar a porra da hipoteca. Eu preguei aquele babaca numa árvore para ele pensar melhor na situação. Achei que ele poderia mudar de idéia e permitir que a Jolene tivesse acesso ao dinheiro.

Earl fez uma pausa:

— O dia que eu levei ele até lá estava ameno. Você conhece o lugar. Onde vocês cortavam madeira. Inclusive, eu usei o tronco de uma árvore que você mesmo cortou. E eu deixei ele com o martelo e duas garrafas de Johnny Walker.

Earl sorriu.

— Achei que isso era uma idéia engraçada. — Encolheu os ombros. — Em todo caso, nunca imaginei que ia nevar e que a temperatura ia cair abaixo de zero. Pensei em voltar, mas eu não tinha os sapatos adequados, e fiquei com medo que o furgão atolasse. Além disso, neve é uma coisa boa. Ela cobre todos os vestígios. A polícia já encerrou a investigação. Nem classificaram a morte como suicídio. Ele apenas se excedeu num dos seus joguinhos pervertidos. Cara, você conhece uns tipos...

*De repente, Earl franziu o cenho e olhou para Hank. Hank compreendeu que parara de girar os olhos e que estava fitando Earl. Ele deixou os olhos caírem e então começou a girá-los novamente. E de repente, como uma pequena nuvem amarela, um odor de urina se levantou de sua virilha enfraldada. Apenas algumas gotas.*

— Olha só pra você, seu porco! Está se mijando, não é? — Earl acusou, franzindo o nariz. — Foi aqui que eu tracei o limite. Como eu disse a Jolene, eu viro você de bruços, eu te dou comida, eu limpo a sua baba, mas definitivamente eu não troco as suas fraldas.

*Que experiência horrível é observar uma idéia formar-se lentamente no rosto de Garf.*

— Mas pensando melhor, talvez eu troque hoje.
Earl caminhou até as janelas e olhou para a esquerda. Confiante, retornou até a cama. Levantou a camisola de Hank e abriu o lacre de velcro de sua fralda.
— Isso é mijo que se apresente? Nem dá pra chamar de jorro. Olha, vou te dizer o que eu vou fazer.
Earl olhou sobre o ombro com uma expressão travessa enquanto abria o zíper.
— Ei, Lebowski, isto é por aquela porrada que você me deu.
Hank assistiu Earl tirar seu Pau Médio de Garoto Branco das calças e dirigir um fluxo de mijo para a virilha de Hank.

*Eu posso sentir isso, babaca.*

A urina se esparramou como mercúrio amarelo, cheirando a ovos podres. Ela se alojou por algum tempo entre as coxas de Hank, para então desaparecer no material grosso, absorvente. Earl ficou na ponta dos pés e se inclinou para a frente para sacolejar o pau e se livrar das últimas gotas. Por fim, afastou-se, fechou a fralda de Hank e o cobriu novamente com a camisola. Muito satisfeito consigo mesmo, Earl pegou o controle remoto da TV e a ligou no volume máximo. Cuidadosamente, inseriu o controle remoto sob os dedos de barro da mão direita de Hank.

*Mais uma das suas brincadeirinhas.*

Então Earl saiu do escritório.

*O veado mijou em mim.*

Molhado com a urina de Earl, Hank tentou lembrar em detalhes aquela noite, há mais de um ano, quando este cyber punk *tinha entrado em sua casa pela primeira vez. Como um cafetão, ele ordenou a Jolene sair da casa e entrar no seu carro. Chamou-a de piranha, vaca, puta.*

*Chamou Hank de velhote.*

*Bem, alguns minutos depois Earl estava com a bunda na calçada e o nariz todo ensangüentado.*

De repente, a atenção de Hank foi arrancada da lembrança agradável de ter batido em Garf. Deus do céu, a sua mão estava em chamas.

Esta ferroada em sua mão direita. O seu dedo indicador direito ardia como se houvesse alguma coisa muito quente debaixo da sua pele, e ela estivesse se contorcendo, querendo sair.

Hank tentou transformar seus olhos numa lente de aumento e sua mente no sol. Tentou concentrar os pensamentos num raio de chamas no dedo. Se. Se... pudesse mover seu dedo apenas um centímetro, poderia... apertar o botão vermelho no

*topo do controle remoto — aquele com as duas letras: TV — e desligar essa merda. O botão vermelho ficava bem entre o primeiro e o segundo dedo. Se pudesse fazer isso, transmitiria uma mensagem. Ele poderia se comunicar. Talvez encontrar uma forma de revidar.*
*Então fechou os olhos e conduziu seus pensamentos para o interior de sua carne morta. Visualizou equipes de resgate vasculhando destroços, tentando abrir túneis desabados e nervos fritos, em busca de alguma coisa que pudesse ser salva.*
*Apenas me dê uma coisa. Uma coisa.*
*Nada.*
*Apenas os insultos de Earl e seu mijo molhado.*
*E pedaços codificados das conversas de Jolene e Earl que confirmavam que Cliff estava morto. Perdido na floresta em sua dor especial, com as sombras frias se esticando, a neve cobrindo seus sapatos, e gozando apenas do conforto da bebida.*
*Allen, Garf. Estavam vindo com narizes frios e brutos, farejando como chacais, arrancando pedaços dele, pensando que ele era uma carniça.*
*O ponto de interrogação era Jolene. Ela daria cara ou coroa? Desde o acidente, Jolene exibira sinais de simpatia na forma como cuidava dele, falava com ele, tocava música para ele, deixava o televisor ligado. Ela continuava fitando seus olhos e acreditando que ele estava olhando de volta.*
*Será que podia confiar nela?*
*Ou em Broker?*
*Certo. Certo. Caia na real. Nada de bom vai acontecer. É apenas uma questão de quanta coisa ruim você vai ter de agüentar antes que termine. As suas opções são essas.*
*Se não estivesse se equilibrando sobre seu único e tênue fio de sanidade, o interior de sua cabeça seria um verdadeiro Auschwitz. Ei, Hank, cuidado com o seu texto, reprimiu-se. Não seja verborrágico.*
*Então viu a gata Tocaia no meio de um salto. Ela caiu suavemente ao seu lado na cama, farejou a fralda molhada e se*

*afastou.* Então se enrodilhou contra o quadril de Hank e ronronou como um imenso grilo peludo.

Ei, bichana. Pelo menos ainda somos amigos.

Ainda apoiada na lateral do corpo de Hank, Tocaia se esticou e afocinhou a mão que cobria o controle. Então ela se concentrou nos dois primeiros dedos, acariciando-os metodicamente com sua língua.

Agulhas.

Meu Deus. Eu sinto isso. Mais do que antes. Uma dor excruciante, ainda que maravilhosa, em seu dedo indicador. Uma dor causada pela lixa rosada que era a língua de Tocaia.

Vamos.

Hank enviou todos os seus pensamentos de volta para os espaços mortos de seu braço direito e os comandou a avançar através do pulso e da palma, para se ligarem ao pinicar doloroso em seu dedo.

Neste momento, tudo parecia depender da língua de uma gata. Continue, Tocaia. Boa menina. E de repente ele estava distante. Mais uma vez mergulhado dentro de si mesmo, projetando filmes aleatórios em sua mente.

Depois da colina.

O nome dela era Mai. Mulher esguia, Mai tinha sido estudante de medicina na University of Hue, falava francês e inglês e deixou tudo para trás para enriquecer dirigindo a concessão da lavanderia em Camp Eagle. Mai, que às vezes trepava com ele em troca de cigarros. Mas ela não precisava realmente do maço que ele lhe dava.

Só que agora talvez nunca mais fosse acontecer. A colina tinha deixado ele broxa, e agora Mai estava desistindo de animá-lo. Ela acendeu um Salem enquanto Hank tentava explicar que os americanos estavam indo à Lua.

— Deixa de falar bobagens, Hank.

— Não, eu juro. Em julho nós vamos até a Lua.

— Como vocês podem ir até a Lua? Vocês não podem ir até o Vale de Ashau. Você não pode nem ficar de pau duro!

E então, em julho, Hank tinha saído vivo e estava em Michigan, num quarto escuro de motel, sem muita certeza sobre quem era a mulher nua dormindo ao seu lado, não conseguindo recordar de seu corpo branco e magro, de seus cabelos castanhos e compridos. A televisão estava ligada e era um dia igual àquele em que partira para a guerra. Naquele dia, treze meses antes, ele havia acabado de acordar e estava tentando enxergar através da névoa de mais uma ressaca, e eles estavam lhe mostrando imagens e mais imagens com o volume baixo. Levara uma eternidade para se levantar, focar a visão, e finalmente compreender que estava olhando para a imagem trêmula de Bobby Kennedy deitado numa poça de sangue na cozinha de um hotel de Los Angeles, e essa tinha sido a sua festa de despedida.

E esta agora era sua festa de volta ao lar. Uma garrafa de champanhe caída no chão estourou sua rolha e ele levantou tenso e alerta, bem a tempo de ouvir Neil Armstrong dizer que aquele tinha sido um grande passo para a Humanidade.

# Capítulo Vinte e Sete

A maior parte da madeira estava rachada quando Earl apareceu na varanda no lado externo do escritório de Hank e acenou para Jolene.

— Ele tá cheirando que nem Baby, o porquinho, na feira estadual. Vou alimentar ele e assoar seu nariz, mas não vou trocar suas fraldas. Não vem que não tem.

Jolene removeu suas luvas.

— Volto num minuto.

Enquanto Broker voltava a trabalhar, Jolene seguia Earl para dentro da casa. A primeira coisa contra a qual reagiu foi o volume altíssimo da televisão. Começou a procurar imediatamente pelo controle remoto.

— Muito engraçado — disse Jolene quando descobriu que Earl tinha inserido o controle na mão inerte de Hank.

Ela pegou o controle, desligou o televisor e disse:

— Você sabe que ele odeia o Fox News Channel.

Ela fitou Earl para ver com que rosto estava lidando.

— Pára com isso, Jolene. Ele não está aqui. Allen disse que se você continuar falando desse jeito vai sentir muita dificuldade para aceitar o que aconteceu.

Certo, era o rosto malvado dele.

— Eu já tenho um problema com você — disse Jolene, seca. Olhando de soslaio para Jolene, Earl apontou um braço ameaçador na direção da gata.

— Você devia fazer alguma coisa com essa gata.

Tocaia agora estava acordada, coluna eriçada pela voz alta de Earl:

— Se dependesse de mim, eu fincava essa maldita gata numa árvore!

*A idéia de Earl machucando Tocaia encheu Hank com uma ansiedade normal que ele considerou confortadora em comparação com o terror bizarro que ele habitava. Fuja, bichana, pensou Hank. Fique longe desse homem mau.*

O que Tocaia fez. Pulou suavemente para o chão e saiu correndo do escritório.

— Se eu fosse você, evitava falar sobre pregar coisas em árvores — disse Jolene bem baixinho.

— Sabe o que dizem por aí? — Earl sorriu. — Para um homem com um martelo, tudo parece um prego.

— Se eu fosse você, evitava falar dessas coisas — repetiu Jolene, agora mais alto.

— Senão o quê?

— Você disse que nós íamos *falar* com o Stovall. — As palavras forçaram sua saída entre os dentes cerrados de Jolene.

— Eu *falei* com ele. Ele não respondeu.

— Então você perdeu a cabeça.

— Jolene, o que eu fiz, fiz por você. Estamos juntos nisto. Você contou todas as taras que ele relatou nas reuniões dos AA. Disse que os policiais tinham despregado ele da porta de um banheiro do porão. A perfuração foi no mesmo pulso. Usei a cicatriz como guia.

— Porra, mas você não precisava matar o cara!

— Eu não matei ele. Ele morreu de *frio*. Não achei que a temperatura ia cair tanto.

— O que você fez foi estúpido, errado e desnecessário — disse Jolene. — Milt disse que o fundo vai ser liberado dentro de um mês.

— Talvez sim, talvez não — replicou Earl. — Hank tem uma ex-esposa em Michigan e outra em St. Paul. Elas podem tentar manter o fundo fechado.

— Nós demos sorte porque os tiras não saíram por aí interrogando todos os clientes de Stovall.

— Ei! — Earl balançou o dedo na cara de Jolene. — Se eu abrisse o bico, primeiro diria que você me contou tudo sobre os hábitos sadomasoquistas dele. Talvez a gente não trepe mais, benzinho, mas ainda estamos ligados como gêmeos siameses. Igualzinho ao caso de Dakota do Norte.

Dakota do Norte. Como sempre, Jolene estremeceu ao lembrar do frio congelante e das solas do balconista caubói enquanto ele dava sua cambalhota mortal. Enquanto se munia com fralda limpa, fita adesiva e talco, Jolene disse:

— Como um homem crescido pode ser incapaz de trocar uma fralda?

Earl fez uma careta de nojo.

— Isso aí não é uma bundinha de neném. É a bunda feia de um velho.

Eficientemente, Jolene despiu a camisola de Hank, removeu a fralda, e enquanto a carregava até a lixeira, franziu o nariz.

— Tem alguma coisa diferente — disse ela, calculando o peso em sua mão.

— Sim, aquele cara lá fora — disse Earl, apontando com o polegar na direção de um som abafado de madeira sendo partida. — Ele é diferente.

— Ele é prestativo — disse Jolene.

Largou a fralda na lixeira e deixou a tampa fechar. Então limpou Hank com um pano úmido e aplicou-lhe talco. Por fim, introduziu um braço sob a parte inferior das costas de Hank e o levantou para posicionar a nova fralda debaixo dele.

— O catálogo telefônico está cheio de gente prestativa — disse Earl.

— Eu gosto desse aí — disse Jolene, vestindo Hank.

*Hank observou Jolene esboçar um sorriso cândido, alheia ao sarcasmo de Earl. Alguma coisa estava acontecendo. Talvez as coisas que ele estivera tentando ensiná-la durante o último ano estivessem criando raízes.*

— Olha, você é quase uma viúva rica — disse Earl. — Tem esta casa enorme e está cercada de sujeitos que querem te levar pra cama. Allen, com toda certeza. O Milt, talvez. E agora esse tal de Broker...

— É, me conta alguma coisa que eu já não saiba — disse Jolene.

— Que tal a sua necessidade de proteção? E orientação?

— Earl, eu estou tentando lhe dizer que não preciso do seu tipo de proteção.

— Ei, espera um minutinho. Foi *você* quem *me* chamou pra cá. Você estava arrasada quando eu cheguei! — protestou Earl.

Jolene alisou as fronhas da cama de Hank.

— É verdade, eu estava arrasada. Mas agora estou melhor. E não preciso da sua proteção — repetiu com firmeza. — É por causa disso que tenho um advogado.

Esse último comentário claramente deixou Earl alarmado.

— Jolene, você não pode mudar da água para o vinho de repente.

— Ah, não? — replicou Jolene, e encostando a mão no queixo, acrescentou: — Como estou me saindo?

De repente, Earl era o homem mais gentil do mundo:

— Jolene, meu bem — disse ele, aproximando-se de braços estendidos para abraçá-la. — Quem é que sempre esteve ao seu lado?

Ela se deixou abraçar e espetou um dedo na barriga de Earl.

— Você. E eu sou agradecida por isso. — Mais uma cutucada. — E não vou esquecer de pagar você.
— Me pagar? — Earl empurrou a mão de Jolene e a fitou com uma expressão levemente irritada. — Não vai ser fácil calcular a dívida.
— Vai ser, sim. Eu anotei tudo num bloco. Todo o dinheiro que você me emprestou durante o meu tratamento e durante as últimas semanas. Nós vamos acabar concordando com uma cifra. — Ela lhe deu uma cutucada mais forte. — Entendeu?
— Ai.
A irritação no rosto de Earl inflamou rapidamente para raiva. Esticou o braço e agarrou a mão de Jolene abaixo do pulso antes que ela pudesse cutucá-lo novamente. Os nós de seus dedos ficaram brancos e então púrpuros, enquanto ele a puxava para si com força.
— Você está me machucando — disse Jolene entre dentes cerrados.
Eles fitaram um ao outro, Jolene na ponta dos pés, puxando o braço.
Com sua outra mão, Earl apontou a janela, na direção da pilha de lenha.
— Pára de babaquice, Jolene. Agora vá se livrar dele. Se você não fizer, eu vou fazer. E não vai ser nada bonito.
Soltou a mão de Jolene.
Ela deu um passo para trás e massageou a marca já evidente em seu pulso.
— Sabe de uma coisa? Acho melhor você não se meter com esse sujeito.

**Um período de tempo** constrangedor se passou. Tempo demais para uma simples troca de fralda. Broker tinha acabado de cortar a madeira e agora esperava, sentado no bloco de corte com o machado sobre os joelhos. Ao sair, Jolene parecera calma e confiante. Quando ela finalmente apareceu na varanda e se aproximou dele, tinha lavado o rosto e passado batom. E caminhava a passos lentos, hesitantes, mantendo o braço direito colado ao tronco, protetoramente.

— Acho melhor você ir — disse Jolene. Seus olhos não subiram para se encontrar com os dele. — A coisa por aqui ficou meio tensa.

— Hum-hum — exprimiu Broker enquanto se levantava.

— Não sei exatamente como dizer isto. — Ela olhou novamente para a casa. — Estou com medo de que você saia machucado.

Broker ignorou o último comentário de Jolene, e levantando a manga direita de sua blusa, viu o bracelete de sangue marcado em seu pulso.

— Isso vai ficar aí durante algum tempo — disse ele.

— Vou usar mangas compridas.

— Eu devo um grande favor ao seu marido. Mais do que posso pagar cortando lenha — disse Broker lentamente.

Jolene balançou a cabeça negativamente.

— O Earl é problema meu. E eu preciso aprender a lidar com ele.

Ele podia simplesmente ir embora; era apenas um recém-chegado naquele círculo. Mesmo assim, decidiu abusar da confiança de Jolene e dizer:

— Eu podia ensinar boas maneiras a ele.

Depois de mais um daqueles silêncios retumbantes, ele enfiou a mão no bolso, puxou sua carteira, e removeu um cartão no qual estava impresso:

*Broker Consertador*
*Carpintaria, Eletricidade, Hidráulica,*
*Jardinagem*

O cartão pertencia ao passado — um artefato de seus tempos de policial disfarçado. Estava seguindo seus reflexos mas trabalhava por conta própria, sem distintivo, sem autorização.

Mas aquilo lhe fazia bem.
Pegou uma caneta no bolso de seu casaco, riscou o velho endereço em Stillwater, e escreveu embaixo o telefone de J.T.
— Estarei nesse número durante os próximos dois dias — disse Broker, entregando o cartão a Jolene. — Pense no assunto.
Jolene olhou para o cartão, e então para ele.
— Tem certeza?
Broker fez que sim com a cabeça.
— Como eu disse, pense no assunto. Agora, vou guardar este negócio e ir embora.
Segurou o machado, que pesava nove quilos de aço forjado, e o carregou até a casa. Procurando pela escada do porão, seguiu um rastro de música alta e odor misturado de suor, roupa suja e maconha. O rastro subia de uma escadaria a partir da cozinha. Broker desceu as escadas.
Earl havia convertido a parte terminada do porão numa sala de computadores improvisada. Num canto, tinha um colchonete, um banco de exercícios e pesos. O resto do espaço era uma confusão de cabos e fios conectando dois computadores, dois monitores de vídeo, um *scanner*, um televisor, um videocassete e um CD *player* instalados em três mesas. Havia pilhas de disquetes e manuais de *software* espalhados pelo tapete.
Earl estava sentado ao seu computador central balançando a cabeça ao ritmo do 'NSYNC. Broker, que não sabia o nome do grupo mas compreendia vagamente que se tratava de música adolescente, perguntou-se por que um homem adulto se ligava nesse tipo de som.
Earl estava selecionando blocos de números em sua tela e salvando-os em um arquivo. Broker aproximou-se discretamente de Earl e estudou a tela. Nomes. Endereços. Números de cartões de crédito. Números de dezesseis dígitos agrupados em grupos de quatro. Então o cabeçalho: nome de solteira da mãe. E nomes, centenas deles.
Por causa da música, Earl não o ouvira aproximar-se, de modo que Broker observou durante alguns momentos Earl

fazer mais colunas de nomes e números rolarem pela tela. E aos olhos ciberneticamente ignorantes mas desconfiados de Broker, pareceu que Earl havia se apoderado de um lote inteiro de cartões de crédito de outras pessoas.

Broker esticou o braço até uma pilha de contas sobre a mesa e pegou um envelope com o nome de Earl e um endereço de St. Paul. Enfiou o envelope no bolso. Então se inclinou para a frente e apertou o botão de desliga do CD.

Earl girou para ele, momentaneamente assustado. Broker sorriu e disse:

— Trabalhando duro, hein?

Earl rapidamente correu seu *mouse* até um X numa janela e fechou a tela.

— Linguagem de código — disse ele.

— Código, é?

— É. Estou prestando consultoria para um projeto de codificação para uma firma de Bloomington.

— Parece complicado.

— Algumas pessoas consideram programação uma coisa elegante. Pessoalmente, acho chata pra cacete — disse Earl, muito devagar, observando Broker balançar o machado em sua mão direita para a frente e para trás, bem casualmente, como se fosse um intruso da Idade da Pedra no casulo *high-tech* de Earl.

— Eu não entendo nada disso.

— Tedioso e cansativo — disse Earl. — Você envelhece bem rápido quando lê dois milhões de linhas de linguagem de código para achar uma vírgula fora do lugar. Eu já trabalhei para a Holiday; você sabe, a cadeia de postos de gasolina. Fazia análise de danos na rede deles.

— Claro, a Holiday — disse Broker.

— Você é deles vinte e quatro horas por dia. Eles te bipam no meio da noite. Você não é nem de você mesmo.

Earl posicionou os pés para se levantar, e ao se inclinar para a frente, encontrou a lâmina do machado encostada em seu peito.

— Que merda é essa? — exclamou Earl.

— Ei, essa é uma daquelas novas telas de computador muito finas — disse Broker, apontando com a cabeça para o monitor. — Deve ter custado uma fortuna.

Earl começou a se levantar novamente. Desta vez Broker o golpeou no peito com a parte plana do machado, fazendo com que caísse de volta na cadeira.

— Acabei de cortar a madeira. Achei que você gostaria de saber — disse Broker, pressionando mais forte o machado contra o peito de Earl.

Earl não se deixou intimidar. Ele sorriu e balançou a cabeça.

— Tire um minuto pra pensar, coroa. Quando desceu aquelas escadas, você estava procurando por um nariz ensangüentado. Agora é candidato a uma vaga no CTI.

— Não — disse Broker. — Acho que você é apenas mais um daqueles mariquinhas que só sabem digitar e clicar.

Broker levantou o machado, e o brilho frio e líquido da tela explodiu numa nuvem de cacos de vidro e fagulhas contra o rosto de Earl. O machado caiu sobre o teclado, derrubando-o no chão.

— Você... você! — gaguejou Earl, enquanto se ajoelhava e puxava o cabo do monitor do estabilizador de voltagem.

— Desculpe, devo ter extravasado minhas tendências proletárias — disse Broker.

Earl ofegava de fúria, mas seu cabelo, sobrancelhas, camisa e colo estavam polvilhados com cacos de vidro. Suas mãos, que cerrara em punhos, agora se abriram para limpar os fragmentos de seu rosto e olhos.

— Não toque nela novamente — disse Broker.

E então tirou a carteira do bolso, segurou com as pontas dos dedos as notas de cem que Earl dera-lhe no norte, e as jogou em seu rosto.

Então se virou, subiu a escada, saiu da casa, entrou no jipe. Esperou durante um minuto, vigiando a porta para ver se Earl sairia. Ocorreu-lhe que provavelmente precisaria de uma arma, caso fosse voltar a brincar desse jeito de novo. Mas Earl não apareceu. Assim, anotou a placa do furgão de Earl num pedaço de papel, deu a marcha a ré, engatou a primeira, e saiu.

Broker estava sorrindo, desfrutando da memória da expressão chocada no rosto de Earl quando seu monitor foi reduzido a purpurina. Este tinha sido o segundo dia seguido em que viera à casa de Hank Sommer pela última vez. Tinha a impressão de que voltaria.

No caminho até a fazenda de J.T., Broker fez um desvio através do bairro comercial de Timberry e passou uma meia hora comprando algumas coisas numa filial da cadeia de produtos de informática CompUSA.

# Capítulo Vinte e Oito

**Earl estava engraçado, com** fragmentos de vidro de computador presos no cabelo e nas sobrancelhas. Jolene deixou-o praguejando na cozinha e desceu até o porão. Ao ver o machado de lenha caído em meio aos destroços da tela de computador, como um símbolo da colisão entre os mundos de Earl e Broker, Jolene riu mais forte. Subiu as escadas e continuou rindo. Earl gritou para ela limpar a bagunça e Jolene o mandou à merda. Earl avançou contra ela, mas Jolene o deteve cutucando seu peito com força, mais uma vez.

— Viu, babaca? Disse pra você não se meter com esse cara.

Um brilho maligno se derramou pelo rosto de Earl, deixando-o parecido com um Klingon louro de *Jornada nas estrelas*. Earl trovejou para fora da cozinha, e para expressar alguma coisa, pegou as chaves do Ford Expedition de Hank e saiu com o veículo, deixando Jolene sozinha.

O que agradou muito a Jolene. Sorriu de novo ao pensar em Broker, brandindo seu machado.

Sentindo-se alegre, caminhou para a sala de estar e se permitiu rodopiar. Iúpi. Ou quase. Quando Hank estava... normal... esta casa parecia uma escola, e ele era o professor com quem ela transava entre as classes. Ela não tinha a sensação de que a casa era realmente sua.

Agora gostava de estar sozinha na casa. Bem, sozinha com os destroços de Hank. Gostava de caminhar pelos quartos, experimentá-los.

A idéia se formou lentamente.

Sua casa.

Para poder ouvir Hank, colocou no máximo o volume do monitor de bebê da cozinha. Em seguida, caminhou pela sala de estar e tocou o sofá antiquado com seus gordos descansos de braço. Durante meses ela e Hank percorreram o St. Croix Valley e todo o oeste do Wisconsin, visitando as lojas de antiguidades, encontrando mobílias em carvalho e luminária Tiffany. Homem engraçado, Hank. Ele se esforçara muito para deixar este lugar parecido com o cenário de um velho filme de detetive com Humphrey Bogart. Ela entendia o que Hank tentara fazer, como compusera esta casa como um ambiente de cinema e combinara ela própria com a mobília. Hank chegara a uma certa idade e feito algum dinheiro, e tentara levar sua vida como um entretenimento. O que era parecido com tentar permanecer bêbado o tempo inteiro. Tentar fazer de sua vida uma história mais elegante ou empolgante do que ela realmente era.

O que, no tratamento, eles chamavam de ilusão.

Engraçado, pensou Jolene, todas as boas histórias têm começo, meio e conclusão nos quais os escritores amarram todas as pontas soltas. Mas e se você está vivendo o meio longo e feliz e a vida real aparece de repente?

Durante a fase em que tentara parecer uma *top-model*, Jolene cortara o cabelo com uma crista renascida serelepe chamada Sally que tinha dois filhos bonitos e um marido carinhoso, e que um dia abrira o armário de sua cozinha para pegar os *cornflakes* e encontrara a Morte sorrindo para ela.

Câncer de seio. Vapt-vupt, espalhando-se pelas glândulas linfáticas, entrando nos pulmões, no fígado, no pâncreas. E

Jesus se revelou uma página diferente de sua história. Talvez ele pudesse ressuscitar os mortos e transformar água em vinho nas páginas da Bíblia. Mas durante um fevereiro frio em Minnesota, ele se sentou para assistir a Sally murchar e morrer nauseada.

No final da história, eles precisaram derramar gasolina na neve para aquecê-la o bastante para que o coveiro pudesse enterrar Sally.

— Pobre Hank — disse Jolene.

Ela não tinha certeza sobre qual era a crença de Hank, mas não achava que fosse qualquer coisa próxima a Jesus.

Para ficar sóbria, você precisava admitir que não tinha poder sobre o álcool e entregar tudo a um Poder Superior que seria capaz de restaurar a sua sanidade. Até aqui ela tinha mentido para si mesma a respeito da parte sobre o Poder Superior, dizendo que ele era apenas derivado de outras pessoas. Principalmente de Hank. Agora Hank havia desaparecido e ela não tinha certeza sobre o Grande D. Sempre vira Deus como mais um homem com quem precisaria lidar em algum momento no futuro.

Assim, com Hank longe, era simplesmente natural que seu Poder Superior fosse agora o Todo-Poderoso Dólar. Até que alguma coisa melhor aparecesse.

Mas neste momento, o Poder Superior de Jolene estava se fazendo de difícil.

Atravessou a sala de estar e entrou na alcova, onde se confrontou com a pilha de contas na mesa. Havia separado os envelopes em duas pilhas. A primeira continha todas as despesas de manutenção que mantinham a casa funcionando, e que Earl pagara para o mês de outubro: hipoteca, conta telefônica, eletricidade, tevê a cabo, taxas de lixo e água, e três cartões VISA.

As contas maiores estavam na segunda pilha; as contas hospitalares de Ely e das Regiões; o helicóptero, os honorários do neurologista; a consulta, o exame de ressonância magnética, o teste neurálgico, o tubo de alimentação. Todos tinham três zeros depois das vírgulas.

No fim, tudo se resumia a dinheiro. Hank sabia disso. Vamos encarar a verdade, ela teria se casado com Hank se ele freqüentasse os AA duas vezes por semana, trabalhasse como estivador no cais do porto, e vivesse duro?

**O pai de Jolene tinha** sido assim — um sujeito bacana que bebia um pouco demais e que era trabalhador braçal. Mamãe havia trocado as fechaduras e colocado um advogado entre eles, e quando Papai fora embora, ela tinha ido trabalhar para o advogado como secretária. Na época, Jolene tinha sete anos.

Quando ela tinha dez, a mãe se casara com o advogado e elas haviam se mudado do norte de Minneapolis para Robbinsdale. Mamãe tinha uma casa maior com capas plásticas sobre a mobília na sala de estar do andar superior; ela tinha novos amigos, ia a festas e viajava.

Quando Jolene tinha quinze anos, os olhos do advogado a seguiam de um lado para o outro pelo corredor enquanto ela se vestia para ir à escola. Mas o advogado jamais a tocava. Sua mãe também não. Jolene sempre tinha roupas limpas, comida, abrigo e cerca de um metro de Plexiglas entre ela e Mamãe. Jolene rompeu o padrão suburbano e fugiu com Earl quando tinha dezesseis anos.

Misturou as contas com as mãos, divertindo-se em fazer a bagunça. Tinha visto um programa do Discovery Channel sobre experiências com chimpanzés órfãos; haviam colocado os macacos em gaiolas com aparelhos que passavam por mães substitutas. Um desses aparelhos, a mãe de arame, tinha comida e bebida, mas era feita de fios de metal frio. A outra mãe, a de pano, não tinha comida, mas era feita com madeira e tecidos quentes. Os bebês chimpanzés iam para a mãe quente, abraçavam-na e permaneciam com ela, mesmo quando começavam a passar fome.

E era justamente isso que levava uma pessoa à bebida: o desejo de abraçar a garrafa.

Bem, a última vez que soubera, sua mãe de arame estava vivendo em Sarasota, Flórida, e o advogado tinha tubos de oxigênio enfiados no nariz. Jolene queria mais era que ela se fodesse, por ter desistido de seu pai.

Jolene afofou com os dedos seus cabelos curtos, e em seguida arrumou as contas, encontrando uma anotação que ela fizera para si mesma: "Detalhes". Em seguida, pegou o telefone e discou para o setor de informações na Biblioteca Pública de Timberry.

Uma hora depois, ela estava no escritório/quarto de hospital, virando Hank, quando o telefone tocou.

— Jo, é o Allen.

— Como vai, Allen?

— Bem, o Earl me ligou e disse que está um pouco preocupado com você. Parece que o Broker voltou hoje e eles dois tiveram um desentendimento.

— Sssim — disse Jolene, devagar.

— Earl fez uma pesquisa. Já ouviu falar da CDIC?

— A Central de Dados Informatizados sobre Crime — disse Jolene, e imediatamente se perguntou se não havia respondido um pouco rápido demais.

— Muito bem, antes de ser um guia de canoagem amigável, ele foi outra coisa. Ele está no computador. Ou alguém com o nome exato, que cumpriu pena na Prisão de Stillwater em 1989, por assalto. Há outras acusações, como posse de drogas e roubo de propriedades.

— E? — Jolene estava cautelosamente curiosa. Um ex-condenado era um conceito bonito, mas também um mito liberal.

— Só quero ter certeza de que você está bem. Quer que eu dê uma passada aí?

Jolene avaliou o tom de urgência abaixo da superfície da voz de Allen e estalou a língua. Allen, sempre prestimoso. Allen, sempre útil. Ele, como todos os outros, considerava que Hank ia morrer.

E se ele não morresse? E se ficasse ali durante anos e anos? Quais seriam as opções de Jolene, medicamente? Allen poderia dizer-lhe quando o momento certo chegasse, talvez ajudá-la com sua influência. Por um instante, Jolene imaginou Allen nu, na cama, e se perguntou se sexo seria mais natural para ele porque estava acostumado a colocar as mãos dentro dos corpos das pessoas. — Então você acha que é sério? — perguntou com toda franqueza.

— Ficha na polícia não é coisa com que se brinque.

— Se você conseguir se livrar dos compromissos, posso fazer um bule de café.

— Hoje estou na clínica. Acho que posso passar aí dentro de uma hora — disse Allen rapidamente.

Depois que Allen desligou, Jolene virou-se para Hank e disse num tom prático:

— Acho que é hora de pensarmos no futuro. E não quero que você sofra mais do que o necessário.

**Jolene fez mais um** bule de café no Chemex de Hank, seguindo o procedimento que ele havia lhe ensinado. Moeu os grãos — a mistura escandinava da Cameron, distribuída em Hayward, Wisconsin — durante exatos dezessete segundos. Em seguida, colocou um dos filtros de papel brancos de borda redonda no recipiente de vidro que parecia alguma coisa saída de seu laboratório de química do segundo grau, acrescentou o café, e o mergulhou na água fervente.

Deixou o café em infusão durante um minuto.

Era o segundo bule de café para o segundo homem do dia.

Jolene calculou o tempo com perfeição; quando o final do café estava acabando de gotejar no bule, o Saab de Allen rugiu na alameda que conduzia até a casa.

Muito bem.

Ela o recebeu na porta usando seu sorriso corajoso, mas quando entraram na cozinha, ele viu o caco de vidro no chão.

Devia ter caído das roupas de Earl e escapado de sua vassoura quando ela varrera a cozinha. Disse a Allen o que havia acontecido e, no final de sua história, ela se inclinou para a frente e, por um instante, repousou a testa contra o seu peito. Como a água e os grãos de café, Allen ferveu.

Eles se sentaram à mesa da cozinha e tomaram seu café, e ela se abriu com ele. Disse-lhe como havia começado mal ao deixar Earl voltar à sua vida, e que agora Broker estava apenas tentando ajudá-la a se livrar de Earl.

Ela esperava que Earl não tivesse ficado com muita raiva. Disse que estava realmente cansada de ter esse tipo de homem em sua vida. Então ela e Allen levaram seu café até o estúdio e Allen fez um exame rápido de Hank, cujos pulmões ainda estavam limpos e cuja pressão arterial ainda era normal, e que dava todos os indícios de que iria viver para sempre dessa forma.

E Jolene, sem se preocupar com o quanto suas palavras soavam horríveis, botou tudo para fora, expressando seu medo de que, quando o processo legal e tudo o mais tivesse acabado, Hank continuaria vivo e ela se tornaria — agora seus olhos derramavam lágrimas verdadeiras — uma freira casada com um cadáver que ainda respirava, até o fim de seus dias.

E deixou que Allen a tomasse por um instante em seus braços.

— Não se preocupe — murmurou Allen. — Se chegar a isso, eu poderei ajudar.

— Shhhh — exprimiu Jolene, encostando um dedo frio nos lábios de Allen e sentindo-o receber um beijo leve. — Não agora. Algum dia, mas não agora.

Ela podia ver Allen saborear a intimidade no tom de sua voz e na umidade de seus olhos.

Jolene afastou o dedo dos lábios dele e deu um passo para trás.

— Detalhes — disse ela, sorrindo, piscando para apagar as lágrimas. — E tudo por falta de um prego numa ferradura.

— O quê? — perguntou Allen.

— O poema que você mencionou, lembra? É anônimo. Na verdade, é uma rima, não realmente um poema. Faz parte das *Rimas da Mamãe Ganso*. Eu pesquisei.

Allen estava impressionado.

**Enquanto ia embora** de carro, colocou a mão direita sobre o coração, como um civil saudando a bandeira; exceto pelo fato de que ele estava tocando o local onde Jolene descansara a cabeça contra seu peito.

Jolene realmente havia abordado uma questão muito delicada. E não era simplesmente um caso de não ressuscitar, ou não reentubar uma pessoa; afinal, o coração e os pulmões de Hank não tinham dado sinais de mau funcionamento.

E ele não estava ligado a um pulmão de ferro, de modo que não era uma questão de desligar uma tomada.

Jolene podia tentar obter uma ordem judicial para interromper a nutrição, mas isso pareceria mercenário, e exigiria uma espera torturante.

Mas se ela conseguisse uma salvaguarda judicial como precaução contra um incidente futuro, e se ele discretamente induzisse uma parada respiratória... Sim, isso poderia funcionar.

Sim, poderia.

**Earl chegou por volta** da hora do jantar sorrindo ternamente e carregando uma pizza da Domino's e um buquê de flores, que ele logo dividiu por vasos improvisados em toda a cozinha. Jolene avaliou a profundidade da insegurança de Earl por seus olhos de cachorrinho triste; ele estava atento a sinais de que ela estivesse disposta a transar.

— Agora você tem amigos na polícia? Como conseguiu entrar na central de dados informatizados sobre crime? — perguntou, ignorando os olhos de Earl seguindo seus movimentos pela cozinha.

— Allen deve ter telefonado — disse Earl num tom distraído, arrumando as flores, cheirando-as como se fosse Ferdinando, o touro manso.

— Como você conseguiu a ficha policial de Broker? — perguntou Jolene enquanto ligava o forno.

— Fácil. Aqueles anúncios na tevê para informações sobre antecedentes pela Internet. "Veja se alguém que você conhece tem ficha criminal" — Earl imitou um locutor de televisão. — Bem, eles são conectados com o CDIC. Como Broker se revelou um pouco mais violento do que esperaria de um guia de canoagem comum, digitei o nome dele. — Earl cruzou os braços e fez uma cara de preocupado. — Acho que você precisa tomar cuidado com esse sujeito.

— Ele *gosta* de mim. — Ela segurou seu pulso machucado.

— Ele está atrás dos babacas que molestam mulheres.

Jolene colocou a pizza no forno.

— Ah, estive pensando. Se ele ficar violento de novo, eu talvez precise trazer um elefante de guerra.

— Quem?

— Pensei no Rodney.

Deus, um nome que evocava os dias estúpidos de sua juventude. Enquanto ela dirigia, Earl e Rodney concretizavam suas fantasias de histórias em quadrinhos com armas. Eles assaltaram três 7-Eleven's desoladas antes que ela e Earl começassem a trabalhar sozinhos e tivessem aquela experiência ruim em Dakota do Norte que pôs fim à sua fase de casal de assaltantes. Jolene balançou a cabeça.

— Earl, o Rodney está na cadeia. Lembra da idéia genial que ele teve sobre roubar metralhadoras da Guarda Nacional?

— Ele apelou e molhou a mão de alguns burocratas lá do Alabama. Está sob condicional.

Ela balançou a cabeça, e então estreitou os olhos, calculando.

— Rodney tem genes muito ruins. É um bandido de segunda geração. Além do mais, eu sinceramente acho ele um pouco lerdo demais para lidar com o Broker.

— Que é? Agora está promovendo apostas?
— Earl, estou apenas dizendo que Rodney é um gorila musculoso, e vejo Broker como um sujeito mais rápido e mais esperto. E outra coisa, eu não quero o Rodney nem perto desta casa. Eu não quero que Rodney saiba onde eu moro.
— Pára com isso, Jolene. Ele é um amigo.
— Ele vai comer tudo que houver na geladeira, e depois vai dormir no sofá. Quando ele acordar, vai roubar a prataria. De jeito algum.
— Ainda assim, vou falar com ele.
— Não gosto disso — repetiu Jolene.
Mas tinha apelo, como teste. Broker teria de provar seu valor na rua. Jolene iria alertá-lo, é claro, e então se afastaria para assistir. Jolene tinha uma aptidão nata para jogar pessoas umas contra as outras. Hank explicara-lhe que isso era uma prática comercial muito popular na vida empresarial, na qual se cortavam gargantas com memorandos de papel.
O nome para isso era tensão criativa, coisa que havia de sobra nesta casa.
— Quando sai a pizza? — perguntou Earl.
— Mais um minuto — disse Jolene, testa franzida, pensando no assunto.
Broker se livra de Earl. Allen faz a coisa certa com Hank. E então, com sorte, depois de um intervalo longo e decente, Broker e Allen se perdem à sombra de alguém com potencial futuro, como, talvez, Milton Dane.

*Um pavimento abaixo, Hank reuniu toda sua força de vontade para mover os dedos. Experimentou sensações, pequenas comichões. Jolene era apenas uma sombra enxugando seu queixo, passando um aspirador em sua boca, limpando seus excrementos. Ela flutuava para dentro e para fora do quarto.*
*Hank focou toda sua energia. Vamos, dedos.*
*Vamos.*

## Capítulo Vinte e Nove

**Broker viu as bolsas de compra** de Amy empilhadas sobre o armário de casacos quando ela o recebeu na porta. Antes que pudesse abrir a boca, ela esticou a mão e retirou um fragmento de tela de computador das dobras de sua jaqueta e o olhou contra a luz. Em seguida, espanou cuidadosamente uma camada fina de vidro de seu peito.

— Cuidado, Broker — aconselhou. — Você está coberto de cacos de vidro.

J.T. passou pela porta, observou que Broker, realmente, estava coberto por pedacinhos de vidro e exprimiu:

— Hummm...

Amy inclinou a cabeça para o lado.

— O que aconteceu?

Broker estudou Amy e pensou como ela e Jolene eram próximas em idade, embora as comparações parassem aí. Amy era alguém a quem você pediria para cuidar de sua filha, enquanto Jolene era aquela com quem você fugiria para a América do Sul depois de ter roubado um milhão de dólares e abandonado a sua família.

— Tem um parasita acampado no porão de Sommer. Ele e eu tivemos um pequeno desentendimento.

— Sei — disse J.T. — E por que ele está lá?
— Bem, ele é o ex-namorado da esposa do Sommer.
— Sei. E ele meio que voltou para o páreo depois que Sommer virou um vegetal — especulou J.T.
— A esposa... — disse Amy enquanto se virava para J.T. — Lembro dela no hospital. Ela é o que vocês homens chamariam de um tesão.
— Ela cortou o cabelo, e não está tão tesuda assim agora — disse Broker.
— Então, por que você e esse sujeito discutiram? — perguntou J.T.
— Bem, o cara maltratou ela um pouco...
— E como você não a considera tediosa, foi um resgate dela — disse Amy, lábios premidos numa expressão irônica. — Que galante.
Prática, Amy pegou uma escova que J.T. mantinha no chão, ao lado do armário de casacos, e a empurrou contra o peito de Broker.
— Saia e tire esses cacos de cima de você.
Enquanto Broker se limpava na varanda da frente, Amy saiu vestida com seu casaco, passou por ele, desceu a escada, atravessou o pátio, e se pôs a caminhar de um lado para o outro ao longo da cerca que ladeava o celeiro. Meia dúzia de avestruzes fêmeas flutuavam atrás dela como animações em massinha.
— Você realmente leva jeito com as mulheres — disse J.T., aparecendo às costas de Broker. — Ela está pronta para morder a sua isca.
— É. — Broker deu a J.T. o bloco no qual estava anotado a placa de Earl e o envelope com seu nome e seu endereço em St. Paul.
— O que é isto?
— Será que você pode investigar este sujeito pra mim?
— Investigue você. Ligue para John E. no Condado de Washington. Ele vai fazer isso para você.

— Você ainda tem um *link* de computador com o centro. Se eu ligar para John, ele vai perguntar por que eu quero saber. E se descobrir que estou xeretando alguma coisa aqui, vai ficar ainda mais curioso. E de repente vou ter um monte de carros com placas falsas me seguindo por aí.

— O que é o trabalho deles. Você sabe, os policiais em exercício fazem esse tipo de coisa quando vêem alguém se comportando de forma suspeita — disse J.T. — Mas para ser sincero, estou mesmo precisando de uma mãozinha aqui na fazenda durante o fim de semana. Eu vou fazer o trabalho de detetive para você.

— Mãozinha?

— Vou levar algumas aves para o abatedouro pela manhã. O abatedouro de avestruzes mais próximo fica em Iowa. E a casa da irmã da Denise é no caminho. Assim, vou deixar a Shami matar um dia de aula na escola e levar a família para um longo fim de semana. Vamos partir na sexta pela manhã, e voltaremos na noite de domingo. Isso, é claro, se você prometer alimentar e cuidar das aves.

— Três dias — disse Broker, gostando da desculpa para permanecer ali.

— Sexta, sábado, domingo.

— Eu posso. Quanto a ela, não sei — apontou para Amy, que continuava meditando para a frente e para trás ao longo da cerca.

— Diga a ela que vão ter o lugar todo só para vocês. Você sabe, durante o dia você pode ir até a casa do Sommer resgatar a mulher dele, e depois você volta pra cá e brinca de casinha com ela. — E sorrindo, acrescentou: — Vai pegar uma prática danada.

Broker aproximou-se de Amy e escolheu suas palavras com cuidado.

— J.T. me pediu para cuidar do lugar até a noite de domingo.

Amy ficou calada durante algum tempo, um sorriso meigo no rosto. Então esticou o braço e lhe deu um tapinha no peito.

— Concordei em vir com você investigar o seu palpite. Mas vou dispensar a sua crise de meia-idade.

Ela tirou do bolso um programa de vôos da Mesaba Air Lines. Mesaba era o sistema de táxi aéreo entre as cidades e os locais ao norte.

— Dei uma passadinha no aeroporto enquanto voltava do *shopping center*. Vou ver se consigo um vôo para amanhã. Você me dá uma carona até o aeroporto?

— É claro.

— Se você fosse esperto, voltava comigo — disse ela. — A atmosfera naquela casa não parece saudável. Imagine, Sommer sendo cuidado em casa em vez de numa instalação médica de tratamento integral. Isso parece... anormal.

Ela estava certa, é claro. Como Broker não respondeu, Amy prosseguiu:

— Cenários como esse tendem a possuir dinâmicas internas confusas. Tendem a dragar os forasteiros bem-intencionados para o seu nível.

Broker olhou para várias avestruzes fêmeas que balançavam suas cabeças, concordando com Amy. Depois que o conselho sensato de Amy havia esvaecido, ele disse:

— Pode me tirar uma dúvida?

— Claro.

— Por que ele olha para mim no momento em que entro no quarto? Quero dizer, bem nos olhos. Como qualquer pessoa que eu conheça. E então seus olhos começam a girar.

— Podem ser reflexos primitivos, uma reação a formas e sons. Atividade cerebral residual, talvez.

— Por que coisas você procura quando acha que alguém está saindo de um estado de coma?

— A falsa esperança está nos olhos de quem vê — disse Amy.

— Ora, vamos.

— Certo. Você procura por sinais de pensamento consciente e controle motor. Piscar em padrões, por exemplo. Um para sim, dois para não. Se você tiver isso, poderá progredir para uma tabela alfabética e se comunicar com o paciente.

J.T. apareceu na varanda segurando um telefone sem fio.

— E então, qual é o plano? — gritou J.T.

— Ela vai pegar um avião de volta amanhã. Eu vou ficar vigiando as aves — gritou Broker em resposta.

J.T. acenou e entrou na casa falando ao telefone.

Broker disse:

— Preciso ficar para ajudar ele.

Amy fez que sim com a cabeça.

— Vocês dois são muito amigos.

Broker pensou um pouco antes de dizer:

— Nós fomos parceiros. Respeitamos um ao outro, mas não creio que um dia tenhamos sido muito amigos.

Amy inclinou a cabeça para o lado.

— Por que não?

Broker encolheu os ombros.

— Conversamos muito sobre isso com o passar dos anos. Talvez seja uma questão de semântica. Mas achamos que é um exagero para um homem branco inteligente e um homem negro inteligente se chamarem de amigos nesta região. Especialmente se são policiais.

— Mas vocês se afinam muito bem.

— Sim, mas será que os *amigos* de cada um de nós se afinariam? O problema sempre são as outras pessoas — disse Broker. — Por mais que conhecêssemos bem um ao outro, depois do trabalho íamos a bares diferentes, íamos para nossas casas em bairros diferentes. É como duas religiões que coexistem mas que não podem realmente se misturar. Portanto, pertencemos a religiões de peles diferentes. É o que inventamos para simplificar as coisas.

— Não sei se gosto das implicações da sua forma de pensar.

— Entendo. Você pode se dar ao luxo de ser uma liberal. Você é de Ely, onde a maior minoria é composta pelos lobos, com os turistas ocupando o segundo lugar.

Continuaram conversando enquanto voltaram para a casa. No meio do caminho, ela o parou colocando uma mão em seu cotovelo.

— Eu estava certa, não estava? Você não acha a esposa do Sommer tediosa.

— Amy, eu não vou fazer jogos com você.

Ela balançou a cabeça, largou o braço dele e disse:

— E também não vai me responder.

**J.T. ensinou a Broker** como alimentar as aves e trocar sua água. Ele já tinha lavado com mangueira os pés das avestruzes. Tudo que Broker tinha a fazer era colher e jogar fora os excrementos. Antes do jantar, Amy e Broker ajudaram Shami e J.T. a embarcar nove aves num *trailer* de cavalos. O embarque envolvia selecionar e mover as aves do aviário externo para uma das baias menores dentro do celeiro. A porta na baia alcançava o peito de Broker, possuía um centímetro e meio de espessura, era feita de compensado reforçado, e dava para o nível inferior do celeiro, onde J.T. havia estacionado seu *trailer*. Quando a porta foi aberta, ela formou uma metade de um túnel; a porta do *trailer* supriu a outra metade.

Quando uma ave se recusava a se mover, eles se aproximavam de cada lado, agarravam uma asa e a conduziam para o interior do *trailer*. E sete das nove avestruzes entraram com facilidade. Duas delas eram nervosas e agressivas. J.T. deu a Broker uma pá de cabo longo com a qual ele poderia se defender de um ataque, encostando-a contra o peito da ave.

J.T. repetiu seus alertas sobre permanecer fora do alcance do chute. E sempre se mover ao lado da ave, jamais de frente para ela. Enquanto Broker mantinha uma avestruz afastada com a pá, J.T. saltava para perto da ave, agarrava sua cabeça e rapidamente a cobria com um saco. Uma vez encapuzada, a avestruz ficava dócil.

Enquanto manobravam a segunda fêmea agitada para um canto, encapuzavam-na, e a embarcavam no *trailer*, as paredes do aviário adjacente estremeciam com impactos de marreta.

Popeye, o matador de caminhonetes, estava anunciando sua presença.

Fecharam a porta da baia esquerda e J.T. apontou para a porta idêntica da baia direita. Popeye chiou, seus olhos zangados pairando a dois metros e setenta e quatro centímetros do chão, asas abertas em sinal de ameaça.

— Eu não quero que você entre neste aviário enquanto eu não estiver aqui, entendeu? Basta jogar a comida sobre a porta no lado do comedouro e abrir a torneira. Estou falando sério. Não abra esta porta. E *jamais* fique diante dele quando suas asas estiverem abertas.

Dentro da casa, enquanto lavavam as mãos para jantar, o telefone tocou e Denise disse alto:

— Telefonema para o Sr. Phil Broker da parte de uma Sra. Jolene Sommer.

Amy, que estava ajudando a pôr a mesa, não olhou para cima. Simplesmente meneou a cabeça levemente enquanto continuava a dispor os talheres. Broker aceitou o telefone que Denise lhe estendeu.

— Broker?
— Sim.

Jolene disse:

— Earl fez uma pesquisa e descobriu no computador da polícia um Phil Broker que cumpriu pena em Stillwater em 1989 por assalto. Alguém que conhecemos?

Broker exalou alto e não respondeu.

— Bem, Earl está se sentindo um pouco solitário e foi procurar por um amigo que não tem muita coisa entre as orelhas, se é que você me entende. Achei que você gostaria de saber que as coisas podem ficar violentas se você pensar em voltar aqui.

Havia um tom novo e interessante na voz de Jolene. Ela o estava desafiando.

Broker podia sentir Jolene avaliando seu silêncio no outro lado da linha. Depois de um intervalo, ela perguntou:

— Você está pesando em voltar aqui?

A voz de Jolene tinha pulado o fingimento e a cautela, caindo direto na ameaça. Jay and the Americans começaram a tocar na cabeça de Broker, que percebeu que Jolene o estava desafiando a se aproximar mais. E ela sabia que ele sabia disso. Simples assim.

E era estúpido a ponto de fazer isso. E ela sabia disso, também.

Faça. Vá.

— Que tal dentro de uma hora?

— Estarei em casa. — Ela desligou.

Broker pôs o telefone no gancho, virou-se, e viu que Amy estivera parada a cinco metros atrás dele.

— Se quer a minha opinião, acho que você está indo na direção de problemas — disse Amy simplesmente enquanto ele a contornava.

*Bom.* Já era hora de alguma coisa acontecer.

Como havia perdido seu apetite, Broker saiu da casa, caminhou até o quiosque Quonset, e abriu a porta de sua caminhonete destroçada. Esticou o braço até as costas do assento, enfiou a mão numa bolsa de lona e removeu um *kit* de sobrevivência de inverno, contendo alguns foguetes de estrada e roupas. Então tirou uma espingarda calibre 12, munição e um saco de ferramentas de limpeza.

Sentou-se no capô amassado e desmontou a velha Mossberg, uma espingarda de fazenda muito prática com cano serrado, o que era ilegal. Escovou o cano e borrifou um pouco de WD 40 na lateral e na trava de segurança. Remontou a peça, moveu o mecanismo, ligou e desligou a trava de segurança. Satisfeito em ver que a arma estava funcionando perfeitamente, introduziu quatro cartuchos no pente, moveu um para a câmera, ligou a trava de segurança, e embrulhou a espingarda num cobertor. Em seguida, levou a arma e o *kit* de sobrevivência para o bagageiro do Cherokee. Abaixou o banco traseiro, de modo a facilitar o acesso à espingarda num momento de pressa. Em seguida, aninhou a caixa com cartuchos e o *kit* de sobrevivência com a arma.

Quando fechou a porta do jipe e se virou, viu J.T. parado à sua frente com uma pasta de cartolina na mão.

— O sujeito não é tão barra-pesada assim — disse J.T.

— Mesmo?

J.T. abriu a pasta e deu a Broker uma folha de papel de fax. Ele franziu os olhos para ler a impressão borrada. Era um fax de um negativo de foto, um velho relatório policial de Redmond, Washington.

O oficial respondeu a um relato de briga em escritório da Microsoft. O indivíduo era um programador que havia tido uma discussão com um superior e agredira o gerente que tentara intervir. O indivíduo foi detido e mantido durante a noite na prisão. Não foram registradas acusações de agressão.

— Então não é nada, certo? — disse Broker, sorrindo levemente, mas não completamente aliviado.

Os instintos lhe diziam que Earl Garf ainda significaria problemas.

— Veja onde aconteceu. Microsoft. Só para desencargo de consciência, telefonei para a delegacia. Eles estão duras horas atrasados em relação à gente, e fui atendido por um sargento que lembrava do incidente.

— Boa memória.

— Não exatamente. O que ele disse foi: "Ah, sim, o cara que bateu em Deus. Ele nunca mais vai trabalhar na indústria de informática."

— Em Deus, é?

— Sim, o seu menino, Earl, tentou dar um soco em Bill Gates. Sabe o que mais o policial de Redmond disse? Que se esse sujeito tivesse controlado seu gênio e não tivesse se metido em encrencas, seria um cibermilionário a esta altura. Eles o despediram e revenderam todas suas as opções de ações.

— Isso é interessante. Mas o sujeito ainda é um babaca — disse Broker.

— Mas não exatamente um peso-pesado — disse J.T. Então fez uma pausa, uma expressão apreensiva no rosto. — A não ser...

— A não ser o quê?

— Que ele seja o vampiro — disse J.T., levantando as sobrancelhas para fingir espanto.

*Vampiro* era o termo que usavam para o criminoso hipotético cujo reflexo não aparecia em espelhos, que não deixava vestígios, digitais ou rastros. Que era esperto demais para ser apanhado.

Ambos riram. E Broker disse:

— Eu não acho. Ele é só outro bundão que merece uma lição, e eu vou aplicar essa lição. Vou dar um susto nele e deixar a esposa de Sommer com um pouco de espaço para respirar.

— Então, quer um pouco de companhia, para não ferrar demais com o sujeito? — perguntou J.T., um sabor dos velhos tempos em seu tom de voz.

— Não é assim — disse Broker.

— Certo. A história da sua vida. Nada é o que parece, certo? — disse J.T., balançando a cabeça.

Broker entrou no jipe e ligou a chave.

— Volto à noite.

— É claro — replicou J.T.

## Capítulo Trinta

**A constelação Órion subia** no horizonte como um *outdoor* de beira de estrada. Broker estava dirigindo rápido demais, enquanto pensava que sua vida inteira havia sido uma luta para permanecer dentro das regras. Seu desprezo por procedimentos tinha transformado sua temporada na força policial num recorde pessoal. Nenhum outro policial havia permanecido disfarçado durante dez anos. Mas ele sim. No linguajar dos policiais locais, a Síndrome de Broker era mais usada que a Síndrome de Estocolmo.

E, aparentemente, Earl havia pinçado um vestígio do antigo personagem interpretado por Broker que ainda estava flutuando nos computadores. Obviamente, as "revelações" haviam impressionado favoravelmente Jolene Sommer. E dirigindo a cento e doze quilômetros por hora através de uma estrada sinuosa do interior, Broker não iria desiludi-la.

Até mesmo sua idéia de fincar raízes tinha sido extrema, casando-se com uma mulher que queria ser Joana d'Arc. Mas ele havia tentado viver num mundo convencional de regras. *Aceito. Na saúde e na doença. Papai.*

Não funcionou.

Os campos amplos e as árvores esparsas combinavam com seu estado de espírito. Estava brincando com as vidas de outras pessoas. Sim, bem, não havia nascido para puxar um arado, havia?

Então dê um tempo. Aproveite a oportunidade. Sopre o carbono para fora dos seus pistões.

*Você está barganhando.* Era isso que Nina diria se estivesse aqui Ela não era ciumenta. Conhecia os procedimentos. O mundo era complicado. Coisas aconteciam. *Mas nós acreditamos em conseqüências, não acreditamos?*

Jolene era uma oportunidade passageira, e juntar-se a ela poderia ser um jogo de vingança. Será que ele iria voltar para Nina? Talvez.

Provavelmente.

Enquanto entrava na alameda que conduzia até a casa e serpenteava entre os velhos pinheiros, Broker descobriu que não era mais por Sommer que estava fazendo isto.

Era por ele próprio.

Olhou à sua volta. Nenhum sinal do furgão de Earl. Ele podia estar na garagem. Broker não se importava.

Antes de saltar, viu a silhueta de Jolene emoldurada num retângulo de luz no pórtico aberto, o quadril encostado na parede, na pose mais antiga do mundo.

E quando subiu os degraus, ainda incapaz de ver o rosto de Jolene, apenas sua forma, perguntou-se quem ela era e se um dia iria descobrir. E isto não era adultério porque estava separado e Jolene era basicamente uma viúva, e como Amy dissera, ela apenas observava intervalos de decência mais curtos que a maioria das pessoas. E aparentemente, esta noite, ele também.

— Então — disse ela.

Sem perfume, velas, vinho ou fogo na lareira. Jolene parecia descuidada, vestida em calças jeans velhas e uma blusa verde desbotada, os cabelos curtos despenteados e os olhos verdes fatigados. Apenas... *então, aqui estamos nós.*

Rápido através da casa escura, sem dizer uma só palavra ao descer as escadas para o quarto. Broker olhou uma vez para a porta fechada do escritório de Sommer, e sentiu um arrepio ao ver o monitor de bebê na mesa-de-cabeceira. O som profundo, distante, da respiração de Hank Sommer subia e descia como uma maré.

— Ele está dormindo — disse ela enquanto abaixava o volume do monitor.

— Earl?

— Saiu. Deve estar tramando contra você. Não acho que vá voltar antes do fim da noite, se é que vai voltar.

Jolene desligou a luz. E agora era apenas sua silhueta novamente, definida por um abajur. Como na porta.

Quando ele a puxou para si, Jolene o puxou de volta, fitou seriamente seus olhos e disse:

— Apenas nunca minta para mim, certo?

Foi a única pausa antes de caírem nos braços um do outro.

— **Estou começando a pensar** em sexo como uma espécie de *test drive*. É como você realmente consegue conhecer uma pessoa — disse Jolene para o teto escuro quando sua respiração voltou ao normal.

— Nunca pensei nisso assim — disse Broker.

Broker estava surpreso com o quanto a interação física entre eles tinha sido hesitante. Ele tinha vindo até aqui pensando que a coisa seria impulsiva, como a hora do almoço na jaula dos tigres. Todo mundo avançando para garantir seu naco de carne. Sim, embora o sexo tivesse sido carnal, a intimidade fora casta. Jolene fora frágil, quase como se estivesse poupando seu fôlego durante todo o tempo. Agora parecia vulnerável e duplamente nua à luz suave. Respeitosamente, aumentou o volume do monitor, e agora a respiração de Hank assombrava o quarto escuro.

E Broker estava pensando na massagem no ego e na vaidade que um homem jovem recebia ao se ver na cama com uma nova mulher, e no quanto essa sensação era superficial. Porque quando você é jovem, basicamente tudo que possui é o seu corpo. Mas quando você envelhece e já fracassou em dois casamentos, essas coisas marcavam sua alma. Agora Broker tinha a impressão de haver invadido a vida de outra pessoa. E que havia aberto a braguilha por impulso e esquecido as precauções. Estava dolorosamente cônscio de que esta não era a sua cama. Broker olhou em volta para ter certeza de que sabia onde ficavam as saídas.

Jolene sentou-se e se cobriu com os lençóis.

— Antes eu pensava que sexo significava pessoas possuindo uma à outra. Eu ficava enciumada. Precisava de muita segurança. — Ela esboçou um sorriso triste e tocou os pêlos no peito de Broker. — Claro que naquela época eu bebia.

— Está tudo bem — disse Broker, e imediatamente se arrependeu pelas palavras, porque tinham o mesmo tom e peso de sentimento que usava com sua filha pequena quando ela sofria um pequeno machucado. — Quero dizer... — começou a dizer.

— Shhh. — Jolene o silenciou com um dedo frio sobre seus lábios. — Não está tudo bem. Quando você é dependente, você faz coisas. Coisas...

Ela balançou a cabeça, e seus olhos se encheram de água. Ela se apressou em mascarar sua fragilidade com uma expressão enraivecida.

— Certa vez trabalhei como dançarina numa espelunca. Eu tirava a roupa toda e me esfregava na cara dos freqüentadores. E eles enfiavam notas de um dólar na minha... — Ela desviou o olhar. — Notas de um dólar. Você deve imaginar que eu merecia notas de cinqüenta, ou pelo menos de vinte.

— Jolene.

Broker se sentou, simultaneamente sentindo um impulso de abraçá-la e fugir. Como muitas coisas que haviam acontecido recentemente, isto não estava transcorrendo da forma que havia previsto.

Jolene sorriu para ele, e foi aquele tipo de sorriso que seria cruel se não viesse de um animal selvagem que não sabia fazer outra coisa.

— A sobriedade muda você, acredite. — Com os lábios ligeiramente trêmulos, ela disse: — Antes eu tinha uma boceta. Agora eu tenho uma vagina. — Ela levantou uma sobrancelha.
— Isso é progresso.
— Relaxa — disse Broker.
— Relaxa *você* — redargüiu Jolene saindo dos lençóis, repentinamente agitada. — Você é apenas o segundo homem com quem eu me deito desde que fiquei sóbria. Entendeu?

No silêncio constrangedor que se seguiu, ambos voltaram a se deitar e a se cobrir com os lençóis. Broker tinha a impressão clara de que ambos estavam desejando fumar um cigarro. Ela foi a primeira a quebrar o silêncio, falando para o teto:

— Earl está esperando que eu desista, que comece a beber e me arraste de volta para ele. Allen. Ele é como um garotinho querendo um biscoito. Você... você não é tão fácil de se desvendar.

— O que é difícil de desvendar?

Jolene virou-se de lado, ergueu-se sobre um cotovelo, e sua mão inconscientemente explorou as ondas e volumes que haviam desaparecido de seus cabelos. Ela disse:

— Quantos sujeitos aparecem para devolver um carro e acabam na cama com a dona da casa numa questão de dois dias?

A dona da casa. Então era isso que ela era.

Mantendo-se dentro de seu personagem, Broker sentou-se e coçou o peito.

— Está falando sobre homens que vão trabalhar e fazem o que seus chefes babacas mandam, que dirigem no limite de velocidade, que observam suas mulheres engordarem, que assistem escondidos a filmes pornográficos para bater punheta?

Inclinou a cabeça até Jolene, levou a mão até seus lábios frios e os acariciou delicadamente com o dedo indicador.

— Você abriu a porta, e não eu — disse Broker.
Ela ignorou o comentário.
— O que há de estranho é que você não tem falhas, não tem defeitos de personalidade. Você nunca esteve realmente fraco ou doente, não é? — Ela se sentou na cama e o lençol caiu de seus seios que, como Allen havia previsto, eram grandes e empinados. — Será que pode ser sincero comigo?
— Sou pela sinceridade.
— Você já cumpriu pena, certo?
— Ora, vamos, eu passei vinte e três dias em Stillwater. Ainda nem tinha me adaptado quando o meu advogado conseguiu retirar minha condenação.
— Tecnicalidade?
— Não. Os policiais tinham obrigado um delator a mentir.
— E?
— Algumas pessoas que eu conhecia contaram a ele uma mentira diferente. Por que tanto auê? Isso aconteceu há muito tempo. Eu não sou mais essa pessoa.
— Mas você fez coisas.
— Fiz coisas? — Broker franziu a testa. — O que é isto? Você me mostra a sua se eu mostro o meu?
— Nós já fizemos isso. Você fez coisas — repetiu.
— Eu fiz coisas.
— Que coisas?
— Olhe, Jolene. Algumas pessoas, quando são jovens, não querem trabalhar de nove às cinco, você me entende?
Ela o fitou profundamente.
— Responda à pergunta.
Empolgado por dentro, ele sorriu. Estava sob um interrogatório, como se estivesse trabalhando como policial disfarçado novamente. Mas não estava trabalhando. Essa parte de sua vida havia acabado. Então, o que estava fazendo?
Fingindo?
Broker estremeceu e disse:

— Certo. Provavelmente não o tipo de coisa que você está pensando. Eu arranjava coisas.
— Isso é um pouco vago.
— Eu costumava acreditar que as pessoas tinham o direito de fumar maconha e possuir armas, entendeu?
— A sua condenação foi por assalto.
— Quando você arranja coisas, você garante a reputação do vendedor e do comprador, e assegura a transação. Se alguém sai da linha, você precisa botar essa pessoa nos eixos.

Jolene mais uma vez avaliou as palavras dele e as comparou com sua expressão, com o potencial relaxado de seu corpo.
— Mas você não faz mais esse tipo de coisa? — inquiriu Jolene.
— Há dez anos, começaram a aparecer em Chicago e Los Angeles uns carros lotados com homens negros fortemente armados. O *crack* de Los Angeles mudou toda a cena das ruas. Foi quando eu decidi sair de campo. Eu tinha algum dinheiro economizado e o apliquei numa pequena estância turística em North Shore. Isso foi antes das propriedades naquela região alcançarem preços exorbitantes. Foi um investimento bom, e eu estou confortável. Suponho que o fato de estar envelhecendo tenha alguma coisa a ver com isso.
— Mas você ainda dá conta do recado?
— Como assim?

Ela se empertigou e meneou a cabeça, balançando cachos de cabelos que não estavam mais lá.
— Você disse que devia a Hank.
— Eu devo a Hank.
— Eu preciso que você arranje uma coisa.
— Prossiga — disse Brokes.
— Preciso que você se livre de Earl.
— Espere um minuto. — Broker levantou as mãos. — Eu não...
— Não, não, seu bobo. Estou dizendo que quero que você coloque o Earl onde ele estava antes do acidente de Hank. Que

é a uma distância polida e dentro de limites respeitáveis. Não quero que ele se machuque. Pelo menos não quero que se machuque demais. E quero que ele entenda que vou pagar o que devo a ele.

Broker estava aliviado com a sensatez de seu pedido, que se encaixava na dimensão da dívida que ele tinha para com o marido de Jolene. E também estava aliviado pelo fato de que este envolvimento breve e carregado de culpa havia se movido para uma fase seguinte, mais prática.

— Então? — insistiu Jolene.

— Eu posso fazer isso.

— Há uma coisa que eu quero que você entenda. Eu quero que você remova Earl da minha vida. Não quero que você o substitua.

— Meu Deus! — Broker sorriu e balançou a cabeça. — Você não é mesmo do tipo que gasta muitos lenços de papel.

Ele esticou o braço para pegar suas calças.

— Eu tenho sentimentos — disse Jolene, circunspecta. — Mas eu os guardo para mim mesma.

**Estavam em pé na** varanda dos fundos, golas levantadas enquanto o frio da noite sugava o calor do quarto de dormir. Broker fumava um cigarro e observava as luzes de um barco solitário no Rio St. Croix, que estava congelando lentamente. Quando se virou, ele pôde ver, através das portas do pátio, o escritório que estava servindo de quarto de hospital para Hank. Hank estava iluminado em sua cama por uma lâmpada — ainda vivo em estado de coma.

Como na época em que trabalhava como policial disfarçado e precisava ser violento com algumas pessoas, Broker afugentava a culpa dizendo que ia pegar o homem mau.

— Earl e eu também fizemos coisas — disse Jolene. — Mas nunca fomos pegos. Acho que éramos criminosos sociais —

refletiu. — Como os bebedores sociais, sabe? Nós pudemos parar quando o hábito começou a interferir em nossas vidas.

— Que coisas? — perguntou Broker, imitando a voz e o tom de Jolene.

— Lembra do filme *A cor do dinheiro?* Mary Elizabeth Mastrantonio e Tom Cruise, lembra deles?

Broker assentiu positivamente.

—Lembro. Eram dois bandidos e Paul Newman os ensinou a serem vigaristas.

— Dois bandidos *talentosos*, obrigada. Bem, nós éramos exatamente assim. Especialmente o Earl. Ele era um babaca talentoso e violento. E acho que ainda é. E eu até pareço um pouco com a Mastrantonio, não acha? Tenho um pouco de sangue italiano por parte da minha mãe.

Broker a examinou.

— Ela tinha mais cabelo, você é mais alta. Que coisas?

Ela estremeceu, voltando a falar numa voz trêmula:

— Você *sabe*. A gente roubava coisas, vendia drogas. Coisas estúpidas de gente jovem. Depois nos mudamos para Seattle e Earl se tornou especialista em código de máquina trabalhando no andar térreo da Microsoft. Durante algum tempo, nós tivemos a impressão que tínhamos entrado nos eixos, mas Earl continuava arranjando problemas com aquele gênio danado dele. A gente se separou durante algum tempo quando ele se alistou no exército. Ele esteve na *Tempestade no deserto*, todo vestido e sem lugar para ir. Ele se sentiu atraiçoado. Então voltou para casa e a gente se perdeu em Seattle durante nosso período Kurt Cobain-Courtney Love. Earl se afundou em cocaína e crimes por computador, e eu comecei a beber demais.

Broker balançou a cabeça e perguntou:

— Kurt quem?

Ela sorriu e deu um tapinha carinhoso no rosto de Broker.

— É isso que eu gosto em você. Em todo caso, acordamos certa manhã e eu decidi que precisava me purificar. Assim, voltamos para o Minnesota.

— E foi quando você conheceu o Hank?

— Meu herói. — Jolene sorriu com carinho. — O problema com os heróis é que primeiro eles salvam você, e depois tentam mudar você. Ele tentou me explicar que a gente não precisa se conformar com aquilo que a vida nos dá. Disse que essa era a essência deste país. Foi por causa disso que as pessoas saíram da Europa e vieram para cá. Eram criminosos e tinham sido condenados, mas vieram para cá porque aqui havia essa coisa nova no mundo, na História...

Jolene estendeu os braços e tentou agarrar alguma coisa no ar.

— Eu realmente não dei ouvidos ao que Hank dizia até depois que ele sofreu o acidente. Agora estou começando a entender. Agora que estou sóbria em meu Mundo Novo. As pessoas podem mudar. Olhe para você. Você mudou, não foi?

Broker, comovido com a linguagem franca de Jolene, não confiava em sua voz e permaneceu em silêncio. Ela continuou falando:

— Só que cometi um grande erro. Entrei em pânico quando Hank me deixou sem poder mexer no dinheiro. Agora o Earl pensa...

Broker a interrompeu:

— Você pode culpá-lo? Qualquer homem com quem você se envolver agora vai ter um olho numa imensa indenização por negligência médica.

— Incluindo você?

— Eu já disse. — Broker apontou com a cabeça para a casa. — Mas isto não sou eu.

Com o canto dos olhos, Jolene examinou Broker e disse:

— Então você não quer o dinheiro e não me quer realmente.

— Ei, o que eu não quero é botar a minha mala no seu guarda-roupa. Mas eu não vou me importar de ver você de novo.

Jolene riu, aliviada em suas preocupações com Broker.

— O problema com você é que é bom demais para ser verdade.

Broker estremeceu ao ouvir essas palavras, a forma como singraram na escuridão pelo hálito sedoso de Jolene. Jolene o cutucou nas costelas e disse:

— Mais um herói, hein? Como Hank. Ele nunca esperou que nós dois chegássemos muito longe. Hank disse que essa é uma das grandes mentiras da vida. As pessoas amadurecem em velocidades diferentes. Ele achava que eu amadureceria mais do que ele, assim como amadureci mais do que Earl.

Jolene empertigou os ombros e o ar frio da noite era toda a maquiagem de que ela precisava.

— Eu estou apenas começando — acrescentou Jolene.
— Você tem idéia de para onde está indo? — perguntou Broker.

Ela inalou, exalou.

— Para que entendamos um ao outro, quero que você saiba que gosto de você e quero vê-lo novamente, mas eu não nos vejo juntos a longo prazo. O próximo homem com quem eu me envolver seriamente será alguém menos bruto. Alguém *seguro*.

— Alguém que você possa controlar?
— Eu não disse isso.

Ela ficou na ponta dos pés e o beijou, um beijo direto e franco a meio caminho entre a amizade e a danação eterna.

Quando o beijo acabou, ela voltou a se concentrar em questões práticas.

— Sobre Earl... Às vezes quando se irrita, Earl pode ser bem violento. E ele conhece alguns sujeitos bem barra-pesada.
— O que eu tenho em mente não envolve nada violento — disse Broker. — Mas eu preciso do computador dele durante algumas horas. Tem certeza que ele não vai voltar esta noite?
— Toda.
— Dei uma espiada na tela do computador de Earl, e tive a impressão de que estava colecionando números de cartão de crédito.
— Ele invade as empresas de cartão de crédito, rouba números com contas zeradas e os vende na Internet. — Jolene

sorriu. — Ele jura que só suga dinheiro de gente muito rica, como Robin Hood. O que você vai fazer?
— Tenho alguns disquetes para o Zip Drive dele lá no carro. Se você ficar de vigia, eu vou copiar o disco rígido dele. Então, se concordar em dar uma distância apropriada de você, digamos durante alguns anos, ele poderá receber as cópias de volta. Se não concordar, passaremos para o plano dois. Mandaremos os disquetes para o departamento de investigação de crimes por computador do Condado de Washington, e logo o seu porão estará cheio de tiras que afastarão Earl de você.
— Nada mau — disse Jolene.

## Capítulo Trinta e Um

**Deus, que antro.** Era um inferninho na zona leste de St. Paul, freqüentado por homens que pagavam para mulheres seminuas se esfregarem neles. O ar estava carregado com fumaça de cigarro, e no tapete laranja, bem ao lado de seu sapato, Earl identificou uma substância muito questionável que ainda não estava nem seca. Havia um bar e mesas, e alcovas com sofás onde as dançarinas faziam seu serviço.

E foi ali que Earl encontrou Rodney, afundado numa das poltronas debaixo de uma *lap dancer* que estava mastigando chiclete e movendo os quadris ao som de "You've Lost That Loving Feeling", dos Righteous Brothers. Earl desviou o olhar. Não andava com muita vontade de desfrutar de intimidade humana. Preferia conectar-se no mundo virtual, onde o sexo era simples, direto, higiênico. As pessoas eram sujas demais. Até as pessoas de aparência perfeita, como Jolene, podiam ser sujas. Até Jolene vazava uma vez por mês.

Fluidos. Suor. Lágrimas. Ele pensou em Cliff Stovall na floresta.

Sangue.

Todo mijado e cagado, também. Revoltante.

A culpa foi dele, não foi minha.

Earl voltou a observar Rodney e pensou, *eu devia jogar um peixe para ele. Aquilo parece uma vaca montada numa foca enorme. Rodney devia estar fazendo arf, arf.*

— Vamos, Rodney, a gente precisa conversar.

Rodney estava deitado no sofá, braços alternadamente abraçando as almofadas ou se contorcendo. Havia um aviso na parede:

É PROIBIDO TOCAR AS GAROTAS COM AS MÃOS.

Mas ele podia contorcer os quadris o quanto quisesse. Assim, suas pernas estavam estendidas e uma amostra viva de próteses de silicone, vestida num fio dental, que atendia pelo nome de Mavis, chicoteava-o com seus cabelos longos e louros enquanto cavalgava a virilha de Rodney em sincronia com a música.

Earl sabia quem era Mavis porque esta não era a primeira vez que vinha se encontrar com Rodney neste lugar, e precisava aguardar enquanto ela o cavalgava.

A cabeça de Rodney estava inclinada para trás, e um colar de prata brilhava em seu pescoço carnudo. Cada vez que Mavis o açoitava com os cabelos, o medalhão em forma de martelo de Thor reluzia com suor.

Como a do governador, a cabeça raspada de Rodney parecia uma continuação natural de seu pescoço superdesenvolvido. Na época em que esteve confinado na prisão federal de Oak Park Heights, Rodney surtou. Pensava ouvir gemidos no escuro e achava que as paredes transpiravam durante a noite. Num de seus piores momentos, tatuou uma suástica na ponta do pau usando um alfinete muito fino e uma carga de caneta Bic. Fez isso como um gesto de boa vontade para com a Nação Ariana. Rodney esperava que a qualquer minuto a sua logomarca nazista fosse jorrar aranhas negras de prazer.

— Rodney?

— Estou quase — arfou Rodney. — Quase.

— Porra, Rodney, isto está demorando a noite inteira — disse Mavis. — Você já estourou o tempo, amor.

— Só mais um pouquinho — pediu Rodney.

— Rodney, meu bem, eu já estou exausta. E você sabe que não pode deixar a braguilha aberta desse jeito. Conhece as regras. — Mavis desmontou Rodney e beijou sua careca reluzente. — Mais sorte na próxima vez.

Rodney ofereceu um punhado de notas. Mavis pegou-as e sumiu na escuridão.

Enquanto observava Mavis se afastar, Rodney lamuriou:

— Trinta e dois anos, e já estou acabado. Ele não levanta mais.

Earl balançou a cabeça.

— Pára com os anabolizantes, Rodney. Eles estão encolhendo os seus bagos. Olha, estão parecendo duas azeitonas.

— Sei, sei.

Morosamente, Rodney fechou o zíper e se esforçou para ficar em pé. Um metro e oitenta e nove centímetros, cento e dezessete quilos, braços de sessenta centímetros. Ele podia levantar pesos de duzentos e setenta quilos. O elefante de guerra de Earl.

— Vamos comer alguma coisa — disse Rodney.

Debateram a respeito de vários restaurantes, finalmente concordando com um Famous Dave's.

— Você vai pagar, certo? — perguntou Rodney enquanto se sentavam a uma mesa.

— Claro. Vá fundo.

Quando a garçonete chegou, Rodney recitou:

— Quero a porção gigante de costeletas de porco, porção dupla de pão de milho, duas espigas de milho, e pudim de pão para a sobremesa.

Conversaram um pouco sobre musculação até a comida chegar. Rodney era sempre mais simpático de barriga cheia. Quando estava na metade de sua porção de costeletas, Rodney olhou para Earl, limpou o queixo e perguntou:

— Então, o que é exatamente que você quer fazer?

— Dar um susto num sujeito.

— E quanto você quer que ele fique assustado?
— Quero que ele fique com os joelhos tremendo.
— O que ele fez?
— Está importunando Jolene. Quero que ele vá embora.
— Jolene. — Os olhos de Rodney ficaram sonhadores por um momento. — Ela ainda não voltou a beber?
— Começou a freqüentar reuniões.
— Bom. Ainda está casada com o mesmo velho?
— Está. Só que o velho está morrendo e esse outro sujeito está importunando ela.
— E isso é alguma coisa com que você não consegue lidar sozinho?
Earl inclinou-se para a frente.
— Eu só quero que você seja o apoio. Não quero suar muito.
— Certo. — Rodney sorriu. — Você é o cérebro. Está acima dessas coisas físicas e sujas.
— Sou eu que estou usando o bastão, Rodney.
— Sim, claro. Então, quem é esse sujeito?
— É lá do norte. Ele é guia de viagens de canoa em Ely.
Earl estava prestes a explicar a conexão, mas decidiu não fazer isso. Rodney tinha surtado em Oak Park Heights e cheirado muita coca. Ele não acompanhava mais linhas de raciocínio como antigamente.

O que estava acontecendo agora era um exemplo disso. Rodney estava fitando os restos de costeletas em seu prato, seus olhos se esforçando para focar a imagem.

— Você sabe, eu preciso tomar cuidado — disse Rodney.

Earl fez que sim com a cabeça.

— Olha, esse sujeito vai te ver e cagar nas calças.

Rodney franziu os olhos para ele.

— É? Existem dois tipos de sujeitos que cagam nas calças. O tipo que caga e fica paralisado e o tipo que caga e fica tão revoltado com isso que enche o sangue com testosterona e adrenalina, tá sacando? — Rodney espalhou os lábios num sorriso de tubarão com fiapos de carne de porco entre os dentes.

— Então, esse segundo tipo de sujeito se recupera e mete a porrada em *você*.
— Não este sujeito — disse Earl. — Este sujeito já é coroa, tá com quase cinqüenta. Ele vai se assustar, eu garanto. Então vou fazer um carinho nele com o meu bastão de beisebol.
— Você já esteve dentro do Oak Park Heights? — perguntou Rodney de repente.
— Claro que não — disse Earl, indignado. Eles mandavam as pessoas que faziam seu tipo de crime para Sandstone, a prisão federal a norte de Hinckley. Na verdade, Sandstone era como um seminário de pós-graduação para *hackers*. Eles tinham alguns especialistas incríveis lá dentro. Um sujeito esperto podia aprender muita coisa.
— É como um porão grande e retangular, enterrado a quatro níveis abaixo da terra, com um pátio no centro. Tem um campo de beisebol e tudo mais nesse pátio, embora seja muito pouco usado. Você olha através de uma janela estreita com duas barras grossas e vê canteiros com florezinhas e uma árvore que acabaram de plantar. Uma arvorezinha magricela que provavelmente não vai sobreviver ao inverno. E é isso o que você vê durante os próximos vinte anos.
Rodney balançou a cabeça e concluiu:
— Uma porra de uma arvorezinha. Imagina para alguém que cresceu no Minnesota, como eu, cercado por todo tipo de árvore.
— Rodney — disse Earl com firmeza, tentando colocar o homem de volta nos trilhos. — Te pego amanhã à noite.
— E vamos pra onde?
— Ele está hospedado numa fazenda em Lake Elmo.
Os olhos de Rodney se arregalaram, e sua testa larga franziu.
— Canoas? Fazenda? Essa não é a minha linha favorita de trabalho.
— Olha, vamos pegar ele sozinho. Ele te vê e fica paralisado de medo. Eu baixo a lenha nele e pronto. Você ganha trezentas pratas só pra ficar parado em pé. Que tal?

— Vai ser bom, se acontecer assim. — Rodney levantou um osso de costeleta gorduroso e fez um gesto. — Mas se alguma coisa sair errada, eu salto fora. Basta eu mijar fora do penico que os homens me prendem. Eu não vou passar o resto dos meus dias na cadeia por causa de um trabalhinho besta como esse.

— Não se preocupe. Olha, eu preciso de um favor. Troque de carro comigo esta noite. Eu preciso me certificar sobre o local onde ele está hospedado, e o cretino sabe o que eu dirijo.

Rodney empurrou seu chaveiro sobre a mesa, e pegou o que Earl lhe deu.

— Toma cuidado. É o Expedition do marido da Jolene. E aqui... — Earl deslizou uma nota de cem dobrada. — Termina de tirar a barriga da miséria. Te vejo amanhã.

— Sim, sim — disse Rodney, mordendo um osso de costeleta para sugar o tutano.

**Earl tomou a 94 leste** para o rio, e então virou para o sul na 95 e seguiu até a casa no Trans Am de Rodney. Desligou os faróis e deslizou lentamente pela alameda. Hum-hum. Como ele deduzira. O jipe velho de Broker ainda estava lá.

Certo. Sua mente começou a trabalhar febrilmente.

*Primeiro me livro de Broker. Isso vai dar a Jolene algum espaço para descer do seu pedestal. Ela vai desmoronar. Está sem dormir há uma semana, vai desmoronar a qualquer momento. Só espero que não volte a beber.*

Então Earl voltou pela alameda, subiu até a estrada sem saída e esperou num pequeno estacionamento onde a rua cortava a rodovia. Dali ele teria uma boa visão dos carros que passassem. Colocou o fone de seu *walkman* e tocou um pouco de Eminem.

Depois de tocar a fita três vezes, mais de uma hora depois, Earl estava chutando para longe do acelerador algumas embalagens de sanduíches do Burger King largadas no chão por

Rodney quando um par de faróis altos cortou a escuridão: o jipe velho e vermelho. Certo.

— Molhou o biscoito, não é, seu caipira filho da puta? — disse Earl enquanto entrava na estrada e começava a seguir o jipe, ainda mantendo os faróis desligados, enxergando à luz débil de uma lua minguante. — Então está se sentindo muito bem.

Ele e Jolene não estavam mais nesse tipo de coisa, e isso já fazia anos. Pareciam mais com irmãos bizarros. Ora vamos, pense em alguma coisa mais agradável. Como a sensação boa que vai ser dar um golpe de bastão no joelho de Broker. Visualizou a rótula e a tíbia se esfarelando. Ele ia ver Broker se arrastar. Uivar de dor.

A fantasia o animou.

Era isto o que queria. Fodam-se a Microsoft e todo o tempo que tinha perdido naquela porra de deserto lá no Oriente, sem disparar uma arma nem uma vez. Às vezes achava que a única coisa real que tinha feito na vida fora dar um fim no atendente em Dakota do Norte, depois que Jolene tinha ferrado aquele assalto. Não contava Stovall como um assassinato. Aquilo fora um acidente. Em todo caso, fora Jolene que o conduzira a ambas as situações.

Exatamente como ela o estava conduzindo a essa situação com Broker, que, esperava, iria entender a dica e sair apenas com uma perna quebrada.

Agora o percurso estava ficando difícil, e Earl precisou deixar de lado suas fantasias e se concentrar mais em seguir o jipe através de uma estrada secundária até finalmente virar numa fazenda às escuras. Earl seguiu em frente e estacionou atrás da primeira fileira de árvores depois da casa. A menos de cem metros de distância, observou as luzes acenderem na casa, provavelmente na cozinha, depois no banheiro, e então serem desligadas.

Earl aguardou mais dez minutos, e então caminhou de volta até a casa, passou pela sombra alta do celeiro onde animais de algum tipo se moviam por trás de uma cerca. Earl sentiu um arrepio, preocupado agora com cães. Mas não havia cães e usou uma lanterna fina para copiar o número na caixa de correio. Em seguida recuou pelo gramado e anotou o código de incêndio. Tinha trabalhado para o serviço de entregas e sabia que os números de incêndio eram a forma mais confiável de referenciar rapidamente uma residência. Bastava ligar para a delegacia local, dizer que você era um motorista perdido, e dar-lhes o código de incêndio. Então o despachante dos tiras rurais explicaria direitinho como você devia fazer para chegar à casa. E era exatamente isso que ia fazer amanhã.

Durma bem, babaca.

**Meia hora depois**, entrou silenciosamente na casa de Hank e caminhou na ponta dos pés até o porão. A primeira coisa que fez foi apertar o botão de retrocesso do gravador de vídeo conectado com a câmera escondida no quarto de dormir de Jolene.

Apertou o botão de *play* e viu uma cama vazia iluminada tão suavemente que a imagem quase parecia artística. Correu a fita para trás, apertou *play*, mais cama; então seguiu para a frente e para trás e, em sua décima ou décima primeira tentativa...

— Merda!

# Capítulo Trinta e Dois

**Alguma coisa o balançou e** *ele abriu os olhos.*
*Oh-oh.*
*Bem à frente dele, um homem e uma mulher agarravam-se na escuridão. Os olhos de Hank chicotearam pela imagem cintilante, e então voltaram. Realmente preocupado agora — sem saber se estava sonhando ou acordado, ou mesmo vivo.*
*A preocupação cresceu para pânico.*
*Era um sinal. Prepare-se. É hora.*
*Fique calmo. Permaneça calmo. Ele só passou a ter algum controle sobre sua vida depois que a deixara. Compreendia que precisava permanecer alerta e concentrado.*
*Mas era difícil concentrar-se porque seus olhos estavam fixados em joelhos trêmulos e costas suadas movendo-se para cima e para baixo. Quase podia sentir o cheiro dos hormônios exalados de suas axilas.*
*Assistir deixou-o tonto e tontura era uma coisa sensual. Quase como se mexer. Seus pensamentos lutaram por sentir, por se levantarem e flutuarem, como os morcegos que vira certa vez saindo de uma caverna ao pôr-do-sol para se alimentarem com frutas. Desejava tocar aquela pele suada.*

Com todo aquele vácuo negro por onde vagar, era atraído para um ponto quente de carne trêmula.
Distrações.
Ele havia tentado se preparar para este momento. Tinha meditado sobre sua mecânica. E agora estava se desdobrando exatamente como os budistas diziam que faria. Deixando o corpo físico, estava sendo distraído de sua jornada para um plano superior por cenas de intercurso intenso.
Essas eram as distrações.
Tinham de ser. Então era ISSO.
O grande salto noturno.
Não estrague sua morte com distrações, Hank. Permaneça cem por cento focado no momento.

...

A cortina do choque se rasgou e Hank reconheceu Jolene lá fora, mandando ver em Phil Broker, com uma perna elegantemente musculosa dobrada no ar, como o dedinho de uma grã-fina segurando um garfo. Exceto que o que estava segurando não era um garfo.
Broker. Confortando Jolene, a viúva não-viúva porque o morto Hank não estava morto. E, como na canoa durante a tempestade, Broker remando vigorosamente, esforçando-se para se manter em pé de igualdade com o poder da natureza. Hank podia entendê-lo.
Então...

— Eu podia te matar agora e esta imagem seria a última coisa que o seu cérebro iria ver. Deus, como eu queria que você a visse.

Uma imagem.
A voz de Earl estabeleceu perspectiva e Hank compreendeu que a trepada estava confinada. Confinada numa caixa.

*Earl havia gravado a trepada, como ele disse que faria, e agora Hank estava assistindo ao vídeo na televisão.*

— Certo, Lebowski — disse Earl. — Divirta-se com o *show*. Só para você, vou repetir de novo a parte em que tua mulher chupa o Broker.

*Assim Hank agarrou-se à vida que lhe restava para assistir à jovem e vital Jolene tremeluzir na tela. Ele quase podia ouvir sua voz novamente.*
*Merda! Ele estava ouvindo sua voz.*

— O que está acontecendo aqui?

Jolene estava em pé no vão da porta; seus ombros nus combinando com seu corpo inteiro nu na gravação em vídeo.

Earl sorriu, divertindo-se em vê-la duplicada: chupando Broker no vídeo e, em carne e osso, parada no vão da porta a alguns metros de distância. De onde estava, Jolene não podia ver a imagem no televisor, e portanto não tinha a menor idéia do que estava acontecendo. Então Earl parou a gravação. Blip. O gravador de vídeo ejetou a fita. Earl a pegou.

— Ah, nada. Estava apenas olhando o Hank. Achei que tinha ouvido alguma coisa, mas ele está bem — disse Earl, muito educado e sorridente. — Ah, vejo que esta noite você está dormindo no seu próprio quarto.

Jolene fez um gesto vago e voltou para a cama.

Earl, como sempre, ligou no Fox Channel, colocou o som em mudo, e deixou Hank com o controle remoto enfiado entre seus dedos mortos.

Rá-rá.

*Hank, sozinho agora, trabalhando num ritmo alucinado, açoitado pelas fulminações silenciosas do apresentador Sean Hannity. Então parou os olhos, olhou para além do televisor, e fixou-se na negritude das janelas.*

*Perguntou-se quantas vezes mais veria o sol levantar-se por trás do Rio Wisconsin. Não sentia rancor por Broker. Considerava a luxúria dele inocente e espontânea em contraste com a de Jolene.*

*O que ela estava tramando?*

*Hank focou em sua massa corporal a fúria que sentia. O corpo era feito principalmente de água, não era? E água conduzia eletricidade. Seus pensamentos tornaram-se nadadores elétricos, desferindo braçadas vigorosas rumo ao primeiro e ao segundo dedos de sua mão direita.*

*Um instante antes do sol indiferente se levantar, a carne morta de seu dedo indicador moveu-se uma fração de centímetro.*

*Obrigado, Earl.*

*Obrigado, Allen.*

*Pensar em matar vocês é a única coisa que me mantém vivo.*

# Capítulo Trinta e Três

**Jolene não acordou com o** alarme e deixou de virar Hank três vezes. Agora, enquanto um raio de sol se deitava sobre os lençóis, ela se espreguiçou na cama *king-size*, satisfeita com a primeira noite de sono que desfrutava desde...

Sentou-se na cama e se abraçou, e pôde sentir a memória do corpo de Phil Broker ainda marcada em seus braços. Outro herói de histórias em quadrinhos, como Hank. Por um instante fantasiou que iria colocar Earl Garf de volta em seu lugar, de volta no passado. E então...

"O ÍNDICE DOW JONES FECHOU EM BAIXA DE QUATROCENTOS PONTOS EM REAÇÃO AO AUMENTO NO PREÇO DO PETRÓLEO..."

A explosão de áudio estridente catapultou Jolene da cama. Olhou para a porta do escritório de Hank, murmurando "Earl" baixinho. Tinha de ser. Estava fazendo uma de suas brincadeirinhas com Hank. Sem vestir seu roupão para não perder tempo, caminhou a passos largos até o quarto ao lado.

"...CONCORDA QUE APENAS FORÇAS EXTERNAS PODEM AFETAR AS PREVISÕES DO MERCADO..."

— Porra, Earl! — gritou Jolene.

*Hein?*

A voz estridente do locutor e o fundo musical empolgante desapareceram no momento em que ela entrou no quarto. E não havia nenhum Earl para ser visto ali. Apenas Hank, virado de lado na cama, fitando-a com Tocaia enroscada na curva de seu colo e o controle remoto da televisão onde Earl o deixara, enfiado entre seus dedos como uma piada.

*Jolene. Nua.*
*Mesmo com os cabelos cortados, ela era uma meditação séria sobre o pecado original.*
*Oi, querida.*

E em sua mente ele estava tocando "Assim falou Zarathustra", a música de 2001, Uma odisséia no espaço, na cena em que o macaco compreendia que podia usar o osso do tapir como arma, porque Hank estava usando seu dedo indicador para percorrer os botões do controle remoto por uma extensão imensa de um centímetro, e tocar o botão de emudecer. O aparelho explodiu em volume máximo. Um grupo hiper-verbal de cabeças falantes da Fox estava berrando sobre os preços das ações, a inquietação no Oriente Médio, e os ataques terroristas a quartéis norte-americanos no Golfo.

*Babacas yuppies vivendo suas aventuras no capitalismo; pensavam realmente que a vida era como um comercial da Mercedes. Que peninha. A globalização não estava funcionando como um programa de computador de alta precisão para melhorar seus portfólios. Hank queria vê-los enfrentar vários milhões de cidadãos pobres, violentos e amargurados do Terceiro Mundo, armados com AK-47.*
*De volta a Jolene. Ele desligou o televisor.*

— Espera um pouco — disse Jolene.

Fitou a figura imóvel na cama. Deu alguns passos cautelosos para a frente.

Os olhos de Hank não iniciaram seu circuito costumeiro. Ao invés disso, permaneceram fixos em Jolene, atentos para

sua nudez, tão intensos que ela começou a sentir um suor frio brotar de suas axilas e escorrer por suas costelas. Cheirava ao medo de homens que ela sentira durante a puberdade.
Olhos furiosos e famintos, fixos nela.

*Shhhhhhhhh.*

A TV voltou à vida mais uma vez, num berro de estática. Jolene gritou e saiu correndo do escritório.

...

**Allen tinha esperado mais.** Por cinqüenta pratas. Era sua primeira lição particular de tango e ele antecipara encontrar um pouco do sabor das favelas de Buenos Aires — cabelos negros, decotes insinuantes, pelo menos calças colantes pretas e pôsteres nas paredes. Alguma coisa sensual, como a dança em si. Ele se viu em pé no meio de uma cozinha escandinava. As soleiras das janelas eram decoradas com cactos, e por trás do contorno de espinhos, Allen tinha uma visão de um céu cinzento, vidoeiros murchos, e um pedaço do Lago White Bear semicongelado e imóvel, parecendo mais um espelho sujo.

A instrutora, Trudi, era uma matrona pequena e bem conservada em seus sessenta anos, cujos cabelos brancos presos num coque perfeito expunham seus ombros. Usava um suéter branco e calças compridas cinza, e parecia mais uma fiel luterana do que a aficionada por uma dança *caliente* que nascera nos bordéis argentinos. Sua única concessão à dança eram os sapatos pretos pontudos. Allen achara o número do telefone de Trudi num catálogo de cursos para adultos. Não queria que outras pessoas o vissem galgar este que era o primeiro degrau de sua trajetória de auto-aperfeiçoamento, e por isso evitara uma aula coletiva. Queria anonimato.

Observou Trudi empurrar a mesa de cozinha até a parede para transformar sua área de jantar num salão de dança.

O marido de Trudi estava sentado na sala, bem em frente à porta aberta. Ele estava assistindo ao History Channel e assim, em vez de música latina pulsante, Allen ouvia disparos de canhões soviéticos contra Estalingrado.

Certo. Allen se resignou com a situação. Precisava começar em algum lugar.

— O tango argentino começa no centro do corpo, que deve se manter estável desse ponto para cima — disse Trudi. Ela tocou o osso esterno de Allen. — Este é o seu centro.

Até aqui tudo bem. Ainda sem música.

— Vamos começar com passos de lado para lado. — Ficaram de frente um para o outro, de mãos dadas. — Mova o seu centro sobre o seu pé esquerdo, mova apenas cerca de doze centímetros.

Allen moveu-se para a esquerda.

Trudi o observou de testa franzida.

— Você está duro demais. Está forçando os seus ombros. A parte superior do seu corpo deve permanecer relaxada e ereta. Tudo está nas suas pernas.

Tentaram de novo. Allen se moveu para a esquerda e então para a direita, e desta vez Trudi flutuou com ele.

— Melhor. No tango, o homem deve liderar, a mulher deve seguir, e o homem precisa liderar a partir do centro.

Isto começava a parecer tango, embora o que ele tivesse em mente eram os mergulhos que vira Al Pacino executar em *Perfume de mulher*. E onde estava a música?

Allen escolheu o tango porque era uma sedução coreografada e controlada pelo homem, e portanto de acordo com uma fantasia complexa que incluía Jolene Sommer.

— De novo.

Allen deu um passo para o lado e perdeu o equilíbrio.

— Paciência — aconselhou Trudi.

Allen sorriu. Estava muito distante de Al Pacino. Ainda assim, não conseguiu resistir a perguntar:

— Quanto tempo vai demorar, você sabe?

Ele se inclinou para a frente e circulou os braços em torno de uma mulher imaginária.

Trudi sorriu.

— Isso vai levar algum tempo. Vamos experimentar algumas caixas de prata.

A caixa de prata era um padrão de seis passos. Eles se manteriam na caixa de oito passos porque, Trudi explicou, *la crusada* — o passo cruzado — apenas iria confundi-lo neste ponto.

Ainda nada de música.

Depois de fazer três movimentos em sua décima caixa de prata, Allen sentiu seu bipe vibrar. Pediu licença a Trudi, e seu coração disparou quando viu o número. Aquilo era sincronia. Jolene. Caminhou até a janela decorada com cactos, abriu seu celular, discou o número, e subitamente o dia nublado ficou colorido como flores de cacto.

— Allen, é Hank! Venha correndo! — gritou Jolene pelo telefone.

Ela estava em pânico. Merda, ele devia ter parado de respirar e ela só percebera isso tarde demais.

— Ligue para a emergência.

— Não é isso. Apenas venha correndo, tá?

— Estou indo.

**Allen ignorou as placas de pare** e ultrapassou dois sinais vermelhos. Zuniu pela alameda sinuosa até a casa de Hank e foi obrigado a pisar fundo no freio. A traseira do carro escorregou para a esquerda, amassando uma extremidade do pára-lama num tronco de árvore.

Pegou sua mala de médico, saltou do carro e correu até a porta.

Jolene recebeu-o de roupão. E embora seus olhos estivessem reluzindo com alarme, também estavam claros e cheios de vida. Na verdade, fazia muito tempo que ele não a via tão bem — descansada, faces coradas, e com brilho até nos cabelos curtos.

Ela o conduziu através da casa até o escritório. Garf estava lá, é claro, com a barba por fazer, sonolento mas parecendo se divertir com a situação, vestido com uma camisa de malha e calças de *jogging*. Revirou os olhos e levou uma colher de sucrilhos até a boca; a camisa estava manchada onde ele deixara cair leite.

— E então, exatamente quando eu estava me levantando, a tevê foi ligada no quarto de Hank — disse Jolene. — E eu entrei e ele olhou direto para mim.

— Puxa, você está falando como se ele soubesse que você fez alguma coisa errada — disse Garf, desafiando o olhar furioso de Jolene com um sorriso calmo.

— Apenas relaxe — aconselhou Allen. — Respire fundo e me diga direitinho o que aconteceu.

— Earl acha engraçado deixar o controle da tevê na mão de Hank. *Ele* ligou e desligou a tevê.

— Earl fez isso — disse Allen, ficando um pouco perplexo.

— Hank fez isso — disse Jolene.

*Hank resolveu que esta — sua última história — era uma que não podia se dar ao luxo de estragar. Desta vez pretendia fazer justiça aos seus personagens. E aqui estavam eles. Não podia estender os braços e tocá-los, mas podia ouvir suas confissões. Todos os ingredientes estavam presentes para que começassem a brigar entre si.*

*Precisava planejar sua próxima ação. Fazer com que ela surtisse impacto.*

*Por enquanto ia ficar paradinho e ser o melhor vegetal do jardim. Assim, girou os olhos. Seus dedos, com seus poderosos músculos novos, estavam tão imóveis quanto fiapos brancos de banana no controle remoto. Eles se aproximaram da cama. Allen e Jolene estavam em pé à direita. Earl estava à esquerda, mastigando cereais.*

— Ele estava exatamente assim, o controle remoto na mão — disse Jolene.
Allen inclinou-se sobre a cama e cuidadosamente inspecionou os olhos e as mãos de Hank.
— Era exatamente assim que ele estava? — perguntou Allen de novo.
Jolene mordeu o lábio.
— Não, na verdade, não. Agora que estou pensando melhor, Tocaia estava no colo dele.
Garf deu uma risadinha e andou para trás, balançando-se como um bobo da corte enquanto cantarolava o tema de *Além da imaginação*.
— O gato? — disse Allen. Confuso, moveu as mãos, encenando um drama em miniatura. — Gato no colo — disse Allen lentamente, falando como o Dr. Seuss.
— Não, não. Não foi o gato que fez isso. — Jolene apontou para Hank. — Foi *ele*.
Allen dobrou o indicador direito e o conduziu bem lentamente aos lábios. Com a postura de um padre sábio, caminhou até Jolene.
— Jo, acho que você está começando a ser afetada pelo estresse.
Ela balançou a cabeça. Allen começou a colocar a mão no ombro de Jolene, viu o contorno de seios em seu decote, e escutando o tango que Trudi nunca tinha tocado, recolheu a mão.
— Por que você não se veste? Vamos nos sentar na cozinha e tomar um pouco de café — sugeriu gentilmente.
— Boa idéia — disse Garf, mastigando com a boca aberta.
— Vou ficar aqui vigiando o Hank para ele não pular no rio.
— Você não está ajudando — disse Allen, um pouco irritado.
Ele se virou para Jolene e levantou as sobrancelhas, expectante.
Jolene concordou.
— Certo.
— Bom — disse Allen. — Vou lavar as minhas mãos.

Atravessou o quarto de dormir, entrou no banheiro e fechou a porta.

Garf se aproximou de Jolene e cutucou seu ombro.

— Melhor tomar um banho, menina.

Jolene estreitou os olhos.

— Por quê?

Garf sorriu.

— Você não vai gostar de sentar para conversar com o Allen sobre o sentido da vida e de repente a porra do Broker começar a escorrer pela sua perna, não é?

Jolene ergueu a mão direita para esbofetear Garf no rosto, mas ele segurou seu pulso com facilidade. Ela estreitou os olhos, questionando.

Garf piscou.

— O Hank me disse.

— Ah, é? — redargüiu Jolene. — O que ele me disse foi que Broker copiou todo o seu disco rígido, especialmente os seus registros de banco.

— Não fala bobagem.

Jolene abriu um sorriso.

— Quando? — perguntou Garf, franzindo a testa ao ver que ela não estava brincando.

— Na noite passada. — Ela levantou os ombros como uma atriz de cinema e os deixou cair. — Depois ele fez uma cópia do seu Zip Drive.

Eles fitaram um ao outro. Então, enquanto recuava, Earl disse, ameaçador:

— O Broker está pedindo.

— Não se faça de machão *comigo*. Se eu fosse você, seria bem bacana com o Broker para ter certeza de que aqueles arquivos não vão parar em mãos erradas.

Allen e Jolene trocaram de lugar no banheiro e, enquanto Jolene tomava banho, Allen se pôs a caminhar de um lado para o outro diante da cama de Hank. Ele estava ciente de que era observado por Garf, encostado contra uma estante ao lado do vão da porta, terminando de comer seu cereal.

Garf atravessou o escritório, colocou a tigela vazia na escrivaninha, correu a mão pela prateleira com fitas de vídeo caseiras, e perguntou:

— Você realmente gosta dela, não é?

— Talvez — disse Allen.

Não era a palavra certa, mas não tinha gostado de ouvir aquela pergunta, tão direta, ser formulada por alguém como Garf.

— Vou te dar um pequeno conselho — disse Garf.

— Mesmo? — retrucou Garf.

— Mesmo.

Garf pegou na estante uma de fita de vídeo, atravessou o escritório, e a deu a Allen.

O filme se chamava *O Anjo Azul*. Na capa, Marlene Dietrich usava uma cartola e uma roupa exígua de dançarina de cabaré. Estava sentada numa pose provocante, mãos pousadas sobre um joelho.

— Já ouvi falar.

— Se eu fosse você, assistiria com atenção — disse Garf.

E então deu as costas para Allen e caminhou até a porta.

*O desleixado esqueceu de levar sua tigela de cereais*, observou Allen.

Sozinho agora, voltou a caminhar de um lado para o outro. Estava satisfeito em saber que o incidente que assustara Jolene tinha sido um equívoco causado pelo maldito gato. Ainda assim, deixara-o tenso.

Era hora de tirar Hank dali. Jolene precisava de alguma terapia ou medicação para lidar com o estresse. E ter um aproveitador como Garf por perto certamente não a ajudava.

Olhou o estojo do filme que Garf lhe dera. Alemanha, preto-e-branco, 1930, alemão com legendas em inglês. Jogou a fita em sua valise. Ele havia mentido; não sabia nada a respeito do filme, a não ser que costumava ser citado como um clássico.

# Capítulo Trinta e Quatro

**J.T. e sua família** partiram para o Iowa antes do alvorecer, rebocando o *trailer* cheio de avestruzes. Assim, quando Broker e Amy acordaram, ele num sofá, ela numa cama, e em andares diferentes, descobriram que tinham a casa só para si. Por volta das nove da manhã, Broker ouviu Amy caminhar no quarto de hóspedes do andar superior, e os canos do banheiro estremeceram dentro da parede enquanto ele fazia café.

Amy desceu descalça, vestida num roupão de veludo vermelho-escuro. Como era volumoso demais para ter cabido em sua mala de viagem, Broker deduziu que o roupão era de Denise. Quando Amy se sentou à mesa da cozinha, Broker viu que ela havia pintado as unhas das mãos e dos pés num roxo agressivo. Permaneceu parado diante da bancada. Não se disse "bom dia" nem "oi, dormiu bem"? Ele ofereceu a Amy uma caneca de café.

— Preto ou com leite?
— Preto — disse Amy.

Broker serviu dois cafés pretos, levou as canecas até a mesa, sentou-se. Agora viram-se de frente um para o outro. As sardas de Amy estavam escuras e sem vida; os olhos avermelhados; o rosto um pouco sujo, tendo sido apenas molhado com água da pia; os cabelos, em geral limpos, muito oleosos. Em contraste, os olhos de Broker estavam claros e calmos. O rosto corado. Os cabelos, alegremente arrepiados.

— Então, conseguiu o vôo? — perguntou Broker.

— Consegui... — Ela fitou a caneca azul-marinho em suas mãos, com a legenda SWAT DO CONDADO DE RAMSEY. Então levantou os olhos rapidamente. — E você? Conseguiu o que queria?

O comentário passou de raspão pela orelha de Broker com a velocidade incendiária de uma bala calibre 50, varou a parede, cruzou um milharal seco, passou pela curva da Terra.

Broker esquivou-se do comentário, que lhe causou uma dor aguda porque, depois de ter se aproximado um pouco demais de Jolene na noite anterior, estava aliviado por haver escapado com todos os dedos de suas mãos e pés.

Jolene era uma mulher desfigurada pelo estresse alcoólico. Amy, ainda que abatida por uma noite maldormida, permanecia limpa e atraente — uma fêmea macia que parecia capaz de deslizar por seu companheiro em vez de perfurá-lo como uma adaga.

Mas provavelmente era um pouco tarde para descobrir o quanto a apreciava.

— Eu tenho uma última coisa a fazer antes de voltar para Ely — apressou-se em dizer.

— Hum-hum — retrucou Amy em tom neutro.

— Apenas preciso conversar com um cara. Só isso.

— O namorado?

— É. Eu vou explicar umas coisinhas a ele, algumas verdades e conseqüências. Só isso.

— Quer dizer, você vai ameaçar ele.

— É. Eu vou ameaçar ele. Mas não vou fazer nada violento.

Uma espiada nos olhos de Amy deu a Broker a impressão de que ela podia, literalmente, sentir o cheiro de Jolene nele. Assim, levou seu café para o andar de cima e tomou uma chuveirada longa e quente. Quando desceu, Amy ainda estava à mesa.

— Ligaram para você — disse Amy. — Tem um número ao lado do telefone. É daquele advogado, Milton Dane. A *esposa* deu a ele o número daqui.

Grato pela distração, Broker caminhou até o telefone e discou o número anotado no bloco.

— Escritório jurídico.
— Milton Dane — disse Broker.
— Quem devo anunciar?
— Phil Broker. Ele ligou para mim.

Broker serviu outra caneca de café, bebericou. Milt entrou na linha.

— E aí, Broker? Ouvi dizer que você estava na cidade.
— Trouxe o caminhão do Hank.
— Foi o que Jolene disse.
— Como está o braço?
— Estou tratando com Ibuprofeno. Por quanto tempo vai ficar nas Cidades?
— Estou passando o fim de semana.
— Olha, quer dar um pulinho aqui no meu escritório hoje? Para fazer um pequeno depoimento? Isso vai me poupar um bom tempo dirigindo até o norte.
— Claro. — Ele olhou para Amy. — Vou passar aí, digamos, às dez.
— Bom. Vou reunir os suspeitos de sempre.

Depois de anotar as indicações de Milt, ele disse "até logo", desligou o telefone e se virou para Amy.

— A que horas é o seu vôo?
— Seis e meia. O *check-in* é às cinco e meia.
— Quer sair de casa, e ir até St. Paul?
— E ter uma chance de esbarrar em Milton Dane, que vai me processar até a alma? Não, obrigada. Apenas volte a tempo de me dar uma carona.

**Dirigindo para o oeste pela 94,** ele decidiu que ia voltar para o norte o quanto antes, e permanecer algum tempo em Ely. Depois de ver Milt, telefonaria para Jolene e marcaria uma hora para conversar com Earl Garf. Talvez um dia encontrasse uma maneira de associar Garf a Stovall. Mas não hoje.

Depois levaria Amy até o aeroporto.

Quando voltasse para Ely, telefonaria para ela. Talvez saíssem para jantar.

E a idéia de ficar na casa de Tio Billie exercia um certo apelo, em contraste com retornar para suja casa vazia, com livros infantis e brinquedos acumulando poeira nos cantos. Assim, ficaria em Ely pelo menos durante novembro. Iria caçar cervos com Iker. Tentaria se distrair durante algum tempo. Deixar as coisas se desenvolverem.

Entrou em St. Paul, estacionou, e subiu até o vigésimo segundo andar do edifício do American National Bank, onde Milt tinha seu escritório.

A recepcionista loura e bonita disse que ele podia entrar, porque Milt o aguardava. Broker passou por uma porta ao lado da mesa da recepção. Milt apareceu no final do corredor e lhe fez um sinal para entrar em seu escritório.

Trocaram um rápido aperto de mão. Milt claramente ainda estava poupando o braço. As paredes do fundo eram feitas principalmente de vidro, e vinte andares lá embaixo, a zona leste de St. Paul espalhava-se até o horizonte como uma colcha de retalhos Amish. Diante das janelas, pequenas estantes estavam cobertas por lembranças de viagens: esculturas africanas, dragões de bronze do sudeste da Ásia, máscaras tribais sul-americanas. Fotos emolduradas nas paredes mostravam Milt usando um colete salva-vidas, nadando em águas espumosas, remando num caiaque.

E ali estava um sujeito alto, de terno cinza, com marcas no rosto e cabelos formando um V na testa, sentado a uma das cadeiras diante da mesa de Milt. Um homem que não se levantou para cumprimentá-lo, nem sorriu.

Sem perder um segundo, ainda sorrindo, Milt disse:

— Vocês dois se conhecem.

— Sim — disse Broker, acenando com a cabeça para Downs.

Downs respondeu com outro aceno e saiu do escritório, deixando Broker em pé apreciando o gosto decorativo de Milt.

— Sente-se — convidou Milt. — Quer um café? — perguntou.

Broker fez que não com a cabeça.

Milt agora estendeu a Broker a cortesia de se dirigir a ele como um amigo.

— O Allen me ligou ontem à noite e me disse que o hóspede da Jolene, Earl Garf, vulgo "Clyde", teve uma desavença com você.

Broker, pego com a guarda baixa pela presença de Downs, passou ao ataque.

— Hank devia estar numa casa de repouso. Precisa de cuidados profissionais em tempo integral. Ela está se matando de trabalhar.

Milt reagiu com franqueza, braços estendidos, dedos separados.

— Ela não me ouve. Perdeu a cabeça quando a Blue Cross disse que não iria cobrir as despesas. Olhe, Allen tem examinado ele todos os dias. Ele está em condições notáveis para um...

— Vegetal — completou Broker.

— Eu não quis irritar Jolene. É preciso ter certo tato ao lidar com ela.

— Qual é o problema? — disse Broker. — Com medo que ela vá procurar outro advogado?

— Segunda-feira irei levá-lo para uma casa de repouso.

— Quem vai pagar a conta?

— Eu. Também estou processando o Condado de Washington. Deve levar um mês, mas Jolene será nomeada tutora de Hank e executora de seu fundo. Nós apenas começamos tudo isto com o pé esquerdo.

— É uma pena. Garf não estaria lá se ela não tivesse ficado sem dinheiro por causa da tática de Hank para proteger seu dinheiro — comentou Broker.

— Eu sei disso. Se ele tivesse ouvido Jolene e pago suas contas, nós não estaríamos nesta confusão. Mas ele não ouviu sua esposa, e foi procurar seu amigo dos AA. Sabe alguma coisa a respeito?

— Sim, eu sei sobre Stovall — disse Broker.

O primeiro duelo de esgrima terminou e os dois recuaram. Milt olhou para suas mãos e perguntou, diplomático:

— Você não gosta de surpresas? Gosta? Como o fato de Downs estar aqui?

Broker mudou de assunto e apontou para um monitor médico do tamanho de uma caixa de sapato que estava sobre a mesa.

— O que é isso?

— Isso é a nossa argumentação — disse Milt. — É um Marquette GE. Ele monitora sinais vitais. Hank estava ligado a um desses. Eu aluguei um. — Milt esticou o braço sobre a mesa e mexeu em botões no aparelho. — E foi isto que eu acho que aconteceu: havia uma enfermeira cuidando de Hank e, para ser justo, metade dos outros pacientes no lugar, além de estar cobrindo a sala de emergência. Quando você coloca os sensores no paciente, o monitor começa a exibir um gráfico dos sinais vitais. Mas se você não programa a máquina para um novo paciente, o alarme não é ativado.

"Acho que a anestesista calculou erroneamente a quantidade de sedativos que administrou em Hank durante a operação e o tirou do gás muito cedo. Eles o levaram para a recuperação. Como a enfermeira estava muito atarefada, conectou os sensores mas esqueceu do procedimento de programação. Como viu as ondas na tela, achou que tudo estava correto. Foi distraída, saiu da sala, Hank parou de respirar, e depois disso ninguém sabe."

Milt pegou uma pasta de cartolina cheia de formulários e a largou na mesa.

— O caso é muito forte.
— Jolene insiste que ele olha para ela — disse Broker.
Milt fez que sim com a cabeça.
— Ela me disse. Hank foi examinado por especialistas. Allen confere regularmente se ele está acompanhando pessoas e objetos com os olhos. Não houve indícios de reflexos voluntários.
Fez uma pausa, e então focou toda sua atenção em Broker.
— Bem, vamos conversar sobre você. Depois que você e Garf discutiram, ele investigou a seu respeito e descobriu algumas coisas interessantes sobre o nosso guia pelas florestas do norte. Como o fato de que você cumpriu pena em Stillwater, e assim por diante. Foi por causa disso que entrei em contato com Downs, que investiga esse tipo de coisa para nós, e pedi a ele que pesquisasse você.
"E então ele simplesmente riu e disse 'boa sorte', porque você foi apenas o agente disfarçado mais livre da força policial de Minnesota, e também aquele que trabalhou durante mais tempo. Aparentemente, fragmentos dos seus dias como policial disfarçado ainda estão espalhados pelo sistema, e foi isso que Garf descobriu. Você trabalhou na Divisão Estadual de Apreensão Criminal, não foi?

Broker permaneceu em silêncio, sua expressão absolutamente inescrutável; esse tinha sido seu talento mais útil como policial e sua qualidade menos simpática aos civis.

Milt, nem um pouco intimidado, inclinou-se para a frente sobre sua mesa e disse:
— Certo?

Milt não era bobo, e tinha encurralado Broker ao confrontá-lo com Downs. Assim, Broker disse:
— Certo.

Milt levantou uma sobrancelha.
— Há rumores de que você está metido em casos federais muito sórdidos sobre os quais ninguém quer falar. E é por causa disso que ainda está registrado no sistema.

Broker pigarreou, cruzou as pernas, e coçou uma bochecha.

— O que mais o Tim lhe disse?

Milt inclinou-se mais um pouco para a frente, sorrindo.

— Que você é um desajustado, um cavaleiro solitário, e talvez um pouquinho mais bandido do que policial. Que você não sabe jogar em equipe, nunca soube.

Milt parecia intrigado com essas revelações; na verdade, parecia até achá-las divertidas. E mais alguma coisa. Broker sentiu que o advogado pensava depressa e sabia identificar uma vantagem quando via uma.

— Ainda posso pedir café? — perguntou Broker.

— Mas é claro. — Milt apertou o botão do intercomunidador. — Kelly, pode nos trazer duas xícaras de café, por favor?

Broker inclinou sua cabeça para a frente.

— Você contou alguma coisa a respeito disso a Allen?

Milt sorriu.

— Allen, o cirurgião invencível? Claro que não. Eu adoro deixar aquele sujeito no escuro.

— Então Garf ainda acha...

— Que você tem um passado marcado. Como o dele. Que é o jogo que você está fazendo com ele, suspeito.

Milt se empertigou quando sua assistente trouxe uma bandeja com xícaras, bule, creme e açúcar. Quando ela se retirou, Milt pôs café numa xícara e voltou a falar com Broker.

— Naturalmente, depois que descobri a respeito dos seus antecedentes, comecei a pensar sobre a diferença entre omissão e comissão.

— Fale com clareza, Milt.

— Por que você está indo à casa do Hank?

— Como o Allen, você quer dizer? Ou talvez como você?

Milt abriu as mãos e premiu os lábios.

— Jolene está numa situação difícil. Todos estamos preocupados com ela.

— Ela é uma sereia, como Lorelei. — Ele apontou para as fotos de águas espumantes na parede. — Se eu fosse você, tampava os ouvidos e tomava cuidado com as rochas.

— Você não respondeu a minha pergunta.

Broker bebericou o café e observou um avião Cessna atravessar as janelas de Milt enquanto seguia até o St. Paul Municipal Airport.

— Você vai vencer? — perguntou.

— Ninguém tem como prever esse tipo de coisa. Mas sim, eu vou vencer.

— A compensação vai ser grande?

— Muito.

— Como o dinheiro será pago?

Milt abriu a gaveta e pegou uma bola ortopédica, que se pôs a apertar metodicamente.

— A maior parte irá para um fundo para cobrir os custos do tratamento de Hank. Parte irá direto para Jolene. Ela alegou perda de consórcio.

— O que é isso?

Milt fez uma careta.

— Compensa pela perda de apoio, conforto e sociedade provido pelo indivíduo lesado. Mas enquanto cônjuge, ela tem muitas contas a prestar sobre a administração do fundo.

— Juntamente com seu advogado — disse Broker.

— É claro.

Agora Broker se curvou para a frente.

— Digamos que você ganhe a ação e que o dinheiro seja pago, e que então, depois que tudo tiver sido acertado, Hank convenientemente termine de morrer. O que acontece com o dinheiro?

— Ela fica com tudo. O que você quer dizer?

— Eu não vejo a Jolene amargando luto por muito tempo. Há muitos homens interessados nela. — Broker fez uma pausa para enfatizar: — E o amor sempre encontra um caminho.

— Que melodramático — disse Milt, abaixando os olhos, repugnado.

Broker fez uma pausa antes de perguntar:

— Você não é casado, é?

— Não no momento — disse Milt, levantando e virando para Broker as costas de seu terno de risca-de-giz. — Devo considerar que você esteve entre aquelas rochas sobre as quais falou?

Broker não podia ver seu rosto.

— Eu me aproximei o bastante para saber quando fugir. É o que vou fazer, depois de cuidar de um pequeno detalhe.

Os ombros de Milt estremeceram levemente.

— Que é...?

— Persuadir Garf a buscar sua aposentadoria em algum outro lugar. Da forma como vejo, eu devo a Hank um favor por ter salvo a minha vida naquele lago.

— Você pode fazer isso? — Milt se virou, apenas uma fração de segundo rápido demais.

Broker quase sentiu pena de Garf: todos o viam como o obstáculo principal na corrida pelo dote de Jolene. Como os outros, Milt o queria fora do caminho. Mas não queria sujar as mãos e não queria ver a parte suja. Só se importava realmente em obter o resultado que tanto almejava: aquela linda mulher sozinha em sua mansão, com todo aquele dinheiro.

Broker meneou a cabeça. Ele estava de saco cheio das Cidades.

— Quando eu trabalhava nas ruas, há milhões de anos, nós descíamos a lenha na ralé e chamávamos isso de controle de ratos. Hoje em dia, todo mundo tem direitos, especialmente os ratos, e nós precisamos ser civilizados.

— E?

Broker escolheu cuidadosamente suas palavras:

— O que eu e você estamos falando aqui vai ficar entre nós dois, certo?

Milt fez que sim com a cabeça.

— Eu diria que estamos operando no seu velho território.

— Certo. Consideremos uma situação hipotética...

— Estamos só conversando, certo? — disse Milt.

— Sim — disse Broker. — E se Garf tiver um perfil financeiro eletrônico envolvendo um número imenso de cartões de crédito que não pertencem a ele? E se alguém fez uma cópia de seu disco rígido, mas os dados são complicados demais para essa pessoa entender? É claro que o Condado de Washington e St. Paul têm policiais cibernéticos que podem ter uma opinião diferente, caso os discos venham a cair em suas mãos.

Milt assentiu.

— Tudo especulação, é claro. Mas um simples *quid pro quo*.

— Garf sai da casa e da vida de Jolene. Depois de um certo intervalo, ele me assiste destruir os disquetes. Nenhum envolvimento policial. Eu acho que Hank teria aprovado isso. Tenho a impressão de que queria que Jolene amadurecesse mais do que Garf e seus pares. Eu quero tentar satisfazer esse desejo de Hank. Mas, quando Garf partir, ele deverá receber o dinheiro que Jolene lhe deve legitimamente. Quero poder garantir isso a ele.

— Entendi. Depois que Garf tiver partido, ajudo Jolene a pagar essas contas — disse Milt.

Broker assistiu a Milt ajeitar sua gola, endireitar a gravata.

— Então, você acha que as pessoas podem mudar?

— Você acha? — Milt devolveu a pergunta.

Estudaram os rostos um do outro durante alguns instantes. Finalmente, Broker se levantou.

— E quanto ao depoimento?

Milt contornou sua mesa para acompanhar Broker até a porta.

— Você sabe, eu acho que você não é o tipo de sujeito que eu gostaria de pôr na berlinda.

— Você quer dizer, onde o outro lado poderá me examinar também — disse Broker, fingindo seriedade.

Trocaram um aperto de mão.

Dirigindo para leste de St. Paul, Broker sentiu-se cada vez menos empolgado com a perspectiva de agredir Garf. Aquilo havia se degradado até o nível de uma obrigação aviltante, como levar o lixo para fora. E isso lhe lembrava que uma das coisas que o tinham feito perder o interesse pelo trabalho policial rotineiro tinha sido o tempo que se gasta expulsando lixo humano das vidas asseadas de gente como Milton Dane e Allen Falken.

Balançou a cabeça, concentrou-se em dirigir, saiu da rodovia, e costurou através do tráfego congestionado até suas rodas atravessarem o cascalho de uma estrada secundária. Viajar por estradas vazias era um exercício de nostalgia, no qual Broker tentava fazer o tempo andar para trás e retornar à época na qual havia crescido. Às vezes achava que se permanecesse aqui fora por muito tempo, conseguiria realmente voltar ao passado. Mas agora tinha uma certeza dolorosa de que até mesmo Garf fazia parte de alguma coisa nova que o estava deixando para trás.

# Capítulo Trinta e Cinco

**Amy deixou um bilhete** pregado na porta: SAÍ PARA FAZER COOPER. Suas bagagens estavam empilhadas na varanda, prontas para viajar. Assim, Broker telefonou para Jolene, foi atendido pela secretária eletrônica, e deixou uma mensagem perguntando quando Garf estaria em casa.

Saiu e andou pelo caminho de cascalho que fazia a curva no celeiro em direção aos campos e aos aviários. O vento estava forte. Lá em cima, nuvens corriam velozes pelo céu. Sol e sombra alternavam-se nos telhados de lata dos aviários, na madeira vermelha do celeiro e nos campos verdes de alfafa cortada. Em pé no terreno elevado por trás dos aviários, viu um lampejo azul e distinguiu Amy, correndo pela estrada de cascalho num conjunto de *jogging*, no lado oposto de uma fileira ondulante de milho.

Tentou imaginar Jolene correndo. Não conseguiu.

Simplesmente não era seu estilo.

Acendeu um charuto, apreciando o cheiro da fumaça e dos restolhos de alfafa. Uma formação em V quebrada de gansos canadenses passou sobre sua cabeça, seus gritos selvagens descendo claros pelo ar frio.

Calculou sua caminhada de volta até a casa para poder encontrar-se com Amy enquanto ela descesse o caminho, passando pelos salgueiros ondulantes. Ela reduziu para um ritmo de caminhada e o observou aproximar-se enquanto tirava uma faixa da cabeça e balançava os cabelos.

Broker levantou as mãos e inclinou a cabeça. Dentes cerrados num sorriso safado, ele disse:

— Eu estava pensando...

Ela o mediu com um olhar. Ele prosseguiu:

— Talvez semana que vem, quando eu tiver voltado para Ely, possamos jantar juntos.

Amy colocou as mãos nas cadeiras, não necessariamente devido ao que ele dissera; era mais provável que fosse assim que relaxasse enquanto desaquecia de uma corrida. Mas ela se moveu num semicírculo em torno dele, e sua voz saiu apreensiva:

— Esteve pensando, é?

— Claro. Você sabe, irmos a um restaurante.

O queixo dela se levantou a intervalos medidos.

— Quer dizer, me levar para jantar?

— Foi o que eu disse.

— Não. Você disse que podemos jantar juntos. — A dicção de Amy era firme, martelando cada sílaba.

Broker respirou fundo antes de dizer:

— Amy, posso levar você para jantar?

— Você está me convidando para um encontro?

Broker exalou.

— Estou.

— Vou pensar no assunto — disse ela, jogando a resposta com desleixo sobre o ombro enquanto caminhava até a casa. E então, mais alto, perguntou: — Você almoçou?

Ele a seguiu até a casa. Entraram pela cozinha. Ela removeu sua jaqueta e ele pôde sentir o cheiro do suor acumulado na lã azul que moldava seu torso. Procurando alguma coisa para fazer, ele se aproximou da lâmpada vermelha no Mr. Coffee e despejou o resto de café na caneca que usara pela manhã.

— Isso esteve aquecido o dia inteiro — alertou Amy.

Broker continuou despejando o café na caneca.

Ela penteou os cabelos com os dedos e olhou para o armário da cozinha.

— Sempre é um desafio se achar na cozinha de outra pessoa.

Broker levou seu café ruim para a mesa e se sentou. Ela caminhou até o refrigerador, abriu-o, e inspecionou as prateleiras. Pegou um frasco de plástico.

— Chile de avestruz?

— Parece bom.

A temperatura social na cozinha aqueceu gradualmente enquanto ela encontrou uma panela, colocou-a no fogão, ligou a chama, e então derramou o conteúdo do Tupperware. Depois que lhe deu um segundo olhar medianamente severo, ele finalmente entendeu e se levantou da cadeira para vasculhar os armários em busca de pratos, talheres e copos.

— E então, como foi com o Milton Dane?

— Conversamos.

— Você prestou um depoimento formal? Ele fez alguma pergunta a meu respeito?

— Que tipo de pergunta?

— Se você viu Nancy deixar seu posto. Você esteve na sala de recuperação depois que aconteceu.

— Não — respondeu Broker. — Nós não falamos a respeito disso. Não hoje.

— A esposa — disse Amy, depositando colheradas de chile frio numa panela preta.

— Você entendeu. A esposa, o namorado, o dinheiro. Hank perdido no limbo.

Ela se virou para ele e disse:

— Você se deixou de fora do elenco.

— Eu não pertenço a ele. Sou apenas um convidado.

— E quanto ao contador?

— Acho que ele foi vítima de intenção criminosa. Acho que a situação envolveu o dinheiro de Hank, e acho que o ex-namorado dela está metido nisso até o pescoço. Mas não posso provar. Assim, preciso deixar isso de lado por enquanto.

Amy acendeu a boca do fogão debaixo da panela e espiou os armários até que encontrou um pacote de biscoitos Saltines. Torceu os lábios numa expressão pensativa e caminhou até a geladeira.

— Vi um artigo no *The New York Times Magazine* sobre as diferenças entre as cozinhas das pessoas negras e as cozinhas das pessoas brancas.

— É?

— Os brancos têm Coca-Cola na geladeira. Os negros têm Pepsi. — Ela abriu a porta. Na prateleira inferior havia uma garrafa plástica de dois litros de Diet Pepsi.

O pequeno mistério contribuiu para o aquecimento gradual na cozinha: gotinhas de extrato de tomate e pós de chile esguichados da panela fervente; uma camada de vapor embaçando os cantos da janela sobre a pia.

— Você está diferente hoje — comentou Amy. — O que mudou?

— Acho que é a diferença entre atração e propulsão.

— Ah, tá. — Amy o estudou, cautelosa. — Física.

— Às vezes você se vê correndo na direção de alguém, pensa que está sendo atraído por essa pessoa, mas na verdade está fugindo de alguma coisa.

Amy sorriu, cínica.

— A esposa.

— Não, alguém — protestou Broker.

— Então isto é hipotético? — perguntou.

— Não exatamente.

— A esposa — repetiu Amy.

— Certo, para os propósitos de um debate, digamos que eu fui até a casa de Jolene para devolver o veículo de Hank e adquiri suspeitas sobre a morte do contador, suspeitas que não posso comprovar. Mas estava me sentindo mal sobre o que aconteceu a Hank, vi Jolene cercada por problemas, e meio que me meti...

— Se meteu? — disse Amy, achando graça.
— Sim, você sabe... — Broker fez um gesto com as mãos.
— Eu faço uma idéia do que você meteu — disse Amy.
Broker objetou.
— Isso não vem ao caso. O que estou dizendo é que havia muitas... — suas mãos tentaram manipular no ar um objeto invisível — ...coisas na minha vida que estavam pegando fogo. Você sabe, Nina foi embora com a minha filha, e o meu casamento acabou, e eu não estava lidando com isso. Então, estou fugindo dessas coisas. Isso explica, mas não justifica, eu ter me envolvido tão rápido com...
— Ah, então agora você está envolvido?
— Não. Quero dizer, se minha vida estivesse em ordem, eu provavelmente não teria metido o meu nariz.
— Ah, então agora é o seu nariz? — No fogão, o chile estava começando a borbulhar.
— Você não está me ouvindo — disse Broker, sentindo que sua cabeça também estava esquentando.
— Claro que estou — disse ela, em tom natural. — Você foi para a cama. Qual é o problema?
— Amy?
— Isso não é resposta. Você foi para a cama com ela e espera que eu compreenda isso. E agora, de repente, quer me levar para jantar.
Amy arremessou a caixa de Saltines através da cozinha. Acertou o peito de Broker e espiralou para o chão.
— Faça você mesmo o seu almoço!
Ela caminhou até a porta, mas em vez de sair, girou nos calcanhares e disse:
— O que vocês fizeram com o Hank? Esconderam ele no armário?
— Pensei que estivéssemos tendo uma conversa séria — disse Broker, levantando de repente, estremecendo as tigelas e talheres sobre a mesa.

— Como podemos ter uma conversa séria quando você não me diz a verdade?
— A verdade — disse Broker com uma expressão perplexa.
— Uma base para a confiança.

Broker cedeu:
— Olha, apenas aconteceu...
— Como é típico! — Amy sorriu docemente enquanto girava para sair da cozinha, atravessar a sala de estar e subir as escadas.

A panela no fogão soltou uma fumaça preta, e o alarme de incêndio no teto começou a uivar. Ele ouviu os passos de Amy continuarem a soar no andar de cima. Uma porta bateu. Broker subiu numa cadeira e apertou o botão vermelho no teto, desligando o alarme. Saltou da cadeira, pegou a panela de chile queimado e — uau! — imediatamente recuou a mão. Olhou em torno à procura de uma toalha, encontrou uma pendurada sobre a pia, segurou o cabo da panela uma segunda vez com a toalha, e a carregou até a varanda. Quando voltou, o alarme estava uivando novamente. Assim, abriu a janela sobre a pia, procurou por um botão, encontrou, ligou o ventilador, desligou o ventilador, subiu novamente na cadeira e desligou o alarme.

Fumaça pairava no ar como se uma batalha houvesse acontecido ali. Certo. Sair da casa. Dar de comer às aves.

**As nuvens rápidas** de uma hora atrás agora se aglomeravam em glóbulos frios. O vento agora surrava com violência.

Curvado, Broker caminhou através de pequenos redemoinhos de folhas enquanto seguia até os aviários externos. Quando se aproximou deles, uma multidão de aves curiosas flutuou ao longo da linha da cerca, suas asas ligeiramente abaixadas para aquecer suas pernas longas. Seus olhos grandes se fixaram em Broker como pontos de interrogação de desenho animado.

Levantou os olhos para as nuvens de inverno em outubro, e desejou muito que este desvio em sua vida acabasse. Ele se agachou para entrar no primeiro aviário e logo estava ocupado, abrindo com cotoveladas seu caminho através das aves desajeitadas que se aglomeravam à sua volta enquanto ele derramava o conteúdo de grandes baldes de plástico em seus comedouros. Os machos maiores mantinham-se ao fundo enquanto seus haréns se alimentavam. Lembrando dos avisos de J.T., sempre que algum deles se aproximava, Broker saía dos aviários e simplesmente despejava a ração por cima das cercas. Também se certificou se o bebedouro de cada aviário estava cheio.

Meia hora depois voltou pelo caminho de cascalho na direção do celeiro. Um rangido de freios atraiu seus olhos na direção da estrada e ele viu um lampejo de um chassi de carro aparecer e então desaparecer por trás de uma fileira de árvores. Então, ao sentir que o vento estava mais forte, olhou para o céu, que tinha escurecido a ponto de fazê-lo desejar ter visto o canal de meteorologia. Agora tinha perdido o carro de vista.

Sua última tarefa era alimentar Popeye no celeiro.

— Como você está hoje, seu marginal atropelador de caminhonetes? — disse Broker, carregando o último balde de comida até o aviário e fitando os olhos grandes e estúpidos de Popeye flutuando por trás de seu bico fino, a cerca de dois metros e setenta centímetros de altura.

O vento gemeu através das paredes de madeira do celeiro e ferramentas penduradas no teto repicaram como sinos góticos, impedindo que Broker ouvisse a princípio. Então ele ouviu... o som de alguma coisa golpeando o trator estacionado atrás dele. Uma cadência maligna, fora de compasso com o vento.

Ele se virou. A fonte do ruído era um bastão de beisebol novo e brilhante na mão de Earl Garf.

Outro homem estava atrás de Earl, um sujeito grande que também empunhava um bastão de beisebol. Broker olhou por cima do ombro de Earl para o grandão que estava usando uma jaqueta de aviador em couro, tamanho GG para permitir espaço aos seus braços imensos. Havia uma insígnia falsa de grupo de aviação no bolso esquerdo. Um abutre em mergulho. Broker já tinha visto essa jaqueta antes.

Rodney a usara há mais de três anos quando Broker o prendera por vender metralhadoras.

— Ei, veado! — gritou Earl. — Acho que você tem alguma coisa que me pertence.

Earl estava vestido para a ocasião em couro preto — um sobretudo com cinto. Enquanto o olhar de Broker passava de Rodney para Earl e de volta para Rodney novamente, Earl abriu o cinto no casaco e flexionou os ombros.

— O casaco dificulta os movimentos dos braços — disse Earl.

Levantou o bastão como um batedor se aquecendo, e desferiu um golpe experimental no ar. Lambeu o lábio inferior, demonstrando ansiedade. Earl não estava vendo Rodney atrás deles, e olhava atentamente para Broker e franzia a testa larga em sinal de surpresa.

— Sobrancelha? — disse Rodney. — Puta que o pariu!

# Capítulo Trinta e Seis

**Sobrancelha.**
A alcunha de Broker no mundo dos delatores, vendedores de armas e traficantes, onde seu último ato oficial havia sido a prisão de Rodney. E agora ele lembrava das palavras de despedida de Rodney, gritadas enquanto os policiais uniformizados o metiam num carro-patrulha:
— Eu vou te matar, seu filho duma puta! Nem que seja a última coisa que eu faça.
Agora aqui estava Rodney brandindo um bastão em suas mãos do tamanho de presuntos. Junto com Earl. Obtendo a satisfação de seu desejo.
Nada bom.
Mas então... Rodney desenvolvia possibilidades eloqüentes com a clareza de um mímico. Reconhecendo Broker, ele balançou a cabeça, rogou com seus olhos e deu um passo para trás, tudo no mesmo segundo.
*Você não me conhece, eu não conheço você; isto foi um engano; eu estou fora disto.*
Broker meneou a cabeça quase imperceptivelmente, e Rodney começou a se afastar, acenando um até logo bem discreto ao lado do quadril e por trás das costas de Earl.

— Pra que foi que você trouxe ele, Earl? Para bloquear o sol? — perguntou Broker, encorajado pela mudança em suas chances.

Seus olhos absorveram tudo no celeiro em meio segundo, e ele pensou um plano. Tinha uma chance de não acabar na ala de emergência de um hospital, ou pior. Mesmo com Rodney fora do páreo, Broker não conseguiria, com as mãos nuas e mesmo que estivesse no melhor de sua forma física, enfrentar um bastão manejado por um monstro das ruas como Earl e esperar sair sem um arranhão.

— Eu não estou gostando disso — gritou Rodney, recuando. — Vamos dar no pé daqui.

— De jeito algum. Eu vou fazer ele me pagar com pelo menos um joelho quebrado.

Earl caminhou para a frente numa ginga modificada de batedor de beisebol, avaliando o seu alvo.

Broker não estava disposto a demonstrar a Earl qualquer coisa parecida com medo. Estava puto por causa de sua briga com Amy. E ainda podia sentir o cheiro de chile queimado. Assim, empertigou o queixo e provocou:

— Earl, seja um nerd de computador bonzinho e ouça o meu conselho: esta é a hora errada de se meter comigo.

Contudo, sua sobrevivência dependia não de uma cabeça quente, mas de frieza e determinação. Assim, enquanto recuava para manter a mesma distância de Earl, levantou o balde de ração para portar alguma arma de defesa. Agora estava exatamente onde queria — a uma distância da qual podia alcançar o ferrolho que prendia o portão para o aviário de Popeye.

*J.T., meu camarada, espero que você não tenha exagerado.*

Earl caminhou até ele, ameaçador. O bastão reluzia sob a lâmpada de vapor de sódio. Novo em folha, sem um único arranhão na logomarca em imitação de assinatura. Earl levantou os ombros, fingindo preparar-se para uma tacada. No instante em que Earl avançou, Broker também se moveu, jogando o balde com ração no rosto de Earl.

Vapt! O bastão de Earl colidiu com o balde, espalhando torrões de ração para toda parte.

— Isso! — Earl soltou uma risadinha histérica, no limite do autocontrole.

Tinha torrões de ração nos cabelos e um brilho alucinado nos olhos. Broker instintivamente compreendeu por que Earl trouxera Rodney.

Não tinha sido para ajudá-lo a bater em Broker.

Tinha sido para contê-lo caso ele perdesse o controle e espancasse Broker até a morte.

Mas Rodney havia desaparecido pela porta para a tarde cinzenta e Earl, sem reforços, havia erguido o bastão novamente. Trêmulo de prazer e sanha, deu outro passo para a frente.

Muito bem. A vida tinha se tornado bastante simples. Se tentasse diminuir a distância e se engalfinhar com Earl, Broker certamente seria atingido pelo menos por um golpe de bastão. Portanto, isso estava fora de cogitação. Precisava manter alguma coisa entre o seu crânio e aquele bastão. Broker esticou a mão para trás, segurou o ferrolho, puxou-o, e abriu o portão grosso, que alcançava a altura de seu peito.

Earl desferiu um golpe contra Broker, que se abaixou bem a tempo de não ser atingido. O bastão acertou a grade sobre o portão, deixando uma marca exatamente no local onde estivera a cabeça de Broker. Enquanto Earl recuperava o fôlego, Broker contornou o portão e o puxou contra si, cobrindo-se com ele, espremendo-se contra a parede externa de madeira compensada do aviário.

— Seu titica de galinha! — disse Earl com desprezo, e desferiu outro golpe que martelou o portão contra a parede.

Broker estava contorcido de lado, um ombro para trás, achatado contra a parede; o outro braço dobrado contra o peito, a mão segurando a maçaneta simples debaixo do ferrolho, mantendo a porta contra si.

Earl poderia enfiar o bastão no espaço limitado, mas não poderia brandi-lo ali. Assim, ele tentou estocar Broker com o

bastão, mas Broker, segurando-se na outra ponta do portão, esquivou-se dele. Com dificuldade, Earl retirou o bastão da fresta.
— Desiste, Earl! — berrou Broker. — Vá embora agora e ninguém vai sair machucado.
— Dá pra acreditar nesse sujeito, Rodney? — E então: — Rodney?
E então.
O sibilo alto que Earl e Broker ouviram foi ainda mais arrepiante porque sua fonte não era mecânica, e sim animal, tendo como fonte a garganta coberta de penas de uma avestruz macho de cento e oitenta quilos. Os músculos das coxas de Popeye latejaram aproximadamente na mesma altura que os ombros de Earl. As asas da ave furiosa se abriram, e as plumas rígidas chicotearam as laterais da passagem do aviário aberto.
— Mas que porra é essa? — murmurou Earl enquanto levantava a cabeça até os olhos injetados de sangue de Popeye.
Ignorante a respeito de sua situação, não sentiu medo.
— Broker, você não vai se safar escondendo-se atrás do Garibaldo! — provocou Earl.
Broker olhou cautelosamente por cima do portão enquanto Earl se firmava para golpear a ave sibilante. Então, brandiu o bastão perto da cabeça de Popeye. Apenas para espantá-lo.
Como se dissesse: xô.
A perna direita da avestruz se curvou e desferiu um chute para a frente, o dedão escamoso com sua garra afiada. Earl teve sorte; devido ao seu golpe circular, ele estava girando e o chute de Popeye acertou-o de raspão no peito, arrancando correias e botões de seu casaco de couro. Mesmo sem ter acertado o alvo, o chute foi sentido por Earl como um choque elétrico, jogando-o de costas contra o trator, e então fazendo-o rolar pelo chão.
Ele levantou, trôpego, segurando as costelas com uma das mãos enquanto tentava alcançar o bastão caído com a outra.
— Filho duma puta — arfou.
A ave saiu para a área da garagem e Broker se nivelou ao nível dos olhos com o topo da porta. A graça ameaçadora de

Popeye era uma ilusão de ótica. Suas pernas compridas pareciam mover-se em câmera lenta quando na verdade não estavam. Estavam avançando contra Earl novamente.

Menos belicoso agora, Earl estava meditando sobre a possibilidade de uma mera ave poder matar um homem. Segurou o bastão e avaliou a distância até a porta aberta da garagem. Instintivamente, tentou contornar o pernalta.

— Não, não! — Broker gritou, a salvo por trás da porta grossa. — Fique na frente dele. Eles chutam para o lado.

Olhos arregalados, trêmulo, Earl mudou de direção.

*Puta merda.*

Desta vez, Popeye atingiu Earl em cheio no antebraço esquerdo. Earl gritou e caiu contra o concreto. O chute rasgou a manga do casaco. Gotas de sangue salpicaram o chão. O braço ferido de Earl pendia do ombro como o de um boneco de pano.

*Bem feito.*

Então alguém gritou seu nome num tom agudo, enfurecido:

— Bro-*KER!*

Amy estava parada na porta, balançando os braços para distrair Popeye.

— Faça *alguma coisa*, o avestruz vai matar ele! — berrou Amy.

A cabeça diminuta de Popeye girou no seu pescoço comprido, olhos arregalados numa expressão cômica que contrastava com seus pés letais, que roçaram o cimento enquanto mudavam de posição. Amy continuava balançando os braços. Earl, braço esquerdo inutilizado, jazia caído contra o pneu do trator como a estátua do Gaulês Moribundo.

Broker teria gostado de ver Popeye dar mais alguns chutes. Mas agora, preocupado com a possibilidade de Amy entrar no raio de alcance dos chutes de Popeye, saiu do seu abrigo de madeira e viu a pá de cabo longo encostada contra a parede do aviário.

— Por favor... — gemeu Earl.

Broker gritou para Amy:
— Fique atrás do trator!
— O que você...? — gritou Amy enquanto buscava cobertura.

Broker pulou até a pá, agarrou-a, e investiu contra o pássaro. J.T. contara-lhe que os avestruzes machos eram territoriais. Nem em sonho Popeye iria simplesmente sair dali.

Ele gritou para Amy:
— Eu vou distrair ele. Passe por baixo do trator, puxe o Earl para fora do alcance do bicho, tire-o daqui e feche a porta. Faça isso.

Amy começou a engatinhar debaixo do grande trator John Deere.

— Se arrasta na minha direção! — gritou Amy para Earl.
— Hein? — Earl balançou a cabeça, confuso.

Broker avançou com a pá estendida. Popeye avaliou a aproximação deste novo intruso, mudou sua postura e recuou até um emaranhado de fios soltos que jazia no chão.

A ave desferiu chutes para livrar os pés dos fios enrolados. Com isso Popeye apenas conseguiu enroscar uma perna, e algumas latas velhas que estavam amarradas ao fio enferrujado passaram a fazer barulho quando ele se mexia. Emaranhado nos fios barulhentos, Popeye alterou completamente seu comportamento. Assustado, investiu para a porta aberta.

Broker observou a ave acelerar através do campo em passos tão amplos que pareciam efeitos especiais. Zero a sessenta quilômetros por hora em três segundos, como J.T. havia lhe dito. Arrastando suas latas, Popeye penetrou uma fileira de árvores e desapareceu.

De volta ao celeiro, Amy já estava curvada sobre Earl.
— Me dá uma faca. Alguma coisa com que cortar o casaco.
— Primeiro eu preciso conversar com o meu amigo Earl — disse Broker.
— Pelo amor de Deus, cara! — rogou Earl, gemendo de dor.

— Broker, eu preciso ver o braço dele — ordenou Amy. — Se estiver partido e houver osso protuberante, podermos cortar uma artéria quando o movermos.
— Quando o movermos? — Broker fingiu uma risada. — Ele que se foda. Deixe-o onde está.
Segurou o braço de Amy com firmeza, obrigou-a a se levantar e a conduziu para fora.
Amy se soltou dele, furiosa.
— Aquele sujeito...
Broker cortou-a:
— As condições não são críticas. Ele quebrou um braço. Assim, eu vou mexer um pouco com ele. Ele é o namorado, veio aqui me encher de pancada com um bastão de beisebol, e ainda trouxe um amigo.
Amy piscou os olhos, lambeu os lábios.
— Eu vi o outro homem. — Mais ansiosa do que cautelosa, perguntou: — Há mais deles?
Amy estava de volta em seu elemento; gostava de ação e gostava de agir em parceria com Broker. Ele teve a forte impressão de que o perigo tinha-os unido novamente.
— Por que o outro foi embora? — perguntou Amy.
Broker não sabia a resposta para essa pergunta:
— Por que ele veio quebrar a minha perna e se deparou com um avestruz macho grande e violento.
— Por que ele queria quebrar a sua perna?
Broker sorriu.
— Para me assustar para longe de Jolene.
Amy sorriu junto com ele.
Lá do celeiro, Earl gemeu:
— Deus do Céu, ninguém vai ligar para a emergência?
— Ei, Earl, cuidado com os ratos. Tem uns ratos de celeiro imensos aí dentro. Acho que eles transmitem raiva — gritou Broker, e então se virou novamente para Amy. — Muito bem, o J.T. tem um estojo de primeiros socorros guardado no armário da sala. *Não* ligue para a emergência. Vamos levar o Earl até o

Centro de Emergências de Timberry depois que eu tiver batido um papinho com ele.
— Você sabe o que está fazendo?
— Claro. Eu e Earl estamos fazendo a mesma coisa: tentando assustar um ao outro. Ele errou seu tiro. Eu não vou errar.
— Certo. — Ela franziu os olhos para ele. — Mas nada de violência. O braço dele está muito ruim.
Broker levantou as mãos, palmas para fora — um inocente.
— Amy, eu nunca toquei naquele sujeito.
Ela avaliou a expressão em seus olhos.
— Você teria deixado aquela ave matar ele — disse em tom neutro.
— Que é isso? — Broker sorriu. — Não teria deixado o Popeye matar ele, só dar uns chutezinhos.
Ela se virou e correu até a casa. Broker voltou para o celeiro, correu os olhos pelo lugar e num instante encontrou o bastão. Para se anunciar, ele desferiu golpes violentos de bastão contra o pára-lama do trator. Cada vez que o bastão acertava o trator, Earl se contorcia no chão.
Ele estendeu o bastão e cutucou as costelas de Earl. Earl gemeu e rangeu os dentes.
Broker balançou a cabeça.
— Por algum motivo, a Jolene não quer que eu te machuque muito. Então, vamos parar por aqui. Isto é, se nos entendermos um ao outro.
— Eu preciso ir para um hospital — disse Earl entre dentes cerrados.
— Ouça com atenção — disse Broker. — Eu copiei o seu disco rígido. A Jolene me assegurou que ali tem muita coisa que vai interessar aos federais. Roubo de cartões de crédito é assunto federal. Está me acompanhando até aqui?
— Certo, certo.
— O advogado da Jolene garantiu que você vai receber cada centavo que ela te deve. Isto é, se você se afastar. Vocês po-

dem ser amigos, mas ela quer uma chance de viver a vida dela. Esse é o acordo.

A bochecha e o olho esquerdo de Earl começaram a ficar azulados. O choque estava acinzentando a pele de Earl. Com o rosto cheio de sangue e sujeira, ele não parecia mais tão bonito.

— E quanto ao que houve aqui? — perguntou Earl.

Broker sorriu.

— Apenas testosterona descontrolada.

— Quero dizer, o que você vai dizer a eles no hospital?

Broker pensou.

— Estou cuidando da fazenda do meu amigo, conheço você, você queria ver as aves, você veio até aqui e aconteceu um acidente.

Earl suspirou, resignado.

— Amigos de Jolene.

— Mas sem manipulação. Sem jogos.

— Certo.

Os olhos de Earl se fixaram na porta. Amy voltou correndo com o estojo de primeiros socorros de J.T., uma faca e um lençol.

— Quem é a gatinha?

— Uma amiga. Para a sua sorte, ela é enfermeira.

Amy rapidamente cortou a manga da jaqueta e examinou o ombro lacerado.

— Parece pior do que está. Foram apenas danos musculares superficiais.

Depois de aplicar curativos para conter o sangramento, tateou em torno da área machucada.

— O úmero esquerdo quebrou, pelo menos uma vez, mas não atravessou a pele. Ele provavelmente quebrou algumas costelas.

Amy decidiu usar o lençol para imobilizar o braço contra o peito. Broker ajudou-a a colocar Earl em posição sentada e a amarrar a tipóia improvisada. Em seguida ela lhe deu um pouco de Tylenol. Depois que o braço estava bem seguro, ajudaram Earl a se levantar e a caminhar até o jipe.

Enquanto entravam, Amy correu os olhos pelos campos e pastos vazios.

— E a ave?

— Talvez voltem para casa quando ficam com fome — disse Broker.

## Capítulo Trinta e Sete

**Depois de um jantar solitário** num restaurante cheio, Allen se afastou das pessoas e dirigiu de volta até sua casa, que ficava nas profundezas de um dos bosques de Timberry. Sua casa de pavimento único e dois quartos era a idéia de algum arquiteto sobre um estilo Nova Inglaterra, revestido em madeira branca com frisos pretos. Tinha uma garagem, um porão, uma varanda coberta, e uma vista. Sua associação cuidava da limpeza externa. Ele cuidava da interna.

Bagunça lembrava-lhe de sua ex-esposa, Sharon, que tinha se casado de novo e mudado para a Califórnia. Como Annette Benning em *Beleza americana*, Sharon era vendedora de imóveis. Ao contrário de Annette Benning, nunca havia limpado uma casa em toda a sua vida.

Eles haviam convivido com dificuldade até o término da residência de Allen na Clínica Mayo.

Na clínica, os médicos eram obrigados a fazer rondas diárias vestidos em terno e gravata brancos, limpos e passados à perfeição. O código de vestuário estimulou a arrogância natural de Allen, e quanto mais ele se vestia com roupas bem limpas e passadas na clínica, mais incomodado ficava com o desleixo de Sharon em casa.

Graças a Deus, nunca haviam tido filhos.

Mas como poderiam ter tido? Soterrado por Sharon durante o sexo, Allen imaginava seus espermatozóides sufocarem. Ela possuía uma certa beleza preguiçosa, se você gostava de assistir creme batido bem grosso escorrer de um tubo.

Tinham sido namorados na faculdade. Ele tinha sido iludido pela casa na qual Sharon crescera, por sua segurança aconchegante e bem cuidada. Apenas quando era tarde demais, depois que haviam se casado, Allen percebera que a ordem naquela casa era mantida pela mãe de Sharon, mas que a filha não herdara nem um pouco da precisão materna. E isto não chegara realmente a se manifestar até que eles haviam se mudado do alojamento estudantil para uma casa em Rochester. Após uma partida de handebol, Allen levou para casa um de seus colegas da Clínica Mayo, que derramou cerveja no piso de linóleo da cozinha. Imediatamente, ele se ofereceu para limpar.

— Eu faço. É só me mostrar onde você guarda o esfregão.

— Acho que não temos — dissera Sharon, com absoluta sinceridade.

Allen apontou o controle remoto da porta da garagem, abriu a porta, dirigiu até o interior, desligou o carro, fechou a porta atrás de si.

*Obrigado, Minnesota, pelo divórcio sem culpa para as partes.*

Destrancou sua porta e entrou na casa. Jolene nunca tinha visitado sua casa. As duas últimas mulheres que ele tinha namorado — uma advogada e uma gerente de investimento — tinham lhe dado a impressão de que suas acomodações eram pequenas demais. Ele já tinha esquecido os detalhes pessoais das duas. Lembrava que elas eram compulsivamente magras, e que a diferença principal entre elas era que a advogada tomava Zoloft e a gerente tomava Prozac.

Allen conseguia imaginar Jolene em sua vida anterior, tomando um porre e trepando com o time inteiro de futebol da escola. Ele não conseguia imaginá-la tomando Prozac.

Sua casa tinha sido escolhida originalmente pela conveniência de sua localização, a um quilômetro e meio do hospital e da clínica. Quando se mudara para cá, dois anos antes, sua varanda dava vista para charcos e uma floresta. Agora um campo de golfe provia uma paisagem mais serena de verde tratado com químicos.

Ele se preocupava com o meio ambiente. Não era uma pessoa dispendiosa, lembrou a si mesmo enquanto caminhava pela unidade confortável de dois quartos de dormir. Sua mobília era esparsa e funcional, de qualidade mas sem extravagância.

Ele não era uma má pessoa.
Ele não era superficial.
Ele só tinha cometido um erro em sua vida.
Um.
E estava se esforçando ao máximo para aprender com ele.

Colocou um saco de pipocas no microondas e ajustou o *timer*. Pipoca Cub Scout, vendida de porta em porta. Claro, toma o dinheiro, garoto.

Não era uma má pessoa.
Não.

Saiu da cozinha, entrou no quarto, e escolheu no armário um uniforme hospitalar azul recém-lavado. Volta e meia deixava roupas dentro da bolsa de ginástica e esquecia de colocá-las de volta em seu lugar. Quando estava sozinho e não esperava convidados, como agora, gostava de usar o uniforme como roupa de andar em casa.

Vestiu a camisa de malha macia e as roupas folgadas, voltou para a cozinha, transferiu a pipoca do microondas para uma bacia, e seguiu para a sala. O filme que Garf tinha lhe dado estava em cima da mesa de café. Allen pegou a fita, inseriu-a no videocassete e apertou o botão *play*. Enquanto a advertência do FBI era exibida na tela, pegou a capa da fita e leu a sinopse. "A paixão por uma corista fria conduz um professor de meia-idade à destruição."

Hummm. Ele ia dar uma chance ao filme, para ver se havia sentido na insolência de Garf. Ele se recostou no sofá e começou a comer a pipoca.

O filme era um daqueles primeiros sonoros que crepitava na tela num preto-e-branco de setenta anos. O Dr. Immanuel Rath, um professor gorducho, preocupado em disciplinar seus alunos, segue alguns deles até um clube noturno no qual Lola Lola, a personagem de Dietrich, apresenta seu número.

Allen soltou uma risadinha e lambeu o resíduo de gordura deixado pela pipoca em seus dedos. Muito engraçado. *Então eu sou o acadêmico sem vida social que é engolido vivo pela cantora gostosa. É isso, Garf?*

Mas o personagem que atiçou sua imaginação não foi o professor nem a corista. Enquanto o romance amaldiçoado se desenrolava nos bastidores do clube noturno, um palhaço vagava pelas cenas com sobrancelhas sonhadoras e um sorriso triste pintado no rosto. O propósito do personagem do palhaço era sublinhar o ridículo do Professor Rath. Na verdade, o professor, arruinado por seu amor pela corista, junta-se à tropa de vagabundos itinerantes e acaba vestindo ele próprio a fantasia de palhaço.

O palhaço era o único personagem que sabia o que estava acontecendo.

O filme termina com uma cena de morte melodramática. Caído em desgraça, Rath volta para a escola e desmaia na sua velha mesa de diretor.

Enquanto o filme rebobinava, Allen considerou a intenção de Garf; teria sido um aviso irônico ou uma ameaça? Em todo caso, era uma pista de que havia mais inteligência por trás dos olhos azuis de Garf do que Allen imaginava.

Garf precisava sair de cena, é claro. Milt temia colocar o dinheiro nas mãos de Jolene enquanto Garf estivesse dormindo sob o mesmo teto que ela.

E agora parecia que Garf estava sugerindo que Allen precisava sair de cena. Allen esboçou um sorriso, levantou-se e ensaiou um passo de tango "caixa de prata" de seis partes. Garf o subestimava, é claro. Assim como Hank o fizera.

Allen colocou o filme de volta no estojo, levou a bacia com pipoca para a cozinha, lavou-a, e colocou-a no escorredor de pratos. Em seguida passou meia hora analisando sua programação de cirurgias do dia seguinte. Satisfeito, colocou as anotações de volta em sua valise, escovou os dentes, passou o fio dental, lavou as mãos, e foi para a cama. Como sempre, mergulhou num sono imediato e sem sonhos.

**Allen acordou pontualmente às** seis da manhã, rolou da cama, vestiu um conjunto de *jogging*, calçou tênis Nike, espreguiçou-se, bebeu um copo grande de água, e saiu para uma corrida de sete quilômetros

No caminho de volta, estava mais ou menos no quilômetro seis quando, passando por um campo de arbustos de sumagre bem altos, teve sua revelação. Começou com uma compreensão da forma automática como seu corpo se movia. Pela primeira vez em sua vida, fora da sala de cirurgia, se sentiu fluido, como se seu cérebro finalmente houvesse derretido e agora escorresse morno pelo resto de seu corpo.

A nova percepção era simples: a extinção sem-querer-querendo de Hank Sommer não tinha sido tão libertadora para Jolene quanto tinha sido para ele próprio. Ele, não Jolene, estava mais vivo. Quase como se tivesse sugado a força vital feroz de Hank com um canudinho e a digerido.

Ele finalmente tinha cometido um erro e o desastre o libertara. Ele não precisava possuir Jolene. Ele não precisava *fazer* nada. Ele precisa apenas *ser* ele mesmo.

A linha vermelha tinha sido apagada.

Allen correu para casa, banhou-se, e então, parado em pé com uma toalha amarrada na cintura e segurando uma lâmina de barbear, observou no espelho enevoado seu rosto coberto por um começo de barba.

*Não. Deixe ela crescer para ver como você fica de barba.*
Sobre os azulejos úmidos do banheiro, Allen realizou alguns passos estilizados e se curvou sobre uma parceira de tango imaginária. Vestiu-se, comeu seus cereais e saiu de carro para o hospital.

Era sexta-feira, seu dia favorito porque ele passava o dia inteiro na cirurgia. Enquanto estacionava e entrava no prédio, colocou mentalmente seu chapéu de trabalho para começar a se concentrar nos procedimentos do dia.

Mas estava tão intenso que esqueceu de sorrir para as enfermeiras, dar bom-dia ao servente. E esta manhã o vestiário não pareceu uma câmara de descompressão. Apenas um lugar para se trocar de roupa.

De touca, pantufas azuis sobre os sapatos, máscara pendurada no pescoço, bebericou uma xícara de café preto no refeitório da equipe. Uma pequena platéia havia se reunido à mesa em torno de Lenny Merman.

— Então, o que significa se você encontra um advogado enterrado até o pescoço em cimento? — perguntou Merman.

Allen resmungou.

— Falta de cimento — disse Merman.

Mais resmungos.

Merman era um ortodontista musculoso, tão apaixonado por seu trabalho que seus colegas brincavam dizendo que seria capaz de rasgar um corpo com as mãos nuas se o técnico cirúrgico estivesse atrasado com seus instrumentos.

— Certo, mais uma. Por que os advogados são enterrados a vinte metros de profundidade e não a dois metros?

Era impossível conter o entusiasmo de Merman.

— Búúúúú! — disse Allen.

— Porque lá no fundo são boas pessoas — disse Merman.

Allen coçou o restolho em sua face e sorriu quando viu o seu reflexo no espelho ao lado do quadro de avisos. Não teriam aprovado isso na Clínica Mayo.

A enfermeira-chefe entrou e pregou no quadro o cronograma das salas de operação, e a matilha de cirurgiões azuis saiu para as suítes de cirurgia. Allen desceu o corredor, agora sem prestar atenção à linha vermelha, caminhou até uma pia, e meticulosamente esfregou os dedos, as mãos, e os antebraços com sabão antibacteriano.

Allen era um médico de barriga. Seu domínio era a região localizada entre a virilha e o diafragma, a área na qual jaziam o fígado, o baço, o pâncreas, o cólon, o intestino delgado e os canais reprodutivos. A estrutura interna, forma e cor desses órgãos agora eram visualizados com mais clareza em sua mente que os rostos das pessoas a quem pertenciam.

Caminhou até a sala de cirurgia e estendeu as mãos como um toureiro a ser vestido e enluvado pela enfermeira plantonista. A equipe se reuniu. Allen os cumprimentou — primeiro seu residente, Durga Prasad, de Bombaim, o instrumentador, a enfermeira plantonista, e um anestesista. Allen, Durga e o técnico trabalhavam em contato direto com o paciente e observavam a barreira estéril. Assim, estavam enluvados e vestidos em seus aventais. O anestesista, a enfermeira plantonista e a anestesista — se ela entrasse — não estavam esterilizados.

O primeiro paciente foi trazido, um homem de meia-idade usando um avental cirúrgico. Allen combinou o procedimento no cronograma de cirurgias: reparação de hérnia inguinal bilateral.

Deitaram o paciente na mesa de operação. Ele olhou para cima, um pouco assustado com as enormes lâmpadas cirúrgicas circulares pairando sobre ele nas extremidades de dois suportes, como asas de um anjo robótico. Em seguida, o paciente olhou para a máquina de anestesia, com sua profusão de bombas, mostradores, tubos e telas digitais.

— Você vai ficar bem — assegurou Allen.

Então o anestesista estendeu seu tubo intravenoso, aplicou seus sensores de monitoração e injetou Versed no tubo, que foi seguido por uma injeção de Sublimaze. O paciente foi mascarado, pré-oxigenado, e então posto para dormir com Pentotal. Com tudo sob controle, começaram a conversar sobre *A bruxa de Blair*, que Jeannie acabara de assistir em vídeo.

— Muito, muito superestimado — disse Jeannie, a enfermeira plantonista.

— Achei aquelas coisas de madeira penduradas nas árvores muito ridículas — disse Jerry, o anestesista.

— Mas os cineastas foram espertos — defendeu Allen. — Lembra da forma como divulgaram o filme na Internet?

Depois do Pentotal, administrou-se sucinilcolino, o relaxante muscular. O paciente estremeceu. Por trás da máscara, os dentes de Allen tremiam. Era o mesmo tipo de espasmo muscular que ele tinha causado em Hank Sommer.

Allen respirou fundo e esperou enquanto o paciente perdia o controle de seus músculos e ficava flácido. O anestesista colocou um protetor de plástico nos dentes do paciente, e em seguida inseriu um instrumento parecido com uma pá de pedreiro em aço inoxidável e ângulo reto — uma lâmina laringoscópica — na garganta do homem sedado. A cabeça do paciente se mexeu enquanto a lâmina era levantada para a frente e para cima para elevar a epiglote e expor a abertura glotal. Então o anestesista inseriu um tubo traqueano de plástico, conectou o circuito de respiração à máquina, e bombeou óxido nitroso para os pulmões do paciente. Allen dirigia tudo que acontecia na sala de operação com instruções verbais. Indicações não-verbais eram transmitidas pelos olhos, a única parte do rosto que aparecia sobre as máscaras cirúrgicas. O resto da equipe cirúrgica assistia a tudo com atenção, especialmente os atos de seu líder de cirurgia. Agora todos os olhos na sala estavam fixos nele, para sentir seu humor, para ver que tipo de dia ele teria.

Allen ouviu-os sussurrar que ele não havia se barbeado esta manhã, e questionar-se o que significava isso.

O estômago do paciente foi coberto por lençóis azuis esterilizados. A forma humana tornou-se abstrata. O alvo de Allen era uma área de barriga quadrada, anônima e depilada que tinha sido nomeada com uma etiqueta de borracha: ESQUERDO.

O instrumentador desembrulhou e posicionou uma bandeja esterilizada que continha os instrumentos para reparo de hérnia, e o quadrado de carne exposta foi lavado com desinfetante Betadine laranja. Restava um último passo na rotina protocolar: a escolha da música no aparelho de CD que ficava na mesa encostada numa das paredes.

Os olhos sobre as máscaras viraram-se para Allen, que sempre escolhia a música.

— Jeannie, escolha alguns sons — disse Allen casualmente à enfermeira plantonista.

Allen pôde sentir o clima na sala ficar ligeiramente mais animado quando Jeannie colocou um CD de Sheryl Crowe. Allen levantou uma mão enluvada, na qual o instrumentador colocou um bisturi, e realizou a primeira incisão.

E assim o dia se passou sob as luzes quentes da sala de cirurgia. No intervalo das operações, Allen movia-se entre as suítes pré-operatórias, onde entrevistava o paciente seguinte, e a sala de consultas, onde falava brevemente com a família do último operado.

Uma hemorroidectomia.

Uma biópsia do seio esquerdo.

Uma parada para atender a um paciente na emergência, e então de volta à cirurgia para remover outro caroço suspeito do seio de uma mulher idosa e correr através da Radiologia.

O almoço foi interrompido por uma mensagem em seu bipe, requisitando atendimento a um homem admitido com uma perna entorpecida e descorada, com um histórico de problemas cardíacos. Allen subiu correndo dois lances de escada, viu o paciente, e concordou com o outro médico em ministrar no paciente uma droga destruidora de coágulos.

As horas flutuaram com uma intensidade suave, como um longo, quase imponderável, salto de pára-quedas.

E em breve seu turno chegaria ao fim, depois da última operação marcada, uma colecistotomia laparoscópica. A colangiografia indicava uma remoção rotineira da vesícula biliar usando um bastão laparoscópico que continha uma câmera de vídeo em miniatura e luzes.

Depois que o paciente foi entubado e conectado à bomba de oxigênio, sua cavidade abdominal foi inflada com gás dióxido de carbono. Uma lâmina de dez milímetros foi introduzida numa incisão sobre o umbigo. E então a câmera foi inserida. Dois monitores de televisão foram posicionados em cada lado da mesa de operação, de modo que Allen e seu residente pudessem ambos ver facilmente o fígado e a vesícula biliar. Três outras incisões foram feitas mais acima na parede estomacal no lado da mão direita do paciente, logo abaixo do fígado. E lâminas foram inseridas. Duas para o residente manipular seu fórceps e uma no meio da barriga, para Allen usar os fórceps de dessecação, neste caso uma cauterização elétrica.

A laparoscopia era essencialmente um *videogame* de orientação espacial realizado numa pessoa viva. Allen segurava, como a uma pistola, os controles giratórios do fórceps, conduzindo a ponta do instrumento até a imagem que a câmera projetava nas torres de televisão.

As formações reluzentes, de coloração coral, do espaço interior humano fizeram Allen pensar em nadar por cavernas subaquáticas usando um tubo de oxigênio e segurando uma lanterna — coisa que ainda não havia experimentado. Será que Milt concordaria em tentar?

— Luzes — ordenou Allen.

As poderosas luzes instaladas no teto foram desligadas.

— Música — disse Allen.

Mais uma vez, Jeannie escolheu. Bruce Springsteen berrou "Born to Run" enquanto o residente pegava a vesícula biliar com um fórceps e a posicionava contra o fígado. Com controle muscular e noção de tempo perfeitos, Allen segurou a artéria e o duto císticos com uma pinça de titânio, e os cortou. Então separou a vesícula do leito do fígado com o cauterizador. Antes de remover a vesícula através da incisão umbilical, enquanto usava o cauterizador para fechar um pequeno vazamento, Allen teve um pequeno ataque de extravagância.

Ou talvez de inspiração.

Para enfatizar seu novo estado de espírito, ou talvez para honrar a transgressão secreta que o tirara de sua extrema formalidade, Allen permitiu-se agir por impulso num momento em que ninguém observava nas torres de vídeo. Com um manejo ágil dos controles do cauterizador ele queimou duas letras no parede abdominal do paciente:

*AF*

Suas iniciais apareceram na tela.

Isso não causava nenhum mal, e desapareceria numa questão de dias. Apenas um pequeno floreio. Teria preferido trompetes de Vivaldi em vez do saxofone de Clarence Clemons, mas não se pode ter tudo.

**Allen despiu o avental** esterilizado que usara naquele dia e o jogou numa cesta. Em seguida ditou suas anotações e estava caminhando até o vestiário quando esbarrou com Merman no corredor.

— E aí, como a gente classifica um chute de avestruz? — perguntou Merman.

— O que é isso, outra piada? — perguntou Allen, ligeiramente intrigado.

— Não. A sala de emergência acaba de admitir um sujeito com uma fratura transversa do úmero esquerdo. Pou! Um chute.

— Onde isso aconteceu? Num zoológico?

— Não faço a mínima idéia. Vamos ver o braço do sujeito. A enfermeira da sala de emergência disse que o chute cortou um buraco na manga de um casaco de couro duro, e que é possível ver o padrão escamoso do nó do dedo do pássaro marcado na pele.

— É uma coisa que merece ser vista — disse Allen, genuinamente curioso.

Allen e Merman saíram da sala de cirurgia, dobraram uma esquina depois da mesa de recepção do Pré-operatório e seguiram o corredor até a Emergência. Chegaram a um canto e, à frente deles, um grupo de enfermeiras e o médico da sala de emergência aglomeravam-se em torno de um homem deitado numa maca e então...

Allen congelou onde estava e permitiu que Merman continuasse sozinho.

O paciente era Earl Garf.

E Phil Broker estava parado em pé, na beira da aglomeração de médicos.

E bem ao lado de Broker, de braços dados com ele de forma bem íntima, estava Amy Skoda, a enfermeira-anestesista de Ely, Minnesota.

A surpresa de Allen escapou entre seus lábios num balbucio nervoso:

— Mas o que...?

Aturdido, recuou pelo corredor, a mão cobrindo a boca.

*Mas que diabos está acontecendo?*

## Capítulo Trinta e Oito

**Depois de ser admitido** à sala de emergência em Timberry Trails, Broker usou um telefone público na sala de espera para telefonar para Jolene.

Atendido pela secretária eletrônica, Broker deixou uma mensagem dizendo que Earl ainda era novamente seu amigo, como ela queria, mas que iria se mudar de seu porão. E que talvez ela devesse enviar algumas flores para ele, porque Earl acabara de ser hospitalizado depois de ter tido seu braço quebrado por uma avestruz.

— Você ouviu direito — repetiu Broker. — Uma avestruz.

Ele disse que estaria na fazenda até a tarde de domingo, e que depois iria retornar para Ely. Disse que esperava que tudo corresse bem.

Broker se despediu de Jolene. Então lembrou-se de uma coisa e se virou para Amy.

— Você precisa pegar o avião.

Amy não se importou.

— Vamos deixar para lá. Esqueceu que a gente precisa achar uma avestruz fugitiva?

— É verdade. Como se encontra uma avestruz fugitiva?

Riram, e então, lembrando de Rodney no celeiro, Broker deu um telefonema rápido para John Eisenhower na delegacia do Condado de Washington. Depois de alguns cumprimentos, Rose, a secretária de John, disse que podia encaixá-lo por dez minutos, caso se apressasse.

Correndo pelo estacionamento do hospital, Broker explicou:
— Conheço o outro sujeito que fugiu. Rodney. Quero verificar uma coisa com o delegado local.

Na estrada, Broker explicou:
— John e eu nos conhecemos há muito tempo. Eu estava trabalhando na força-tarefa dele quando prendi Rodney, três anos atrás. O sujeito devia estar na prisão.

Passando pela Colônia de Leprosos, dirigiu a 128 quilômetros por hora através de estradas secundárias, saindo de Timberry, cortando Lago Elmo e Oak Park Heights, e entrando na Highway 36, onde fez sua curva aproximando-se do Rio St. Croix nas cercanias de Stillwater. Alguns minutos depois, entrou no estacionamento para a Prisão do Condado de Washington e a delegacia.

John estava em pé diante de sua mesa, usando calças compridas folgadas e uma camisa de malha, sobre a qual estava colocando uma blusa branca de mangas longas. Broker não o via desde maio último, quando John fora à estância Broker's Beach para a abertura da temporada de pesca. John, que concorreria à reeleição no mês seguinte, estava dedicando mais tempo a exercícios físicos. Tinha cortado seu bigode louro e os quatro quilos e meio que costumava usar em torno da cintura tinham migrado para seu peito e ombros na forma de músculos.

Eles trocaram um aperto de mão caloroso. Em seguida, John deu a Broker um *button* de campanha: REELEJA O DELEGADO.

— Meio nixoniano — disse Broker.

John fez uma pose, enquadrando um objeto invisível no ar com mãos dobradas em forma de parênteses.

— Pensei em usar "REELEJA IKE", mas decidi que era exagerado demais. — Terminou de vestir a camisa e se pôs a enfiá-la para dentro das calças. — Soube do que aconteceu na área de canoagem...

Broker fez que sim com a cabeça.

— É por isso que estou na cidade. Vim devolver o carro do homem.

John contornou sua mesa e pegou duas gravatas no encosto da cadeira. Segurou cada uma delas contra o terno preto que estava pendurado na estante atrás de sua mesa.

— Eu iria com a azul — comentou Broker.

John fez que sim e começou a amarrar sua gravata.

— Também soube pelo Tom que você e Nina separaram os trapinhos.

Tom Jeffords. O delegado do Condado de Cook era vizinho de Broker.

— Na verdade, é uma espécie de duelo mexicano — esclareceu Broker.

— Isso não vai ser bom para a sua filha — observou John.

— Concordo.

John alojou sua Windsor e esticou o braço até o casaco.

— E então, como estão as coisas? Você não veio aqui me ajudar a escolher gravatas.

— Há cerca de duas horas, cruzei com Rodney na rua. Você lembra do Rodney.

— Claro que lembro.

— Eu achei que ele estava cumprindo pena numa prisão federal.

— Não conte a ninguém que eu disse isto, mas o esforço pela lei ainda é um negócio que depende muito dos delatores. Depois que você saiu de cena, todo mundo, tanto os policiais locais quanto os federais, estava procurando por um contato na marginália.

Broker fez uma careta, sem acreditar no que estava ouvindo.

— O Rodney se vendeu?

— Sim. Bem, ele é como o novo você. Está trabalhando como informante para reduzir sua sentença.

Broker resmungou em tom de desaprovação. Mas agora estava entendendo o número de desaparecimento de Rodney. Rodney não ia contar nada a Earl.

Um telefone preto tocou na mesa de John. John olhou para o telefone e para o relógio.

— Merda. — Atendeu o telefone. — Estou com o tempo apertado. O que você conseguiu?

Broker viu os olhos de John rolarem para cima, numa expressão de Ó *Deus, por que eu?*

— E daí? — disse, irritado. Então meneou a cabeça. — Como é que eu vou saber? — E então, depois de um momento, exclamou: — *Não, não, não! Não atire no bicho!* Os defensores dos direitos animais vão querer o meu fígado, especialmente por causa desta maldita eleição.

Balançando a cabeça, John se sentou em sua cadeira, plantou o cotovelo na mesa, e apoiou a fronte no nó do dedo.

— Tente não perder o bicho de vista e ligue para o departamento de animais selvagens. Eu sei que não é selvagem, mas eles têm rifles tranqüilizantes. Peça um emprestado. Certo, certo. Mande um bipe para mim daqui a uma hora e me informe. Certo.

John desligou o telefone.

— Tem falado com o J.T.? — perguntou depois de alguns instantes.

— Claro — disse Broker num tom neutro.

— Sabe se ele perdeu alguma ave?

— Não posso dizer — respondeu Broker. Cuidadosamente.

— Bem, há duas fazendas de avestruzes na região e uma delas perdeu uma ave. Uma avestruz realmente grande acaba de atravessar correndo a Interestadual 94, nas proximidades de Manning Trail, e causou um engavetamento de vinte carros. Por sorte, até agora só recebemos notícias de cortes e contu-

sões. Ei, Rose! — gritou. — Consiga pra mim o telefone do J.T. Merryweather.
— Acho que é melhor eu ir — disse Broker. — Você parece muito ocupado agora.

**Durante uma paradinha** para uma cerveja no bar Trapper's Lounge, no centro de Stillwater, Broker se esforçou para não rir enquanto recitava as falas de John Eisenhower: "Ele perdeu alguma ave? Bem, ligue para o departamento de animais selvagens."
— O que você vai dizer ao J.T.?
— Eu não sei.
— Como eles vão domar o Popeye?
— Devem acertá-lo com um dardo tranqüilizante. Portanto, é melhor voltarmos para a fazenda. O telefone vai tocar a qualquer instante. E eu gostaria que você atendesse, para o caso do John telefonar.
— Certo, eu vou ajudar você até recuperarmos a ave. Você me mandou fechar a porta do celeiro e eu não fiz.
— Certo. Só que se você tivesse fechado aquela porta nós estaríamos no hospital com o Earl — disse Broker.
Fizeram tintim com seus copos.

**Na secretária eletrônica** de J.T. havia uma mensagem de um delegado do Condado de Washington que tentava saber se alguém tinha perdido uma avestruz. Amy respondeu o telefonema e explicou que o proprietário estava fora, ela estava cuidando da casa, e sim, uma enorme avestruz macho desaparecera de seu aviário.
Broker cruzou os dedos. Quanto mais pensava no assunto, mais se preocupava com a possibilidade de um policial do Condado de Washington ouvir falar de que havia uma vítima

de chute de avestruz no Timberry Trails Hospital. Era o tipo de ponta solta que John E. tentaria amarrar. Ele estava quase telefonando para a delegacia para confessar quando o telefone tocou.

Mais uma vez o delegado. Tinham encontrado Popeye derrubando a chutes um celeiro abandonado em Dellwood e o haviam acertado com um rifle tranqüilizante. Será que alguém poderia ir pegá-lo?

Amy disse que seu *trailer* estava em Iowa. O delegado pediu alguns minutos. Ele telefonou de volta e disse que haviam encontrado um fazendeiro local que transportaria Popeye por cem dólares. Instruída por Broker, Amy deu ao delegado o endereço, o código de incêndio, e as instruções de como chegar.

Uma hora depois, uma picape Dodge Ram parou no quintal. Popeye, adormecido mas um pouco trêmulo, jazia na carroceria. A picape entrou de marcha a ré no celeiro e parou no estábulo. Broker e Amy ajudaram o motorista a arrastar a ave para o chão. Popeye levantou a cabeça debilmente, piscou, e continuou seu cochilo. O motorista até que se divertiu com a situação; ele pegou seus honorários e partiu.

Caminhando de volta até a casa, Broker e Amy pararam, surpreendidos por uma queda de temperatura súbita de vinte ou trinta graus. Broker curvou os ombros e franziu os olhos contra o vento noroeste.

— Vamos ligar no Weather Channel — disse ele.

Lá dentro, esfregando suas mãos vermelhas, estudaram o mapa Dopler transmitido pela emissora. A frente fria que descia de Dakota do Norte e de Sakastchewan tinha bordas púrpuras e um coração de osso branco.

— Em International Falls já está doze graus centígrados abaixo de zero — disse Amy, apontando para o mapa.

Não havia previsão de neve, apenas frio polar.

Desembarcar Popeye deixara a ambos exaustos. Entraram na cozinha e não conseguiram encarar os restos de chile de avestruz na geladeira. Assim, pediram uma pizza com tudo. Quando chegou, abriram uma garrafa de Pepsi, sentaram diante da tevê e atacaram a videoteca de J.T. Estavam discutindo se iriam assistir a *Erin Brockovich — Uma mulher de talento*, com Julia Roberts, ou *Contato*, com Jodie Foster, quando o telefone tocou.

# Capítulo Trinta e Nove

**Jolene saboreou a curta** mensagem telefônica de Broker enquanto comia uma refeição congelada Healthy Choice. Earl tinha sido posto na linha. Um braço quebrado. Não, ela não ia mandar flores.

Na segunda-feira Hank seria transferido para a casa de repouso, e a vigília interminável, a preocupação constante para ver se ele ainda respirava, finalmente chegaria ao fim. Mas isso conduzia ao problema do custo dos cuidados intensivos de Hank.

Jolene lembrou da promessa não pronunciada de Allen: *Se chegar a esse ponto, poderei ajudar.*

Deus, ela não queria pensar sobre o assunto, mas estava louca para se livrar deles todos.

Caminhou pela cozinha fantasiando que seus cabelos estavam compridos novamente e que estava reclinada na cadeira de um salão de beleza com outras mulheres preparando seu penteado e pintando as unhas de suas mãos e pés.

As coisas estavam andando. Mas então, por que se sentia tão tensa? Por que estava com um gosto metálico no céu da boca? Seus pensamentos pareciam desconexos, como peças de quebra-cabeça chocalhando dentro do seu crânio.

Nervosa, analisou as sensações e concluiu que toda a tensão e a falta de sono tinham-na deixado sedenta. Estava louca por uma bebida. As cores secas em sua cabeça ameaçavam inchar, liquidificar-se e correr juntas.

Assim, procurou manter-se ocupada. Mais um truque que aprendera com Hank. Conferiu todos os monitores de bebê na casa para se certificar de que estavam funcionando. Em seguida, numa mudança repentina de humor, sentiu um desejo profundo por um cigarro.

Durante meia hora, vasculhou a casa — gavetas, armários, os bolsos das roupas de Hank ainda penduradas nos armários. Nada, nem mesmo um dos horrorosos cigarros Camel de Hank. De volta à cozinha, voltou a andar de um lado para o outro, sentindo-se cada vez mais fraca. Entraria no Accord, dirigiria até a loja do posto Cenex na Interestadual 95. Isso levaria cerca de sete minutos. Compraria um maço de cigarros. Vinte distrações.

Um cigarro faria mal à sua saúde, mas compensaria o desejo mais profundo por álcool.

Ou será que o cigarro apenas reduziria sua resistência, tornando-a mais suscetível àquele primeiro gole? Merda. Precisava de mais força de vontade.

Mas você não devia usar força de vontade. Você devia apenas seguir o programa, que era basicamente aprender a adiar a gratificação mediante muitas conversas com outras pessoas. Você devia encontrar uma gratificação substituta. Porque empregar força de vontade significava depender apenas de si mesma e...

Pou! Jolene chutou a geladeira Kenmore.

Babaquice.

Não estava tensa por causa do desejo por álcool. Merda. *Hank havia ligado e desligado o televisor.*

Ele estava *lá dentro* observando eles.

Olhou para a escadaria circular que conduzia até o andar inferior e ao quarto de Hank. Ela precisava descer até lá e alimentá-lo, trocar suas fraldas e cuidar para que não contraísse lesões.

Hank ligara o televisor para ela.

Mas não para Allen e Garf.

Realmente assustada, Jolene visualizou uma imagem de seus nervos como uma pasta dental cor-de-rosa sendo espremida completamente para fora do tubo. Como sua vida agora, depois de Earl e Stovall. Era impossível colocar sua vida de volta em seu lugar, fazer com que tudo fosse como antes.

Bem, que se foda. Hank teria de voar sozinho durante quinze minutos. Ela pegou as chaves do carro e caminhou até a garagem. Dez minutos depois, estava sentada no estacionamento de um posto Cenex, inalando um Marlboro Light.

A nicotina ajudou a mover as engrenagens dentro de seu corpo.

Mas não muito.

Dirigiu de volta até a casa, estacionou, saiu da garagem, e estremeceu ao sentir uma lufada de vento súbita. Na varanda, terminando seu cigarro, admirou-se consigo mesma. Por um lado, estava perdendo a sanidade. Por outro, estava se transformando numa suburbana que não queria sua casa fedendo a fumaça de cigarro.

Sua casa. Fique com esse pensamento.

Entrou, escovou os dentes, bochechou com anti-séptico bucal. Enquanto fazia isso, compreendeu que na verdade estava sozinha na casa. Sem música no porão. Sem Earl.

Agora, quando as coisas começavam a ficar complicadas, sentiu uma falta súbita dele.

Não, ela sentia falta da função dele em sua vida.

Mas a idéia de Jolene era justamente não depender mais de homens, certo?

*Então, você terá de resolver isto sozinha.*
*Sua casa.*
*Seu dinheiro.*
*Sua vida.*

*É proibida a entrada de homens. Tudo que você precisa fazer é agüentar durante o fim de semana. Milt virá ao resgate. A uma hora destas na semana que vem você estará visitando Hank numa casa de repouso segura. Tudo vai ficar bem.*

Ele havia recuado para o fundo de si mesmo e sua visão ficara negra nas bordas, afunilada, como se estivesse olhando pelo lado errado de um par de binóculos. O entusiasmo de simplesmente apertar os botões do controle remoto, ligando e desligando a tevê algumas vezes, tinha-o deixado mentalmente exausto, e agora seus dedos pareciam pilhas sem carga. Era uma revelação. Antes não tivera nada para medir suas forças. Agora compreendia a parca quantidade de energia que lhe restava.

Sabia que era uma quantidade finita, não recarregável.

E via mais alguma coisa. Alguma coisa aproximando-se num ritmo lento mas implacável. Um punhado de cores tremeluzindo nas bordas de sua visão. Seu coração e seus pulmões estavam fortes, mas seu cérebro estava apagando.

Morrendo.

Tudo que fizesse daqui por diante precisava ser bem-feito.

Jolene tomou coragem e entrou no quarto de Hank, determinada a ser profissional, apenas fazer o serviço. Ela acreditava em manter sua parte do acordo. O acordo tinha sido na saúde e na doença. Ela agüentaria mais dois dias de doença.

Primeiro limpou o excesso de saliva da boca de Hank com o tubo de sucção. Em seguida trocou sua fralda suja. Enquanto o alimentava através do tubo e aumentava o fluxo de água na garrafa de soro, observou-o cuidadosamente à espera de sinais. Hank parecia quase adormecido, olhos meio abertos. Preguiçoso, sonhador, cansado.

Retirou a camisola de Hank, trouxe uma bacia de água quente e lhe deu um banho de esponja. Olhou a incisão do tubo de alimentação em busca de algum indício de vazamento ou infecção. Em seguida esfregou seu corpo com óleo de bebê, depilou-o, e cortou seus cabelos. Cortou as unhas de suas mãos e pés, e esfregou suas gengivas e dentes com uma esponja umedecida com anti-séptico bucal.

Falou com ele enquanto vestia-o com uma fralda e uma camisola limpas, e fazia força para virá-lo, para colocar um lençol limpo, cobrindo metade da cama por vez. Apenas esclarecimentos práticos:

— Agora eu vou virar você. Agora estou colocando sua camisola.

Então varreu em torno da cama, tomando bastante cuidado para recolher todos os fios de cabelo e pedaços de unha. Quando terminou, removeu todos os materiais de limpeza. Levou os lençóis e roupas velhos para a área no andar inferior e colocou-os na máquina de lavar. Animou-se com os odores reconfortantes de água quente, sabão em pó e amaciante.

Sentindo-se mais forte, retornou até a cozinha, serviu outra xícara de café e ficou em pé, estudando o fogão de porte industrial. Custara uns oito mil dólares, mas Hank insistira em tê-lo. Ele gastara mais cem mil remodelando esta casa. Comprara o Ford para ele e o Honda para ela.

E não pagara as mensalidades da porra do plano de saúde.

*Não nega ter sido um bêbado.*

Jolene olhou em torno para os balcões de granito, o assoalho de ladrilho, os armários novos, as janelas emoldurando o rio.

Um dia seria dela. Merda, era dela agora. Ela balançou a cabeça. Nada dura para sempre, como dizia Hank. Mas não haviam tido nem mesmo a primeira parte de nada.

Ela vestiu seu casaco, levou seu café para a varanda, acendeu mais um cigarro e visualizou uma turba feliz de nicotinas assassinas atacando seus pulmões.

Inalou, exalou. Baixou a cabeça ao peito.

Precisaria assinar um contrato pela casa para Milt, como uma fiança, até que tivessem vencido no tribunal. Ela podia viver com isso.

Então ela sentiu um vento tão frio que só podia ter vindo de Dakota do Norte. Jolene se abraçou e seu coração estalou dentro do peito como uma folha seca. Amassou seu cigarro e correu através da porta do pátio até o quarto de Hank para se aquecer. Sentou na beira de sua cama.

— Eu nunca menti para você, Hank. Eu disse que o faria feliz por algum tempo, e pelo que me lembro, consegui isso. Eu também lhe disse que provavelmente tiraria cada centavo seu.

Jolene tomou a rígida mão direita de Hank nas suas e disse:

— Você riu de mim quando eu disse isso. Mas sabe de uma coisa, benzinho? Acho que é exatamente isso que estou fazendo agora.

*Ele sabia que precisava poupar suas reservas de energia; o esforço de mover o dedo tinha sido como cavar ferro. Disciplina férrea, disse a si mesmo, recorrendo aos seus instintos de sobrevivência mais primitivos.*

*Mas ela estava bem aqui, a pele cálida encostada na dele; podia sentir o perfume em sua pele e não conseguia resistir.*

*Assim, com a ponta de seu dedo indicador direito, tocou a palma úmida de Jolene para provocar-lhe cócegas.*

Eletrocutada, Jolene não gritou desta vez; emitiu algo mais parecido com um arfado longo enquanto saltava da cama, fugia correndo do escritório, atravessava seu quarto, e subia as escadas para a cozinha. Apoiou-se na bancada com ambas as mãos até conseguir recuperar o fôlego. Olhou para o telefone. Allen? Não, Jolene telefonara para ele antes e Hank interrompera seus truques.

Isto talvez significasse alguma coisa.

Além disso, Allen era um sujeito calmo e educado demais, e agora ela precisava de alguma coisa mais parecida com carne vermelha.

Pegou no quadro de avisos um cartão — aquele que Phil Broker lhe dera — e esticou o braço para pegar o telefone.

**Amy atendeu o telefone** ao lado do sofá, pensando que talvez fosse da delegacia novamente. Ela empurrou o aparelho para Broker.

— É para você, e ela está nervosa. — Feminina demais para fazer uma careta, Amy contorceu levemente os lábios.

Broker atendeu o telefone.

— Alô?

— Broker, está acontecendo uma coisa realmente estranha! — gritou Jolene.

— Calma.

— É o Hank. Ele está... fazendo coisas.

— Hank está *fazendo coisas?* — repetiu Broker, e olhou para Amy.

— Que coisas? — indagou Amy, encostando-se nele, ombro com ombro, cabeça com cabeça, ouvido colado no fone.

Jolene disse:

— Anteontem à noite, Earl deixou o controle remoto da televisão na mão do Hank, só de brincadeira. Eu ouvi a tevê ligar e fui até o escritório. Então ele desligou e ligou a tevê duas vezes.

— Meu Deus! — recitaram Broker e Amy ao mesmo tempo, olhos fixos.

— Eu liguei para o Allen, ele veio até aqui e eu lembrei que na hora a gata estava no colo do Hank. O Allen deduziu que a gata havia ligado o aparelho. Só que não foi a porcaria da gata, porque há três minutos eu estava segurando a mão dele e ele fez cócegas na minha palma.

— Cócegas? — perguntou Broker.

— Foi o que eu disse, porra. *Cócegas.* Do jeito que você homens fazem. Tipo "quer foder"? Cócegas!

— Tem certeza?

— O que está acontecendo? — gritou Jolene.

— Agüenta firme que estamos indo para aí.

## Capítulo Quarenta

**Broker estava correndo** novamente por estradas secundárias.
— Lembre, Allen Falken tem mania de aparecer lá em cima — disse ele. — Falando nisso, e o processo? Se ele te vir perto de Hank, você pode perder a sua licença.
Amy fez um gesto para que ele não se preocupasse. Seus olhos focaram num turbilhão de folhas à frente deles.
— E se ele sair do coma? — perguntou Amy.
— Isso pode acontecer?
— *Qualquer coisa* pode acontecer. — Agitada, remexeu-se em sua poltrona. — No que diz respeito ao conhecimento do cérebro humano, somos como homens das cavernas olhando para as estrelas. Ninguém sabe realmente o que pode acontecer. As provas que os neurologistas usam para diagnosticar estados vegetativos persistentes são medievais. Perseguição visual? Se os olhos focam e seguem um objeto? Ora, vamos. Existem casos documentados de pacientes que tinham sido considerados trancados, e depois se descobriu que o diagnóstico estava errado.
— Trancados?
— Isso mesmo. Eles perderam o controle voluntário dos músculos. Mas será que ainda estão mentalizando?

— Mentalizando?

— Pensando. Sentindo. Se eles readquirirem alguma capacidade muscular, poderão se comunicar. E isso pode ser uma base para uma terapia que possa restaurar funções.

O entusiasmo de Amy era infeccioso, e Broker afundou o pé no acelerador. Descobriu-se no limiar de um desejo miraculoso de que Hank Sommer pudesse se levantar de sua cama, completamente recuperado.

Amy apertou seu braço.

— Todo mundo desistiu dele, menos você. Você não conseguiu esquecer o assunto.

— Calma, Amy. Eu não engoli a história da morte do contador...

— Não, você nunca aceitou o que aconteceu. Você lutou contra isso.

Talvez. Mas o ceticismo natural de Broker alertava-o a não alimentar esperanças. Vá com calma, disse a si mesmo ironicamente enquanto corria debaixo de um céu coberto por nuvens negras.

— Vamos nos acalmar e dar um passo por vez — disse Broker enquanto coleava pela estrada sem saída que conduzia à casa de Hank.

Dali a pouco, Broker diminuiu a velocidade e estacionou diante da garagem. O céu se fechou sobre eles, e era quase noite no bosque denso de pinheiros brancos. Subiram correndo os degraus.

Jolene abriu a porta e estava prestes a abraçar Broker quando viu Amy. As duas mulheres olharam uma para a outra de cima a baixo com expressões de desconfiança que aumentaram ainda mais a tensão.

— Jolene, esta é a Amy. Amy é enfermeira — disse Broker.

Jolene e Amy não apertaram as mãos.

— Ela é — disse Jolene lentamente.

— Sala de emergência do Condado de Hennepin, três anos — disse Amy.

O que era válido, observou Broker, mas considerando as circunstâncias, não necessariamente preciso.
— Por aqui — disse Jolene.

*Muito bem, quem está vindo agora? Hank ouviu o som de vários pares de pés se aproximando através do corredor. Jolene, Broker e... ele viu os cabelos louros bem claros, os olhos cinzentos e sapecas, e as sardas...*
*A lince.*
*Reconheceu Amy instantaneamente. Amy, a enfermeira de Ely. Seu rosto tinha sido sua última memória consciente agradável.*
*Amy, a quem Allen atribuiria a culpa por seu erro proposital. E no momento em que Amy entrou no escritório e o viu, seus olhos brilharam, enchendo-se de lágrimas.*
*Ela pensa que fez isto comigo.*
*Vendo o fardo total de sua condição projetado no rosto da lince, Hank sentiu seus próprios olhos ficarem úmidos.*

Ao ver lágrimas nascendo nos olhos de Hank, Jolene, Broker e Amy pararam, estupefatos.
— Ele está olhando diretamente para mim — disse Amy.
Ela reagiu rapidamente focando ambos os olhos no assoalho. Hank imitou o movimento ocular. Ela levantou os olhos para o teto. Hank a imitou. Ela olhou para a esquerda e para a direita. Ele também.
— Deus.
Amy olhou para o escritório ao seu redor, caminhou até a escrivaninha, pegou um pedaço de papel e uma caneta. Escreveu alguma coisa, e então, com o papel às suas costas, caminhou até a cama.
— Hank, se você puder me ouvir e me entender, quero que pisque duas vezes para sim, uma vez para não.
Amy levantou o pedaço de papel no qual escrevera SIM e NÃO. Ela apontou para SIM.

No começo Hank foi distraído pelo sabor salgado das lágrimas que correram por suas faces, desaguando em seus lábios.
Muito bem, é hora.
Ele precisava colaborar com Broker e Amy. Era hora de jogar. Mas de quanto tempo dispunha? Quantos pensamentos haviam lhe sobrado? Quantas palavras permaneciam nele? Quisera ser um escritor, deixar sua marca com palavras. Agora sentia que lhe restavam pouquíssimas palavras, e como um pistoleiro com poucas balas no tambor de seu revólver, ele precisava mirar cuidadosamente. Piscou duas vezes e ficou chocado com o esforço que isso exigiu.

Amy imediatamente sentou-se à mesa e desenhou letras de imprensa numa folha de papel em branco.

— O quê? — perguntou Broker enquanto Jolene segurava seu braço, olhos arregalados.

— Tabela de alfabeto. Malfeita, mas vai funcionar — disse Amy sem olhar para ele.

Ela estava completamente concentrada naquilo, absolutamente focada em dispor as letras do alfabeto em cinco grupos:

A B C D E
F G H I J
K L M N O
P Q R S T
Y V W X Y Z

— Certo — disse Amy, rosto corado, olhos brilhantes. — Vou apontar para um grupo até ele piscar duas vezes. Então vou tampar cada letra num grupo seleto até ele piscar de novo. Vamos escrever essa letra. Depois começamos de novo até termos uma palavra. Vou mandar ele fechar os olhos por três segundos para indicar uma nova palavra.

Jolene estudou Amy por trás de uma cortina de choque. Uma expressão estava se formando em seu rosto, conduzindo a pergunta:

*Quem é esta mulher e o que ela está fazendo na minha casa?*

— Está dizendo que ele pode *conversar* conosco? — perguntou ela, incrédula.

— Sim — disse Amy, levantando e retornando até a cabeceira de Hank.

Jolene a seguiu, com a clara sensação de que estava segurando vela, de que Broker e esta mulher formavam alguma espécie de *dupla*. Olhou para Broker em busca de consolo, mas a atenção dele estava concentrada em Amy e em sua tentativa de se comunicar com Hank.

Amy estava falando com Hank agora, pacientemente explicando a folha de papel em sua mão. Quando terminou, perguntou a ele:

— Você me entendeu?

*Coisas demais corriam por sua mente — tudo que acontecera nos últimos tempos e em toda a sua vida, todas as pessoas a quem havia conhecido.*

*Não era hora de ser verborrágico.*

*Era hora de escolher a primeira palavra certa.*

*Qual era a coisa mais importante que ele tinha para dizer a eles?*

*Amy estava esperando por sua resposta. Certo.*

*Ele piscou duas vezes.*

— Lá vamos nós — disse Amy.

Seu dedo apontou para o primeiro grupo de palavras. Nenhuma resposta. Ela moveu a mão para o segundo grupo. Mais uma vez, nada. Número três.

Hank piscou duas vezes. A mão de Amy se moveu para a primeira letra no grupo. Ele piscou duas vezes.

— "K" — disse Amy.

Moveu o dedo de volta para o primeiro grupo e começaram de novo. Nada no primeiro grupo. Então duas piscadelas na segunda e mais duas na quarta letra no grupo.

— "I" — disse Amy.

Amy não começou de novo no topo; continuou percorrendo a mão pelo mesmo grupo, obtendo uma resposta na segunda letra. Mas Hank piscou quatro vezes.

— "L" — disse Amy. Ela se virou para Broker e Jolene. — Quatro piscadas, o que você acha? — perguntou.

Jolene estava começando a se sentir tonta, mas era boa em charadas.

— Ele quer dizer duas vezes.

— Pode ser — concordou Broker.

— "L" — disse Amy.

Amy e Broker trocaram um olhar. As letras materializavam-se como um vento frio saindo de Hank, e arrepiavam os pêlos no antebraço de Broker. Ele percebeu que estava segurando a respiração.

Amy desceu pelos grupos sem obter nenhuma resposta, voltou para o topo e obteve uma resposta positiva. Os olhos de Hank percorreram o grupo até selecionar a quinta letra:

— "E" — anunciou Amy.

Podiam ouvir a respiração uns dos outros enquanto Amy percorria os grupos de letras. A parada seguinte foi na terceira letra do quarto grupo.

— "R" — disse Amy.

Broker colocou sua mão na testa de Hank, e sua palma se revelou úmida com suor. Ele e Amy trocaram mais um olhar.

Vendo os dois reagirem, Jolene começou a recuar da cama.

— Continue, ele não fechou os olhos — disse Broker.

— Está certo — disse Amy.

Ela apontou para o último grupo, retornou ao topo, desceu pela tabela de letras, e Hank piscou novamente no quarto grupo. Quarta letra.

— "S" — sussurrou Amy.*

Hank fechou os olhos. Amy escreveu no fundo da folha de papel a palavra KILLERS — assassinos.

Broker contou para si mesmo: um, dois, três. Os olhos de Hank se abriram.

— Nova palavra — disse Amy, rouca.

Os olhos de Amy e Broker se cruzaram e se afastaram de novo. Charadas de vida e morte.

— "N" — disse Amy.
— "O".
— "T".**

Hank fechou os olhos. E Jolene sentiu que Hank, Amy e Broker estavam lentamente formando seu pelotão de fuzilamento. Earl, aquele filho da puta. Ele não devia...

— "A".
— "M".
— "Y". — A voz de Amy mal foi audível.

Os olhos amarelos se fecharam.

— O quê? — gritou Jolene. — "Amy"? *Ela?*
— Silêncio — disse Broker. — Nova palavra.
— "F".
— "A".
— "U".
— "L".
— "T".***

Hank fechou os olhos. Suor escorria por sua fronte, formando poças nas rugas debaixo de seus olhos. As poças transbordaram e escorreram por suas faces.

— O que vocês estão fazendo? Deixem ele em paz — disse Jolene.

---

\* *Killers*: assassinos, em inglês. (N. do E.)
\*\* *Not*: não, em inglês. (N. do E.)
\*\*\* *Fault*: culpa, em inglês. (N. do E.)

Moveu-se até Hank, pegou uma toalha na mesa-de-cabeceira e enxugou seu rosto e queixo.

— Ele está exausto. — Ela largou a toalha, girou nos calcanhares e confrontou Amy: — Ele está falando sobre *você*?

Amy fez que sim.

— Como ele sabe o seu nome? Quem é *você*?

A questão foi dirigida a Amy, mas os olhos desconfiados de Jolene estavam fixos em Broker.

Gentilmente, Broker segurou Jolene pelos ombros e a moveu para o lado.

— Nova palavra — disse Broker baixinho.

— "N" — anunciou Amy.

*Sua concentração tinha se estilhaçado. Ele perdeu a conta das letras, mas sabia o que queria dizer. Não tinha sido Amy nem a outra enfermeira. Tinha sido Allen, era isso que ele queria dizer. E Earl tinha matado Stovall. Ele se sentia centrifugado pela exaustão, que arrastava seus olhos de volta para órbitas circulantes. Precisava lutar contra isso. Queria continuar. Onde ele estava? O dedo de Amy se moveu.*

— "U" — disse Amy.

Broker observou os olhos de Hank tremerem, ameaçando entrar em convulsão. Estendeu o braço até os ombros tensos de Hank e ao sentir os músculos frouxos e cansados, desejou ter a capacidade de transferir-lhes a força de seu próprio braço.

— "R" — disse Amy.

— "S".

— "E".*

*Ele estava perdido. Exausto e perdido. Tentou piscar para afastar o suor de seus olhos e suas pálpebras se grudaram. E*

---

* *Nurse*: enfermeira, em inglês (N. do E.)

*quando seus olhos abriram, estava de volta no Rato Selvagem, seus glóbulos oculares girando nas órbitas. E então, o limbo.*

**Jolene manteve-se no fundo**, braços dobrados, pensamentos desvairados. Hank podia piscar-falar. Maravilhoso. E todos esses dias eles tinham falado na frente dele. Era óbvio que ele ouvira Earl e ela discutindo sobre o que acontecera a Stovall. Isso queria dizer que Hank pensava que ela estava envolvida nisso. Com toda certeza pareceria assim. Ela precisava de dinheiro e Earl foi tentar arrancá-lo de Stovall para sua ex-namorada.

Assassinos, ele dissera.
Plural.
*Dois* assassinos.

Se essas piscadas prosseguissem, Hank continuaria a implicá-la, juntamente com Earl, num assassinato. E ela pensou fervorosamente:

*Hank, meu bem, eu estou realmente tentando fazer as coisas como você queria. Estou tentando mesmo. Mas se você continuar fazendo isso, eu não vou ter a menor chance.*

Jolene estava tão absorvida que momentaneamente esqueceu o showzinho de Amy e Broker no pé da cama de Hank. Eles estavam debruçados sobre a breve mensagem escrita no fundo da folha de papel:

KILLERS; NOT AMY FAULT; NURSE — *Assassinos; Amy não culpa; Enfermeira.*

— Enfermeira? Nancy Ward era a outra única enfermeira... — disse Amy, intrigada.

Broker tentou lembrar da enfermeira de cabelos escuros, trabalhando exausta na sala de recuperação em Ely.

— Será que ele quer dizer...?
Amy fitou Broker.
— Assassinos? Eu não sei.

— Ele está querendo dizer que... a outra enfermeira, de alguma forma...? — disse Broker.

— De propósito? — sussurrou Amy. — Ela ainda está trabalhando. Eu pude tirar uma folga, mas ela precisa do dinheiro.

Amy fez uma pausa, Broker compreendeu sua hesitação, e ambos olharam em outra direção.

Braços ainda cruzados, Jolene disse-lhes com uma expressão desconfiada:

— Qual é o jogo, pessoal? Eu me sinto de fora.

Broker disse:

— Estávamos pensando: e se houver uma possibilidade do que aconteceu com Hank não ter sido acidente?

— Nós? — disse Jolene, primeiro apontando para Broker, e então para Amy. — Quem é essa *piranha*?

Amy deu um passo para a frente e Broker levantou uma mão apaziguadora. Amy fez um gesto de que tudo estava bem e empertigou os ombros.

— Sra. Sommer... Jolene... Meu nome é Amy Skoda. Eu fui a anestesista que atendeu Hank durante e após a cirurgia em Ely.

— Hum-hum. — Jolene desdobrou os braços, recruzou-os, e os apertou com mais força contra si. — Deixa eu ver se estou entendendo, querida. Eu estou processando você, certo?

Amy mordeu o lábio e assentiu.

— Muito bem — disse Jolene, voltando os olhos para Broker. — E vocês dois se conhecem lá do norte?

— Isso — confirmou Broker.

— E vieram juntos para cá?

— Correto — disse Broker.

— Na caminhonete do Hank?

— Correto de novo.

— E estão juntos lá na fazenda de avestruzes, não é?

Amy se apressou em falar:

— Não é isso.

— Claro que não é. — Os olhos de Jolene fulminaram Broker por um instante, e então voltaram para Amy. — E então, que história é essa sobre alguém ter feito algo *de propósito*?

Broker respondeu:

— E se a enfermeira na sala de recuperação agiu intencionalmente quando desligou o monitor? Hank pode ter visto ela fazer isso ou ouvido ela dizer alguma coisa...

A esperança envolveu Jolene e desatou o nó de seus braços cruzados. Livres, eles flutuaram para cima; suas mãos se abriram, questionando:

— Mas ele disse "assassinos", como se houvesse mais de um.

— Ele não está em condições de soletrar perfeitamente, não é? — disse Amy.

Jolene especulou sobre esta nova opção durante alguns segundos. Então sorriu candidamente para Broker.

— Você é mesmo um bom samaritano. Primeiro dá com o pé na bunda do Earl. Agora está tentando limpar a barra dela?

— Jolene, pare com isso — protestou Broker.

— Não, isso é bom. E então, o que acontece se eu pego o telefone e ligo para o meu advogado?

— Eu fico com problemas *até* o pescoço.

— Deixe-me pensar por um minuto — disse Jolene.

Braços mais uma vez dobrados diante do peito, ela caminhou pelo escritório; o escritório na casa grande que não seria mais dela se Hank prestasse um testemunho sério.

Certo, o que Jolene sabia era o seguinte: o sistema legal americano era baseado na presunção da inocência. E o sistema criminal americano era baseado no princípio de que se você não tem uma testemunha, não tem um crime.

Então. Esta Amy estava excitada com fervor autoral; ela tinha "descoberto" Hank. E ela e Broker estavam cozinhando uma teoria sobre uma enfermeira em Ely.

Quando Jolene teve a idéia, foi melhor do que nos filmes. Primeiro, precisava de tempo. Precisava manter Hank e esses dois isolados dos policiais e advogados até descobrir como colocar Hank longe do banco de testemunhas. Mantê-lo respirando, mas não piscando. E para isso precisava de Earl, com braço quebrado e tudo o mais. E como Broker e sua loura natural estavam se divertindo tanto brincando de detetives — por que não atiçar seu ânimo?

— Essa enfermeira... — disse Jolene. — Vocês têm certeza de que ela está lá em cima, trabalhando?

— Absoluta — disse Amy.

Jolene apontou para o telefone na mesa.

— Descubra.

Amy olhou para Broker, que deu de ombros — *tudo bem* —, e ela caminhou até o telefone e digitou um número.

— Judy? Sim, é Amy. Como vão as coisas? Não, eu estou aqui nas Cidades, fazendo compras. A Nancy vai trabalhar amanhã? Ah, vai. Só estou curiosa sobre como ela está agüentando a barra. Sim, eu sei. Este tipo de coisa acontece o tempo todo. Acho que vou estar com vocês na segunda-feira. Sim. Tchau.

Amy desligou o telefone.

Levaram alguns segundos para absorver a conversa de Amy. Então Jolene avaliou os olhos deles e disse:

— E então, vamos dar um passeio e testar a teoria de vocês?

— O que você quer dizer? — perguntou Broker.

— Estou dizendo que não vou telefonar para Milt e dar a vocês uma chance de provar. Vinte e quatro horas. Nós levamos Hank numa viagem de carro. — Caminhou até o telefone na cabeceira da cama e pousou a mão no aparelho. — É pegar ou largar.

— Levá-lo para o norte, nas condições dele? — perguntou Amy.

— Para Ely — disse Jolene, balançando a cabeça.

— Acho que não é uma boa idéia — disse Amy. — A não ser que ele vá numa ambulância.

— Você sabe quanto *custa* o aluguel de uma ambulância? — perguntou Jolene.

Amy olhou para Broker, que disse:
— Jolene, é muito arriscado.
Jolene pegou o telefone.
— Eles disseram que eu não podia trazê-lo do hospital para cá. Mas eu fiz isso. Então, como isso pode ser mais arriscado do que ela — Jolene apontou o telefone para Amy — vir até aqui e convidar todos nós ao inferno jurídico? Veja, Hank está exausto. Ele vai dormir por oito horas. Está frio, mas as ruas estão secas. O único problema é que Earl levou o Ford. O furgão dele está aqui mas eu não tenho as chaves. E o meu Accord não é grande o bastante. O jipe é confiável?
— É sim — disse Broker.
Jolene colocou o telefone de volta no gancho.
— E então? Temos um celular, temos uma enfermeira. O que você acha?
— Quatro horas, talvez seja possível — disse Amy.
— Ele simplesmente vai conseguir dormir? — perguntou Broker.
Jolene fez que sim com a cabeça.
— Iremos pelas estradas principais. Droga, com vocês com a gente, Hank vai estar em melhor companhia do que sozinho comigo. Ora, vamos. Vamos meter ele no seu carro, e dirigir para Ely até a sua cabana. Então a gente descansa, e logo no começo da manhã vamos encontrar essa enfermeira cara a cara. Se você estiver certo, Amy vai tirar o pescoço da forca, você vai ser um herói, e eu vou ter um caso mais forte.
A energia de Jolene era contagiante. Broker olhou para Amy, que levantou o papel com os blocos de letras.
— Pode ser alguma coisa — disse ela.
— Vamos — encorajou Jolene. — Vai ser uma pequena aventura!
Broker estudou Hank, adormecido numa camisola azul.
— Ele não pode viajar desse jeito.
— Não tem problema — disse Jolene. — Vou vestir ele num conjunto de lã. Vamos cobrir o fundo do jipe com cobertores e

travesseiros para ele poder reclinar, como se estivesse em sua cama. Um de nós terá de viajar ao lado dele para mudar o lado sobre o qual ele estiver deitado.

— Nós iremos nos revezar — disse Amy e seus olhos correram esperançosos para Broker.

— Veja, a gente pode resolver tudo isto.

Broker pensou no assunto. Lembrou de gente como J.T., que vivia lhe dizendo que tudo que ele conseguia fazer era encurralar as pessoas; que ele jamais *solucionava* nada.

— Certo, vamos fazer. Me mostra onde você guarda os cobertores.

— Vamos levar os cobertores, encher uma bolsa com fraldas, levar um pouco de Ensure para o seu tubo. Saia pela garagem, abra a porta, e traga o jipe para cá — disse Jolene, revelando-se uma organizadora eficiente.

Broker saiu para pegar o jipe. Amy ajudou Jolene a arrumar uma mala de viagem. Hank dormia profundamente.

— E então, como uma dama refinada como você acaba com um sujeito durão como Broker? — perguntou Jolene quando estavam sozinhas.

— Ah, ele não é realmente assim. É só um tipo que ele faz — disse Amy.

— Convença-me — disse Jolene secamente. — Então, você suspeitou dessa outra enfermeira? Foi por isso que veio para cá?

— Não, não. Foi Broker quem quis vir. Ele desconfiou da coincidência do seu contador ter morrido logo depois do acidente de Hank. Mas ele confirmou com a delegacia do Condado de Washington..

Jolene sentiu um arrepio.

— Ele fez isso?

— Na verdade, o J.T. foi quem fez. Ele é o dono da fazenda onde estamos hospedados. J.T. é policial de homicídios aposentado. Todos eles foram novatos juntos em St. Paul: J.T., Broker e John Eisenhower, o xerife do Condado de Washington. E o pessoal do Condado de Washington disse que não havia indícios de intenção criminosa no caso de Stovall. Disseram que Stovall apenas tinha umas taras esquisitas que fugiram do controle. Broker está tendo dificuldade em aceitar isso. Ele odeia estar errado.

— Novatos? — disse Jolene. — Você quer dizer, como policiais?

— Bem, Broker nunca foi exatamente um policial. Ele trabalhou muito como agente disfarçado para o Departamento de Apreensão Criminal do Estado.

Jolene abriu um sorriso grande e tranqüilo. Lentamente, estendeu um braço e pegou um punhado dos cabelos de Amy.

— Eles são bem grossos. Já pensou em usá-los para cima?

— Geralmente apenas amarro num rabo-de-cavalo — disse Amy.

— Claro, eu posso perceber isso. — Jolene sorriu de novo. — Olha, você me dá licença por um minuto? Preciso fumar um cigarro para me acalmar e me recompor.

Enquanto se virava para sair do quarto, desligou o monitor de bebê na cabeceira da mesa porque, como Earl já mencionara, monitores de bebê captam e retransmitem conversas por telefones celulares.

## Capítulo Quarenta e Um

**Allen havia se curvado** sobre a barriga uma vez na vida, nos tempos de escola, depois de ser atingido por uma bolada durante um jogo. Ele tinha ficado caído no chão do ginásio durante uns minutos, arfando, convencido de que jamais recuperaria o fôlego novamente.

Neste momento Allen estava tendo problemas para recobrar seu fôlego emocional. Ao ver Broker e a enfermeira, perdera durante alguns instantes seu autocontrole e contraíra uma fadiga súbita. Seus pensamentos ficaram amarelados, da cor de manchas de nicotina nos dedos de um fumante.

A cor dos dedos de Hank.

Ele havia olhado pela janela de uma sala de exame e observado Broker e a enfermeira saírem do hospital e entrarem num jipe vermelho muito maltratado. Tinha que ter relação com Hank, claro. Por que mais estariam juntos aqui?

No piloto automático, ele tinha vestido suas roupas de rua, entrado no carro, e dirigido até sua casa. Flertando com a negação, resolveu esquecer o assunto. Assim, vestiu seu conjunto de *jogging* e seus tênis e saiu para correr. Não chegou nem até a fileira de árvores que margeavam os limites de sua casa. Parou e observou as árvores perderem suas folhas — cascatas de triângulos arredondados, amarelos e gordos. As árvores estavam ficando dormentes, e partes delas estavam morrendo.

Desmoronando.

Tudo estava desmoronando.

Deveria telefonar para Milt? E fazer o quê? Fofoca? Milt não sabia de nada.

Ele voltou para dentro, e em vez de tomar um banho e fazer a barba, pôs-se a caminhar de um lado para o outro em sua sala de estar. Esfregou a barba rala em seu queixo e encarou seu reflexo num espelho de corredor. O que tinha sido um gesto de libertação esta manhã agora deixava-o com a sensação de que estava ridículo. Ele viu o estojo de vídeo na mesa e lembrou dos olhos tristes e vigilantes do palhaço.

Ele precisava saber. Precisava ir até a casa de Jolene e perguntar se Broker tinha aparecido lá com uma enfermeira.

De volta ao seu carro, dirigiu através de portas giratórias de granizo e folhas. Estava escuro quando chegou à casa de Hank. No meio do caminho sinuoso até a casa, seus faróis baixos captaram uma forma vermelha e ele pisou no freio. Diminuiu a velocidade e deixou o carro andar lentamente para a frente. Era o jipe enferrujado no qual vira Broker e Amy entrarem.

Seu cansaço desapareceu quando uma empolgação repentina encheu suas veias.

Lutar ou fugir sempre fora um conceito. Agora era um dilema que remoía sua mente.

Allen estacionou, saltou, e viu que a porta da frente estava entreaberta. Agachado, olhos e ouvidos alertas, entrou na casa e seguiu por aposentos que conhecia bem até a cozinha, onde uma voz sem corpo o fez parar.

— O quê? — disse a voz de Broker, como num desafio.

Trêmulo, Allen olhou em torno. E então seus olhos se fixaram na babá eletrônica sobre o balcão da cozinha.

— Tabela de alfabeto — disse uma segunda voz, que Allen reconheceu como a de Amy.

— Está dizendo que ele pode *conversar* conosco? — perguntou ela, incrédula.
— Sim — disse Amy.
Então um som de caneta sobre papel. Amy de novo:
— Você me entendeu?
Allen colocou a mão na bancada da cozinha para se apoiar. Isto não estava acontecendo.
Mas estava, porque Amy disse:
— Lá vamos nós.
Depois de um momento:
— "K" — disse Amy.
— "I" — disse Amy.
— "L" — disse Amy. — Quatro piscadas, o que você acha? — ela perguntou.
— Ele quer dizer duas vezes. — E esta era Jolene.
— Pode ser — disse Broker.
— "L" — disse Amy.
— "E" — disse Amy.
Mesmo através daquele monitor vagabundo, Allen podia ouvi-los respirar ofegantes.
— "R" — disse Amy.
Então vieram algumas palavras que Allen não conseguiu ouvir por causa de estática. Sua face estava praticamente deitada no balcão, a orelha pressionada contra o alto-falante de plástico branco.
— Continue, ele não fechou os olhos — disse Broker.
— Está certo — disse Amy.
Os cabelos de Allen pinicaram como agulhas em seu escalpo. Hank estava se *comunicando*.
— "S" — sussurrou Amy.
Allen prendeu a respiração.
— Nova palavra.
A voz de Amy saiu rouca pelo monitor, e Allen pulou ao ouvir o som.

— "N" — disse Amy.
— "O" — disse Amy.
— "T".
...
— "A" — disse Amy.
— "M".
— "Y" — quase inaudível.
— O quê? — gritou Jolene.
Estática.
— Silêncio — disse Broker. — Nova palavra.
— "F" — disse Amy.
— "A" — disse Amy.
— "U" — disse Amy.
— "L" — disse Amy.
— "T" — disse Amy.

Cada palavra, uma estaca trespassada no coração de Allen.
Mais estática. Sons confusos.

Agora ofegante, Allen aguardou a palavra seguinte, esperando escutar seu nome. Em vez disso, ouviu "enfermeira", o que não fazia muito sentido. Assim como a conversa que se seguiu. Mas então fez um pouco de sentido. Eles pareciam ter alcançado um impasse. Hank estava exaurido, adormecido.

Isto era mais informação do que Allen podia processar.

Sua mente resolveu o dilema e começou a gritar *fuja!*. Mas outra coisa, também, uma explosão súbita de raiva.

Lute contra eles e sobreviva.

Pense. Eles não são tão espertos assim.

Fuja.

Fugiu, mas apenas para levar seu carro até a estrada, onde o escondeu no acostamento. Coração acelerado, correu para os pinheiros, e então parou. Estava fazendo barulho demais. Olhou em torno, surpreso com o quanto as coisas comuns — árvores, folhas, arbustos — tinham adquirido bordas ameaçadoras; o perigo tornava o mundo mais nítido.

Então, seja furtivo.
Contornou cautelosamente a garagem. Era um ato suicida, mas se sentia compelido a encarar a coisa que estava vindo destruí-lo. Tudo que precisava era subir para a varanda e espiar a janela.
O reflexo de nuvens na porta do pátio estremeceu. A porta abriu. Allen escondeu-se abaixo do nível da varanda enquanto escutava passos saírem de dentro da casa. Um segundo depois sentiu cheiro de tabaco queimado e viu uma nuvem nervosa de fumaça contorcer-se sobre ele. Espiou e viu Jolene fumando um cigarro. Seu rosto estava franzido numa expressão determinada. Segurava um telefone celular contra a orelha. Andava de um lado para o outro, agitada.
E então Allen ouviu o telefone celular de Jolene tocar.
— Earl, você está em condições de dirigir? — perguntou com firmeza.

**Allen escutou cuidadosamente** toda a conversa telefônica. Quando Jolene terminou, sabia que sua vida tinha mudado e que toda sua educação e treinamento o haviam preparado para esta crise em particular. Para saber ler os sinais e agir com determinação.
Subiu a escada e observou Jolene sair do escritório. Broker e Amy estavam na casa. Ele não sabia onde. Mas, por enquanto, ninguém estava com Hank. Era hora de correr outro risco.
Ele se viu num lugar totalmente novo que também era muito familiar. Às vezes os cirurgiões eram chamados para tomar decisões rápidas sobre quem vivia e quem morria.
Triagem.

*Hank flutuou de volta para a consciência enquanto Jolene passava por sua cama e desaparecia em seu quarto. Sentiu um*

*odor residual de tabaco e isso fez sua garganta doer. Então sentiu uma lufada de ar frio no rosto. Seus olhos claudicantes captaram movimento nas janelas. Folhas. Galhos se movendo. Tentou focar olhos. Não ia conseguir; estava cansado demais.*
*Então, espere, uma pessoa; entrando pela janela.*
*Broker?*
*Não, não Broker.*
*Hank reconheceu o casaco azul que o homem estava usando.*
*Deus do céu, era Allen.*
*Silencioso e sinistro, Allen caminhou com agilidade até a cama, puxou um travesseiro de debaixo da cabeça de Hank. Nenhuma palavra de despedida, nenhum olho no olho. Absolutamente profissional, Allen levantou o travesseiro, bloqueou a luz e cobriu a boca e o nariz de Hank com algodão limpo.*
*A morte cheira a amaciante de roupas.*
*...*
*A pressão do travesseiro parou de repente. Allen enfiou o travesseiro de novo sob a cabeça de Hank, saltitou até a porta para o pátio, e sumiu. Hank arfou, recuperando seu fôlego.*
*Passos.*
*Enxotaram Allen dali.*
*Amy e Broker.*

Amy sorriu, vendo os olhos de Hank girarem uma vez e então fecharem com força.

— Hank, nós vamos dar um passeio. Fizemos uma cama muito confortável para você.

*Allen! Cuidado com o Allen! Ele sabe!*

— Ele está exausto, veja seus olhos — disse Broker.
— Tire um cochilo, Hank — sugeriu Amy. — Você vai ficar bem.

Enquanto Hank afundava num estupor de fadiga, os dois levantaram-no, curvaram-no nos lugares apropriados, e sentaram-no na cadeira de rodas na qual fora trazido do hospital.

*Allen esteve aqui! Ele tentou me matar!*
*Escutem!*
*Mas estava tão cansado que nem conseguia abrir os olhos.*

# Capítulo Quarenta e Dois

**Earl tinha acabado de perder** uma discussão com uma enfermeira a respeito de trocar sua receita de Percocet para morfina quando seu celular tocou na mesinha-de-cabeceira. Fitou o telefone com olhos anuviados, ciente de que só podia ser uma pessoa. Portanto, que tocasse. Ela que se fodesse.

Há cinco horas fora da sala de recuperação, estava com face, queixo, olho e orelha esquerdos escurecidos e azulados. Seu pescoço estava duro. Disseram que estavam preocupados com a concussão. Nesse ínterim, a equipe médica não parava de vir *admirá-lo*. Earl Garf, a aberração chutada por uma avestruz.

Seu antebraço esquerdo agora era mantido no lugar por uma barra de titânio de trinta e quatro milímetros. O cirurgião tinha acessado a bola do úmero esquerdo através de uma incisão no ombro. Em seguida ele inserira a barra ao longo do canal ósseo e, trabalhando com uma máquina de raios X para fazer o alinhamento, juntara a barra e o osso quebrado com dois parafusos. Em seguida suturara as feridas nos bíceps de Earl, engessara a área inteira, e pusera o braço numa tipóia.

Agora a dor não era específica; parecia mais estar em toda parte. Os dedos de sua mão esquerda ressaltavam do gesso e estavam começando a parecer salsichas alemãs escuras. Mas ele conseguia movê-los.

Como seu pescoço estava duro, precisava girar toda a parte superior do corpo para virar a cabeça. O Percocet não estava adiantando. Precisava de morfina. Começou a sumariar seu caso para apresentá-lo a um médico.

Mas então, depois que o telefone parou de tocar, seu bipe zumbiu na mesa. Com dificuldade, moveu seu braço direito sobre seu peito e apertou o botão de chamada.

6666666.

O diabo, o fim do mundo. O código que ele e Jolene usavam para uma grande emergência. O que tinha acontecido agora?

Mais uma vez, com dificuldade, esticou o braço até a mesa e manipulou o telefone celular com sua mão boa. Digitou o número do celular de Jolene.

Ela atendeu imediatamente, só que não com um cumprimento, mas com:

— Earl, você está em condições de dirigir?

— Ei, vá se foder. Eu saí da ilha, lembra? Estou com um braço quebrado por sua causa. É possível que jamais consiga puxar ferro com ele de novo.

— Escuta, Earl, as coisas ficaram sérias.

— Que parte do "vá se foder" você não entendeu?

— Sérias mesmo, Earl. Nível DakNo.

Mais código pessoal. DakNo significava a loja de conveniência em Dakota do Norte. Significava vida e morte.

— Certo, estou ouvindo.

— Que bom, porque Hank está falando.

A frase fez Earl se levantar de supetão. A névoa de Percocet se dissipou enquanto um filete de suor frio corria por debaixo de seu braço engessado. Tentou focar na voz ao telefone.

— Hank está *falando*? — repetiu, incrédulo.

— Não está falando *palavras* com a boca. Está falando com os olhos, piscando. O importante é que está se comunicando. Lembra de certas conversas que tivemos na frente dele sobre a sua conversinha com Stovall na floresta? Sobre como você o deixou pregado numa porra de árvore?

*Primeiro, chutado por uma avestruz. Agora, isto. Inacreditável.*

— E então, o que ele está dizendo?

— O que aconteceu foi o seguinte: esta tarde ele fez cócegas na minha mão com o dedo. Eu não liguei para você ou para o Allen porque vocês tinham rido de mim na outra noite. Então eu liguei para o Broker.

— Claro, faz *todo sentido*. — Earl estava sentindo dificuldade em controlar sua voz.

— Em todo caso, Broker chegou aqui com uma enfermeira...

— Uma que parece uma loura clara autêntica?

— Isso. E eu estava tão nervosa que nem me esforcei muito pra adivinhar quem era a garota. Mas ela entende do riscado. Fez uma tabela de alfabeto para Hank escolher letras piscando, e formar palavras. Adivinha qual foi a primeira palavra que ele formou?

Earl rangeu os dentes, levantou, e empurrou os pés para fora da cama. Engraçado como a notícia de que Hank estava falando colocou sua dor em perspectiva. Ele viu suas roupas penduradas em ganchos na pequena alcova do banheiro.

— Qual?

— Assassinos.

Earl começou a ofegar. Esforçou-se para recuperar o controle de sua respiração.

— Mencionou nomes?

— Não exatamente. Ele piscou a frase: Amy não culpa.

— Quem é Amy?

— A enfermeira que Broker trouxe.

— Não estou entendendo nada.

Earl descobriu que tinha mais do que o domínio parcial dos dedos da mão esquerda. Seu alcance era limitado, mas podia pegar e segurar coisas, ainda que dolorosamente. Talvez pudesse dirigir. Graças a Deus, seu furgão tinha câmbio automático.

Conseguiu vestir sua calça jeans. Com seu ombro bom, manteve o telefone encostado na orelha.
— Ela foi a anestesista lá em Ely. É uma das enfermeiras que estamos processando pelo acidente de Hank. Ela veio com o Broker. Estão trabalhando juntos.
— Eu ainda não estou... — Mas tinha um mau pressentimento.
— Broker não veio apenas devolver a caminhonete do Hank. Ele usou isso como desculpa porque leu a respeito de Stovall e ficou desconfiado. Então tentou se aproximar de mim.
— Tentou, tá legal. Não dava nem para passar luz entre vocês.
— Bem, se aproximar das pessoas é especialidade dele. A enfermeira ficou tão empolgada com Hank que abriu o bico. Disse que Broker foi policial disfarçado.
Earl começou a ofegar de novo.
— Earl? Você está aí?
— Meu Deus. Merda. Porra. Nós estamos...
— Sim, como você acha que estou me sentindo? Eu disse que ele *foi* policial disfarçado. Está aposentado. Mas conhece um monte de tiras.
— Porra!
— Temos uma coisa a nosso favor. A última palavra que Hank piscou foi "enfermeira". Então ele ficou exausto, ou algo assim. E adormeceu. Não tenho a menor idéia de onde ele estava tentando chegar, mas Broker e essa tal de Amy começaram a brincar de detetives e acham que ele quis dizer que a outra enfermeira que estava na sala de recuperação tentou matar o Hank. Resolvi fazer o jogo deles para ganhar tempo. Sugeri que empacotássemos o Hank e fôssemos de carro até Ely, e tentar esse truque de piscadelas com a enfermeira.
— A velha teoria da enfermeira assassina — disse Earl.
— A gente vai ganhar tempo com isso. Talvez vinte e quatro horas. — Ela parou e Earl ouviu-a exalar. — Às vezes a vida dá pra gente umas escolhas filhas-da-puta.

— Amém — disse Earl.

— Então, você pode tomar um táxi até aqui, pegar o seu furgão e me encontrar lá em cima?

— Como você disse, é uma escolha filha da puta, mas estou nessa com você.

Aquilo o fazia sentir-se como nos velhos tempos.

— Certo. Nós vamos até a propriedade do tio do Broker. O nome é Cabana do Tio Billie, em Lago Um. Eles disseram que fica perto de Ely. Qualquer frentista de posto de gasolina pode dizer a você como chegar. Ninguém está lá em cima nesta época do ano. Você está ouvindo?

— Estou. Cabana do Tio Billie no Lago Um, em Ely, Minnesota. E então o que a gente faz?

— Me manda um bip com alguns números seis quando você estiver bem posicionado, tipo do outro lado da porta da frente. Eu vou atrair o Broker para fora. Então eu vou distraí-lo para você poder...

— Já saquei.

Ela fez uma pausa, e então disse:

— Então é melhor você levar *aquilo*.

— Pensei que a gente não era mais sócio — disse Earl, estalando os dentes.

— Eu não vejo outra forma — disse Jolene.

**Ela desligou o telefone**, acendeu seu cigarro, e o observou espiralar para longe, fagulhas flutuando na escuridão. Empertigou os ombros e correu os dedos por seus cabelos curtos.

Lembrou a si mesma que *ela* não havia matado aquele sujeito em Dakota do Norte.

E *ela* também não ia matar Amy e Broker.

## Capítulo Quarenta e Três

**Tinham abaixado o** assento traseiro e deitado sobre ele um colchonete embrulhado em cobertores. Broker engatou a cadeira de rodas de Hank no cavalete sobre o teto do carro. Hank dormia de lado com um travesseiro entre os joelhos. Amy estava deitada ao lado dele. Jolene viajava no banco do carona. Tinham bons pneus e um tanque cheio de gasolina. O aquecedor estava funcionando bem.

— Eu não quero falar com ninguém até que ele tenha descansado por uma noite inteira, e esteja bem alimentado — disse Jolene. — E à vontade com o novo ambiente.

— Concordo — disse Broker, que estava se sentindo bastante confortável com a situação.

O dia ganhara um impulso irresistível. A esperança viajava com eles. Broker perguntou-se se aquele breve exercício com o sistema de alfabeto podia pressagiar algum tipo de recuperação para Hank.

Ele focou sua atenção na estrada fria e vazia que se desenrolava diante dos faróis altos do jipe. A Interestadual 35 seguia para o norte quase deserta, como se a temperatura baixa e o vento tivessem varrido os carros para longe.

**Earl suou para se levantar** do táxi com o sobretudo escorregando dos ombros. Tinha sido capaz de enfiar apenas o braço bom numa manga. A manga esquerda rasgada pendia vazia. Amaldiçoando sua falta de jeito, pagou o motorista e enfiou uma mão no bolso da calça jeans para pescar sua chave. Exatamente como Jolene tinha dito, a casa estava vazia mas o furgão continuava na garagem. Aquele covarde do Rodney ainda estava com o Ford.

Ele tropeçou enquanto passava pela porta e bateu o braço engessado contra a maçaneta.

— FILHADAPUTA!

Os xingamentos ecoaram pela casa vazia. Eles tinham subido para o norte: Jolene, Hank, Broker e aquela enfermeira espertinha com sua tabela de alfabeto. Agora precisava segui-los. E não queria pensar no que estava para acontecer.

Merda.

Ainda estava usando sua camisola de hospital debaixo do sobretudo. Uma enfermeira tinha amarrado o cinto em torno de sua cintura enquanto ele assinava correndo os documentos de dispensa. Não estava usando cuecas. Nem meias.

Seus sapatos não estavam amarrados.

Tinha sido difícil demais fazer tudo aquilo com o braço engessado, a tipóia e os dedos inchados.

E ele estava com fome, mas também não tinha tempo para isso.

Além disso, sentia dor, mas não podia se dar ao luxo de tomar mais pílulas porque tinha uma viagem de quatro horas pela frente. Resmungando, desceu as escadas, parou diante do arquivo ao lado de seu computador e abriu a gaveta de baixo. No fundo, por trás de algumas pastas de cartolina, localizou o pequeno estojo de lona fechado com zíper. Com dificuldade, usando seu dedo esquerdo dormente para empurrar o estojo contra seu quadril, abriu o zíper. Removeu o pesado Colt automático e os dois pentes carregados de balas gordas e atarracadas, parecendo os dentes de um pequeno tiranossauro rex. Earl balançou a cabeça. A pistola era um fóssil de outra era.

Tentou lembrar da última vez que tinha limpado o 45.

Merda, fazia anos que não disparava aquela coisa. Mas Stovall não tinha sabido disso.

Maldita Jolene. Esta montanha-russa de com-você-sem-você precisava acabar. Depois que isto terminasse, nós vamos pegar o dinheiro e iremos para algum lugar quente. Talvez uma ilha, cheia de gente que fale uma língua diferente para limitar nosso talento para arrumar confusão.

Inseriu o pente de balas e puxou o cursor com dificuldade. Clique-claque, o mecanismo carregou um cartucho na câmara. Certo. Puxou a trava. Em seguida colocou o outro pente de balas no bolso de sua camisa, pegou um suéter de lã, algumas meias, luvas, um chapéu. Ele os meteu na primeira coisa em que pôs a mão — uma sacola plástica da CompUSA. Engraçado, fazia um bom tempo que não comprava nada na CompUSA.

Estaria frio lá no norte.

O que o forçou a pensar em termos práticos. O solo estaria congelado, impossível de cavar. Além disso, com este braço machucado não poderia mesmo cavar. Assim, rezaria para que os lagos não estivessem congelados, porque ia ser neles que iam jogar Broker e a enfermeira.

E quanto a Hank?

Earl estava no meio desse pensamento, subindo os degraus para a cozinha, seguindo até a geladeira, torcendo para pensar em alguma coisa bem rápido.

Quando as agulhas rasgaram seu tornozelo nu.

Gata filha-da-puta!

Tanta coisa tinha acontecido, e agora mais essa. Foi a gota d'água para Earl. Ele sacou o Colt do bolso com a mão direita boa, soltou a trava de segurança e...

BLAAM!

Disparou uma bala contra a bola de pêlos cinzentos e garras afiadas e atingiu o assoalho, espalhando farpas de terracota por toda parte.

O cartucho vazio foi jogado para cima numa nuvem de cordite e caiu tilintando na grade do fogão.
A maldita gata ainda estava correndo pela sala de estar.
BLAAM!
Errou de novo, acertou a parede mais distante, e o impacto derrubou duas pinturas.

— Cuido de você quando voltar! — gritou Earl, suas orelhas zumbindo devido à violência dos disparos. Balançou a cabeça. Gata cruzando seu caminho: um sinal ruim no começo de um projeto ruim.

Brandindo a mão com que segurava a arma para limpar a nuvem de cordite no ar, abriu a geladeira, não encontrando nada fácil para carregar além de quatro latas de Diet Pepsi ligadas por uma teia de plástico branco. Guardou a arma de volta no bolso, pegou o refrigerante e uma caixa de *donuts* dormidos no armário, seguiu até a garagem e entrou em seu furgão.

Dez minutos depois estava dirigindo para oeste pela Rodovia 36 rumo à junção da I-35. Tinha três quartos de gasolina no tanque, e estava em seu segundo *donut* e na metade de uma Pepsi.

O grupo Steppenwolf estava tocando na KQRS. O que era um bom sinal. Isso cancelou a gata. Ele esfregou a cabeça do boneco de ação War Wolf colado no painel, colocou o volume no máximo, engoliu o resto do *donut* de açúcar e se balançou por trás do volante.

*Trovão heavy metal...*
*Preparado ou não,*
*Lá vou eu,* pensou.

**Allen correu através dos** pinheiros, colidiu com alguns arbustos, e saltou para o seu carro. A culpa é deles, não minha, pensou, enquanto mudava as marchas do carro.

*Eu podia ter parado ali. Hank morria pacificamente durante o sono. O Fim. Mas não, eles tinham de voltar. Agora mais gente precisaria pagar.*

Interessante a forma como a lógica funcionava neste novo mundo. Era evidente que eles eram os culpados por aquilo que iria lhes acontecer. Quase como se movido por uma mente própria, o Saab correu rumo ao Timberry Trails Hospital. Ele visualizou a operação que precisava realizar; sabia exatamente o que precisava fazer em seguida e do que necessitava para fazê-lo.

Utilizaria suas habilidades fora da sala de operações.

E faria o oposto de curar.

Calculava que suas chances de conseguir se safar desta eram de uma em três.

— Uma em três — disse em voz alta.

Mas, se havia entendido corretamente a conversa telefônica de Jolene com Garf, ele tinha alguma vantagem. Agora recordou a conversa estranha que tivera com Garf a respeito da crucificação, um pouco depois de Hank chegar das Regiões, depois que haviam descoberto que o plano de saúde não estava em dia. E depois que tinham descoberto que o contador maluco pusera todos os bens de Hank num fundo ao qual Jolene não tinha acesso.

E então o contador foi achado congelado, pregado numa árvore, levando a prática sadomasoquista do *body piercing* a uma nova dimensão. Todo mundo no hospital tinha falado a respeito daquilo. Preocupado com seu próprio dilema, esquecera das perguntas de Garf, e de seu próprio conselho preciso a respeito do posicionamento do prego, juntamente com a morte de Stovall. Agora era evidente que Garf havia tentado reclamar o dinheiro de Hank para Jolene. Era evidente que Garf era muito mais perigoso do que havia pensado antes.

E Jolene também.

E ele também.

*Congratulações, Allen. Você finalmente entrou no time dos grandes.*

**O Timberry Trails Hospital apareceu** abaixo dele cercado por sua própria rede de caminhos de acesso. O prédio compacto, de tijolos vermelhos, parecia uma pequena universidade.

Allen tinha posto o tango de lado. Agora imaginava que estava usando esporas nas botas, e que elas tilintavam. Estacionou, pegou sua maleta de médico e caminhou através da escuridão gelada rumo à entrada principal. O estacionamento estava quase vazio. Um final lento para o dia. A sala de cirurgia devia estar praticamente deserta, a não ser que tivessem atendido alguma emergência. Ou que tivessem trazido da maternidade uma mulher necessitada de uma cesariana.

Ali haveria apenas um anestesista entediado de plantão, provavelmente assistindo a TV no escritório de anestesia.

Entrou pela porta lateral, desceu uma escada e saiu num saguão perto da mesa da recepção.

Exatamente como esperava, os corredores ao lado da linha vermelha estavam desertos. E os sons de futebol universitário vinham da única porta de escritório que estava aberta.

Allen removeu seu relógio da mão esquerda e o colocou no bolso. Então espiou pela fresta na porta. Um jovem alto, vestido com boina e avental azuis, olhou para ele, alerta.

— Ei, Allen, o que você está fazendo aqui? Programaram alguma operação e não me avisaram?

— Não, Jerry. Eu só preciso de um favor.

— Qual?

Allen levantou a mão esquerda e apontou para o pulso vazio.

— Esqueci meu relógio em algum lugar aqui. O último lugar que estive antes de sair hoje foi na sala de anestesia, conversando com a Jeannie. Me empresta as chaves um segundo.

Jerry enfiou a mão no bolso, tirou um chaveiro e o jogou para Allen. Allen o pegou e fez uma pausa, fingindo interesse na tevê.

— Para qual time você torce?

— Pro Notre Dame.

— Volto já.

A sala de anestesia ficava a apenas três portas dali corredor abaixo. Allen encontrou a chave e abriu a porta. Acendeu a luz e entrou. A sala era projetada como um *closet* longo e cinzento, alinhado com armários e prateleiras. No centro da sala ficavam os carrinhos de anestesia a serem usados nas próximas cirurgias.

Num canto, Allen encontrou o que estava procurando — uma bandeja de anestesia que havia sobrado, não tendo sido colocada num dos carrinhos. Estava ali para ser devolvida à farmácia.

Allen abriu sua maleta, tirou o lacre da bandeja, e pegou várias ampolas e frascos de narcóticos. Selecionou algumas agulhas, fechou a bandeja, e a devolveu ao balcão num canto do cômodo. Num dos carrinhos abertos, encontrou um torniquete de elástico. Dos armários ao longo da parede, pegou duas garrafas de soro, alguns tubos intravenosos, e outra garrafa cheia com líquido branco. Ele fechou sua maleta.

Tempo decorrido, menos de dois minutos. Colocou o relógio de volta no pulso, desligou as luzes, fechou a porta, e desceu novamente o corredor.

— Pronto! — disse a Jerry, mostrando o pulso, agora ostentando seu Rolex.

Jerry, concentrado em seu jogo, apenas estendeu a palma aberta. Allen deixou as chaves caírem nela e saiu apressado do hospital. Chegando ao carro, ignorou o ar frígido que cortava seus olhos. Era hora de concentração total. De visualizar a tarefa que o aguardava. Dirigiu até a Interestadual por asfalto coberto de gelo, a estrada completamente deserta.

A operação seria simples. O problema seriam as pessoas. Ele pensava em Jolene e Garf como pacientes numa missão, propelidos por idéias cruéis e armados com implementos mais cruéis ainda. Essas seriam as complicações.

Allen respirou fundo, calculou — não, ele estava apostando agora, jogando.

Abriu seu celular e apertou algumas teclas plásticas nas letras GA. A função de identificação de chamada procurou a pessoa associada ao código. Como Garf estava ajudando a cuidar de Hank, Allen registrara os números de seu celular e bipe.

O nome de Garf, seguido por seu número, saltou na tela. Agora tudo dependia de Garf estar com o celular e o bipe à mão. O carro corria suavemente e estava ganhando terreno. Talvez o vento frio que golpeava o pára-brisa o ajudasse a se concentrar. Seus reflexos estavam funcionando perfeitamente. Jamais havia acreditado na sorte.

Até agora.

Digitou o número do celular de Garf.

Um toque, dois, três. Paciência, Garf está com o braço quebrado.

— Que é? — respondeu uma voz rude depois do quarto toque.

— Se eu fosse você, não pararia em Ely para perguntar como chegar à Cabana do Tio Billie. Especialmente com o braço engessado e considerando o que você e Jolene planejam fazer com Broker e a enfermeira.

Longa pausa. Então:

— Quem está falando?

— Professor Rath — disse Allen com um sorriso.

— Espere um pouco — disse Garf através do ruído da estrada. Então: — Tá legal, eu sei quem você é. Me dê um motivo para eu continuar esta conversa.

— Acontece que nós dois temos muita coisa em comum. Onde você está agora?

— Seguindo para norte. Acabo de passar por Cambridge.

— Pare no Tobie's quando chegar a Hinckley — instruiu Allen. O restaurante Tobie's era a parada mais tradicional no caminho até Duluth. — O que você está dirigindo?

— Estou no furgão. Congelando a bunda.

— Pare no estacionamento, fique no furgão. Eu vou encontrar você.

Allen desligou o telefone e pisou fundo no acelerador. A sensação era surpreendente. Sua vida estava rolando como dados.

# Capítulo Quarenta e Quatro

**Viajava no banco** traseiro de um carro e tudo estava escuro do outro lado das janelas. Sentia um frio terrível não muito longe dali. Mas ali dentro, debaixo dos cobertores desta cama improvisada, a sensação de movimento era agradável. Especialmente agradável considerando que a última coisa da qual lembrava era de Allen entrando pela porta para o pátio para sufocá-lo com um travesseiro.

Agora estava a poucos centímetros de uma adormecida Amy Skoda, cujos cabelos faziam cócegas em sua bochecha e cheiravam a xampu de ervas. Ela estava reclinada ao lado dele. Os dois pareciam dois amantes romanos durante um banquete.

Talvez tivesse sonhado a cena com Allen.

Talvez estivesse sonhando agora.

No banco da frente Broker e Jolene discutiam procedimentos. Se confirmassem que Hank acreditava que Nancy Ward, a enfermeira da sala de recuperação, tinha agido com intenção maliciosa, Broker insistiria em telefonar para a delegacia do Condado de St. Louis.

Jolene achava que Milt deveria participar dessa decisão. Mas compreendia a situação de Amy e estava disposta a deixar Milt de fora até a próxima comunicação com Hank.

Broker balançou a cabeça.

— Não sabemos quanta energia ele ainda tem, e por quanto tempo ainda vai conseguir se comunicar. Quero que mais alguém verifique o que estamos fazendo.

Jolene mordeu o lábio inferior, conferiu os numerais luminosos em seu relógio digital, e olhou pela janela.

— Muito bem — disse ela. — Mas vamos esperar até amanhã de manhã. Quero que ele tenha uma noite completa de descanso.

Broker fez que sim.

— Como estão as coisas aí atrás? — perguntou, falando sobre o ombro.

Não houve resposta. Jolene virou-se em sua poltrona.

— Os dois estão dormindo.

Ela se virou de novo e deu ao silêncio entre eles tempo suficiente para saírem do informal para o pessoal. Então ela inclinou sua cabeça.

— Você e eu somos águas passadas, certo?

Broker não respondeu. Jolene estendeu a mão e cutucou a coxa direita dele.

— Então você foi um tira?

— Quem disse?

Jolene apontou com a cabeça para trás.

— A enfermeirazinha me contou.

— Foi há muito tempo — minimizou Broker.

— Você devia ter me contado, realmente devia — disse Jolene.

Broker não respondeu.

— Um policial disfarçado?

— Trabalhei durante algum tempo no submundo.

— É por causa disso que você tem ficha na polícia. Para tornar o seu papel mais convincente.

— Isso mesmo.
— E quanto a drogas? Você trabalhava com drogas? — perguntou Jolene.
— Com algumas. Eu não gostava de lidar com drogas. Na maior parte do tempo eu investigava tráfego ilegal de armas — disse Broker, reduzindo um pouco a velocidade com que percorriam a rodovia coberta de neve.
— É mesmo? Sempre pensei que os policiais adoram apreender drogas para eles mesmos consumi-las.
— Isso acontece. As drogas ajudam os policiais a tomar coragem, a sustentar seu estilo de vida. Nós devíamos legalizar as drogas, como foi feito com a bebida.
— Isso é radical para um tira.
— Ex-tira.
— Tá, ex-tira — disse Jolene, meneando a cabeça num cumprimento respeitoso.

Broker retribuiu o cumprimento.
— As pessoas podem aprender como deixar o vício. Você deve concordar comigo.
— Eu concordo com você.
— Sim, mas aprenda como deixar a morte depois de levar cinco tiros de um Tec Nine convertido em pistola totalmente automática.
— E as drogas são o principal motivo para as pessoas atirarem umas nas outras — disse Jolene.
— É.
— Isso é parecido com aquilo que Hank costumava chamar de colocar o mundo em perspectiva — disse Jolene com um sorriso seco.

Ela se virou para o outro lado e fitou a janela. As luzes do painel criavam um efeito de espelho transparente no vidro, e Jolene viu seu rosto superexposto à escuridão.

Das muitas partes difíceis desta situação, a mais difícil era que ainda gostava muito dele.

**Ninguém queria** desligar seus carros neste tempo. O escapamento dos automóveis enchia o ar com uma nuvem de fumaça, fazendo os veículos no estacionamento do Tobie's parecerem em chamas. Allen, sempre preparado, abriu o porta-malas e tirou seu suéter de lã e seu casaco de Gorotex, e vestiu-os juntamente com um chapéu e luvas. Em seguida fechou o porta-malas, pegou sua maleta médica, caminhou até o furgão Chevy verde, bateu e abriu a porta.

O cabelo de Garf estava despenteado e salpicado com gelo. Seu rosto parecia salsicha polonesa crua. Ele se sentou atrás do volante com o peito nu aparecendo pela fresta do roupão de hospital que usava debaixo do casaco. A manga esquerda pendia vazia; sua mão direita estava pendurada numa tipóia e sobressaía do casaco para repousar no volante. Vestido daquele jeito ele parecia demente, shakespeariano.

E havia um revólver grande pousado em seu colo.

Allen aprendera sobre armas quando tratava ferimentos balísticos no pronto-socorro do Condado de Ramsey. Enquanto entrava e se sentava, identificou a arma como um velho 45 modelo militar de 1911. Fazia um buraco grande e tinha sido desenhado especificamente para abater um homem com apenas um disparo.

— Certo — disse Garf, deslizando a mão direita até o cabo da pistola e apontando-a para Allen. — Os próximos trinta segundos serão os mais importantes da sua vida. Fale.

Allen fitou o cano da pistola e levou um momento para anestesiar o pavor súbito que ameaçava fazer com que gaguejasse. Então abriu um sorriso duro e despejou em Earl com sentenças concisas:

— Você falou com Hank, eu falei com Hank. Você contou a ele o que aconteceu com Stovall. Eu contei a ele como lhe dei por acidente a medicação errada na sala de recuperação lá em cima. Ele pode mandar nós dois para o corredor da morte. — Allen olhou seu relógio. — Dez segundos. Mais alguma coisa que queira saber?

Garf fitou Allen durante um longo tempo.

Allen, confortado, prosseguiu num tom mais calmo:

— Eu vi Broker e Amy levarem você para a sala de emergência no começo desta tarde. Eu fui até a casa e fiquei na cozinha enquanto estavam no escritório com Hank. Quando fizeram o truque da tabela de alfabeto. Eu ouvi a conversa deles pelo monitor de bebê. Então contornei a casa e me escondi debaixo da varanda quando Jolene saiu para telefonar para você. Tentei entrar e resolver tudo silenciosamente com um travesseiro, mas eles voltaram e eu tive de sair. Desculpe.

Garf teve de rir.

— A porra do monitor de bebê? — Então estreitou os olhos. — Um travesseiro? O que aconteceu com o Juramento de Hipócrates?

Allen sorriu.

— O que Jolene quis dizer com isso de que as coisas estavam sérias no nível DakNo?

Garf baixou os olhos e usou uma unha para arranhar o desenho no cabo de madeira da pistola. Fazia um som muito curioso. Talvez a dobradiça do destino.

Allen prosseguiu:

— Tenho a impressão de que você e ela já estiveram numa situação parecida.

Os olhos de Garf se levantaram. Allen pensou que um dia eles deviam ter sido bondosos, cheios de possibilidades. Garf disse, quase ternamente:

— E esta é a sua primeira vez.

Allen, absolutamente profissional, ignorou o comentário.

— Então, como você vai encontrar o lugar? Perguntando a cada morador da cidade?

Garf respirou fundo e estremeceu; foi um erro, fez doer suas costelas.

— Eu lembro como se chega lá — garantiu Allen. — E o que você vai fazer com eles depois de enchê-los com buracos grandes? Você precisa se preocupar com a balística. E com fluidos comprometedores. E quanto a Hank? Não podemos nos livrar dele, você sabe. Há milhões de dólares em jogo.

Garf se virou para olhar os cristais de neve que se aglomeravam no vidro da janela.

Allen abriu sua maleta médica e pegou um par de garrafas quadradas de solução de ringer com lactato.

— Agora escute. Se você e Jolene fizerem como eu mandar, vamos conseguir nos safar desta.

**As máquinas param** de funcionar quando fica frio deste jeito. Eles eram praticamente a única coisa que viajava sobre rodas.

— Talvez isto não tenha sido uma boa idéia — disse Broker enquanto tomava uma saída depois de Virginia e entrava num posto Amoco. Era um tipo diferente de tempestade, invisível, como o vampiro de J.T. num espelho. Não podiam ver a tempestade porque não nevava.

Não nevava porque o frio matava qualquer coisa que tentasse se mover, inclusive o vento.

Ele saltou para abastecer o carro enquanto Amy e Jolene corriam até o banheiro. Sal de estrada tinha esbranquiçado a pele de metal do jipe. Quase podiam ouvir as moléculas de aço gemerem enquanto se abraçavam de frio.

— Meu Deus! — disse Jolene enquanto corria de volta do banheiro, as mãos cobrindo as orelhas nuas. Sua respiração gerava uma coluna de fumaça tão grossa que os filhos de Israel poderiam segui-la pelo deserto.

— Trinta e dois graus abaixo de zero — informou Broker depois de pagar a gasolina. — Se começar a ventar, a exposição pode ser fatal. Fim da história.

Trouxe uma bandeja com copos de isopor com café, barras de chocolate e tiras de carne-seca.

Jolene, que não estava usando um chapéu, balançou a cabeça.

— É de enlouquecer.

— Coma um pouco — disse Broker, oferecendo-lhe uma tira de carne-seca.

Fazia um frio terrível na Interestadual deserta. Quando começaram a percorrer as ruas desérticas de Ely, deixaram o calçamento de asfalto e começaram a percorrer ruas de cascalho. Os faróis altos convertiam as árvores e a grama do pântanos em padrões sinistros na lateral da estrada, e o frio tornou-se lunar, quase inadequado à vida humana.

E J.T. tinha razão a respeito do jipe. Ele não era bonito por fora, mas todo mundo na fábrica da Chrysler em Detroit devia ter estado num dia bom quando o fabricaram; o carro era corajoso e não hesitava diante do frio inclemente.

Dobraram depois de um cartaz coberto de neve — ESTÂNCIA DO TIO BILLIE — e seguiram pela estrada ladeada por árvores. Broker parou o jipe diante da cabana, saltou e levantou os olhos para as estrelas gélidas.

Deixou as duas no jipe com o aquecedor funcionando enquanto entrava correndo, ligava a fornalha, acendia uma fogueira na lareira, e desdobrava o sofá-cama para Hank.

Então voltou. Ele e Amy se puseram cada um a um lado de Hank e o levantaram da traseira do jipe. Caminhando ao lado deles, Jolene hesitou ao escutar um som oco e sobrenatural.

— O que foi isso?

— Gelo se formando no lago — disse Broker.

Jolene entrou e levou um susto ao se deparar com a cabeça de alce presa na parede sobre a lareira.

— Homens são bem esquisitos, não são? — disse, balançando a cabeça.

Então ela e Amy deixaram Hank à vontade no sofá-cama. Dobraram cobertores para inseri-los debaixo de seus joelhos e panturrilhas para elevar seus pés. Broker trouxe-lhes travesseiros e colchas para escorar suas laterais.

Jolene trocou a fralda de Hank e administrou uma garrafa de soro em seu tubo gástrico. Amy balançou a cabeça, estarrecida.

— Este homem pode ter uma via respiratória complicada, mas possui um par de pulmões incrível.

— Não há justiça no mundo — disse Jolene. — Dois maços de Camel inteiros cada dia de sua vida.

Hank continuou dormindo.

Broker acocorou-se diante da lareira e enquanto observava as duas mulheres trabalhando lado a lado, não resistiu a compará-las. A forma como se moviam, a forma como usavam seus jeans. As calças de Amy eram bem apertadas, moldando suas formas, enquanto Jolene usava as suas levemente folgadas. A boa forma física de Amy era mantida por patrulhamento constante de exercícios e dietas. Broker suspeitava que ela ganharia peso caso relaxasse na disciplina.

Elas se moviam entre o fogão da cozinha e a lareira, tentando se convencer de que estavam aquecidas. Amy fez um bule de chá quente.

Broker ouviu as madeiras do teto rangerem enquanto lutava contra uma sensação de desorientação. Eles estavam protegidos ali dentro, mas apenas a idéia de uma temperatura tão baixa penetrava seus cérebros e retardava seus pensamentos.

Ao menos os dele e os de Amy, porque tinham ficado sonolentos e preguiçosos diante do fogo. Jolene reagiu na direção oposta; nervosa, não parava de se mexer, explorando a cabana, verificando a condição de Hank minuto a minuto. Jolene não parava de olhar para seu relógio de pulso, nem de tatear o bip preso em seu cinto.

Amy abriu e aqueceu latas de sopa; encontrou os ingredientes para sanduíches de queijo quente. Enquanto comiam, Broker mencionou entrar em contato com o delegado Dave Iker. Para ele, já era hora de botar o espetáculo na rua.

Jolene reagiu mal, acusando Broker de não cumprir o acordo.

Depois da refeição, ela continuou andando de um lado para o outro. Ligou a tevê por satélite, correu pelos canais, desligou.

Broker considerou que esses tiques nervosos se deviam às coisas que ela vinha guardando, à tensão de cuidar de Hank há uma semana. Agora, com Hank mostrando sinais de que estava saindo de seu coma, ela estava baixando a guarda, ficando um pouco agitada, extravasando a tensão.

Jolene estremeceu e levou a mão direita até o bip; o aparelho devia ter vibrado contra seu quadril, porque ela apertou o botão e olhou o número no visor. Imediatamente levantou a cabeça e fitou Broker solenemente, direto em seus olhos.

— Que foi? — perguntou Broker.
— Nada. Algum número errado.

Era um olhar que Broker lembrava de algum lugar. Ele precisava se concentrar para lembrar. Talvez naquela noite, um pouco antes de irem para a cama.

— Vou sair para fumar — disse Jolene abruptamente, seu rosto repentinamente duro, suas palavras trêmulas.

Mas tirou uma caixa de Marlboro Lights do bolso da jaqueta e a abriu. O primeiro cigarro partiu em sua mão e se desfez entre seus dedos. Ela ignorou isso e escolheu outro. Colocou-o na boca.

Broker não sabia que ela fumava quando ficava nervosa. Mas isso fazia sentido, considerando seus antecedentes nos Alcoólicos Anônimos, e a tensão com que vinha lidando ultimamente.

Jolene vestiu o casaco, o chapéu, as luvas e disse:
— Não vou demorar.

Enquanto Jolene caminhava até a porta, Broker juntou-se a Amy perto do fogo.

— O que você acha? — perguntou, apontando com a cabeça para Hank.

— Eu ainda estou me beliscando para ter certeza de que não é um sonho.

— Entendo. É meio difícil de aceitar.

— A gente lê de vez em quando sobre coisas assim. Um paciente que acorda de um coma. — Ela mordeu o lábio e olhou para cima, esperançosa. — Tenho medo de desejar demais que aconteça, e acabar urubuzando a sorte.

Broker se agachou diante da lareira para colocar mais lenha e atiçar o fogo. Muita coisa havia acontecido nos últimos dias desde que acabara de convalescer nesta cabana e viajara para as Cidades.

Pensando em como tinha se livrado de Earl, ele sorriu, lembrando de um ditado popular: MATURIDADE E ASTÚCIA SEMPRE GANHAM DE JUVENTUDE E FORÇA. Aquilo ajudava inclusive a diminuir a sua paranóia sobre sua esposa estar saindo com homens mais jovens.

Mais uma coisa. Ele se sentia em paz com Amy agora. A recuperação de Hank realmente havia clareado o terreno entre eles.

Broker sentia-se mais confiante, mais parecido com seu antigo eu.

Então sentiu uma lufada de ar frio. A porta da frente foi entreaberta e Jolene espiou pela fresta.

— Broker, tem uma coisa aqui fora que eu acho que você devia ver.

Ele se levantou, pendurou o atiçador de volta no gancho sobre a lareira, e caminhou até a porta.

— Que é?

— Não tenho certeza. É lá na floresta.

— Deve ser um veado — disse Broker, passando pela porta.

Jolene segurou-o pelo pulso e pelo cotovelo, e o puxou para os degraus da porta.

— Está aqui...

De repente ela apertou o pulso de Broker e arfou.

— Deus do Céu, o que *ele* está fazendo aqui?

Broker girou nos calcanhares.

O arrepio que sentiu não foi causado pelo vento; os galhos dos pinheiros no jardim estavam imóveis como estátuas.

— Travessuras ou gostosuras, babaca!

A voz chiou às suas costas. Jolene ainda estava de braço dado com Broker, inibindo seus movimentos. Assim, precisou empurrá-la para o lado e girar, desferindo um golpe para trás com o cotovelo esquerdo enquanto cerrava o punho direito.

O cotovelo varou o espaço vazio e ele pensou ter vislumbrado um sorriso grotesco no rosto ferido de Earl Garf.

Escutou Amy gritar e se virou na direção dela, o que foi um erro, porque Earl desferiu uma coronhada atrás de sua orelha, e tudo ficou escuro.

# Capítulo Quarenta e Cinco

**Amy gritou "Cuidado",** mas o homem passou pela porta e golpeou Broker pelas costas. Os joelhos de Broker cederam e ele tombou. Amy saiu para a varanda e reconheceu o sobretudo de couro preto que Earl Garf estivera usando ao aparecer no celeiro. Mas agora o sobretudo estava com uma manga vazia e seu dono tinha o braço esquerdo numa tipóia.

Earl abriu um sorriso cruel e começou a chutar Broker, que tentava levantar-se. Quando Earl viu que não ficaria satisfeito com chutes, agachou-se e brandiu a pistola novamente. O aço atingiu o crânio de Broker, produzindo um som nauseante que ecoou na escuridão. Broker caiu para a frente e ficou quieto.

Jolene segurou o braço bom de Earl e gritou:

— O que ele está fazendo aqui?

Vendo Jolene se mover para intervir, Amy teve o breve pensamento contextual de que isto era uma reprise da situação de hoje mais cedo — a hostilidade entre aqueles dois homens ultrapassando todos os limites.

E Earl estava parecendo um louco, com o peito avermelhado pelo frio insinuando-se através do roupão esfarrapado de hospital que vestia por baixo do casaco pesado. Quando apontou um chute contra Broker, Amy viu seu calcanhar nu entre a bainha da calça jeans e o tênis Nike.

— Ei, espere um pouco! — gritou Jolene, empurrando Earl.

Earl ameaçou dar uma coronhada em Jolene e a empurrou de volta.

— Cala a boca e faça o que eu mandar! — gritou Earl.

Earl exalou uma lufada de vapor, e Amy viu que havia alguém atrás dele. Tinha sido isso que Jolene viu.

Subitamente, Amy compreendeu que era a próxima.

Imediatamente preparou os pés para correr para dentro da cabana. Fora criada ali em cima. Tinha brincado neste espaço quando era criança. Sabia onde Tio Billie guardava suas armas: no armário embutido em seu quarto. Sabia que haveria ali uma espingarda de calibre 12, e sabia como usá-la.

Earl apontou a pistola contra seu rosto. Os pés de Amy não se moveram suficientemente rápido, e com isso Garf teve tempo de lhe dar uma rasteira. Então, enquanto Amy tentava recuperar o equilíbrio, Earl a empurrou violentamente contra o umbral da porta e a forçou a ficar de joelhos.

E nesse momento, com o rosto latejando de dor e o ar pinicando-a como centenas de agulhas, Amy viu a outra pessoa entrar na luz.

— Mas que merda é essa? — bradou Jolene.

— Está tudo bem — assegurou-lhe Earl.

Allen Falken se avultava sobre Amy com uma seringa na mão. Na outra segurava uma maleta preta de médico. No espaço exíguo entre duas ondas de pânico móveis, Amy notou que ele estava usando luvas de borracha e que precisava fazer a barba.

— Como vão as coisas? — perguntou Allen em tom normal de conversa enquanto se abaixava diante de Broker. Então, enquanto se ajoelhava, disse: — Earl, pode segurar a Amy? Quero que ela fique absolutamente parada.

Através de outra janela de choque, Amy reconheceu a autoridade calma de um cirurgião cumprimentando sua equipe ao entrar na sala de operações.

Ela tentou fugir, o que fez Earl agarrá-la em torno da cintura com o braço bom. Earl fedia a carne estragada e desinfetante.

— Olá, Amy — disse Allen. — Isto vai pinicar um pouco, mas depois você vai achar muito agradável. Quinhentos miligramas de quetamina produzirão um efeito hipnótico, mas você sabe disso.

Ele a espetou na coxa, através de sua calça jeans.

O pânico imediatamente abandonou Amy enquanto ela se posicionava para um mergulho em câmera lenta rumo a uma imensa piscina de tranqüilidade. Uma penetração perfeita, que não produziu jorro de água. Um mergulho digno de uma medalha de ouro.

**Allen encheu outra seringa** com o líquido de um frasco e administrou uma injeção na coxa de Broker. Ele avaliou o choque no rosto de Jolene enquanto tirava da maleta uma caixa de luvas de borracha.

— Por favor, vista um par.

— O que está acontecendo? — perguntou Jolene, olhando para Earl.

Allen sorriu para ela.

— Como está o Hank? Ele voltou a falar com piscadelas? Continua revelando os segredos da família?

— Como você...?

— Depois explico — prometeu Allen. — Agora vamos arrastar a Amy para dentro e fechar a porta. Está frio aqui fora.

Ele e Earl arrastaram Amy sobre a soleira e a deitaram no assoalho de madeira perto da lareira.

— Earl? O que está acontecendo aqui? — inquiriu Jolene.

— Agora somos três — disse Earl. — Ele tem o plano e eu tenho a arma, e é melhor que você tenha a espertza de colaborar.

— Está claro como lama — disse Jolene.

Allen continuou a sorrir pacientemente.

— Vamos colocar Hank de volta onde ele estava antes de começar a piscar.

— Pelo que sei, ele *ainda não* parou de piscar — quase gritou Jolene.

— Mais tarde cuido disso. Primeiro precisamos dar um jeito nela — apontou para Amy — e nele — disse, apontando com a cabeça na direção da porta.

— Jeito? — disse Jolene.

— Vamos matar, certo? — disse Earl. — Só que Allen vai fazer isso de forma limpa, e não do jeito nojento que você tinha em mente.

Os ombros de Jolene desabaram, e ela disse:

— Meu Deus, como viemos parar *aqui*?

— Chegamos a um passo por vez — disse Allen. Ele apontou para Earl. — Ele. — Então apontou para Jolene. — Você. — Finalmente cutucou o próprio peito. — Eu.

Jolene meneou a cabeça.

Earl tentou explicar:

— Jolene, ele sabe tudo. Ele viu Broker e Amy juntos quando eles me levaram para o hospital. Ele entrou na casa e ouviu pelo monitor de bebê enquanto vocês três se comunicavam com Hank através da tabela de alfabeto. Então ele voltou e ouviu você no telefone ligando para mim. — Ele se virou para Allen. — Conte tudo de uma vez para ela. Acredite em mim, é a melhor forma com Jolene.

Allen fez que sim com a cabeça, e então explicou gentilmente:

— "Assassinos", plural, lembra? Earl é um assassino e eu sou o outro.

Allen continuou falando no tom professoral que usava quando discutia o caso de um paciente com os membros de sua família:

— No hospital, quando Hank estava na sala de recuperação, eu administrei nele a medicação errada quando vi que ninguém estava olhando. Ninguém me viu, e quando compreendi o que tinha feito, deduzi que pareceria uma parada respiratória causada por uma enfermeira-anestesista desleixada e uma enfermeira preguiçosa. Desliguei o alarme no monitor e saí da sala.

*Por que fez isso, babaca?,* Jolene teve o cuidado de não perguntar.

— Vê? Está tudo tranqüilo entre nós — disse Earl.

— No começo achei que havia sido um erro, que o cansaço me deixara confuso. Mas quanto mais pensava nisso, mais compreendia que não cometo erros dessa magnitude. Portanto, em algum nível, devo ter agido deliberadamente. A explicação crua é que permiti meus sentimentos pessoais invadirem meu relacionamento com um paciente. A atração que eu sinto por você sempre foi óbvia, Jolene. E eu achava que Hank não merecia você. Acredite, tem sido muito doloroso para mim ver você sofrendo durante esta última semana.

— Uau! — disse Earl, começando a sorriu novamente.

— Você fez isso com o Hank? — Jolene cerrou os pulsos.

Allen prosseguiu em sua voz paciente:

— E Earl fez com Stovall e você estava preparada para fazer com Amy e Broker. E aqui estamos todos nós.

— Escute, Jolene, ele teve uma idéia realmente boa — disse Earl. — Vamos esconder os cadáveres à vista de todos.

— E a quitamina só me dá dez a quinze minutos para preparar.

Allen novamente ofereceu a caixa de luvas.

— Preparar o quê? — perguntou Jolene.

— O suicídio dela — disse Earl. — Entenda, ela não consegue mais viver com a culpa do que fez com o Hank. Allen vai armar a coisa com drogas e instrumentos que farão parecer o tipo de suicídio que uma anestesista cometeria.

— Digitais — disse Allen. — Você precisa limpar este lugar todo enquanto nós cuidamos de Broker. Tudo que você tocou.

Jolene e Earl vestiram as luvas de borracha apertadas. Um nó de vidoeiro estourou na lareira, banhando o chão com fagulhas. Os dois saltaram para trás, assustados. Allen, concentrado e calmo, ficou onde estava.

— Broker — disse Jolene.

— A gente pensou numa coisa — disse Earl. — No caminho para cá paramos numa loja de bebidas.

Com a mão boa, tirou um saco de papel marrom de um bolso interno do sobretudo e removeu um uísque Johnny Walker Red Label.

— Vamos fazer ele beber este troço e o vestimos com roupas menos que perfeitas para o clima. Então colocamos o Broker na caminhonete, levamos ela até a floresta, encenamos uma batida, e deixamos ele pra morrer de frio.

— E o Hank? — Jolene quase sussurrou.

Allen estava tirando objetos da bolsa e os dispondo numa mesinha de café.

— Depois que acabarmos aqui, vamos levar o Hank de volta para a cidade. Lá eu vou injetar as pálpebras dele com uma coisa para impedir ele de piscar.

A droga era Botox — toxina do botulismo. Era usada largamente em cirurgias cosméticas para alisar rugas. Allen iria injetá-la nos músculos elevadores para imobilizar as pálpebras.

Jolene o fitou.

— Uma coisa?

Allen sorriu.

— Eu poderia ter trazido a droga comigo e a injetado em Hank aqui mesmo, mas então vocês não iam precisar mais da minha ajuda, e talvez o Earl atirasse em mim e me largasse no meio da floresta porque eu sei demais.

— Nada mau — elogiou Jolene.

— **Bem, Amy era uma provedora** de anestésicos — disse Allen. — Portanto, ela teria idéias mais sofisticadas sobre como entrar num barato. Vou administrar nela uma coisa que provoca uma viagem longa e exige uma recuperação curta.

Ele e Earl pegaram, cada um deles, um braço de Amy e a levantaram para o sofá-cama. Deixaram-na cair ao lado de Hank e os ombros dos dois se tocaram. O corpo de Amy se moveu e seus cabelos longos cobriram seu rosto.

— Espere um minuto — disse Jolene, tocando seus próprios cabelos nervosamente. — Pela primeira vez notou que Amy havia tirado seu suéter e estava usando uma blusa estampada com uma pintura de cavernas com figuras em cinza e dourado. — Vocês vão deixar ela aí?

Allen e Earl olharam para ela.

— Eu quero dizer, se vou precisar limpar a casa, não quero assistir enquanto ela...

— Certo, vamos botar ela num quarto — disse Allen.

Carregaram Amy através da cozinha e ao longo de um corredor. Braços dobrados diante do peito, Jolene os seguiu.

O quarto era frio e bolorento. Ali havia apenas uma velha cama em madeira de mogno e uma penteadeira no mesmo material. Havia frascos de remédios no armário e uma foto da Segunda Guerra Mundial na parede. Uma latinha de mentol estava caída na cabeceira. Era o tipo de quarto de um homem velho que vivia sozinho.

Allen e Earl deitaram Amy na cama e puseram travesseiros sob suas costas, para dar a impressão de que ela estava confortável. Allen voltou para pegar sua maleta.

Earl disse:

— Nós deduzimos que se estavam viajando juntos, talvez estivessem envolvidos romanticamente.

— Esse é o meu palpite — disse Jolene, seca.

— Então, e se a cabana for encontrada meio bagunçada, com evidências de drogas? E algumas bebidas, também. Isso pode fazer parecer que Broker ficou arrasado por causa de Amy. Ele a acha morta, ingere drogas, bebe demais, e sai dirigindo depressa demais, pensando foda-se o mundo. Ele sai da estrada, demais, estilhaça o pára-brisa... — Earl sorriu.

A voz calma de Allen continuou atrás dele, no vão da porta:

— Então nós limpamos o nosso rastro, voltamos para casa, e ninguém fica sabendo que estivemos aqui. Nós lemos sobre o acontecido nos jornais. "Paixão no norte termina em suicídio e acidente." — Ele fez uma pausa. — O que você acha?

— Você é o médico — disse Jolene.

## Capítulo Quarenta e Seis

**Jolene tinha permanecido** calada a maior parte do tempo. Agora se virou e olhou para o rosto de Allen, que parecia cansado, com uma barba de um dia.

Antecipando a pergunta de Jolene, Allen disse:

— Algum dia, depois que tudo isto tiver terminado, quando o dinheiro estiver no banco e Hank debaixo da terra, e você e Earl tiverem resolvido a situação de seu relacionamento... talvez possamos sair juntos.

Earl soltou uma risadinha e disse:

— Vamos, pessoal. Precisamos ajeitar as coisas.

*Eles tinham ido embora, estavam fora do alcance de sua visão, em algum lugar na casa para a qual haviam levado Amy. Estava tudo praticamente terminado. Para Amy, para Broker, para ele. Ele estava furioso com o fato de que Allen, Jolene e Earl iriam vencer.*

*Os pensamentos de Hank eram apenas brasas, mas a coisa que estava vindo pegar ele estava mais clara agora. Quase nítida.*

*Mas nesse momento estava fascinado com a história que se desenrolava à sua frente.*

A corte paciente de Allen a Jolene baseava-se num erro de cálculo. Allen tinha somado três mortes, a de Amy, a de Broker, e, cedo ou tarde, a de Hank.

A expressão no rosto de Earl corrigiu a aritmética. Quando chegasse a hora certa, Earl somaria Allen ao total.

E Jolene era o elemento catalisador, o fogo, pensou Hank, ao qual todos fomos atraídos como moscas. E sendo uma alcoólatra, sempre recorrera a Earl em momentos de crise.

Hank tinha ouvido tudo desde que tinham entrado. Não podia ver Amy nem Broker, mas compreendia o que estava acontecendo. Ele tinha vislumbrado Allen, Earl e Jolene através de olhos semicerrados enquanto eles se aqueciam à lareira diante de sua cama.

Allen era muito detalhista com os seus planos, mas devia ter continuado a trabalhar no interior de corpos imóveis e drogados. O exterior de corpos alertas e animados ainda ficava além de sua capacidade de compreensão. Allen não havia pronunciado nem três frases de seu plano brilhante quando Hank deduziu que Earl iria matá-lo. Earl, que reconhecia uma boa idéia quando ouvia uma, ajudaria Allen a encenar o suicídio de Amy e a deixar Broker exposto ao frio. Ele assistiria Allen destruir as sobrancelhas de Hank. Earl esperaria até que a utilidade de Allen esgotasse, provavelmente depois que o processo de negligência tivesse sido resolvido e que Allen houvesse providenciado uma morte discreta e medicamente plausível para Hank.

Então Earl faria Allen desaparecer.

E no final de tudo, Jolene iria descobrir uma forma de subornar Earl para que ele se afastasse, e seria a dona absoluta da situação.

Dos três, a única que tinha alguma esperança de redenção era Jolene. Mas, é claro, ele era suspeito para julgar.

Allen voltou do banheiro no fundo do corredor onde havia esvaziado duas garrafas quadradas de solução de ringer com lactato. Depois de passá-las pelos dedos da mão direita de Amy para que contraíssem suas digitais, pendurou as garrafas numa providencial decoração de chifres de veado que havia na parede, em cima da cama.

Pegou duas extensões longas de tubos plásticos em sua maleta. Mais uma vez o truque com os dedos, como se Amy os tivesse manipulado. Os tubos eram conectáveis e cada um possuía um dosador azul com uma roda branca. Então Allen fez alguma coisa com agulhas, prendendo um tubo no outro através de um encaixe.

— O mais difícil é fazer a sua própria intravenosa — disse Allen.

Allen pegou um torniquete de borracha e o amarrou em torno do braço de Amy, acima do cotovelo. Em seguida virou a mão esquerda de Amy, avaliando a rede de veias azuis agora protuberantes entre os nós de seus dedos. Quando os dedos de Amy se abriram, um pedaço de papel fortemente dobrado caiu no seu colo.

Allen fez uma pausa para desdobrá-lo.

— É a tabela de alfabeto — disse Jolene.

— Rudimentar — disse Allen, alisando o papel nos jeans de Amy. — Está tudo errado. As letras não deviam estar arranjadas em seqüência normal. Deviam estar agrupadas de acordo com a prioridade com a qual as letras são mais freqüentemente usadas na fala.

— Olha, funcionou muito bem — disse Jolene.

Allen dobrou o papel e o enfiou no bolso.

Agitada, Jolene disse:

— Rápido, Allen, ela está acordando!

Amy gemeu baixo e moveu os olhos enquanto Allen posicionava sua agulha, conferia o retrocesso sanguíneo no tubo intravenoso e o conectava na garrafa pendurada no chifre de veado.

— Ela está semiconsciente; não vai compreender exatamente o que vai acontecer. Porque... — ele abriu uma garrafa contendo um líquido branco e o derramou na garrafa à esquerda — ...ela está prestes a relaxar com quinhentos centímetros cúbicos de Propofal num gotejamento lento.

O líquido branco gotejou pelo tubo e Allen levantou a mão direita de Amy e usou os dedos dela para girar a roda no dosador azul.

Amy suspirou e seus olhos rolaram para cima. Mordendo o lábio, Allen deu um tapinha na perna dela. Numa voz remota, ele disse:

— Você não vai sentir nada. Eu não podia deixar que eles atirassem em você, podia?

Levantou uma ampola de vidro cheia de um líquido transparente, abriu-a entre as duas linhas vermelhas de seu bico e depositou o conteúdo na garrafa à direita.

Observar os dedos de Allen fez Jolene pensar em alguém que era bom em montar produtos que vinham em caixas, o tipo de pessoa que lia cada instrução do manual.

— Agora, cem centímetros cúbicos de Fentanyl, um narcótico muito potente que é a droga preferida dos anestesistas. Eles são famosos por abusar dela, e muitos morrem de *overdose* — disse Allen. — Por enquanto eu vou deixar o dosador obstruindo o gotejamento, para que ela desfrute um pouco do agente indutor. Depois vou abrir o dosador todo e ele vai permitir a passagem do líquido para o outro tubo intravenoso. Em um minuto ela estará apnéica.

— Apnéica?

— Parará de respirar.

Saíram do quarto, vestiram seus casacos, e se juntaram a Earl na varanda da frente. Earl tinha revistado a bolsa de viagem de Broker e substituído suas botas por tênis. No cabideiro de casacos ao lado da porta, encontrou uma jaqueta leve e cobriu os ombros de Broker com ela. Broker, que estivera deitado de barriga para cima, instintivamente assumiu posição fetal para se manter aquecido.

Ao ver isso, Jolene desviou o olhar.

— Consegui fazer ele beber um terço da garrafa — disse Earl. — Mas acho que a droga está perdendo o efeito. E se ele acordar?

— Não queremos que ele tenha uma *overdose*. Ele deve parecer que dirigiu, lembra? — disse Allen. — Agora, traga os nossos carros para cá, transfira o leito do Hank para o furgão, e então ponha Broker no jipe. Você pode dirigir o jipe. Eu seguirei no meu carro.

Jogou suas chaves para Earl, que as deu a Jolene.

Broker se contorceu na varanda; a quetamina saindo de ação, substituída pelo uísque.

— Veja, é como se ele estivesse bêbado — disse Allen. — Você deve conseguir fazer com que se levante e ande com ele até o carro.

A última idéia deixou Earl genuinamente animado. Começou a falar com Broker num tom simpaticíssimo:

— Vamos, companheiro. Hora de levantar. Vamos alimentar as avestruzes.

— Pára com essa babaquice — admoestou Jolene.

— Por quê? Gosto da idéia de ele ir caminhando até sua recompensa. É melhor do que carregar o babaca.

Conseguiram fazer com que Broker se levantasse e descesse os degraus. Allen observou-os cambalearem até o jipe. Então voltou para dentro da cabana e ficou em pé algum tempo diante da lareira, aquecendo as mãos. Ele se virou e se flagrou fitando diretamente os olhos arregalados, alertas e furiosos de Hank.

— Ora, ora — disse Allen, curioso. — Olá.

Deliberadamente, Hank piscou o olho esquerdo para Allen.

## Capítulo Quarenta e Sete

**Hank estava determinado** *a fazer o seu tipo de jogo; apostaria tudo num único gesto. Conseguiria alguma coisa, fosse uma injeção ou uma resposta.*

Allen levou um susto. Suas mãos começaram a tremer — de empolgação, disse a si próprio. Isto era empolgante. Assim, forçou um sorriso e estudou Hank.

— Então você está mesmo aí dentro? Esteve ouvindo o que não é da sua conta de novo? — perguntou Allen, sem conseguir conter sua curiosidade clínica.

Hank piscou duas vezes.

— Duas vezes significa sim — disse Allen. — Muito bem, só um minuto então.

Ele pescou no bolso a famosa tabela de alfabeto de Amy, desdobrou-a, e segurou-a diante de Hank. Os olhos de Hank focaram nela, e Allen viu que seu desejo secreto tinha sido satisfeito.

— Você quer falar?

Duas piscadelas.

Allen fez seu dedo correr pelos grupos e Hank começou a piscar.

— "B".
— "O".
— "C".
— "E".
— "T"
— "A".
Hank fechou os olhos.
— "Boceta"? Bravo, Hank. Grosso até o fim — disse Allen, mas uma camada de suor começou a se formar em sua fronte e em seu lábio superior. Depois de tudo que tinha conseguido, estava de volta aonde tinha começado; o objeto do escárnio de Hank. Allen sentiu um impulso de afundar os polegares naqueles olhos, esmagando-os como uvas.

Os olhos de Hank se abriram. Agora ele também estava suando. Os homens fitaram um ao outro.

— Eu ganhei, você perdeu; é melhor se conformar com isso — disse Allen, sorrindo gentilmente.

Voltou a correr sua mão pelos grupos de letras como um garçom indicando o caminho até uma mesa.
— "I".
— "D".
— "I".
— "O".
— "T".
— "A".
— Idiota? Eu? Acho que é o bem o contrário.
— "E."
— "L."
— "E."
— "S."
— "Eles"?
— "U".
— "S".
— "A".
— "M".

— "Usam"?
— "V".
— "O".
— "C".
— "E".
— "Você"?
— "M".
— "A".
— "T".
— "A".
— "M".
— "Matam"?
— "V".
— "O".
— "C".
— "E".
— "Você"? — A voz de Allen tremeu um pouco quando ele perguntou: — Você acha que o Earl...?

Allen escutou um motor de carro sendo desligado. Portas batendo. Uma gota de suor caiu no papel, borrando algumas das letras de Amy.

Duas piscadelas.

— ...e a Jolene...? — A voz de Allen morreu em sua garganta. Estava começando a não achar esta rotina de apontar e piscar tão divertida.

Duas piscadelas.

A porta abriu e Allen largou o papel. Seu gesto tenso prendeu por um instante a atenção de Earl e Jolene.

— O que está acontecendo? — perguntou Earl.

— Nada — disse Allen.

Earl o fitou por mais um momento, e então disse:

— Botamos ele no jipe. E agora?

— Como eu disse, você vai no jipe, e eu seguirei no carro. Encontraremos um lugar para largar ele na estrada. Jolene, comece a limpar o lugar. Todos os lugares que você tocou antes de chegarmos aqui. Voltamos, repassamos o plano, embarcamos o Hank, e pronto.

Então Allen caminhou de volta até o quarto, moveu a rodinha do dosador e o Fentanyl começou a fluir para o tubo intravenoso de Amy.

Jolene observou-o fazer isso.

Eficiente, prático; ele poderia ter feito isso com as luzes apagadas.

Jolene observou o narcótico misturar-se com o sangue de Amy. As pontas dos lábios de Amy curvaram para cima; a cabeça virou para trás; os olhos rolaram, expondo suas partes brancas. O espasmo eufórico desabou enquanto Allen e Earl caminhavam até a porta da frente, e Jolene observava Amy contorcer-se, queixo no peito, língua para fora, baba começando a escorrer por seu queixo na direção de uma mecha de cabelos louros claros presa debaixo da bochecha.

Jolene se virou, furiosa com eles por a terem deixado com *isto*. E ela fechou os olhos e viu policiais, advogados e juízes. Viu guardas femininas forçando-na a se despir, enfiando seus dedos nela e a mandando vestir um uniforme de presidiária.

E *ESSE* era o futuro se ela não fizesse *ISTO*.

*Broker, aquele filho da puta*, disse a si mesma. *Ele não devia ter mentido para mim.*

Mas não conseguia desviar os olhos de Amy; não conseguia parar de observar suas inalações ficarem mais rasas e mais esparsas.

*Eu nunca machuquei ninguém enquanto estava sóbria.*

Girou e caminhou a passos largos para a sala de estar, enfiou a mão no bolso do casaco, tirou os cigarros, acendeu-os, e se pôs a caminhar na frente da lareira. Depois de três tragadas em seu Marlboro, ela lançou um olhar para Hank.

Hank olhou de volta para ela.

*Que maravilha*, pensou Jolene. *Agora está consciente e me observando. Talvez tenha ouvido o tempo todo.*

Talvez Hank soubesse que Amy estava no quarto ao lado, com um sorriso frouxo de drogada no rosto, morrendo. Que eles estavam indo largar Broker na floresta para que congelasse até a morte. Que Allen iria matar os olhos dele.

— Esta não sou eu — disse ela a Hank. — Não sou não.

Hank continuou a fitar Jolene enquanto ela prosseguia sua declaração:

— Não fui eu durante a maior parte do tempo. Eu não sou mais quem costumava ser.

Agora trêmula, voltou para o quarto e olhou para a garrafa pendurada.

— Merda — disse ela.

*Merda, merda, merda.*

*E se?*

Seu dedo envolto em borracha contornou experimentalmente o medidor azul; seu polegar acariciou a rodinha de plástico branco. Ela ouviu a respiração entrecortada de Amy.

Por que ela tinha pintado as unhas numa cor estúpida como essa?

Seu polegar se moveu, girando a rodinha para cima e para baixo. Viu como o mecanismo do dosador era simples: ele apertava o tubo e obstruía o fluxo. Tudo dependia deste pedacinho de plástico, que provavelmente custava oitenta e nove *cents*, provavelmente fabricado por alguma criança de nove anos em Cingapura ou na China.

Merda.

Moveu a rodinha para cima e para baixo. Para cima e para baixo. Ela recuou, tragando seu cigarro, deixando a roda branca no topo do medidor. Desligado.

Por enquanto.

*Isso vai me dar tempo enquanto penso.*

Voltou para a sala de estar e se pôs a caminhar para a frente e para trás diante da lareira.

Allen era uma mistura de ovelha inocente e assassino frio. E Earl parecia um gato observando pacientemente as maquinações desse incrível rato assassino que entrara na casa e que estava tentando impressionar sua dona.

E ela sabia o que Earl estava pensando: Allen era outro fio solto, um complicado, com toda certeza. Cedo ou tarde ele teria de dar um jeito nele. Jolene se virou e viu que Hank ainda a observava como um bode velho.

— Que é? — gritou para os olhos incansáveis de Hank.

Duas piscadelas.

— Meu Deus do Céu, quando tudo isto vai acabar?

Mais duas piscadas.

Jolene sentou-se na beira do sofá-cama e manipulou a folha de papel enrugada que Allen deixara cair. Um som novo e insistente estava saindo da boca de Hank. Um assobio tremulante.

*Todo mundo já fez isso; por que não eu?*

Começou a amaciar a folha de papel. A caligrafia de Amy era alta e grossa; letras fortes e retas, sem nenhum sinal de fraqueza. Amy devia ser como Broker: sem doenças ou falhas de personalidade.

— Certo, certo — disse Jolene, conduzindo o dedo até o jogo de alfabeto.

Os olhos de Hank saltaram de grupo em grupo, e de linha em linha.

— "T".
— "R".
— "A".
— "G".
— "O".

— "*Trago*"? — disse Jolene intrigada, olhando aquela palavra de muitos significados.

Então Jolene viu a necessidade transparecendo nos olhos de Hank. Hank sempre fora capaz de colocar muita coisa num olhar. E ela não era má leitora de olhos. Jolene inalou e exalou de uma forma muito exagerada.

Duas piscadelas.

— Você quer uma "tragada"?

Duas piscadelas.
— Ai, Deus.
Jolene deslizou sobre os lençóis e reclinou ao lado de Hank. Ela queria ser capaz de balançar os cabelos do jeito que ele gostava. Sim, bem, ela queria muitas coisas.
— Você e eu, meu bem. Como em *Casablanca*, lembra? Quando fumar era mais sensual do que o sexo.
Ela se inclinou até Hank e, beijando seus lábios imóveis, sentiu a respiração dele se misturar com a sua. Girou o pulso para voltar o cigarro entre seus dedos para Hank, e em seguida pôs a mão em concha sobre a boca do marido.

*Bogart, uma última vez.*
*Hank tragou a fumaça e a nicotina invadiu seus pulmões, encheu os alvéolos pulmonares, violentou seu sangue, e ele sentiu todo seu sistema circulatório acender como um quilômetro de lâmpadas de Natal através de uma cidade bombardeada e às escuras. Isso elevou sua reserva de esperma.*
*Esta era a jovem marginal por quem se apaixonara no momento em que a vira entrar naquele porão de igreja. Hank tinha pensado em se banhar nela como se Jolene fosse a fonte da juventude, mas ela não era nenhuma fonte. Ela era um conto de Raymond Carver quando Hank a conheceu, metida até o pescoço em dívidas, e com seu problema com álcool ainda não completamente resolvido. Agora aqui estava ela novamente com suas dores de crescimento, presa numa versão de* Crime e castigo *ambientada nas florestas do norte.*
*Seu coração começou a bater mais rápido. Não se passou tanto tempo assim. E ela era o único legado que ele tinha.*

Jolene abaixou a cabeça até o ombro de Hank e podia ter chorado ali. Mas se ela fosse do tipo chorona, não conseguiria sair desta. O que ela pretendia fazer, de uma forma ou de outra. Assim, observou a última mão que Hank estava baixando no jogo. Ele tinha desfrutado de sua última tragada antes que lhe pusessem uma venda permanente, e agora estava piscando de novo.

Jolene removeu o cigarro dos lábios dele, jogou-o na lareira, levantou o papel.
— "T".
— "O".
— "D".
— "O".
— "Todo"? Você quer dizer: "Todos".
— "M".
— "A".
— "T".
— "A".
— "M".
— "Matam"?
— "E".
— "R".
— "L".
— "Earl", você quer dizer.
— "A".
— "V".
— "I".
— "S".
— "A".
— "Avisar"? O que você quer que eu faça? Esta não é exatamente uma situação ideal.
— "P".
— "A".
— "R".
— "A".
...
— "L".
— "U".
— "T".
— "A".

...
— "V".
— "O".
— "C".
— "E".

...
— "V".
— "E".
— "N".
— "C".
— "E".
— "Vá lutar você vence"? — leu Jolene.

*Mas que merda. Hank sentiu o controle lhe escapar enquanto um embaralhado de cores embotava sua concentração. Vindo sufocá-lo. Ele piscou o mais rápido que pôde.*

— O que você quer dizer? — gritou Jolene.
O papel estava começando a se desmanchar em suas mãos suadas.
— "S".
— "A".
— "L".
— "V".
— "E".
...
— "E".
— "L".
— "E".
— "S".
— "Salve eles"? — leu Jolene. — É fácil para você dizer isso.

E então Jolene viu os olhos de Hank reverterem ao seu padrão de órbitas sem sentido. Ela balançou o ombro de Hank.
— Vamos, Hank, não vá embora agora. Merda!

Ela se levantou e se abraçou diante do fogo. Olhou, através da cozinha, para o corredor que conduzia até o quarto. Amy estava lá, aguardando o reinício do fluxo de Fentanyl.

*Salve eles.* Como? Allen tinha o plano. Earl tinha a arma.

Mas Hank estava certo. Não seria muito difícil pôr um contra o outro.

Mas Allen era o único que podia dar um jeito nos olhos de Hank e manter todos os segredos em segurança.

Mas e se Allen não aleijasse os olhos de Hank? O que Hank diria então? Esta era a pior parte: ela não sabia.

Olhando para as chamas, imaginou o oposto de fogo. E isso era o que estava acontecendo lá fora na escuridão. O corpo de Hank estava lentamente se enchendo com frio congelante. A síndrome do mergulho da foca. Primeiro iriam os dedos de suas mãos e pés; ficariam brancos como teclas de piano enquanto o sangue escoasse das extremidades do corpo para se concentrar em torno do coração e dos pulmões. O sangue abandonaria seu cérebro para tentar salvar a sala das máquinas.

*Porra, olha que tipo de coisa bacana eu aprendi.*

*Ele mentiu para mim.*

Pousada na mesa ao lado da lareira, a garrafa com as impressões de Broker, aquela que eles tinham usado para tonteá-lo, refletia as chamas. A garrafa de uísque.

Jolene olhou para as luvas de borracha em suas mãos. Elas a faziam sentir-se distante da vida. Um fantasma. Não realmente ali.

Johnny Walker Red Label.

Festivo.

Nunca tinha gostado de uísque. Gostava de álcool invisível que não marcava o hálito. Ela tinha sido uma bebedora de vodca. Uma bebida furtiva. Vodca Seven. Coquetel de vodca com gim. Sabores de frutas.

*O resumo da história de sua vida com Earl. Bebidas furtivas.*

Ela tinha se casado com Hank para fugir disso.

Olhe para ela, dois terços cheios. Uma cor em algum lugar entre mijo e ouro líquido.

*Quanto tempo fazia, Jolene? Quatorze meses?*

*Eu passei a acreditar que um poder superior poderia restaurar a minha sanidade.*

Uma ovelha sã, seguindo Allen e Earl até o pote de mudanças no fim do arco-íris. Ela teria a satisfação do seu desejo. Ela ia ser uma mãe de arame rica.

Jolene estremeceu.

A sua parte quente, a mãe de pano presa dentro da garrafa, gritou por ela. Jolene despiu as luvas de borracha e esticou a mão.

# Capítulo Quarenta e Oito

*Meu Deus, que noite* para um assassinato a sangue-frio!
 Allen e Earl estavam em pé, conversando sobre como iriam fazer. Suas exalações misturavam-se com o escapamento do carro nos faróis cruzados do Cherokee e do Saab. Broker estava caído no lado do carona do jipe, sua face achatada contra o pára-brisa.
 A administração de Fentanyl em Amy tinha sido uma ação limpa, quase como medicina extremada. Mas isto era o assassinato de um homem.
 E Allen, que estava com a mensagem criptografada de Hank ecoando na cabeça, sabia que depois que a matança começasse não haveria mais regras governando Earl e Jolene, apenas interesses egoístas e a distância entre eles e seus objetivos.
 E Earl tinha a arma.
 Eram esses os pensamentos de Allen enquanto discutia com Earl como Broker deveria morrer.
 — E então, como vamos fazer isto, exatamente? — perguntou Earl.
 Parado ali, sem chapéu, cabelos louros soprados cobertos de neve, ele parecia um astro de rock nazista naquele sobretudo de couro com apenas um braço preenchido.

Allen não conseguia desviar o olhar do esterno de Earl, desnudo; a pele jovem e saudável aparecendo pela abertura no sobretudo. Lá na cabana, em sua bolsa medicinal, Allen tinha um bisturi. Seria fácil introduzi-lo sob o esterno e subir para perfurar o coração. Ele sangraria internamente. Não faria sujeira.

Contudo, restava o problema do descarte do corpo. Allen balançou a cabeça; o frio estava deixando-o desorientado. Uma coisa por vez.

— Precisamos fazer com que pareça que ele perdeu o controle e saiu da estrada.

— A estrada pela qual viemos? — indagou Earl.

— Acho que uma estrada secundária na floresta seria melhor. Não queremos que ele seja achado imediatamente. É melhor que seja numa estrada com menos tráfego. Com uma curva fechada.

— Certo. O que podemos fazer é colocar Broker atrás do volante, empurrar o pé dele no acelerador, segurar a embreagem com alguma coisa... um pedaço de pau... e manter o jipe engrenado. Então a gente se afasta do jipe e solta a embreagem, e ele sai a toda rumo a uma árvore.

— A gente só precisa garantir que o choque seja forte a ponto de quebrar o pára-brisa — disse Allen.

— E se ele acordar?

— Com a cara cheia desse jeito? — Allen balançou a cabeça. — Além disso, a hipotermia tende a fazer as pessoas adormecerem.

Earl sorriu.

— Por muuuito tempo.

— Vamos andando — disse Allen.

*Luzes*, pensou Allen. *Música.*

A um quilômetro e meio da cabana, Allen virou numa trilha de lenhadores almofadada com folhas congeladas que estalavam como flocos de milho. Seguiu a trilha ao longo de um pântano ou da margem de um lago até que ela se curvou de volta para a floresta. Diminuiu a velocidade, e então seguiu lentamente uma curva fechada para a direita e desceu uma ladeira curta. No fundo da inclinação a estrada virava novamente para a esquerda diante de uma pilha de toras.

Um metro e oitenta de altura, três metros e meio de comprimento. O que era perfeito — mais denso que uma única árvore, mais massa de alvos para atingir. E o solo congelado estava virtualmente livre de neve, apenas algumas poças, como *marshmallows* sujos e derretidos.

Ele acendeu as lanternas de freio para alertar Earl, às suas costas. Earl parou, abaixou o vidro da janela e olhou para fora. Allen tinha abaixado sua janela também e gritou de volta:

— É isto. Recue até o topo da ladeira. Eu vou até o fundo, dar a volta e apontar meus faróis para a pilha de toras.

O jipe recuou lentamente ladeira acima. Allen continuou, posicionou seu carro fora da curva, e o deixou funcionando, luzes acesas, de modo a fazer com que seus faróis altos iluminassem o alvo. Então puxou seis toras do topo da pilha, de modo que elas se sobressaíssem e pendessem como presas de elefante em direção à estrada. Uma delas estava destinada a cair através do pára-brisa e, com sorte, esmagar o crânio do motorista. Então Allen subiu correndo a ladeira.

Earl estacionara o jipe logo acima da beira da colina baixa, apontado em direção às toras. Ele estava tentando puxar Broker para posicioná-lo detrás do volante, mas sua tipóia dificultava a tarefa.

— Você precisa me ajudar com isto — disse Earl.

Allen fez que sim com a cabeça e rapidamente posicionou Broker. Earl disse:

— Eu já coloquei a marcha no ponto morto; empurra o pé dele entre o tapete do chão e o acelerador.

Allen fez isso com alguma dificuldade; era um espaço de trabalho apertado, estava escuro, e o frio deixava-o tonto.

O motor rugiu.

— Certo — disse Earl. — É um modelo 1990, sem *air bag* para complicar as coisas. Agora precisamos de um pedaço de pau.

Procuraram por um galho, descartaram vários, e finalmente um ligeiramente torto, com cerca de um metro e oitenta de comprimento, obteve a aprovação de Earl.

— Esta é a parte complicada. Vou empurrar a embreagem com este pedaço de pau e você terá de colocar em primeira e sair do caminho quando eu soltar a embreagem. Pronto?

— Pronto.

Suas vozes foram ampliadas pela desolação e pelo frio. Allen pôde ver suor congelando no queixo de Earl e reluzindo em seus músculos abdominais. Como ele estava conseguindo suportar aquele frio todo sem camisa?

O motor do jipe gemia cada vez mais forte.

E Broker estava debruçado para a frente, preso pelo limite do cinto de segurança. Allen não podia ver seu rosto. Ele sentia uma ponta de remorso. Broker era o espectador inocente sentenciado a morrer pelas regras da triagem.

— Lá vamos nós! — berrou Earl.

Diminuiu devagar a pressão que fazia com o pedaço de pau para que o jipe não morresse, e, quando o veículo começou a se mover, ele o puxou completamente.

O jipe pulou para a frente, ganhou velocidade, e desceu a ladeira. Allen e Earl já estavam correndo colina abaixo quando o veículo se chocou diagonalmente contra as toras, gerando um som oco de metal, plástico e vidro estilhaçando. O motor gemeu uma vez e então morreu.

Silêncio. Um aroma suave de circuitos elétricos queimando e um farol ainda aceso, marcando um círculo na escuridão.

— É bom que o farol ainda esteja aceso; vai esgotar a bateria — disse Earl.

Duas das toras que Allen tinha puxado abriram uma fresta longa no pára-brisa. Ainda melhor, uma delas tinha acertado Broker de raspão na cabeça, e Allen o vira estremecer em seu cinto de segurança como um boneco de testes de batida de carro. A porta no lado do motorista abriu e se manteve assim, segura pela dobradiça que não quebrara.

Arfando grandes nuvens brancas, Allen e Earl inspecionaram os resultados. O solo debaixo de seus pés era duro como aço, e não deixava marcas. Broker agora tinha um traumatismo craniano contando contra ele, além de estar drogado e embebido em uísque. Uma mancha vermelha de sangue e escalpo rasgado manchava sua têmpora esquerda e sua sobrancelha. Um filete de sangue jorrava dessa sujeira, corria pela face esquerda e gotejava do queixo. Os cabelos escuros de Broker estavam salpicados com pedrinhas translúcidas de vidro. Sua respiração gerava uma fina coluna de vapor. Como Allen queria ter certeza de que Broker estava à morte, ficaram em pé ali durante longos minutos, batendo os pés e se abraçando no frio insano, observando a vida de Broker se esvair.

— Olha só — disse Earl. — O sangue dele está congelando no queixo.

— Muito bem, vamos embora — disse Allen.

Voltaram lado a lado no Saab, satisfeitos com o aquecedor poderoso, o estofamento confortável, o desempenho sólido que mantinha as rodas em movimento.

— Precisamos conversar sobre uma coisa — disse Allen.

— Mesmo? — retrucou Earl.

— Jolene. Quando a companhia de seguros vir que a anestesista que eles estão defendendo se suicidou, provavelmente aceitarão assinar um cheque. Isso vai ser tentador depois de tudo que ela passou. Você precisa convencê-la a resistir. Depois desta noite, Milt ficará ainda mais determinado a levar o caso a um julgamento.

— O que significa mais dinheiro — deduziu Earl.

— O que significa muito mais dinheiro — repetiu Allen. — Mas tem um lado ruim.

— Sempre tem.

— Você precisa sair da casa.

— Para que você possa entrar? — Earl riu. — Olha, eu já passei por isso. Eu entendo, estou fora, certo.

— Bom. Dessa forma, Milt vai pensar que está afastando Jolene da sua influência e a colocando sob a dele.

— Entendi. Alguém devia dizer a ele que Jolene está sempre sob a influência dela mesma. Talvez a única exceção seja quando ela está bebendo. E se não pegar uma garrafa depois do que aconteceu hoje, nunca mais vai fazer isso de novo.

— Mas você entende o que estou querendo dizer?

— Sim, você e Milt me querem fora.

Allan riu educadamente.

E Earl se juntou a ele, rá-rá. Mas então Earl surpreendeu Allen com a sua resposta:

— Estou com você, Allen. Não, estou falando sério. Você fez um truque de mágica e tanto esta noite. Você tirou o pescoço da gente da forca. E eu não vou estragar tudo. Mas me deixe dizer uma coisa sobre Jolene. Ela é leal. Ela e eu atamos e desatamos várias vezes, mas sempre cuidamos um do outro. E vamos continuar fazendo isso. A questão é: o que você vai fazer?

— Eu estou fazendo — disse Allen.

— O que estou perguntando é se você vai ter uma recaída de moralidade se as coisas entre você e Jolene não funcionarem do jeito que você quer. E escreva o que eu estou dizendo: se conheço Jolene, não vão funcionar.

— Não é como se eu quisesse me casar com ela — disse Allen.

— Estou entendendo. Olha só o que aconteceu com o último cara que fez isso — disse Earl sem rir.

Allen tentou controlar o riso que ameaçava brotar de seu peito mas então decidiu que ele era uma pessoa espontânea, e que era parcialmente por causa disso que se encontrava na presente situação. Assim, Allen se permitiu soltar uma gargalhada.

Earl se juntou a ele e logo os dois riam sem parar.

— Eu não sei se isto é apropriado — disse Allen, fazendo força para reaver a compostura.

— Por que não? Nós vamos ganhar a parada. E não precisamos ser gananciosos; tem o bastante para todo mundo.

Allen dirigiu o último quilômetro e meio até a cabana tentando sentir-se menos paranóico em relação a Earl. Eles saltaram e subiram os degraus.

— Certo, vamos nos limpar, acomodar o Hank no furgão, e voltar para casa.

— Parece uma ótima idéia — disse Earl, girando a maçaneta.

Earl recuou e girou nos calcanhares.

— Está trancada.

Num arroubo súbito de raiva, esmurrou a porta com um punho.

— Vamos, Jolene, abra esta porra de porta. Está frio aqui fora.

Então ele se virou e arremeteu seu ombro bom conta a porta. Nada.

Allen esticou um braço para contê-lo.

— Não faça isso. Você está deixando marcas na porta. Nós não queremos que pareça que...

Earl empurrou Allen e gritou:

— Tira suas mãos de mim!

— Não podemos ter complicações! — berrou Allen. — Pare de tentar arrombar a porta. Isto faz parecer que alguém esteve aqui. Vai arruinar tudo que fizemos. E se houver um alarme?

Um pensamento rapidamente cobriu a raiva nos olhos de Earl. Então ele os estreitou.

— Não tem alarme aqui fora. Então, o que está acontecendo?

— Eu não sei. Ela trancou a porta.

Voltaram para o Saab e Earl ligou o rádio. Sintonizando alguma estação universitária de Duluth, esforçou-se para ouvir a uma discussão sobre relacionamentos gays, lésbicos e heterossexuais no *campus*. Furioso, desligou a estação.

— Puta merda, você consegue acreditar nessa merda? Sabia que Bob Dylan veio daqui de cima? E agora isto? — Ele chutou o painel de Allen. — Parece a porra do Iraque — murmurou indecifravelmente.

Passaram-se vários minutos de silêncio constrangedor.

— O que você acha? — perguntou Allen.

— Ela está tramando alguma coisa — disse Earl.

Allen disse:

— Sempre há uma janela aberta. Meu pai costumava dizer isso; vamos tentar as janelas.

Saíram do carro, curvaram os ombros, e imediatamente começaram a tremer.

— Precisamos tomar cuidado para não perder a cabeça, porque este frio é de enlouquecer qualquer um — disse Allen com o máximo de diplomacia. — Você vai por aquele caminho, eu vou por...

— Hum-hum — discordou Earl. E sacou a pistola para enfatizar: — Vamos juntos.

Vendo a arma, Allen sentiu um tremor no peito, e a fonte da gagueira que atormentara os primeiros dezesseis anos de sua vida ameaçou reaparecer. A operação estava começando a fracassar devido a erro humano. Ele fez que sim com a cabeça e disse:

— Certo. Vamos juntos.

Metodicamente, começaram a contornar a cabana e descobriram que ela era uma construção de um só pavimento muito bem realizada, em tábuas de cedro e com janelas reforçadas contra tempestades. E todas as cortinas estavam fechadas e todas as luzes estavam apagadas. Havia uma varanda nos fundos, mas a sua porta estava fechada.

Furibundo, Earl chutou a porta dos fundos e gritou:

— Jolene, pára com a babaquice e abra a porta. — Ele recuou um passo, empertigou os ombros, balançou a cabeça. — Mas que merda!

Allen observou o aparecimento da coisa que ele mais temia, ainda mais do que células cancerosas e hemorragia interna — a irracionalidade humana — enquanto Earl sacava a pistola e estilhaçava uma vidraça na porta dos fundos. Ele enfiou a mão através da vidraça quebrada e girou a maçaneta.

— Pronto, entramos.

— Você se cortou — disse Allen num tom neutro, apontando para a mancha vermelha na luva de borracha de Earl.

— Só um arranhão — disse Earl, adentrando a sala escura, tateando em busca do interruptor.

— Não toque em nada. Me deixe fazer um curativo na sua mão e limpar o sangue. O sangue é evidência. Pense.

Estar protegido do frio melhorou o humor de Earl só um pouco, mas ele ainda resmungou:

— Vou pensar nisso depois de descobrir o que Jolene está armando.

Então olhou desconfiado para Allen, como se dissesse: *O que você e Jolene estão armando?*

— A sua mão — repetiu Allen.

— Tá, vamos cuidar dela.

Earl parou de gritar por Jolene. Agora percorriam a casa com cautela, ligando as luzes à medida que passavam por cada cômodo. Partiram dos fundos da cabana e seguiram por um corredor central, passando pela porta do quarto para o qual tinham movido Amy.

Allen reparou que a porta estava fechada. Enquanto passavam por ela, Allen experimentou a maçaneta. Ela girou meia-volta e travou.

Trancada.

Mas agora Earl estava na sala principal e tinha acendido as luzes.

— Que porra é esta? — gritou.

Hank tinha desaparecido do sofá-cama.

— A porta do quarto está trancada — disse Allen.

— Jolene, puta que pariu! — gritou Earl.

Estava carregando a arma com os dedos fracos da mão esquerda na tipóia, para manter o corte em sua mão direita encostado contra o peito, de modo a impedir que o sangue gotejasse no assoalho. Sem preocupar-se com o rastro de sangue, transferiu a pistola para sua mão direita ensangüentada.

Allen, ainda atordoado pelo frio, lutava para recuperar sua concentração. Lampejos de terror pessoal ajudavam. Precisava pensar. Tinha caído entre os pacientes e o seu plano havia ruído por carência de ajuda qualificada.

Caminhou a passos lépidos até sua maleta, ajoelhou, forçou seus dedos rígidos a funcionarem. Pegou chumaços de gaze esterilizados e um rolo de esparadrapo. Earl observou-o intensamente; mas não tão intensamente a ponto de ver Allen deixar escorregar para a manga de sua jaqueta um bisturi com o pegador voltado para baixo — lâmina número dez num cabo número três.

Earl agora tinha adotado uma postura menos hostil, mais moderada. Allen levantou da posição agachada e equilibrou o peso sobre os pés. Na mão esquerda, bandagens e esparadrapo; na mão direita, o cabo da faca de aço inoxidável escondido pela manga da jaqueta. Fixou o olhar na pele nua e avermelhada pelo frio, logo abaixo do desenho em V do esterno de Earl.

— Espere um pouco, espere um pouco! — exclamou Earl, arregalando os olhos.

— O quê? — perguntou Allen.

— O uísque. Ele estava bem ali.

Com uma expressão angustiada, Earl apontou para a mesa ao lado da lareira.

— E daí?

Earl balançou a cabeça.

— Jolene! Mas que hora você escolheu pra encher a cara!

## Capítulo Quarenta e Nove

**Havia um oceano de sono** e Broker afundava nele, descendo na escuridão onde esbarrava em peixes sem olhos, que eram sonhos cegos.

O uísque em sua língua tinha gosto de querosene frio. Balinhas de sangue congelado grudadas em fios de cabelo. Então, um sonho sem olhos o engoliu e ele se viu cercado por um teatro no qual era o único na platéia, enquanto no palco um elenco se movia com passos pesados.

E, mas que saco, eu já vi esta peça.

Amy, Jolene, o pobre Hank piscando. Popeye, a avestruz. E Earl Garf emergindo das sombras com um braço na tipóia.

Uma peça ruim. Muito diferente da vida real. A vida real era essencialmente uma questão de estilo. Vagamente, Broker compreendeu que tinha passado os dois últimos anos ajoelhado num mundo com um metro de profundidade.

Não havia vida real sem crianças nela.

De forma alguma.

Pobre Amy. Pobre Jolene. Não tinham filhos.

Ele tentou viver na peça deles. Foi divertido durante algum tempo. Flerte. Sexo. Uma pitada de violência.

Mas sem vida real. Não mesmo.

Vida real era o som da voz de sua filha. Era pensar que você ia ter a primeira hora decente de sono em muito tempo e ouvir: *Papai, eu preciso de você*, disse Kit, com seus três anos.

Broker achou que ela devia estar chamando por ele lá do outro lado do mundo.

E ele precisava apenas se levantar.


**Broker desgrudou os olhos** e se vendo num surto de tremores incontroláveis, perguntou-se por que tinha cabelos na boca, com pedacinhos de sangue congelado nela. Seu cabelo era tão curto...

Certo. Então era um pesadelo, afinal de contas. Um pesadelo no qual um pedaço de seu escalpo tinha sido arrancado e agora estava pendurado no lado de seu rosto, e era por causa disso que estava com cabelo na boca.

Discerniu o tremeluzir suave das estrelas, mas elas estavam a centímetros de distância, bem na frente dos seus olhos, e isso tinha de ser um mau sinal. Elas deviam estar mais altas, sobre o horizonte negro com as outras estrelas e a lua por trás de uma teia de galhos de árvores.

Sentindo um arrepio extraprofundo, viu que bosque vazio era aquele; sombrio o bastante para causar insônia a um druida. Então viu que estava cercado por vidro estilhaçado e pela tora de madeira de polpa que quase havia arrancado sua cabeça ao se projetar através do pára-brisa. Alguns pedaços desse vidro caíram de seu cabelo, e ele viu que estava no pior tipo de pesadelo.

O seu pesadelo básico das Florestas do Norte no qual você está congelando até a morte num acidente de carro na noite mais fria da História.

Uma vozinna na base de seu cérebro sibilou:

*Mova-se, babaca.*

Certo.

Ele se inclinou para a frente, forçando o cinto de segurança, levantou as mãos, e descobriu que estavam congeladas. Bem, não exatamente congeladas, mas definitivamente sem oferecer resposta. Os dedos individuais não funcionaram, e precisou juntá-los, como se formasse uma barbatana. O polegar recusou a se mover. Levantou a mão direita e a bateu com a palma para cima contra o volante, sentindo uma dor excruciante, como uma mordida de barbatana. Bom. Ainda tinha alguma circulação.

Moveu a mão até a fivela do cinto de segurança e... nada aconteceu. O polegar, que o separava dos outros mamíferos, não era mais uma opção. Tinha uma pata. Em mais alguns minutos ela seria um casco.

Tentou visualizar Earl e a seqüência de eventos que o levara até ali, e imediatamente rejeitou a noção como um desperdício de tempo e calor. Tudo que ele sabia era o agora: choque, ferimento na cabeça sangrando, provavelmente costelas quebradas, chicotada. E a maior de todas: hipotermia.

Ele estava a minutos — ou menos — de passar desta para melhor.

Precisava do réptil para salvar o homem.

Tudo que tinha eram seus reflexos.

E alguns velhos truques índios.

*Tomara que sempre que alguém for me matar na floresta, que seja um garoto de cidade clicador de* mouse.

*Earl, seu retardado, você devia ter revistado o meu caminhão.*

Broker empurrou sua mão direita petrificada para trás e empertigou o encosto do banco. Seus dedos entorpecidos tatearam a coronha da Mossberg de vinte cartuchos que havia carregado e pré-posicionado num local de fácil alcance, porque — sempre confie em seus instintos — estivera preocupado com Earl.

Desferiu tapas na espingarda para empurrá-la para a frente, e então conseguiu derrubá-la sobre seu colo. Então esticou o braço para trás, pôs o polegar em gancho, fisgou a correia de sua mochila de sobrevivência, e a puxou. Exalando nuvens de respiração entrecortadas, empurrou a mochila até seu peito e usou os dentes para abrir o zíper. Usou suas patas para remexer o interior da mochila e encontrou um cabo de faca. Usando ambas as palmas e seus dentes, tirou a faca de sua bainha. Então, com a faca desajeitadamente posicionada entre duas mãos congeladas numa pose de oração, serrou o cinto de segurança.

Ao luar tênue, Broker viu sangue na lâmina. Não tinha sentido a ferida que abrira em sua coxa.

Em frente.

Inclinando-se para o lado, Broker caiu através da porta aberta do motorista segurando a faca, a espingarda e a mochila em seus braços entorpecidos, e se agachou no terreno gelado. Sentiu tudo rodar à sua volta; tendo caído, tinha a impressão de ser impossível levantar-se.

Lembrou-se da filosofia que seu pai lhe incutira, e que depois os sargentos da brigada aérea redefiniram: *Primeiro você morre, depois você desiste.*

Sim. Sim. Broker se apoiou nos cotovelos para se levantar, ajoelhou-se e remexeu o interior da mochila. Ali havia um suéter de lã, luvas, um cobertor térmico; mas sua situação era grave demais para que essas coisas o ajudassem. O que ele precisava era de um sinalizador.

Segurou o lindo tubo vermelho de papelão entre suas palmas — enxofre, cera, papel de lixa, cloreto de potássio — e nitrato de estrôncio para sua própria oxidação interna. Este sacana era capaz de queimar a 1982 graus Celsius debaixo d'água.

Isso.

Agora com urgência, deixou o sinalizador junto da espingarda e se moveu para a frente sobre os joelhos porque sentia que seus pés não funcionariam, e seus tornozelos terminavam em blocos de madeira. Estava preparado para considerar o horror uma condição normal esta noite, de modo que não ficou surpreso quando viu que Earl tinha trocado suas botas quentes por tênis de corrida.

Apoiado nos joelhos, balançou o tronco e caiu contra o pára-lama frontal amassado do jipe, onde um farol ainda emitia uma luz fraca. Assim iluminado, engatinhou ao longo da pilha de toras até onde os lenhadores haviam empilhado as lascas.

Encheu os braços com galhos, engatinhou de volta e enfiou os galhos mais grossos debaixo do tanque de gasolina. Indo e voltando dessa maneira, sua cabeça por um momento foi ocupada com alucinações de sua infância. Chocolate quente. *Marshmallows* assados.

Agora se moveu até a frente do jipe e usou os cotovelos para subir entre a pilha de toras e o capô amassado. Dobrando os antebraços e os cotovelos, empurrou as toras. Moveu uma a uma para a frente, empilhando-as no capô e através do pára-brisa estilhaçado.

Rolou e caiu do jipe. Enquanto estudava sua pira improvisada, desfrutou de mais lembranças de infância. "Para Fazer uma Fogueira", de Jack London, uma das primeiras histórias que havia lido. Exceto que o herói se fodia no fim.

Não vai acontecer comigo.

Os joelhos tremeram e ele caiu. Arrastou-se de barriga, um caranguejo agora assumindo a forma de uma cobra. Serpenteou de volta até a mochila.

Segurando o sinalizador e a espingarda entre as palmas, voltou de joelhos até a pilha de madeira debaixo do tanque de gasolina. Estava escuro demais para ler as instruções impressas no sinalizador, mas ele sabia que elas diziam, entre outras coisas: DURANTE A IGNIÇÃO, APONTE O FUSÍVEL EM DIREÇÃO CONTRÁRIA À FACE E AO CORPO.

Desta vez teria de ignorar esse conselho.

Como não podia usar as mãos para manipular com precisão, teve de pinçar com os dentes a faixa de fita preta no lado do sinalizador e puxá-la para expor a cápsula de percussão. Então, cuidadosamente, mordeu a cápsula metálica e a puxou.

Para acender a tocha teria de raspar a superfície de fricção no topo da cápsula de percussão contra o fusível que já tinha exposto. Mas, neste momento, a superfície de fricção estava entre seus dentes, e apontada para baixo, em direção à sua garganta. Quando ele usou os nós dos dedos e os dentes para girar a cápsula de percussão, de modo a apontá-lo para fora, o frio a fez grudar em seus lábios e língua.

Mas a cápsula de percussão estava apontada aproximadamente na direção certa.

Imediatamente, apertou o sinalizador entre suas palmas e o raspou como um fósforo gordo e vermelho contra a cápsula de percussão em sua boca. A fricção sulforosa chamuscou sua face e disparou uma língua de fogo na noite. Broker largou o sinalizador na madeira debaixo do tanque de gasolina, arrancou a cápsula congelada de seus lábios e se arrastou para trás com a espingarda.

Aninhando a Mossberg nos cotovelos, Broker engatinhou para longe das chamas que estalavam debaixo do jipe — um metro, dois metros, três metros. Basta.

O sinalizador normalmente surtiria o efeito desejado sozinho. Mas a madeira estava muito fria e o tanque de combustível distante das chamas. Ele não tinha tempo para esperar e descobrir. Assim, deitou-se de costas e desferiu uma patada no ferrolho de segurança para soltá-lo, ajustando a espingarda para disparar.

Estremecendo, deitou-se de bruços com a espingarda ainda aninhada num cotovelo e enfiou os dedos insensíveis no guarda-mato.

Por toda a sua vida Broker passara sermões nas pessoas que viajavam com armas carregadas em seus carros. E como neste momento ele era basicamente um lagarto, sua memória estava falhando. Havia introduzido um cartucho na câmara enquanto estava na barraca de J.T.? Porque se não tinha feito, jamais conseguiria, com estas mãos, puxar o cursor e carregar a arma. Broker apontou contra o tanque de combustível e puxou o gatilho.

A arma recuou, golpeando seu cotovelo. Mas uma língua de fogo saiu do cano e se estendeu até a parte inferior do jipe. Durante uma fração de segundo o focinho do cano iluminou as toras empilhadas e os ramos. Uma neblina de gasolina cortejou a química do sinalizador. Então o tanque de gasolina entrou em erupção.

A explosão encheu as toras de fogo, fez Broker rolar para trás, estalou seus tímpanos, chamuscou seu rosto.

Sorrindo, olhou para a frente.

É *assim* que se faz uma fogueira, Jack London!

Mas o fogo estava um pouco descontrolado; assim, engatinhou para longe da chama que agora alcançava uma altura de seis metros, crepitando e faiscando nos vidoeiros sobre sua cabeça.

Estava sentindo uma agonia terrível, claro, prensado entre fogo e gelo. Poderia perder dedos das mãos e dos pés. Mas estava de volta ao jogo. Agradeceu ao lagarto, escalou sua haste cerebral e tentou gerar pensamento consciente.

Earl. De algum modo, ele os seguira.

Se Earl tinha feito isso, então Amy e Jolene estavam em perigo.

E Hank.

Esses pensamentos, ainda que funestos, não desanimaram Broker. Quase imediatamente ele se esforçou para se levantar e bater os pés para reativar sua circulação. Tropeçou diante da fogueira e fez uma pirueta no ar. O sangue em suas mãos e pés tinha se transformado em vidro congelado e agulhas.

Levantando, notou o reflexo das chamas por trás das árvores. Como gelo.

E então Broker viu mais luzes aparecerem do outro lado do lago. Quadrados de luzes elétricas emergindo. Janelas.

Andando, caindo, levantando, ele se abraçou e tentou fazer o sangue retornar aos seus dedos pinicantes. Usando seus dentes, puxou da mochila um par de luvas de lã. Depois de reunir a coragem para explorar a ferida em seu escalpo, despiu uma luva e tocou seu rosto com os dedos. Nada. O tato terminava em seus pulsos. Lambeu a região entorpecida ao lado de sua boca e provou picolés de sangue. E bife queimado pelo sinalizador.

Sua preocupação por Amy, Jolene e Hank ainda era relativa e sonhadora, bem distante da questão local de sua própria sobrevivência.

Então, um par de luzes atrás das árvores chamou sua atenção. Elas se moviam com propósito, alargando-se lentamente. Um veículo. Será que fora atraído pelo fogo?

Broker tropeçou, caiu, levantou-se e esperou os faróis atravessarem as árvores e se materializarem na forma de uma picape Ford. Capengou até o veículo enquanto a motorista saltava e olhava para ele. Os dois reconheceram um ao outro.

Era Annie Lunder, a vizinha de Billie, o que significava que Earl não o tinha largado muito longe da cabana. No fim da casa dos sessenta, embrulhada em casacos de lã, Annie não tinha mudado nem um pouco; sua personalidade ainda era tão agitada e agressiva quanto um machado de dois gumes. O relacionamento entre ela e Billie, o tio de Broker, vinha se alternando entre o amor e o ódio desde a Guerra da Coréia — alguma coisa a ver com uma disputa sobre uma divisa entre as propriedades e o fato de Billie ter se casado com a irmã dela, Tia Marcy, agora falecida.

A luz da fogueira iluminou o rosto rasgado de Broker, e Annie estremeceu.

— Philip Broker, seu menino das selvas! Sempre achei que você tinha sido criado por lobos. Veja só, andando neste tempo de tênis! E brincando com fósforos. Que diabos está tentando fazer? Queimar as minhas árvores?

— Telefone — coaxou Broker. — Vida ou morte.

— Como é? — disse Annie, colocando uma mão em concha no lado de seu chapéu e forçando os olhos.

— Ligue para a emergência! Cabana do Billie!

## Capítulo Cinqüenta

**Jolene tinha segurado Hank** pelas pernas e, sem a menor delicadeza, puxou-o do sofá-cama. Ela o arrastara pela cozinha e pelo corredor até o quarto de dormir, posicionara-o com um travesseiro nas costas e inclinara-o contra uma porta do armário de modo que pudesse vê-la claramente ir até a cama de Amy.

— Muito bem, dê uma boa olhada. Agora você pode ficar feliz porque todos nós vamos morrer quando eles voltarem.

Jolene puxou o tubo intravenoso da mão de Amy. Os olhos de Hank estavam girando novamente. Ela nem sabia se ele tinha visto.

E então os olhos não estavam mais girando. Estavam fechados. Ele agora estava deitado no chão, parecendo realmente um cadáver. Alguns metros acima dele, Amy balançou a cabeça na cama, sua respiração rasa e difícil. Um único fio de sangue marcava seu pulso esquerdo no local onde o tubo tinha sido inserido. O plástico agora estava pendurado no seu ombro.

Jolene ficou parada em pé, entre eles.

Ela segurava a garrafa de uísque numa mão e uma espingarda que tinha achado no armário do quarto na outra. Só que a porra da arma não estava carregada porque ela não tinha achado nenhuma porra de bala para ela. E o quarto estava todo desarrumado em decorrência de sua busca desesperada.

*Numa hora dessas, responsabilidade com armas só atrapalha.*

E a procura por essas balas podia ter sido uma distração fatal, porque tinha deixado de pegar seu celular na sala de estar, não havia telefone no quarto, e agora Earl e Allen estavam dentro da casa. Ela ouvira o vidro da porta dos fundos ser quebrado, e em seguida o som dos passos e as vozes dos dois homens. Então tinha visto a maçaneta da porta girar. E as vozes tinham se movido para a sala principal, onde iriam descobrir que ela havia movido Hank.

Então iriam voltar.

Muito bem, ela precisava agir.

Jolene levantou a garrafa, tomou um trago; o uísque ardeu na garganta, provocando lágrimas nos olhos e fazendo-a tossir. Pousou a garrafa no chão e estudou a porta protegida apenas por uma antiquada trava de correr. Pegou uma cadeira de encosto reto que havia ao lado da penteadeira e a usou para escorar a porta, posicionando-a em ângulo, o encosto enfiado debaixo da maçaneta. Isso deteria Earl, talvez por meio segundo.

Havia uma janela. Nada além de vidro térmico e uma moldura externa. Mas Jolene não acreditava que os dois tentariam entrar pela janela numa noite como esta.

— Muito bem, o que vamos fazer agora? — perguntou à forma lânguida de Hank.

Aparentemente, Hank desmaiara devido à fadiga, de modo que não estava ali para testemunhar o grande momento de Jolene.

— Todo homem é igual. Tem um trabalhão pra excitar você e então, paf!, dorme e te deixa sozinha.

Hank não havia explicado que não havia regras para esta história de heroína. Você inventava as regras no caminho. Até agora, a maior emoção que tinha sentido era medo.

Que coisa irônica; todos diziam que deixar a bebida mudava a sua vida. Mas agora estava bebendo para obter a coragem de realmente mudar.

Não, estava bebendo porque Earl compreenderia seu comportamento sob estresse. E quando bebia sempre corria para ele e pedia ajuda. Se ao menos houvesse um telefone aqui.

*Enfrente... eles... lute.*

— Tá legal, boneco — disse baixinho. — Estou trabalhando nisso.

Isso significava que teria de abrir a porta apenas o bastante para mostrar a arma e permitir que Earl sentisse seu bafo de bebida. Ai, Deus. Como as coisas tinham chegado neste ponto? Lá vamos nós. Entrando no segundo tempo da partida final do campeonato.

Pegou a garrafa de Johnny Walker e tomou mais um gole, um bem grande que a encheu com calor. E agora os passos voltando pelo corredor não eram mais cautelosos; eram pesados, irados.

Um punho socou a porta.

Earl.

Durante toda sua vida adulta Jolene havia antecipado e evitado a ira de Earl. Jolene jamais a havia manipulado. Agora essa era a única saída desta roubada.

— Porra, Jolene, sei que você tá aí dentro!

Earl. Realmente puto dentro da roupa, mas a julgar por sua voz, tentando se controlar.

Bom.

Pousou a garrafa no chão e correu o cursor da espingarda. Earl sempre criticava quando faziam isso nos filmes, apenas porque parecia bacana; ele dizia que o ideal era ter sempre uma bala já posicionada na câmara, porque o ruído telegrafava sua posição.

Silêncio depois do mecanismo. Eles deviam ter ouvido.

Jolene gritou:

— Earl, eu tenho uma arma comigo. Uma espingarda que achei no armário. Estive pensando, e decidi que não saio daqui enquanto o Allen estiver aí.

A rouquidão e o controle em sua voz eram reais, não fabricados. Obrigada, Johnny Walker.

— Abre a porta! — ordenou Earl.

— Não confio no Allen, e quando está com ele, não confio em você! — berrou.

— Abre a porta, agora!

Jolene respirou fundo, removeu a cadeira, correu a trava da porta até o fim e entreabriu a porta.

**Earl estendeu** completamente o braço direito e apontou o cano da pistola calibre 45 para a testa de Allen.

Earl sussurrou:

— Desculpe, mas você vai ter de colaborar até eu conseguir acalmar a Jolene. Administrar essa mulher é uma arte que eu passei uma vida inteira aprendendo a dominar.

Allen olhou para a porta e ouviu os sons de uma cadeira arrastando no chão e de um ferrolho correndo. Não se sentiu tranqüilizado. As coisas estavam ficando complicadas. Primeiro tinham se desviado do seu plano, e agora havia na equação o fator imprevisível de uma Jolene alcoolizada.

A porta abriu um centímetro, apenas o bastante para Allen ver um dos olhos de Jolene sobre o enorme tubo de uma espingarda apontada para eles. O cheiro acre de álcool em seu hálito era inconfundível.

— Certo, Jolene, está vendo? — Earl encostou o revólver na testa de Allen.

— Só vou falar com você quando estivermos sozinhos — disse Jolene.

Allen se manifestou:

— Jolene, abaixa essa arma. Onde está o Hank?

— Cala a boca, Allen — sibilou Earl.

Mimetizando a raiva e frustração na voz de Earl, Jolene disse:

— Earl, não vê o que ele está fazendo?

A pistola premida contra sua testa era uma rédea de metal que mantinha Allen imobilizado. A espingarda que tinha emergido da porta estava apontada contra seu peito. Aqueles dois estavam se juntando contra ele. Allen sentiu suor escorrer entre o cabo do bisturi e o oco de seu pulso direito.

Então esta é a sensação de ser um paciente. Isto era uma cirurgia de rua. Ele estava no nível deles, que era o nível de desespero, fúria e decisões tomadas sob influência do álcool. Tinha perdido o controle da situação e estava esmagado no fundo da escada comportamental com as duas opções clássicas do homem das cavernas: podia tentar fugir ou podia lutar. Não lutar conceitualmente, como fizera com o Fentanyl. Desta vez teria de lutar com as mãos.

— Earl, meu bem! — gritou Jolene. — Estava tão preocupada com você lá fora com ele. Eu tinha medo que você não voltasse.

Trêmula sob o efeito do álcool, a voz de Jolene também apresentava toques sutis de medo, necessidade e afeto dormentes há muito tempo.

— Você e eu — disse Earl.

— É assim que tem de ser — disse Jolene.

— Vocês dois! — exclamou Allen, a voz rascante devido ao estresse.

Allen ouviu o clique do revólver sendo engatilhado.

— Mãos na cabeça — ordenou Earl. — Agora vire-se lentamente.

Enquanto Allen se virava, a pistola saiu de sua testa e voltou com uma pontada insistente na base de seu pescoço.

— Para fora, Allen — ordenou Earl. — Anda.

*Esta sensação de lerdeza que estou sentindo deve ser choque,* pensou Allen.

Sem acreditar no que estava acontecendo, Allen levantou as mãos cuidadosamente, para não desalojar o bisturi.

— Não estou entendendo. Vim até aqui para mostrar a vocês como sair desta enrascada.

— Cala a boca. Agora, bem calminho, me dá as chaves do seu carro.

— As chaves do carro? — Allen engoliu em seco, incerto.

Estavam agora na sala principal, caminhando até a porta. Então estavam no lado de fora, onde o frio os envolvia sólido, esmagador.

— Pega as chaves do seu carro e abre o porta-malas — disse Earl.

Os dentes de Allen bateram e ele quase deixou escapar uma risada histérica, porque não podia dizer se sua mandíbula tremia devido ao medo ou à temperatura. Teve um vislumbre da imagem de seu carro no estacionamento do Aeroporto Internacional de Minneapolis. Um cheiro podre emanaria do capô no começo da primavera.

— Não precisa acontecer desta forma — disse Allen.

O tom racional da voz de Earl não combinou com a temperatura impossível, a postura desleixada, o casaco pesado deixando o peito à mostra, o braço na tipóia:

— Allen, ouça com atenção. Ela tomou um porre e está com uma espingarda. E o Hank está com ela lá dentro. Ela não vai sair enquanto você estiver caminhando livre. Assim, eu vou esconder você durante algum tempo, desarmar a Jolene, acalmar ela, e botar todos nós de novo na mesma página. Ainda precisamos de você pra dar um jeito nos olhos do Hank, lembra?

— Por que eu devo ficar no porta-malas?

— O que você prefere? Mais ar fresco? Que tal se eu te pregasse numa árvore? Vamos, entra no porta-malas.

Allen olhou para o seu carro. Tinha certeza de que se entrasse naquele porta-malas jamais sairia vivo. Seus olhos correram para a esquerda e para a direita. Havia luar suficiente para que pudesse ver a silhueta dos vidoeiros contra o céu pontuado de estrelas. Uma camada de gelo reluzia no lago. Viu que não muito longe dali havia uma doca estendendo-se dezoito metros para dentro do lago.

Mas a doca não levava a lugar algum. Não havia para onde fugir. Earl estava com a arma.

Cautelosamente, Allen abaixou a mão direita até o bolso direito da jaqueta e começou a retirar o chaveiro. Enquanto fazia isso, o cabo do bisturi escorregou em direção à sua palma.

Allen tinha apenas um segundo para decidir. Tirou as chaves, deixando-as tilintarem. E então, enquanto procurava pela chave certa, pareceu atrapalhar-se e deixou cair o chaveiro.

Por um instante os olhos de Earl seguiram as chaves. Então ele disse:

— Por que você não está usando suas luvas?

Nessa fração de segundo, Allen deixou o bisturi cair de sua manga. Seus dedos pegaram o cabo curvado e extremamente familiar, viraram a faca e, num único e decisivo movimento suave, girou o quadril e desferiu um golpe ascendente contra a reentrância onde as costelas de Earl se juntavam sobre seu diafragma.

**No momento em que Earl** fazia Allen marchar para longe do quarto, Jolene saiu sorrateiramente e os seguiu pelo corredor. Quando saíram pela porta da frente, Jolene correu pela sala principal, revistando gavetas, conferindo prateleiras, procurando por uma caixa de balas de espingarda.

Nada.

Então esta situação estava compensando as pessoas a quem nós prejudicamos.

Com uma espingarda vazia. Certo.

E tudo que ela tinha era parte da verdade para contar. Mesmo que essa verdade a amaldiçoasse. Agarrou o telefone na mesa, que tinha ligação direta para que o despachante da emergência pudesse localizar a chamada. Estranhamente, enquanto apertava os números, Jolene não pensou em Amy, Hank ou Broker lá fora, na escuridão. Pensou naquele pobre idiota balconista de DakNo.

— Você discou o número de Emergência — disse a telefonista. — É uma situação de vida ou morte?

— Somos os próximos que eles vão matar.

— Quem está tentando matar vocês?

— Um deles é um médico. Ele deu à enfermeira uma *overdose* de narcóticos para fazer parecer suicídio, e o cara que mora aqui... Ele o drogou e o deixou no frio para morrer. Ele está num jipe vermelho, um bem velho. Por favor, mande alguma ajuda.

— Acalme-se, por favor. Onde a senhora está agora? De que tipo de narcótico está falando?

— Cabana do Tio Billie em Lago Um, nas cercanias de Ely. — Jolene pegou a ampola de vidro vazia. — Fentanel, acho que é isso que está escrito aqui. Rápido. Precisamos de policiais e de uma ambulância.

O disparo rearranjou a arquitetura frágil da determinação de Jolene, e ela gritou:

— Estão atirando!

Jolene largou o telefone, segurou a espingarda como se fosse um porrete, e abriu a porta. Havia testemunhas e testemunhas e era hora de escolher.

**O problema foi que** quando Allen girou para atacar, Earl fez o mesmo.

— Ei! — gritou Earl irritado, apontando o revólver para o rosto de Allen. Ele não viu a lâmina fina do metal mais afiado do mundo subindo.

Mas Allen não estava acostumado a espetar bisturis em alvos móveis. Tentou ajustar o ângulo de seu golpe para compensar o passo que Earl deu para o lado. Earl gemeu quando a lâmina entrou.

Merda.

Pela tensão na ponta, Earl percebeu que tinha errado o coração, atingido o esterno e resvalado para o músculo.

Então o Colt explodiu bem na frente da sua cara. Não foi intencional; apenas reflexo no gatilho.

Bam! E o frio estilhaçou com a explosão porque os ouvidos de Allen pinicaram e agulhas de cordite confundiram seu nariz e suas bochechas com almofadinhas de costura.

Sangue por toda parte, escorregadio, negro, cobrindo sua mão, esfumaçando e congelando em seu rosto. O tiro devia ter cortado uma artéria. Mais confiante, puxou a faca. Earl cambaleou para trás, joelhos trêmulos, mas ele girou a arma.

Allen se agachou e correu curvado até a doca, o único caminho aberto para ele. Sua esperança era de que Earl não conseguisse virar, mirar e permanecer em pé. E tinha razão, porque Earl tropeçou, caindo sobre o braço quebrado.

Enquanto Earl gritava de dor, os sapatos de Allen marcavam uma tatuagem na madeira coberta de neve. À esquerda e à direita, o luar refletia na camada vítrea de gelo. Será que o ferimento iria detê-lo? Allen iria deslizar pelo gelo, correr até a praia, e se esconder entre as árvores até que Earl perdesse a consciência.

*Bam!*

*Rá, errou.*

Na segunda vez, Allen não ouviu o tiro; sentiu a bala perfurar o oco na parte traseira de seu joelho esquerdo e sair pelo lado da rótula. Naquele momento de choque, conseguiu visualizar o osso estilhaçado, o tendão e os músculos rasgados. Então o piso de madeira escorregadia da doca se aproximou de seu rosto, golpeando-o com violência. Rolou e viu Earl tentando se levantar. Mas Earl estava distante demais, e Allen perdeu o som. O tempo e o espaço se alongaram. Não sabia quanto tempo ficou enrolado ali observando Earl levantar-se em estágios reais como um elefante bêbado.

Mas finalmente, Earl cambaleou e tropeçou para a frente, brandindo a pistola incertamente.

Então um brilho de faróis cegou Earl e projetou sua sombra imensa contra as árvores. Em algum lugar nessa luz ofuscante, Allen escutou Earl gritar:

— Seu veado, você me cortou!

Allen riu. Choque e, agora, histeria. Earl tinha caído novamente.

*Sangra, filho da puta. Sangra.*

Allen estava maravilhado com as virtudes anestésicas do choque físico; ainda não sentia dor. Assim, ele se arrastou como um caranguejo sobre dois braços e uma perna pela doca congelada.

As luzes apagaram. Pessoas gritavam. As tábuas da doca tremeram debaixo de Allen enquanto passos vinham em sua direção.

— Muito bem, você aí — disse Earl, subitamente avultando-se sobre Allen, bloqueando as estrelas.

Em algum lugar em meio à massa negra, Earl estava apontando a pistola.

Allen chutou freneticamente com sua perna boa, enganchou um dos pés instáveis de Earl e o tiro seguiu em outra direção. Enquanto Earl perdia o equilíbrio, Allen mais uma vez chutou com selvageria e desferiu um golpe ascendente com o bisturi, direcionando-o contra a coxa interna de Earl e rasgou através de jeans e músculos em direção à artéria femural.

Sangue arterial espesso salpicou o rosto de Allen, que, enquanto cambaleava para trás, viu outra forma correndo até ele. Um cheiro familiar de lírio atravessou o sabor sangrento de moedinhas de cobre pegajosas.

— Jolene?

Mas ela levantou a coronha de uma espingarda e golpeou o rosto ensangüentado de Allen, nocauteando-o para um novo universo de sofrimento. Mesmo enquanto estremecia de dor, uma parte racional de sua mente ergueu um protesto:

*Jolene. Eu te a-amo. I-isto n-não é justo. Veja t-tudo que eu f-fiz. Eu te s-salvei. Eu l-libertei você para a v-vida.*

Earl tinha caído sobre ele, banhando-o com sangue, mas outra coisa tinha acontecido. O último chute de Allen resvalara no peito de Earl e passara debaixo de sua axila, emaranhando seu pé na tipóia. E agora que Earl estava caindo dobrado em dois, o cinto bem apertado do sobretudo emaranhou com a tipóia e prendeu a perna de Allen e — puta merda — o palhaço grandão estava caindo da doca.

— Jolene, socorro! — gritou Allen.

O peso morto de Earl estava escorregando para o gelo como entranhas caindo de uma carcaça estripada. E estava puxando Allen consigo.

— Jolene?

Ela o golpeou novamente com a coronha da arma. Não. Não o golpeou. Jolene tinha entendido o que estava acontecendo. Agora estava empurrando-o para o lado. Usando a arma como uma alavanca para levantá-lo. Os olhos de Jolene eram bolas brancas.

— Piranha! — gritou Allen.

Era um caminho longo até o gelo. O corpo de Earl tombou, com o rosto para baixo, chocando-se com a superfície de gelo um metro abaixo do nível da doca. Os quadris de Allen pendiam na borda. Ele agarrou com a mão esquerda um cano de ferro que servia como ladrão e ergueu a faca com a mão direita para ameaçar Jolene.

Ambos pararam para reunir suas forças, separados apenas por centímetros, as nuvens grossas formadas por suas respirações se misturando.

Então Allen ouviu uma batida e um som borbulhante. O peso de Earl rachou o gelo fino e começou a afundar. Jolene brandiu a coronha da arma contra a mão com que Allen segurava o cano. Com falta de apoio, ela errou o primeiro golpe. Allen respondeu tentando acertá-la com o bisturi.

E ele também errou.

Enquanto ela se movia para atacar de novo, Allen instintivamente largou o cano e segurou-se nela, cravando os dedos na cintura de sua calça jeans, obrigando-a a se curvar para a frente e se ajoelhar.

Cambalearam na borda da doca, Jolene atacando-o com a coronha da espingarda, mas próxima demais para causar algum dano.

Allen ainda possuía destreza na mão para reverter a direção da faca fina, usando-a para movê-la de cima para baixo, como um punhal. Cerrou um punho e colocou todas as suas forças num só golpe. Jolene empurrou a arma contra seu rosto, cegando-o temporariamente. Em meio aos movimentos trôpegos e confusos, sentiu a lâmina afundar, atravessando músculos. Ele a soltou e apunhalou de novo, e sentiu a lâmina atravessar músculos e atingir o osso.

# Capítulo Cinqüenta e Um

O telefone mais próximo ficava na cabana.

Os faróis do caminhão de Annie iluminavam o chão da alameda enquanto entravam no estacionamento, e Broker mal escutou o disparo devido ao zumbido insistente em seus ouvidos. Foi quando viram Jolene sair correndo da varanda brandindo alguma coisa com ambas as mãos. Deixando um rastro de respiração enevoada, Jolene correu na direção de uma silhueta imensa: Earl cambaleando pela doca.

Broker não conseguiu abrir a porta do caminhão com suas patas congeladas. Tudo que sentia era um torpor nas costas de seu braço.

— Me ajude! — berrou para Annie. — Abra a porta. ABRA A PORTA!

O caminhão ainda estava se movendo quando Annie se debruçou sobre Broker e puxou o pegador da porta. Broker rolou para fora e imediatamente tombou quando seus pés entorpecidos falharam.

— Saia daqui! — gritou para Annie. — Tem alguém com uma arma!

Ele olhou em torno. Onde estava Amy?

Então... merda. Percebeu movimentos no fundo da doca. Alguém engatinhando. Earl estava atrás dela, tinha de ser ela.

Então foi para lá que Broker foi, seguindo Jolene, mas, Deus, suas mãos e pés eram cubos sólidos e ele tropeçou para a frente. Ele se esforçou para se levantar e tentou correr nos blocos sólidos. Caiu de novo.
Levante. Salve Amy.
BLAM!
Outro disparo ecoou na escuridão. Ele se virou para Annie no caminhão e gritou:
— Annie, saia daqui. Obedeça. Saia *agora*.
Ela não precisou de mais uma ordem. Colocou o caminhão em marcha à ré e subiu o caminho. E agora Broker estava sozinho com alguém que tinha uma arma.
Maravilhoso. Ele cambaleou sobre seus pés quadrados.
Agora, vozes. Mas vozes subaquáticas. Lentas, distorcidas.
Não apenas lentas, congeladas. Ainda mais arrastadas porque cubos de gelo tinham substituído o cérebro de Broker. Cada passo requeria toda a sua concentração.
Então viu suas silhuetas contra o luar prateado, e a grande quantidade de fumaça branca que exalavam. Amy não estava ali. Agora Earl estava caído e Jolene e Allen Falken lutavam na extremidade da doca.
Allen? Mas que merda ele...?
Allen de alguma maneira estava emaranhado com Earl. Ou melhor, com o corpo de Earl, porque Earl parecia não morar mais ali. O corpo estava emborcado na água e puxando Allen e Jolene para fora da doca. Jolene estava brandindo uma espingarda contra Allen. Allen estava reagindo de alguma forma.
Broker continuou capengando o mais rápido que podia, arrastando os pés congelados como Boris Karloff.
Então o peso morto de Earl puxou Allen pela beirada da doca, o que fez Allen, por sua vez, puxar Jolene. Broker continuou avançando, e quase escorregou numa poça de sangue congelado. Quando viu o objeto reluzente no punho de Allen, seus reflexos assumiram o controle e ele mergulhou enquanto a faca descia.

Broker agitou ambos os braços para bloquear o golpe e proteger Jolene, e colidiu com os corpos que se debatiam. Uma coisa quente perfurou seu ombro esquerdo, subiu e desceu de novo, afundando em seu braço esquerdo acima da junta do cotovelo. Desta vez permaneceu alojada ali.

A dor era abstrata; havia tanta coisa acontecendo que esta recém-chegada precisava entrar na fila. Amy tinha dito que o frio seqüestra a sedação. Seqüestra a dor, também. Ou, talvez, depois da última hora, a dor apenas houvesse se tornado o seu hábitat natural.

A mão ensangüentada de Allen escorregou do cabo fino. Ansioso por uma arma, agarrou a espingarda de Jolene com ambas as mãos. Jolene imediatamente soltou a espingarda e Allen escorregou para baixo. Allen soltou a arma e cravou os dedos nas roupas de Jolene. A camisa de Jolene rasgou, revelando seu estômago branco como o de um peixe. Jolene agitou as pernas, espirrando água gelada no rosto de Allen.

— Por favor! — gritou Allen enquanto seu peso, ancorado ao de Earl, puxava Jolene mais para baixo pela borda, o que fez Broker cair de barriga sobre as tábuas. Broker tentou usar a pata direita para se segurar; ancorado em torno de um cano de aço, o braço esquerdo de Broker se estendeu sobre o peito de Jolene e enganchou debaixo de seu queixo. Jolene agitou-se, quadril afundado na água, e agarrou o braço com ambas as mãos. O peso de Jolene rompeu a contração do cotovelo de Broker e ela escorreu mais para baixo na água. Broker foi puxado junto com ela.

Broker sabia que as águas no fundo da doca eram profundas, talvez com uns seis metros, e o gelo, embora fino o bastante para quebrar sob um corpo em queda, era forte o suficiente para aprisionar alguém que escorregasse para debaixo dele. Se Jolene caísse no buraco depois de Earl e Allen, estaria perdida para sempre.

Uma água mais fria pinicou o antebraço de Broker e todos eles balbuciaram o dialeto do Atlântico Norte dos afogados congelados. Em meio àquela babel, o rosto de Allen emanou uma coluna de exalação branca enquanto ele afundava, nivelando com os quadris de Jolene. Coberto até o pescoço pela água negra, tentava esquivar-se dos chutes ferozes de Jolene.

— *Por favor!*

Agarrada ao braço ferido de Broker, Jolene continuou chutando, até o último grito de Allen terminar num gorgolejo de bolhas. Os olhos de Allen Falken arregalaram-se descrentes enquanto a água o cegava, e o peso do corpo de Earl lentamente puxava-o para baixo.

Absolutamente concentrada, Jolene empurrou com o pé o topo da cabeça de Allen para forçá-la a ficar debaixo d'água. Então ele estava morto, o trabalho silencioso pontuado apenas pelo ofegar histérico da respiração de Jolene e algumas bolhas estourando na superfície.

E agora havia ali apenas Broker, Jolene e o silêncio vasto que minimizava palavras simples como *socorro*. E as estrelas ardentes. E então o pânico urgente das suas respirações retornou.

O último espasmo de Allen fez Jolene perder o braço de Broker. Durante um segundo desesperador, Jolene se virou e estendeu as mãos, tentando agarrar e escalar o braço curvado de Broker, mas suas mãos escorregaram pelas mangas cobertas de gelo.

Quando a água alcançou seus lábios, ela gritou:

— Merda, não!

Desesperada, Jolene jogou o corpo para cima. A dor explodiu em vermelho vivo quando a mão direita de Jolene agarrou o cabo do bisturi acima da junta do cotovelo de Broker. Ela ancorou a mão esquerda através de seu pulso direito e se segurou.

Então Broker sentiu um pequeno alívio em sua dor. Nada mais estava puxando Jolene para baixo. Ela havia se libertado do peso morto de Allen.

Broker tentou levantá-la, mas seu ombro estava rijo e ele não conseguiu se mover. Se soltasse o tubo de aço, ambos iriam afundar e se perder debaixo da camada de gelo.

Dentes batendo, fitaram um ao outro.

Ele estava de volta onde havia começado. Estava à mercê da água glacial, tinha perdido sua força, e estava morrendo numa razão de centímetros e graus.

— Tente escalar o meu braço — grasnou Broker.

Ela respondeu com um espasmo de tremores. Então rangeu os dentes, soltou a mão esquerda e tentou esticar o braço sobre Broker para alcançar a doca. Mas a doca estava longe demais e o esforço quase a fez soltar o bisturi fincado no cotovelo de Broker. Ela trancou a mão esquerda novamente no pulso direito de Broker. Ele viu que ela não tinha mais forças.

— Se segura.

A voz de Broker chiou como um motor gelado tentando pegar. A dela não estava muito melhor.

— Eu estou bem, eu tomei um trago — disse Jolene.

Mas Broker percebeu que Jolene estava perdendo a consciência, escorregando para a água.

As estrelas seriam a mortalha dos dois. Dançando entre elas, Broker viu o bruxuleio azul da aurora. Agora vermelho. Então vermelho e azul juntos beijando as trevas nas árvores e no gelo.

Broker esforçara-se tanto para salvar Jolene e agora ela estava morrendo em seus braços, começando a afundar na água enquanto a lâmina do bisturi se soltava do braço dele. Ele devia dizer alguma coisa. Ele devia...

Uma aguda sirene de polícia interrompeu seus pensamentos. Broker virou o rosto e descobriu que o espetáculo de luzes provinha do solo, financiado pelo Condado de St. Louis e originado pelas luzes giroscópicas nos tetos de dois carros-patrulhas, duas ambulâncias e um caminhão do corpo de bombeiros.

Muitas vozes masculinas gritavam agora. Fachos de lanternas varando a noite. Então um tropel de passos. A doca estremeceu enquanto várias figuras com casacos marrons e cinza do Condado de St. Louis deitavam-se de barriga sobre as tábuas ao lado de Broker. Braços se estenderam, e alguém — talvez Dave Iker — agarrou os cabelos curtos e enregelados de Jolene, e quando viu que não conseguiria erguê-la por eles, segurou-a pelo cangote e a puxou.

Enquanto Jolene era erguida da água houve um momento em que ela e Broker ficaram cara a cara. Os lábios de Jolene tremeram, contorcendo suas feições num esgar de pavor.

— Meu Deus, Broker. Você está horrível.

Mais mãos puxaram os dois, e os embrulharam com lençóis. Broker grasnou:

— Jolene, o que aconteceu?

— Eu telefonei para a emergência — grasnou em resposta.

— Mas o que aconteceu? — repetiu Broker.

Jolene olhou sobre o ombro de Broker. Enquanto fitava as estrelas, todos os seus músculos faciais funcionaram ao mesmo tempo e ela sorriu.

**Broker agarrou-se** à consciência por tempo suficiente para mandar os tiras procurarem por dois corpos debaixo do gelo. Quando foi posto numa ambulância, o choque, o frio intenso e os ferimentos finalmente o atingiram. Ele olhou para Hank, que jazia adormecido ou inconsciente numa maca adjacente, pensou por um momento, e murmurou:

— Precisamos alimentar as aves.

Um médico aplicou bandagens de pressão na cabeça e no braço de Broker, introduziu o tubo intravenoso e, no processo de acalmá-lo, deduziu que Broker estava se referindo às avestruzes abandonadas de J.T. Merryweather.

Na outra ambulância, Jolene jazia em sua própria maca, ouvindo atentamente os médicos trabalharem em Amy, que estava ao seu lado. Quando os sinais vitais de Amy foram estabilizados, um dos médicos virou-se para Jolene e perguntou como ela estava se sentindo.

E Jolene disse:

— Quero conversar com o meu advogado.

# Capítulo Cinqüenta e Dois

**Broker mareava em suaves** ondas de morfina. Ele lembrou da canção-tema do filme *Perdidos na noite* — todo mundo falando com ele, e ele não conseguia ouvir a maior parte do que era dito.

— Bem, faltam umas duas semanas até a abertura da temporada de caça ao cervo — disse Dave Iker. — Acho que na pior das hipóteses poderemos amarrar um pedaço de pau no seu toco para substituir o dedo do gatilho. Quem sabe, isso pode até melhorar a sua pontaria.

— Ou... — começou Sam, o delegado gigante — ...como agora você é qualificado para ser homem-bomba, podemos achar onde os cervos se congregam e empregar essa técnica.

As piadas já estavam ficando velhas neste segundo dia num quarto do Ely Miner Hospital. Ele contribuía com sorrisos drogados e um meneio ocasional de cabeça. Afora isso, estava imobilizado na cama.

Amy estava em outro quarto, recuperando-se do coquetel de Narcan que revertera sua *overdose* de Fentanyl. Jolene tinha vindo uma vez até sua cama, acompanhada por Milt Dane. Alguém disse que o promotor público do Condado de St. Louis havia estabelecido uma filial de seu escritório em outro quarto do hospital, no qual Hank estava piscando uma declaração.

Dois grandes júris estavam trabalhando — um aqui e outro lá no Condado de Washington.

Dizia-se que o papel da esposa em tudo aquilo era questionável.

Em momentos de dor lúcida entre doses de morfina, Broker lembrou de Jolene chamando por ele naquela noite fatídica e de gritar "O que ele está fazendo aqui?" apenas um momento antes de Garf acertá-lo na cabeça.

Será que Jolene tinha segurado seu braço numa reação de medo ou para impedi-lo de reagir contra Earl?

Broker jazia deitado de costas com os braços e pernas estendidos e elevados sobre almofadas. Uma parte careca de seu escalpo estava sendo mantida no lugar por quinze pontos. E parecia que alguém tinha disparado um rojão na sua face esquerda chamuscada.

Os ferimentos de punhaladas em seu ombro e antebraço tinham sido limpos e cobertos por curativos. Gazes esterilizadas separavam os dedos de suas mãos e pés, que tinham uma coloração rosa vivo e estavam cobertos por bolhas.

Os policiais locais estavam apostando quantos dedos das mãos e dos pés Broker iria perder. Shari Swatosh, o paramédico da equipe de emergência que socorrera Broker, tinha feito o palpite mais pessimista, optando que todos os vinte dedos das mãos e pés.

O Dr. Boris Brecht tinha passado quatro anos como médico do exército, a maior parte deles no Alasca com soldados do pelotão de esqui e da divisão montanhesa. Ele achava as apostas muito engraçadas. Usava um estetoscópio em torno do pescoço, e uma camisa de brim azul com um desenho bordado do Mickey Mouse no bolso do peito. Para confortar Broker, ele apostou nenhum dedo.

— Bolhas que cobrem completamente os dedos são um bom sinal. A coloração rosada é um bom sinal.

Enquanto inspecionava os dedos de chiclete de Broker, a preocupação principal do Dr. Boris era com infecção. Ontem, quando haviam trazido Broker, Amy e Jolene para a Emergência, Brecht imediatamente suspendera as mãos e pés de Broker num semicúpio enorme. Mantivera a temperatura da água entre 37 e 47 graus Celsius. Ele havia limpado os ferimentos de Broker e feito os pontos enquanto ele estava sentado na banheira.

Por trás de uma parede de choque, Broker observara seus dedos pálidos lentamente mudarem de marfim para rosa e começarem a coçar enquanto o sangue se arrastava de volta.

— A reação ao frio intenso varia de uma pessoa para outra — explicara Brecht. — Certos grupos são mais suscetíveis que outros. Os negros são três a seis vezes mais suscetíveis que os brancos. Pessoas nascidas no hemisfério sul são quatro vezes mais vulneráveis que nativos do hemisfério norte. Geneticamente, pessoas com sangue do tipo O são mais predispostas aos traumas causados pelo frio do que as dos tipos A ou B.

"Basicamente, você não foi exposto por tempo demais. E você tinha ingerido muito álcool, e o álcool tende a dilatar os vasos sangüíneos. Mas entenda, não estou recomendando que se beba na floresta.

"Você pode perder algumas unhas mas, contanto que a infecção não se instaure, deve recuperar a função plena. Você sofrerá alguns pequenos danos nos nervos e suas extremidades serão mais vulneráveis no futuro. Provavelmente precisará se agasalhar melhor quando fizer frio.

— Ou mudar para a Flórida — aconselhara Sam.

Broker continuou vagando na maré de morfina.

**Ele acordou no** quarto escuro e ouviu um zumbido de bipes e suspiros maquinais circulando no corredor. Fantasmas azuis em sapatos brancos vagavam silenciosamente pelo corredor, passando pela porta aberta. Um deles parou, olhou para dentro, e caminhou silenciosamente até ele.

No começo apenas uma sombra, silhuetada pela luz no corredor. Então, ao emergir das sombras, viu que era uma mulher magra, de rosto fino, com seus cabelos negros amarrados num coque. E ela segurava alguma coisa em sua mão levantada. O coração de Broker começou a bater mais depressa quando ele viu que era uma seringa e que a enfermeira Nancy Ward aproximava-se dele.

Seqüestrado, novamente a palavra de Amy. Sentia-se como se seus temores e fatos estivessem suspensos numa queda livre em morfina. Mas então Nancy sorriu calorosamente e injetou a agulha no tubo intravenoso, e ele sentiu a última onda gentil subir e embalá-lo.

— Você sabe o que eu acho — disse Nancy enquanto conferia as ataduras, as bolhas, tomava sua temperatura, seu pulso. — Ele simplesmente achou que era esperto demais e que todos nós daqui de cima éramos um bando de caipiras. O Doutor Senhor Allen Falken. Bem, você e a Amy mostraram ao Allen que ele estava errado. Ele acabou afundando um pântano de merda.

Broker sorriu, uma expressão idiota que ele tinha visto muito freqüentemente nos drogados que prendera.

Nancy ajustou e afofou os travesseiros dele.

— Parece que os jornalistas vão começar a aparecer amanhã, mas a coisa está quase terminada, pelo menos no que diz respeito ao Sr. Sommer. Ele piscou um depoimento para o promotor e então mergulhou para valer no estado de coma.

No Templo da Morfina, não havia más notícias. Broker continuou sorrindo.

— E agora relaxe, porque tem visitas — disse Nancy.

Então Nancy desapareceu e uma outra silhueta azul e esguia tomou seu lugar. O corte de cabelo de Amy parecia diferente e seu rosto estava pálido, como se o Roto-Rooter tivesse dado uma geral em todo o seu sistema circulatório. Usava um bracelete de plástico no pulso e tinha um tubo intravenoso conectado no braço, exatamente como ele, exceto que sua garrafa de soro estava num poste com rodízios.

— Precisamos parar de nos encontrar neste lugar — disse Amy.

Broker sorriu.

— Meu Deus, olhe para você. Aposto que nunca sorriu tanto na vida. Eu acabo de falar com o Dr. Boris e ele disse que as suas mãos e os seus pés... não se preocupe, você vai ficar bem.

Ela fez uma pausa, pegou na mesa ao lado uma caneca com um canudinho flexível, e a segurou diante dos lábios dele. Broker, que tinha a impressão de estar com a boca cheia de algodão, bebeu alegremente a cerveja sem álcool.

— Precisa se manter hidratado — recomendou Amy enquanto baixava a caneca na mesinha.

"Um dos médicos da unidade de emergência disse ao Dave Iker que você balbuciou alguma coisa sobre avestruzes. Assim, o Dave me procurou e eu contei o que aconteceu na fazenda. O Dave ligou para Washington Country e o seu amigo, o delegado, mandou um policial procurar entre os vizinhos de J.T. alguém que soubesse cuidar do lugar. As aves vão ficar bem.

Broker continuou sorrindo.

Amy inclinou a cabeça para o lado.

— A Jolene me contou a respeito do monitor de bebê.

Enquanto Amy falava, Broker tentou encaixar sua mente em torno da história de acordo com Hank. A coisa inteira a respeito de Allen ter ministrado os remédios errados. Garf e Stovall.

Broker tentou escutar por trás de sua nuvem de morfina. Talvez fosse assim que Hank se sentisse. Pessoas falando com ele.

— O promotor público do Condado de St. Louis fez perguntas com uma tabela de alfabeto. Hank piscou as respostas. — Amy estalou os dentes. — Foram respostas muito curtas. Como Jolene fez Allen e Earl lutarem um contra o outro. Mas houve algumas lacunas...

Broker não conseguia parar de sorrir.

— Por exemplo, como eles controlaram Jolene? Ela colaborou com eles apenas para ganhar tempo? Acho que nunca saberemos porque o advogado de Jolene conseguiu um acordo de imunidade para que ela possa testemunhar perante o júri.

Amy levantou a mão e girou sua palma. Aquilo não significou nada para Broker. Amy meneou a cabeça.

— Eu esqueci. Você estava alcoolizado. Minhas unhas. Jolene foi me visitar no começo da noite. Ela trouxe removedor e esmalte novo. Ela pintou minhas unhas de vermelho — a mão que não estava conectada a um tubo flutuou para cima — e cortou meu cabelo.

Broker sorrindo. Cabelo?

— Jolene e eu não temos muita coisa em comum. Ela não tem uma gota de sangue feminista no corpo, não é? Tudo que sei é que ela salvou a minha vida.

Em algum momento, Amy se retirou e o deixou sozinho para ponderar coisas simples; Jolene salvou Amy e ele salvou Jolene. E ninguém salvou ele, desta vez, a não ser ele próprio, e era assim que tinha de ser.

**Pela manhã a** maré de morfina baixou e Broker se viu encalhado numa praia de dor seca. A dor trouxe a virtude da clareza. E o aroma de lírios.

Quando Broker abriu os olhos, ela estava olhando para ele. Parecia ter crescido um centímetro e talvez fosse sua postura, como se tivesse tirado alguma coisa pesada dos ombros. Talvez ele tivesse essa impressão por estar deitado.

Milt Dane estava em pé na soleira da porta. Na verdade, mais parecia flutuar ali. Estava com os eventos recentes amarrados nas costas como uma mochila-foguete, e tendia a flutuar alguns centímetros acima do chão. Formava-se uma situação jurídica de camadas múltiplas na qual ele representava Amy, Nancy Ward e Jolene contra a seguradora de Allen Falken.

Provavelmente era apenas a morfina residual, ressaltando os contornos e texturas, que fez Jolene parecer uma página tirada de uma daquelas revistas glamourosas que ele jamais lia. Ele tinha ouvido falar que a Madison Avenue havia inserido caveiras minúsculas e subliminares em imagens de beleza invencível. Mas ele não estava vendo crânios sorridentes nos olhos verdes de Jolene.

Milt devia ter trazido algumas das roupas de Jolene porque ela estava usando Levi's de caimento perfeito, uma camisa de malha branca, e uma jaqueta curta de couro. Seu rosto reluzia, batizado em água glacial e renascido limpo. Eles se entreolharam durante um longo tempo e seus olhos estavam cheios de perguntas. Os olhos de Jolene transbordavam, mas não de respostas para ele.

— E então, o que você acha?

Broker pensou.

— Eu acho que você esteve mais envolvida com o que aconteceu do que Amy ou mesmo eu poderíamos testemunhar. — O advogado dela estava presente. Como Broker não esperava realmente uma resposta, prosseguiu: — Nunca vou saber se você fez a coisa certa ou a coisa esperta.

Jolene sorriu, e tudo que Broker descobriu em seu sorriso foi que ele era profundo o bastante para guardar mistérios. Ela deu um tapinha na face dele.

— Hank costumava dizer: "Eu não fiz o mundo." Bem, eu não fiz o mundo, também, mas com toda certeza daqui em diante vou viver nele da melhor forma que puder.

Ela se inclinou para a frente e beijou a testa de Broker.

— Mais uma coisa, seja paciente. Acho que a sua mulher vai ligar. Uma mulher inteligente não deixa um cara como você solto por muito tempo.

Talvez ela tivesse razão. Então Jolene se virou e sua expressão deixou claro que ela estava ocupada e que tinha lugares para ir. Quando saiu da sala, Milt se aproximou da cama de Broker e gentilmente tocou seu ombro não ferido.

Broker disse a ele:

— Você não é um mau companheiro para uma corrida por socorro, mas da próxima vez que quiser passear de canoa, me faça um favor: não me chame.

Milt apertou o ombro.

— Obrigado — disse ele. Seus olhos vagaram para a porta onde Jolene tinha desaparecido. — Sem você, nós a teríamos perdido.

Broker fez que sim com a cabeça e por um momento absorveu as vibrações sutis, de viagem em jato, que Jolene e Milt emanavam. Então ele perguntou:

— Hank?

Milt desviou o olhar e balançou a cabeça negativamente.

Broker balançou a cabeça em resposta. Então ele inclinou sua cabeça e seus olhos para o pórtico.

— Como eu disse antes, tenha cuidado quando estiver entre aquelas pedras.

*O tormento exaustivo com as letras havia terminado. Ele tinha se esforçado tanto que sua mente esfarelara. Não sabia o que aconteceria agora, mas certamente aconteceria sem Allen e Earl. E sem ele.*

*Jolene dera seus primeiros passos e precisaria correr seus riscos. Assim como ele correria seus riscos com o que viesse a acontecer em seguida.*

*Ele tinha fechado um círculo. Milt e Jolene o trouxeram para cá e pairaram durante um momento sobre a cama. Então, lentamente, haviam se afastado e apagado as luzes.*

*Assim, ele esperava na escuridão. Ao lado de uma trilha que decerto conduziria para baixo.*

*No começo foi apenas uma cor — amarelo — e então, à medida que se aproximou, assumiu o contorno de um homem. Ele compreendeu que isto era apenas uma manifestação; a forma como ele escolhera experimentar este momento.*

*Assim, ele se preparou por dentro e lembrou da primeira vez que o vira se aproximar, tão calmo quanto se aproximava agora. Em todas as vezes subseqüentes ele aparecera cheio de fúria: choque, medo, dor, adrenalina, cheiro de cordite.*

*Acontecera num final de manhã quando o ar estava da cor de um chá fumegante. Uma forma amarela flutuando contra a areia ferruginosa e todo o verde que Deus havia feito. Fazia calor naquele dia. O céu era o coração azul de um bico de Bunsen. Eles estava suados, sujos e — como sempre — lindos de morrer. Estavam estendidos ao longo da trilha, descansando ao lado de campos arados mas incultos, sufocados por mato e ervas daninhas.*

*E Hank e seu pelotão eram parecidos com as ervas daninhas: venenosos e espinhentos. Tão sujos que jamais conseguiriam ficar limpos novamente. E então eles viram o amarelo chegar flutuando, um homem de pés descalços, vestido num quimono cor de açafrão.*

*Vietcongue à vista.*

*Todos se prepararam para atacar, mas a figura solitária apenas lançou-lhes um olhar calmo.*

*Ei, cara, olha só como esse tipo caminha, disse alguém.*

*Está tudo bem. É apenas um daqueles monges, passeando.*

*E o amarelo desviou o olhar.*

*E continuou se aproximando de cabeça raspada, pés descalços, quimono cor de açafrão adejando ao vento, braços fortes balançando ao lado do corpo. Um homem que se movia como uma chama limpa e reta. Olhos castanhos claros focando a paisagem atrás deles, como se fossem uma escória de algum outro lugar que fugira ao controle, conseguira armas e passagens de avião e viera para este país. E Hank percebeu claramente que esse sujeito sabia o que estava fazendo. Estava caminhando cem por cento presente no momento e cada um dos homens que o observavam desejava ardentemente estar em qualquer outro lugar.*

*Um caminhar absolutamente perfeito.*

Veja só a forma como ele coloca o pé na areia, como o calcanhar desce, em seguida a planta do pé, e só então os dedos. Este cara podia ensinar ao mundo como andar.

Eles, a escória, observaram o monge aproximar-se, um passo por vez. E quando passou por eles, ficaram em pé para vê-lo se afastar.

Olhando para a frente.

Hank era um homem crescido no dia em que aprendeu a caminhar. E nunca esqueceu a emoção daquele momento ou como ele fora simples e marcante, como uma canção caipira sobre um enforcamento matutino.

Tentou seguir sua vida daquela maneira.

Talvez tenha conseguido praticar alguns gestos que chegaram perto.

E agora precisava apenas colocar um pé na frente do outro.

Então...

Quando caminhar, caminhe.

E quando lutar, lute.

E quando viver, viva.

E quando morrer...

# Agradecimentos

**Este romance aconteceu porque** muitas pessoas se deram ao trabalho de me explicar e mostrar o que fazem todos os dias. O Dr. Herbert Ward, cardiologista-chefe da unidade de cirurgia do V.A. Medical Center, Minneapolis, e a anestesista Loni Harris ajudaram-me a compreender os procedimentos pré-operatórios.

Dave Akerson, ex-delegado do Condado de St. Louis, e Pat Loe, piloto do U.S. Forest Service Seaplane Base (base de hidroaviões do serviço florestal norte-americano) de Ely, Minnesota, descreveram-me os procedimentos de resgate em florestas.

John Camp, Craig Borck e Chris Niskanen foram bons companheiros numa caçada ao alce longa, úmida e fria na BWCA (Boundary Water's Canoe Area).

O Dr. Ronald E. Cranford, chefe assistente do departamento de neurologia do Hennepin County Medical Center, permitiu que eu o acompanhasse em seus turnos. A enfermeira Marsha Zimmerman explicou-me procedimentos gerais de sala de emergência.

O delegado Jim Frank, de Washington County, Minnesota, mais uma vez respondeu pacientemente a perguntas sobre policiamento, e Larry Zafft, delegado do Condado de Washington, ofereceu-me dados estatísticos sobre crimes na Internet.

Don Schoff, meu vizinho, levou-me numa visita à sua fazenda de avestruzes, Schoff Farms, em River Falls, Wisconsin, e me familiarizou a respeito de como se cuida de uma plantação de feno durante um verão longo.

Meu primo, Dr. Kenneth Merriman, cirurgião ortopédico na Hastings Orthopedic Clinic, em Hastings, Michigan, esclareceu dúvidas em medicina, assim como o Dr. Boris Beckert, do Stillwater Medical Group, de Stillwater, Minnesota, e Brian Engdahl, psicólogo-chefe do V.A. Medical Center, Minneapolis.

Quero agradecer especialmente ao Dr. Kevin J. Bjork, cirurgião geral no Stillwater Medical Group, por deixar-me acompanhá-lo em seu dia como cirurgião numa sala de emergências; e ao anestesista Jeff Reichel, por suas dicas sobre anestesia e por revisar um primeiro tratamento do texto.

Bill Tilton continua me apoiando como uma rocha e sendo um leitor extremamente crítico.

Os cirurgiões literários Kim Yeager e Jean Pieri operaram o texto, extraindo seus excessos.

Larry Miller contribuiu com o título.

Sloan Harris da ICM e Dan Conaway da HarperCollins não me deixaram desanimar e me mostraram que um escritor pode passar através do buraco de uma agulha.

Este livro foi composto na tipologia Sabon
em corpo 11/13 e impresso em papel off-set
75 g/m² no Sistema Cameron da Divisão
Gráfica da Distribuidora Record.